OBSESSÃO

MAYA BANKS

OBSESSÃO

LIVRO UM DA TRILOGIA BREATHLESS

Tradução
Tina Carvalho Gouveia

QuintaEssência

Diretor editorial: Pascoal Soto
Editora executiva: Maria João Costa
Assessores editoriais: Bruno Fiuza e Raquel Maldonado
Preparação de texto: Beatriz Sarlo
Revisão de texto: Tiago Ramos
Diagramação: Abreu's System
Design de capa: Rita Frangie / *Adaptação*: Trio Studio
Foto de capa: Annkozar/Shutterstock

CIP-BRASIL. CATALOGAÇÃO-NA-FONTE
SINDICATO NACIONAL DOS EDITORES DE LIVROS, RJ

Banks, Maya
Obsessão / Maya Banks; tradução de Tina Carvalho Gouveia.
– Rio de Janeiro: LeYa, 2013.
384 p.

ISBN 978-85-8044-790-3
Título original: *Rush*

1. Literatura americana 2. Ficção erótica I. Título II. Gouveia, Tina Carvalho

13-0363 CDD 813.6

2013

TEXTO EDITORES LTDA.
[Uma editora do Grupo Leya]
Rua Desembargador Paulo Passaláqua, 86
01248-010 – Pacaembu – São Paulo – SP – Brasil
www.leya.com.br

Para minha família, que foi paciente comigo
enquanto estávamos de férias
e minha mãe, que não conseguia deixar de lado uma ideia nova.
E para Kim, por ouvir-me quando disse
que havia uma coisa que eu tinha de fazer o mais depressa possível e
por fazê-la acontecer.
Para Lillie, por ter ficado comigo em cada etapa do caminho.
E, finalmente, para Cindy, que torceu muito, muito por mim.

prólogo

– Mia, o porteiro acaba de ligar para dizer que há um carro aqui para buscar você – disse Caroline da sala ao lado.

Com um acesso de soluço, Mia pegou o contrato ao seu lado, na beirada da cama onde estava sentada. Estava ligeiramente amassado e um tanto gasto, com marcas e vincos das tantas vezes que o lera.

Ela memorizara cada palavra e repassava-as repetidamente em seus pensamentos. Junto com elas, imagens brincavam com a sua imaginação. Ela e Gabe juntos. Ele a controlando e possuindo. Como seu *dono*.

Enquanto colocava o contrato na bolsa, levantou-se e avançou depressa até a cômoda para se olhar no espelho uma última vez. Mostrava sinais de uma noite mal dormida. Havia olheiras em seu rosto que a maquiagem não conseguia esconder. Sua cor também estava apagada. Até o cabelo se recusara a cooperar e parecia desalinhando.

Tinha pouco a fazer a não ser sair.

Respirando fundo, ela deixou o quarto e atravessou a sala de estar em direção à porta.

– Mia, espere! – disse Caroline, correndo até Mia, que segurava a porta aberta.

Caroline abraçou-a com força e deu um passo atrás, a mão afastando uma mecha do cabelo de Mia para atrás de sua orelha.

– Boa sorte, está bem? Não tem agido como você mesma este fim de semana inteiro. Se isso está estressando você tanto assim, então não faça.

Mia abriu um sorriso.

– Obrigada, Carol. Amo você.

Caroline fez um estalo exagerado de beijo com os lábios, enquanto Mia se virava e saía.

Quando deixou o prédio, o porteiro abriu-lhe a porta do carro e ajudou-a a entrar. Mia recostou-se no assento de couro confortável e fechou os olhos, enquanto o carro se afastava, seguindo de seu apartamento em Upper West Side para Midtown, onde o prédio da HCM se situava.

Seu irmão, Jace, lhe telefonara no dia anterior, e ela se sentia terrivelmente culpada em esconder aquilo dele. O irmão se desculpara por não vê-la na grande inauguração e lhe dissera que, se soubesse que ela viria, certamente iria estar lá. Ambos haviam conversado por meia hora. Jace perguntara como estavam as coisas e, então, lhe dissera que estaria na Califórnia com Ash por alguns dias. Combinaram de se ver durante uma noite quando ele retornasse e, então, Mia desligara, uma onda de melancolia invadindo-a porque ela e o irmão eram unidos. Ela nunca hesitara em lhe contar as coisas. Ele sempre lhe dera apoio, disposto a ouvir e a oferecer consolo, mesmo durante os anos delicados da adolescência dela. Ela não podia querer um irmão mais velho melhor, e o problema era que agora estava escondendo segredos – enormes segredos – dele.

Sentiu a típica parada e o avanço do carro até parar um tempo depois, quando se dá conta de estar na entrada de estacionamento.

– Chegamos, Srta. Crestwell.

Ela abriu os olhos e os apertou contra o sol brilhante de outono. Eles estavam, de fato, na entrada do edifício HCM. O motorista já havia descido, contornado o carro e aberto a porta para ela. Mia esfregou o rosto numa tentativa de reavivar os sentidos e, então, saiu, a brisa fria soprando seus cabelos.

Novamente, se viu entrando no edifício e seguindo de elevador até o quadragésimo segundo andar. Foi tomada por uma sensação de *déjà vu*. A mesma tensão. O mesmo suor frio nas palmas das mãos. O mesmo ataque de nervos. Só que dessa vez havia mais pânico envolvido, pois ela sabia o que ele queria. Sabia exatamente no que estaria se metendo se concordasse com aquilo.

Quando Mia entrou na área da recepção, Eleanor observou-a, abriu um sorriso e, então, falou:

– O Sr. Hamilton disse que é para você entrar diretamente.

– Obrigada – murmurou enquanto passava pela mesa de Eleanor.

A porta de Gabe estava aberta quando chegou. Hesitou do lado de fora e observou-o, as mãos nos bolsos, olhando pela ampla vidraça para o horizonte de Manhattan. Ele era lindo. Bonito de se observar. Mesmo relaxado, havia um grande poder emanando dele. Mia se deu conta subitamente da razão para se sentir tão atraída por ele – ou ao menos de uma das muitas razões. Sentia-se segura com Gabe. O simples fato de estar perto dele já lhe dava um certo conforto. Sentia-se segura e... protegida. Em essência, o relacionamento que ele propusera lhe daria todas aquelas coisas. Segurança. Conforto. Proteção. Ele lhe garantiria tudo aquilo. O que ela tinha de fazer era concordar em lhe ceder poder total.

Qualquer relutância se dissipou, deixando-a mais leve e quase eufórica.

De maneira alguma entraria morta de medo naquele acordo. Não era a maneira de se começar um novo relacionamento. Ela se manteria confiante e abraçaria as coisas que Gabe havia lhe prometido. E, em troca, se entregaria por completo e teria certeza de que ele estimaria o presente da sua submissão. Gabe virou-se, vendo-a parada junto à porta. Mia ficou perplexa em ver alívio em seus olhos. Gabe temia que ela não viesse?

Ele avançou até ela e a fez entrar em seu escritório, fechando a porta atrás dela com firmeza. Antes que pudesse dizer uma palavra, Gabe apertou-a em seus braços e tomou-lhe os lábios com os seus. Ela gemeu suavemente, enquanto ele corria as mãos de maneira possessiva por seus braços, segurando-lhe os ombros e, depois, pelo pescoço até tomar-lhe o rosto entre as mãos. Beijou-a como se estivesse faminto por ela. Como se tivesse sido mantido preso longe dela e, finalmente, estivesse livre. Foi o tipo de beijo que ela vivia apenas em suas fantasias. Ninguém nunca a fizera sentir-se tão consumida pela... *paixão*.

Não foi apenas uma demonstração de domínio. Foi uma súplica por rendição. Ele a queria. Estava lhe mostrando o quanto. Se tivesse havido alguma dúvida quanto a Gabe realmente desejá-la, ou se estava apenas entediado e em busca de um novo desafio, ela se sentia convencida agora.

Ele afastou uma mão do rosto de Mia e passou o braço em torno das costas dela com firmeza, pressionando-a para junto de si.

Ela podia sentir o pau rígido contra seu abdômen. A ereção se evidenciava contra as calças caras que usava. Ofegante, ele interrompeu o beijo abruptamente e ambos se esforçaram para recobrar o ar.

Gabe fitou-a com um brilho no olhar.

– Achei que você não viria.

capítulo 1

QUATRO DIAS ANTES...

Gabe Hamilton ia queimar no inferno e ele não se importava nem um pouco com isso. Desde o momento em que Mia Crestwell entrou no salão de festas do hotel Bentley, onde a HCM Global Resorts e Hotéis estava celebrando sua grande inauguração, ele não tirou os olhos dela.

Mia era o fruto proibido. A irmã mais nova do seu melhor amigo. Só que ela não era mais tão nova assim, e ele havia notado. Ela se tornara uma espécie de preocupação dupla. Ele tinha lutado contra aquilo, mas viu-se incapaz de resistir aos seus poderosos encantos.

Já não estava mais lutando contra aquilo.

O fato de que ela estava ali, naquela noite, e Jace não se encontrava em lugar algum, só confirmou a Gabe que agora era o momento certo para dar o seu próximo passo.

Ele bebericou da taça de vinho que segurava e ouviu educadamente o grupo com o qual estava conversando. Ou melhor, com o qual estava *socializando*, uma vez que raramente discutia algo além das amenidades de praxe enquanto circulava pelos grupos de pessoas.

Não sabia que ela compareceria. Jace não dissera nada. Será que ele ao menos sabia? Achava provável que não soubesse porque não fazia nem cinco minutos que Jace e Ash haviam saído com uma morena alta e elegante entre eles rumo a uma das luxuosas suítes na cobertura.

Jace não teria saído – nem mesmo por uma mulher – se soubesse que Mia estaria ali. Mas, de qualquer modo, ele não estava mais lá. Isso tornava as coisas bem mais fáceis.

Gabe observou enquanto Mia corria os olhos pelo salão, a testa franzida, o ar compenetrado, como se procurasse alguém. Um garçom parou e lhe ofereceu vinho, e ela apanhou uma das elegantes taças, mas não a levou aos lábios. Usava um vestido sexy que lhe marcava as curvas bem delineadas, complementadas por sapatos sensuais e os cabelos presos num penteado que praticamente implorava a um homem que o desmanchasse. Mechas escuras flutuavam suavemente em torno do pescoço, chamando a atenção para as linhas graciosas que imploravam pelos lábios de um homem. Ele se sentiu tentado a atravessar o salão e cobri-la com seu casaco de maneira que ninguém mais visse o que considerava seu. Jesus, e se não era aquilo que o deixava mais louco! Ela não era nada sua.

Mas isso também iria mudar.

O seu vestido de festa sem alça chamava atenção para os seios, e ele certamente não queria ninguém mais olhando. E os homens *estavam* olhando. Ela já chamara a atenção dos outros. Eles a observavam – como ele – com olhares predatórios.

Mia usava um cordão delicado com um pingente de diamante em torno do pescoço e brincos de diamantes adornavam as orelhas. Ambas as joias tinham sido presente dele um ano antes. De Natal. Ficava satisfeito em vê-la usando naquela noite as coisas que comprara para ela. Considerava como mais um passo na inevitável direção de Mia se tornar sua. Ela ainda não sabia, mas ele esperara tempo o bastante. Passara tempo demais se sentindo como o pior tipo de criminoso por desejar a irmã mais nova do seu melhor amigo. Quando ela fez 20 anos, havia sido um marco na grande diferença com que passara a vê-la, mas ele tinha 34 e sabia que ela ainda era jovem demais para o que queria dela. E, assim, havia esperado.

Mia continuou uma obsessão, e ele se sentia pouco à vontade em admitir, mas ela era como uma droga em suas veias, da qual não sentia o menor desejo de se curar. Agora que ela tinha 24, a diferença de idade não parecia intransponível. Ou, ao menos, era o que ele dizia a si mesmo. Jace ainda ficaria contrariado. Afinal, Mia seria *sempre* sua irmã mais nova, mas Gabe estava disposto a correr o risco para finalmente provar o fruto proibido.

Ah, sim, ele tinha planos para Mia. Precisava apenas colocá-los em prática.

Mia bebericou o vinho com cautela – uma taça que apenas pegara para não se sentir deslocada num mar de gente rica, bonita – e olhou ao redor ansiosamente, à procura de Jace. Ele havia dito que estaria ali, e ela decidiu surpreendê-lo aparecendo para a grande inauguração do mais novo hotel da HCM.

Localizado em Union Square, era moderno e luxuoso, obviamente voltado para uma clientela de alto nível. Mas, afinal, Jace – e seus dois melhores amigos – levava aquele tipo de vida. Haviam trabalhado arduamente para chegar lá, mas tinham alcançado um sucesso para além da imaginação da maioria das pessoas, e feito isso quando chegaram aos trinta anos.

Aos 38 anos, eram considerados como alguns dos mais bem-sucedidos empresários do ramo de hotelaria do mundo. Mas, ao mesmo tempo, ainda eram apenas o irmão dela e os melhores amigos dele. Bem, exceto Gabe, mas talvez fosse tempo de superar suas embaraçosas fantasias de adolescente no que dizia respeito a ele. Aos 16 anos, era compreensível. Aos 24, elas apenas a deixavam desesperada e desiludida.

Ash e Gabe haviam nascido ricos. Ela e Jace, não, e ela ainda não se sentia totalmente à vontade nos círculos que o irmão frequentava. Mas sentia grande orgulho de Jace por ter alcançado tanto sucesso, especialmente depois de ter se visto responsável pela irmã mais nova após a inesperada morte de seus pais.

Gabe era unido aos pais, ou ao menos havia sido quando eles eram casados. Numa atitude chocante, o seu pai se divorciara da mãe logo depois do aniversário de 39 anos de casamento. Quanto a Ash... a situação dele era no mínimo interessante. Esse era o termo mais diplomático para aquilo. Ele não se dava bem com a família – com nenhum dos familiares. Seguira seu próprio caminho, jovem, rejeitando os negócios da família – e o dinheiro – e talvez seu sucesso tenha sido o mais enfurecedor para a família porque conseguira ter êxito sem eles.

Mia sabia que Ash nunca passava tempo com eles. Passava a maior parte com Jace e Gabe, mas especialmente com Jace. Ele deixara claro a Mia que os familiares de Ash eram, em suas palavras, babacas, e ela deixara as coisas por aí – não que tivesse tido chance de conhecê-los. Eles fingiam que a HCM não existia.

Mia quis fugir quando dois homens se aproximaram dela, sorrindo como se fossem tirar proveito naquela noite. Mas ela ainda não encontrara Jace e não iria embora tão depressa quando passara tanto tempo se arrumando. Apenas para o caso de ver Gabe, o que era patético o bastante, mas ali estava.

Ela sorriu e se preparou, determinada a não embaraçar o irmão bancando uma tonta na grande noite dele.

E, então, para sua completa surpresa, Gabe apareceu, abrindo caminho pela multidão, o cenho franzido. Ele se colocou diante dos dois homens que se aproximavam e pegou seu braço, afastando-a eficazmente antes que os homens chegassem até ela.

– Olá para você também, Gabe – disse, trêmula.

Havia algo no homem que a fazia sentir-se idiota. Não conseguia falar, pensar, nem formar um único pensamento coerente. Ele provavelmente achou um milagre ela ter concluído a universidade e se graduado com louvor. Mesmo que ele e Jace achassem que era uma faculdade perfeitamente inútil. Jace queria que ela tivesse estudado administração de empresas. Queria levá-la para os negócios da "família". Mas ela não tinha certeza do *que* queria fazer. O que era outra fonte de exasperação para Jace.

Aquilo a fazia sentir-se culpada. Porque ela podia se dar ao luxo de levar tempo para tomar decisões. Jace sempre a sustentara com generosidade. Um apartamento, o que quer que ela precisasse, embora, depois da formatura, ela tivesse feito um esforço para não contar com ele para seu sustento.

As pessoas com as quais ela se formara já tinham empregos. Estavam fazendo carreira. Ela ainda trabalhava numa confeitaria meio período e não se decidira quanto ao que queria fazer com o resto de sua vida.

Aquela hesitação provavelmente tinha muito a ver com as suas fantasias e ilusões com o homem que a segurava pelo braço. Ela *tinha* de superar aquela ideia fixa nele e seguir adiante. Não podia passar a vida inteira com a absurda ideia de que um dia ele a notaria e decidiria que iria tê-la.

Mia devorou-o com os olhos, como se fosse uma viciada tomando mais uma dose – como se estivesse em abstinência por tempo demais. Ele era um homem cuja presença dominava qualquer ambiente que ocupasse. Usava o cabelo preto curto, penteado com o mínimo de produtos. Apenas o bastante para lhe dar um ar caro, sofisticado.

Tinha a aparência do pecaminoso rapaz mau que todas as mulheres adoravam. Tinha uma atitude do tipo "estou nem aí" e sempre conseguia o que queria. Sua confiança e arrogância eram duas coisas que a atraíam nele – que sempre a haviam atraído. Era inútil lutar contra a atração por ele. Bem que tentara durante anos, mas sua obsessão não dava sinais de diminuir.

– Mia – disse numa voz baixa. – Eu não sabia que você viria. Jace não disse nada.

– Ele não sabe – respondeu com um sorriso. – Decidi surpreendê-lo. Onde ele está, a propósito?

Um breve desconforto passou pelos olhos de Gabe.

– Ele foi chamado. Não tenho certeza se vai voltar.

O sorriso de Mia dissipou-se.

– Ah. – Baixou os olhos, constrangida. – Acho que desperdicei um ótimo vestido para a ocasião.

Gabe percorreu-a demoradamente com o olhar, fazendo-a sentir-se como se a tivesse despido sem esforço algum.

– É um belo vestido.

– É melhor eu ir. Não faz muito sentido eu ficar aqui se Jace não está.

– Você pode ficar comigo – disse ele sem rodeios.

Mia arregalou os olhos. Gabe nunca se dera ao trabalho de passar tempo algum a seu lado. Na verdade, parecia que tentava evitá-la. Era o bastante para deixá-la com um complexo. Ah, ele era gentil. Enviava-lhe presentes em ocasiões especiais. Ligava para se certificar de que ela tivesse o que precisava – não que Jace a tivesse negligenciado nesse sentido. Mas Gabe certamente nunca fizera questão de passar mais do que alguns momentos em sua presença.

– Você gostaria de dançar? – indagou ele.

Mia encarou-o com perplexidade, perguntando-se onde o verdadeiro Gabe Hamilton estava se escondendo. Gabe não dançava. Quer dizer, ele *sabia* dançar; só que raramente o fazia.

A pista de dança estava repleta de outros casais, alguns mais velhos, outros da idade dele. Ela não viu uma única pessoa da sua idade, mas a maioria das convidadas era daquela classe extremamente rica e bonita na qual a maioria das jovens de 24 anos ainda não havia entrado.

– Hã, claro – respondeu. Por que não? Estava ali. Passara duas horas se arrumando. Por que desperdiçar um vestido perfeito e sapatos sensacionais?

Gabe colocou a mão em suas costas, e foi como ter sido marcada. Mia mal conteve um tremor enquanto ele a conduzia até a área reservada para a dança. Dançar com ele foi uma má ideia em muitos sentidos. Como conseguiria superar sua paixão se ficava se colocando em situações de tamanha proximidade com ele? Mas não haveria meio de deixar passar a oportunidade de estar em seus braços. Mesmo que fosse apenas por alguns minutos. Uns poucos, gloriosos e incríveis minutos.

Os tons sedutores de um saxofone misturado com notas de piano e a batida suave de um baixo. A música percorreu as veias de Mia enquanto ondulava nos braços de Gabe. Era inebriante e a fazia sentir-se como se estivesse no meio de um sonho bem vívido.

Ele escorregou a mão por suas costas, deixando-a repousar na parte detrás exposta pelo recorte acentuado do vestido. O tecido terminava logo acima de sua bunda, um vestido provocante que ela se convencera a usar. Agora, estava *realmente* contente em tê-lo usado.

– É ótimo que Jace *não esteja* aqui – comentou Gabe.

Ela inclinou a cabeça para o lado e o fitou com ar inquisidor.

– Por que diz isso?

– Porque ele teria um ataque cardíaco se a visse nesse vestido. Não que haja muito dele para ser chamado de vestido.

Mia sorriu, a covinha se acentuando em sua bochecha.

– Uma vez que Jace não está aqui, ele não pode dizer nada, não é mesmo?

– Não, mas, com certeza, eu posso – falou Gabe abruptamente.

Seu sorriso se dissipando, Mia franziu a testa.

– Não preciso de dois irmãos mais velhos, Gabe. Eu lhe asseguro que um é o bastante.

Ele estreitou os olhos, apertando os lábios.

– Não tenho a mínima vontade de ser uma porcaria de irmão mais velho para você.

Mia fitou-o com ar magoado. Se passar tempo com ela era tamanho fardo, por que ele se aproximara? Por que não continuara fazendo o mesmo até então e simplesmente não a ignorara?

Ela deu um passo atrás, o calor por estar tão próxima a ele, em ter os braços em torno dela, as mãos em seu corpo, se dissipando lentamente. Não deveria ter vindo à festa. Fora estúpido e em vão. Tudo o que deveria ter feito era ligar para Jace. Informá-lo sobre seus planos e ele poderia ter lhe dito que não estaria ali. Então, não estaria parada no meio da pista de dança embaraçada pela rejeição de Gabe.

Ele estreitou os olhos avaliando a reação dela e, então, soltou um suspiro. Abruptamente, virou-se e quase a arrastou da pista de dança na direção do terraço. As portas estavam abertas, deixando entrar o ar fresco da noite, e ele saiu, puxando-a de maneira protetora para a curva de seu braço.

Então, ela estava de novo nos braços de Gabe. Envolvida por seu calor. Podia sentir o seu perfume, e era tão bom.

Gabe só parou quando estava bem afastado da porta, sob as sombras que se projetavam sobre o terraço. As luzes da cidade cintilavam no céu, e os sons distantes do trânsito interrompiam a quietude.

Por longos momentos, apenas a encarou, e Mia se perguntou o que havia feito que o ofendera tanto.

O seu cheiro a provocava. Um toque de especiarias sem ser forte demais. A colônia dele combinava bem. Complementava seu cheiro natural, enquanto dava um toque másculo tentador, amadeirado e de... sofisticação.

– Que diabo – murmurou ele. Foi um som de resignação, como se estivesse cedendo a alguma força desconhecida.

Antes que Mia pudesse responder, ele a puxou para a frente, de encontro ao seu peito forte. Ela entreabriu os lábios surpresa, soltando um pequeno suspiro. Seus lábios estavam próximos aos dele. De maneira tentadora. Podia sentir o seu hálito quente, ver o músculo se mexendo em sua têmpora. O maxilar ficou rígido, evidenciando quanto estava se esforçando para se conter. Mas, então, ele pareceu perder a batalha.

Gabe cobriu os lábios dela com um beijo forte, quente, *exigente*. Ah, ela adorava aquilo. A língua dele invadia sua boca com erotismo e sensualidade, entrelaçando-a com a dela, acariciando-a numa dança delicada. Ele não estava simplesmente beijando-a. Ele a devorava. Ele a possuía com apenas um beijo. Naquele espaço de tempo, ela pertencia totalmente a Gabe Hamilton. Qualquer outro homem que tivesse beijado desaparecia na obscuridade.

Mia suspirou, permitindo-se derreter completamente no abraço dele. Foi como se seu corpo tivesse entrado em combustão, buscando mais. Mais. Mais de Gabe. Do calor dele, de seu toque, daquela boca tentadora como o pecado. Era tudo que ela poderia ter sonhado e mais. Suas fantasias, sua imaginação... não tinham nada a ver com o mundo real.

Gabe arrastou os dentes sobre os lábios de Mia, mordiscando-os de leve. Beliscou apenas o suficiente para dizer a ela quem estava no comando. Ele, então, abrandou os gestos, passando a língua com sensualidade pelos lábios dela e cobrindo-os com beijos suaves.

– Por Deus, há quanto tempo eu quero fazer isso – disse numa voz rouca.

Mia estava aturdida. Suas pernas tremiam. Fez uma prece silenciosa para não desmoronar, vítima dos saltos que usava. Nada poderia tê-la preparado para o que acabara de acontecer. Gabe Hamilton a beijara. Não a beijara simplesmente, mas arrastara-a para o terraço e tomara seus lábios com toda a paixão.

Seus lábios ainda formigavam depois do ataque sensual. Estava nas nuvens. Completamente nas nuvens. Sim, era como estar nas alturas. Ela não bebera *tanto* assim e, portanto, sabia muito bem que não estava reagindo sob o efeito do álcool. Era ele. Pura e simplesmente. Gabe era letal para seus sentidos.

– Pare de olhar para mim desse jeito, ou vai acabar entrando em sérios apuros – resmungou ele.

Se eram do tipo delicioso que suspeitava, ela *certamente* não se importaria em entrar em apuros com ele.

– De que maneira estou olhando para você? – perguntou ela, rouca.

– Como se quisesse que eu despisse esse minúsculo vestido do seu corpo e fizesse amor com você aqui mesmo no terraço.

Mia engoliu. Em seco. Era provavelmente melhor não dizer nada. Não tinha certeza do que acabara de acontecer ali. Seus sentidos estavam a mil e ainda era difícil lidar com o fato de que Gabe Hamilton a beijara e, então, falara em fazer amor com ela no terraço de seu hotel.

Ele a aproximou para junto de si outra vez, até que seu calor a envolvesse e consumisse. Mia sentia a pulsação acelerada, a respiração ofegante.

– Vá me ver amanhã, Mia. No meu escritório. Às dez em ponto.

– P-Por quê? – balbuciou ela.

Gabe adquiriu uma expressão dura, os olhos brilhando com uma expressão intensa que ela não pôde interpretar.

– Porque eu estou dizendo.

Mia arregalou os olhos, e ele pegou-lhe a mão, levando-a de volta à entrada do salão de festas. Não parou, continuando a caminhar até que chegassem ao saguão. Ela se esforçou para acompanhá-lo em seu passo determinado, os saltos ecoando no chão de mármore polido.

Sua mente estava num turbilhão.

– Gabe, aonde vamos?

Ele saiu, fazendo um gesto para o porteiro, que correu no momento em que o viu parado ali. Segundos depois, um carro preto, moderno, parou em frente, e Gabe a fez entrar. Ele se inclinou para ver a parte de trás do carro enquanto segurava a porta.

– Você irá para casa tirar esse maldito vestido – disse. – Então, amanhã, irá para o meu escritório às dez.

Ele começou a fechar a porta, mas tornou a se inclinar para observá-la mais uma vez.

– E Mia? É melhor você aparecer.

capítulo 2

– Deixe-me entender isso direito. Você deixou de ir ao clube comigo e as garotas para poder ir a uma grande inauguração esnobe do hotel do seu irmão e, enquanto estava lá, Gabe Hamilton arrastou você até o terraço, beijou-a e, então, mandou você para casa com instruções explícitas para estar no escritório dele às dez desta manhã.

Mia recostou-se no sofá diante de sua colega de apartamento e melhor amiga, Caroline, esfregando os olhos num esforço para dissipar a névoa que a envolvia. Não dormira nada na noite anterior. Como poderia? Gabe virara seu mundo inteiro de pernas para o ar e, agora, as dez horas se aproximavam e não tinha ideia do que deveria fazer.

– Exatamente – respondeu ela.

Caroline adquiriu uma expressão exagerada e, então, se abanou com uma mão.

– E eu aqui achando que você não poderia se divertir tanto quanto nós. Mas eu certamente não fui beijada por um lindo bilionário.

– Mas por quê? – perguntou Mia, a frustração se evidenciando em sua voz. Era uma pergunta que fizera a si mesma repetidamente durante as horas de insônia. *Por que* ele a beijara? Por que queria vê-la agora quando parecera passar tanto tempo evitando-a?

Não havia sido um pedido, mas, afinal, Gabe Hamilton nunca *pedia* nada. Ele dava ordens e esperava resultados. E ela não sabia o que dizia a seu respeito o fato de achar tal característica em particular deliciosa. Ela se sentia quente e trêmula por dentro.

Caroline revirou os olhos.

– Ele quer você, garota. E por que não iria querer? Você é jovem e sexy. Aposto que tem estrelado nas fantasias dele mais de uma vez ou duas ao longo dos anos.

Mia enrugou o nariz.

– Você faz as coisas soarem tão cruas.

– Oh, pelo amor de Deus. Não é como se você não tivesse tido essa paixão por ele desde a adolescência. Não é como se ele tivesse ficado indiferente a esse desejo. Você tem 24 anos agora, não 16. Há uma grande diferença.

– Eu só gostaria de saber o que ele quer – disse Mia num tom preocupado.

– Se tem de se perguntar isso depois que ele ameaçou fazer amor com você no terraço, não há esperança para você – retrucou Caroline, exasperada.

Ela verificou o relógio de pulso teatralmente e, então, lançou um olhar incisivo na direção de Mia.

– Amiga, você tem menos de uma hora para se arrumar antes de sair. Sugiro que deixe o sofá e vá se arrumar para ficar fabulosa.

– Nem sequer sei o que vou usar – resmungou Mia.

Caroline sorriu.

– Eu sei. Venha. Você tem um homem a encantar.

Encantar? Mia queria rir. Se alguém estava encantado era ela. Estava tão atônita com os acontecimentos da noite anterior que iria se tornar um desastre ambulante se e quando conseguisse chegar até o escritório de Gabe.

Gabe passou o dedo pelo contrato que pegara e observou a página da frente, silencioso enquanto avaliava o exato caminho que queria seguir com Mia. Era uma novidade para ele passar qualquer quantidade de tempo ponderando como iria lidar com sua abordagem. Só fazia as coisas de uma maneira. Direta. Tratava suas relações pessoais da mesma maneira com que tratava os negócios. Não havia espaço para emoções, nem mesmo num relacionamento.

Já havia sido apanhado com suas calças abaixadas uma vez – completamente cego se fosse brutalmente sincero consigo mesmo – e jurara que aquilo nunca mais iria acontecer.

Não havia nada como ser feito de completo idiota por uma mulher em quem confiara plenamente para garantir que não trilhasse aquele caminho outra vez.

Não era como se tivesse jurado manter distância das mulheres – gostava demais delas. Adorava a sensação de uma mulher submissa em suas mãos e sob seu domínio.

Mas a sua abordagem havia mudado. A maneira como lidara com elas mudara. Não tivera escolha.

Mas Mia...

Não podia fingir que ela não era diferente de qualquer mulher que já tivera. Ela era. Ela não era apenas mais um rosto de mulher que ele poderia olhar com afeição, mas se distanciar de quaisquer envolvimentos confusos. As mulheres que escolhia para estar sabiam as condições. Sabiam o que era esperado delas e o que poderiam esperar em troca.

Mia era a irmã mais nova de Jace. Além disso, era a garota que ele observara crescer. Ora, ele fora à formatura do colegial dela. Franzira o cenho no dia do encontro dela para o baile quando um jovem panaca aparecera para buscá-la. Gostara de ver o rapaz tremer na base quando ele, Jace e Ash haviam lhe dito com todas as letras o que aconteceria se desrespeitasse Mia de alguma maneira.

Vira-a quando ela visitara Jace nos feriados e quando terminou a escola. Até compareceu à formatura da faculdade dela. Tudo aquilo fora um verdadeiro inferno porque Mia desabrochara, transformando-se numa linda mulher. Não tinha mais o ar de uma menina bem mais jovem, inocente. Ele nem sequer queria pensar em quantos amantes ela tivera. Era algo que o teria aborrecido ao extremo. Não se preocupava com eles de modo algum porque estavam no passado dela e era onde ficariam.

Mia ainda não sabia, mas seria sua. Ele apenas ainda não se decidira como fazer a sua abordagem. Ela era... diferente. Mais jovem, sim, mas era mais quieta, mais ingênua, talvez. Ou talvez aquilo fosse meramente a sua percepção. Quem poderia saber o que ela fazia longe dos olhos de águia de Jace? Não importando como ele decidisse se aproximar dela, teria de ser algo conduzido com finesse e, de tal maneira, que não a oprimisse ou assustasse antes que ela chegasse à porta. Porque não haveria meio de recuar ou de aceitar não como resposta quando finalmente resolvera dar sua cartada. Havia a questão delicada de Jace. Era um fator que Gabe ainda não resolvera, mas não havia sentido em se preocupar com ele antes de sequer ter conquistado Mia. Teria simplesmente de lidar com Jace mais tarde.

Um ruído à sua porta o fez erguer os olhos com ar aborrecido. Suas instruções para a recepcionista da HCM tinham sido claras. Não devia ser interrompido. Por ninguém. E ainda não estava no horário de Mia chegar. Ele ainda dispunha de mais de uma hora.

Jace e Ash entraram, e a irritação de Gabe apenas cresceu. O que, afinal, eles estavam fazendo no escritório naquele dia? Deveriam estar num avião para um encontro com um empreiteiro para discutirem planos sobre um novo resort.

Os três homens viajavam bastante, dividindo com frequência os deveres de supervisionar tanto projetos internacionais quanto domésticos. E tinham muitos em vários estágios de andamento agora, incluindo um hotel prestes a começar a ser construído na Califórnia, um ainda nos estágios iniciais de planejamento em Paris e um local em potencial no Caribe para um resort de luxo. Recentemente, porém, Gabe se vira preso na cidade supervisionando os toques finais do Bentley, o mais recente hotel de luxo deles em Union Square. Ele estava mais próximo. Era cauteloso demais para confiar essa tarefa até aos seus melhores amigos.

Jace e Ash eram os homens do meio, como Gabe se referia a eles. Embora ambos tivessem igual sociedade na corporação, Gabe iniciava projetos, fechava propostas relacionadas a eles, cuidava de cada detalhe até se dar por satisfeito. Então, Jace e Ash entravam em cena para supervisionar, para providenciar que a construção começasse e que as coisas transcorressem bem. Então, Gabe voltava para aplicar o verniz.

Era um acordo que se adequava bem aos três. E todos lidavam com as operações diárias e com o gerenciamento dos hotéis e resorts.

Os três eram amigos desde a faculdade. Olhando para trás, Gabe nem sequer tinha certeza do que os unira além do álcool, das festas das fraternidades e das garotas. Eles simplesmente se entrosaram.

As coisas ficaram difíceis para Jace quando seus pais morreram num acidente de carro e ele teve de assumir a responsabilidade pela irmã mais nova, mas Gabe e Ash tinham-no ajudado, oferecendo seu apoio e não o tinham deixado para se arranjar sozinho.

Mais tarde, tinham sido Jace e Ash que apoiaram Gabe durante seu divórcio bastante delicado e público.

Talvez, de certa maneira, Mia fosse bastante responsável pelo forte elo entre os três. Era irônico porque ela poderia significar o fim dele se Gabe não conduzisse as coisas da maneira certa.

– O que o fez se trancar aqui nesta manhã? – perguntou Ash, acomodando-se numa das cadeiras diante da mesa de Gabe.

Jace sentou-se na outra, mais quieto e ligeiramente menos irreverente que Ash.

Sim, Jace e Ash eram as únicas duas pessoas que ele considerava amigos no verdadeiro sentido da palavra. Confiava neles – as únicas pessoas em quem confiava – e eles tinham sua lealdade, que era algo que não oferecia a ninguém às cegas.

Jace era o mais quieto dos dois, ao passo que Ash era o playboy charmoso que atraía mulheres feito moscas. Gabe estava convencido de que era a combinação dos dois que deixava as mulheres loucas. Eles certamente não tinham falta de mulheres fazendo fila pelos três.

Ash estava sempre na frente. Paquerador, expansivo, deixava as mulheres sem fôlego. Gabe fora testemunha do charme de Ash e vira em primeira mão como afetava as mulheres. Jace simplesmente ficava de lado e observava com seus olhos escuros e comportamento silencioso. As mulheres o achavam um desafio e talvez considerassem Ash uma conquista fácil, mas iam atrás de Jace com determinação redobrada, apenas para descobrir que ele era inalcançável.

Todos os três homens tinham as suas manias e não se desculpavam por isso – outra de suas descobertas durante os tempos da faculdade. Eles ganharam dinheiro o bastante e alcançaram um nível de sucesso além das mais loucas expectativas. Não tinham, portanto, dificuldade em encontrar parceiras dispostas ao sexo, ou até a um relacionamento mais longo, desde que as mulheres sempre soubessem das condições.

Os três tinham um acordo tácito em que trabalhavam arduamente, mas viviam livres. Especialmente depois da questão delicada do casamento de Gabe.

Assim como Gabe e Ash haviam ajudado Jace quando ele tivera de criar Mia, Ash e Jace tinham sido uma fonte inesgotável de apoio para Gabe quando Lisa se divorciou dele. E tinham sido seus incansáveis defensores quando Lisa fizera acusações infundadas que mancharam para sempre a reputação de Gabe tanto pessoal quanto profissionalmente. Até o presente, Gabe ainda não entendia o que fizera Lisa acusá-lo. Mas sempre se sentira grato a Jace e Ash pelo apoio incondicional durante alguns dos piores meses de sua vida.

Havia sido o melhor dos maridos? Talvez não, mas certamente dera a Lisa tudo o que achara que ela queria ou desejava. Os caprichos sexuais de ambos tinham sido consensuais. Ele nunca a obrigara a fazer nada que ela não quisesse, e ainda fervia de raiva quando se lembrava de tudo que ela o acusara.

Gabe fora crucificado pela mídia e no tribunal. E Lisa tinha ido embora, a aparente vítima de um bastardo abusivo e manipulador.

Nunca mais ele entrou num relacionamento sem revelação total e documentos legais assinados por ambas as partes. Podia ser visto como algo extremo – ou até ridículo – por alguns, mas Gabe tinha muito a perder para se arriscar a deixar que outra Lisa ficasse atrás dele.

– Achei que vocês dois estivessem num avião a caminho da Califórnia – disse Gabe com impaciência.

Jace estreitou os olhos.

– Sairemos daqui a meia hora. Nosso piloto ligou avisando que houve um problema mecânico com o jato. O mais cedo que poderemos partir será às onze quando ele puder estar com um jato substituto abastecido e o plano de voo preenchido.

Gabe fez um cálculo mental. Os dois teriam saído bem antes de Mia chegar. Ele tinha apenas de esperar que ela não fosse do tipo pontual demais. Por mais que fosse exigente em relação ao tempo e detestasse pessoas que não eram pontuais, aquela era uma ocasião em que perdoaria alguém por chegar tarde.

Debaixo da mesa, ele fechou os punhos, tornou a abri-los, flexionando os dedos. Mia tinha sido tudo que ocupara a mente dele desde que entrara no salão de festas na noite anterior. Agora que se permitia pensar nela como mais do que a irmã mais nova de seu melhor amigo, estava tomado por uma tensão que desafiava explicações.

Podia apenas descrever o que sentia como... ansiedade. Expectativa. A adrenalina percorria suas veias. Ela abalara seu mundo cuidadosamente ordenado e o virara de pernas para o ar. Mal podia esperar para tê-la em suas mãos, sua direção. O sangue esquentava só em pensar.

Cristo, ele ficava excitado só em pensar nela e estava sentado diante dos seus dois melhores amigos. Constrangimento nem sequer começava a descrever o que sentia. Só esperava que eles ficassem onde estavam e não notassem.

Então, por saber que, se não mencionasse o fato, Jace apenas faria mais perguntas sobre o porquê de não ter mencionado, ele olhou para o amigo e disse:

– Você não viu Mia na comemoração da grande inauguração de ontem à noite.

Jace endireitou-se na cadeira, o cenho franzido.

– Ela esteve lá?

Gabe confirmou com um gesto de cabeça.

– Ela queria fazer uma surpresa para você. Chegou logo depois que você desapareceu com a morena.

Jace praguejou e soltou o ar com uma expressão desgostosa.

– Droga. Eu não fazia ideia de que ela planejava ir. Gostaria que tivesse me avisado. Eu teria garantido estar lá. O que aconteceu? Você falou com ela? Ela ficou muito tempo?

– Eu cuidei dela – respondeu Gabe com ar casual. – Disse que você teve de sair, que o chamaram. Dancei uma vez com ela e, então, a enviei para casa num carro. Você teria tido um ataque cardíaco se visse o que ela estava usando, de qualquer modo.

Ash curvou os lábios de leve.

– A nossa pequena Mia está crescendo.

Jace fitou-o com ar de contrariedade.

– Cale essa boca, homem. – Em seguida, olhou de volta para Gabe: – Obrigado por ter tomado conta dela. Não é o tipo de lugar em que eu gostaria de vê-la, em especial se você está certo quanto ao que ela estava usando. Havia um bando de garanhões, todos querendo deixar as esposas para trás, e Mia teria parecido o Santo Graal. Não me perdoarei se ela acabar na cama de um deles.

Gabe deveria se sentir culpado. Mas, afinal, ele já sabia que estava destinado ao inferno por tudo que planejava fazer com Mia e pelo *que* planejara para ela. Ela certamente não seria apenas mais uma em sua cama e, portanto, deixou de lado qualquer desconforto causado pelo comentário de Jace.

O interfone de Gabe tocou e ouviu-se uma voz:

– Sr. Hamilton, a Srta. Houston está aqui para ver o Sr. Crestwell e o Sr. McIntyre.

Gabe ergueu as sobrancelhas.

– Vão levar a morena para a Califórnia com vocês?

Ash abriu um largo sorriso.

– Ah, sim. O voo ficará bem mais curto com ela junto.

Gabe sacudiu a cabeça.

– Mande-a entrar, Eleanor.

Um momento depois, a linda morena com a qual Gabe vira Jace e Ash na noite anterior entrou no seu escritório. Os saltos dos sapatos tamborilaram no piso de mármore e, então, ficaram silenciosos quando pisou no tapete.

Ash estendeu a mão, e a mulher sentou com ar confortável em seu colo, virando as pernas na direção de Jace. Jace pousou a mão sobre um tornozelo e deslizou-a possessivamente até o joelho da morena, não olhando nem uma vez sequer na direção dela. Era como se simplesmente a estivesse lembrando que, ao menos pelo presente, ela era dele.

Gabe não pôde evitar as comparações entre a mulher no colo de Ash e Mia, o que foi estupidez, levando em conta que essa mulher não tinha nada a ver com Mia. Era mais velha, mais experiente e certamente sabia quais eram as condições com Jace e Ash. Mia não fazia ideia do que Gabe tinha em mente para ela e ele teria sorte se ela não saísse gritando do seu escritório.

No passado, Gabe não teria se incomodado com a cena diante dele. Não era incomum para Jace e Ash levarem uma mulher aos escritórios. Mas hoje estava ansioso para que eles saíssem. Não queria que Mia passasse por mais nenhum desconforto do que o necessário e, por certo, não queria que Jace soubesse o que ele tinha em mente para sua irmã mais nova.

Gabe ocupou-se olhando o relógio de pulso e, então, olhou para Ash, que passava o braço de maneira possessiva em torno da mulher curvilínea. Ora, eles nem sequer tinham se dado ao trabalho de apresentá-la, o que era sinal o bastante de que não planejavam mantê-la por perto por muito tempo.

– O carro vem buscar vocês aqui? – perguntou Gabe.

– Estamos impedindo você de fazer algo? – indagou Jace.

Gabe recostou-se na poltrona, esforçando-se para adquirir um ar entediado.

– Apenas tenho uma porção de e-mails e mensagens para verificar. Não consegui fazer nada ontem com todos os detalhes de último minuto da recepção para cuidar.

Ash emitiu um som desdenhoso.

– Você parece querer dar a impressão de que Jace e eu ficamos ausentes de propósito, enquanto você se viu obrigado a cuidar de tudo sozinho, mas todos sabemos como você é controlador. Não adianta eu ou Jace tentarmos interferir porque você precisa ter as coisas à sua maneira, ou o universo não estará em ordem.

– Sim, controlador – concordou Jace.

A morena soltou um risinho, o som aborreceu Gabe. Ela podia ser mais velha que Mia e mais experiente, mas ele nem sequer podia se lembrar dela rindo feito uma adolescente tola.

– Deem o fora do meu escritório – disse ele de cenho franzido. – Ao contrário de vocês dois, eu tenho trabalho a fazer. Vão para a Califórnia e fechem os cronogramas com o empreiteiro. Temos de ter certeza de começarmos a construção no prazo. Não queremos um bando de investidores contrariados, em especial quando passei os últimos meses agradando-os para chegarmos aonde queremos.

– Já falhei alguma vez? – perguntou Ash num tom zombeteiro.

Gabe sacudiu a mão, fazendo um gesto para dispensá-los. Não, Ash nunca falhara. Gabe não tinha preocupações quanto a isso. Os três formavam uma equipe sólida. Seus pontos fortes e fracos se complementavam muito bem.

A HCM não era apenas um negócio. Era uma corporação baseada em amizade e em forte lealdade. As exatas coisas que Gabe estava prestes a testar, tudo porque estava obcecado pela irmã mais nova de Jace. Jesus, mas se isso não era uma situação complicada.

Felizmente, Jace se levantou, afastando a mão da perna da morena. Ele a tirou do colo de Ash, e ela se ajeitou confortavelmente entre os dois, enquanto se adiantavam até a porta do escritório de Gabe.

Jace fez uma pausa e se virou, o cenho franzido.

– Vou tentar ligar para Mia no caminho, mas você poderia ligar para ela enquanto estou ausente? Verificar se ela está bem e se não precisa de nada? Detesto não tê-la visto ontem à noite.

Gabe meneou a cabeça de leve, controlando sua fisionomia cuidadosamente.

– Cuidarei disso.

– Obrigado, amigo. Veremos você do outro lado.

– Mantenham-me informado sobre como vão as coisas – disse Gabe.

Ash abriu um sorriso largo.

– Controlador.

Gabe mostrou-lhes seu dedo médio e Jace e Ash saíram, a última conquista deles espremida entre ambos. Gabe recostou-se na poltrona, verificou o relógio e foi tomado por uma onda de alívio. Ainda tinha meia hora antes que Mia chegasse. Jace e Ash estariam longe até lá.

capítulo 3

Mia desceu do táxi na Fifth Avenue, uma breve caminhada até o prédio que abrigava os escritórios da HCM e suspirou diante do tempo decididamente bom. O vento soprou em seus cabelos, indicando o frio que era inevitável. Os dias estavam ficando mais frios, enquanto o outono ia dando lugar ao inverno.

Gabe vivia a uma curta distância no número 400 da Fifth Avenue, um empreendimento moderno, sofisticado, ao passo que Jace vivia em Upper West Side, mais perto de Mia. Ela estava convencida de que era a razão para Jace nunca ter se mudado para mais perto do escritório. E Ash vivia no número 1 da Morton Square, que dava para o rio Hudson.

Mia adiantou-se depressa até o arranha-céu de Midtown que abrigava a HCM e pegou rapidamente o seu passe de segurança para passar pela roleta até os elevadores. Jace lhe dera aquele passe quando a levara para conhecer os escritórios da HCM alguns anos antes, mas ela não tivera de usá-lo com muita frequência, uma vez que estava sempre com o irmão quando aparecia para uma visita. Pelo que sabia, o maldito passe poderia não funcionar mais e ela teria de se registrar na segurança. Com esse tempo extra, poderia se acovardar e ir embora.

Felizmente, não teve problemas.

Mia verificou o relógio quando entrou no elevador lotado e, então, foi para a parte do fundo, enquanto mais pessoas entravam. Faltavam cinco minutos para as dez, e ela odiava se atrasar. Não que estivesse atrasada – ao menos não ainda –, mas era o tipo de pessoa que sempre chegava cedo. O fato de atrasar-se deixava-a nervosa e ficava ansiosa em perceber que estava tão em cima do horário.

Não que tivesse qualquer razão para o motivo de estar tão inclinada a obedecer à ordem de Gabe. Não era como se ele fosse pedir a sua cabeça caso se atrasasse. Mas ainda assim... Houvera algo na voz dele que a deixara cautelosa quanto a contrariá-lo. E, para ser sincera, estava ansiosa para saber por que ele a chamara de maneira tão imperiosa. Caroline a fizera tomar uma chuveirada e, depois, a ajudara a vestir-se como se ela fosse uma criança sem a menor ideia do que usar. Depois de escolher jeans que moldavam cada curva de seu corpo, escolhera um top e uma camiseta larga que deixava um ombro à mostra. Era curta na cintura e mostrava um pouco do seu abdômen, principalmente quando se movia da maneira certa.

Caroline ajeitara e secara o cabelo comprido de Mia, cacheando algumas camadas e, portanto, o resultado era um sexy ar de desalinho. Ela jurara que cabelos daquele jeito enlouqueciam os homens. Mia não tinha certeza se queria enlouquecer Gabe. Claro, ele dominava cada uma de suas fantasias, não apenas as da adolescência, mas de adulta, porém, agora que as coisas tinham ficado mais pessoais, sentia o imenso poder que se irradiava dele. Aquilo a fazia sentir-se intimidada e a levava a pensar duas vezes se seria capaz de lidar com um homem como ele.

Mia aplicara o mínimo de maquiagem. Não que não a usasse, mas, de algum modo, usar maquiagem demais para aquele encontro misterioso com Gabe teria parecido uma medida... desesperada. Teria sido como sacudir uma tabuleta de néon declarando sua paixão e intenções. E se aquele encontro fosse por um motivo totalmente banal? Não se sentiria feito uma grande idiota aparecendo vestida para seduzi-lo apenas para descobrir que ele queria somente saber como estava? Quem poderia saber, afinal, o que Gabe estava pensando? Ele não era do tipo que divulgava seus pensamentos e sentimentos para o mundo.

Quando faltava exatamente um minuto para as dez, ela deixou o elevador e se adiantou rapidamente até a área da recepção da HCM. Eleanor, a recepcionista, sorriu e cumprimentou Mia conforme ela se aproximou. Mia não teve tempo para ponderar se era maluca por ter concordado com aquele encontro, nem mesmo para se acalmar antes de entrar no fogo cruzado. Tinha apenas um minuto para entrar no escritório de Gabe.

– Gabe está à minha espera às dez horas – disse, ofegante.

– Vou avisá-lo que você chegou – disse Eleanor, pegando o telefone.

Mia virou-se, incerta. Não sabia se ele viria buscá-la, ou se teria de entrar. Sempre que ia ver Jace, simplesmente entrava. Não havia espera quando tinha um horário marcado.

– Você pode entrar – disse Eleanor.

Mia virou-se depressa e, então, meneou a cabeça. Respirando fundo, seguiu pelo corredor, passando diante do escritório de Jace até o final, onde o espaçoso escritório de canto de Gabe se situava. Fez uma pausa na porta, olhando para as unhas pintadas dos seus pés, que se destacavam nas sandálias de salto alto que Caroline sugerira que usasse.

De repente, sentiu-se a maior idiota do mundo. O que quer que tivesse se apoderado de Gabe na festa da noite anterior provavelmente tinha sido mal interpretado por ela. E ela aparecera com uma roupa de arrasar.

Estava prestes a dar meia-volta na direção do elevador, indo o mais depressa que as sandálias a levassem, quando a porta se abriu e Gabe Hamilton apareceu, fitando-a intensamente.

– Eu estava me perguntando se você havia mudado de ideia – disse ele.

Mia corou com ar culpado, desejando que ele não pudesse ler seus pensamentos. Sua culpa provavelmente se evidenciava em seu rosto.

– Estou aqui – disse corajosamente, erguendo o queixo para encará-lo.

Gabe deu um passo para trás e fez um gesto amplo com o braço, indicando-lhe que se aproximasse.

– Entre.

Ela respirou fundo e entrou na toca do leão.

Tinha visto o escritório de Gabe uma vez, anos atrás, quando Jace a levara para conhecer o andar que a HMC ocupava, mas estivera eufórica e não se lembrava de nada. Agora, estudou o interior do escritório de Gabe com grande interesse.

Era um lugar de classe, caro. Mogno nobre, piso de mármore polido parcialmente coberto por um elegante tapete oriental. A mobília era de couro escuro com um ar antigo. Quadros adornavam três paredes, enquanto a última era tomada por estantes embutidas repletas de uma mistura eclética de obras. Gabe adorava ler. Jace e Ash provocavam-no quanto a ser um rato de biblioteca, mas era uma paixão que Mia dividia com ele. Enquanto ele lhe dera o colar e os brincos que ela usara na festa na noite anterior, naquele mesmo Natal ela lhe dera a primeira edição autografada de um romance de Cormac McCarthy.

– Você parece nervosa – comentou Gabe, interrompendo-lhe os pensamentos. – Eu não mordo, Mia. Não ainda, ao menos.

Ela arqueou as sobrancelhas, e ele lhe indicou que sentasse diante de sua mesa. Puxando a cadeira, colocou a mão em suas costas e a guiou até o lugar. Mia estremeceu ao sentir o calor do toque dele, e Gabe deteve sua mão por mais tempo que o necessário, mesmo depois que ela se sentou.

Ele deixou os dedos escorregarem pelo ombro dela antes de finalmente contornar a mesa para ocupar seu lugar. Por um longo momento, fitou-a, até que um calor subisse pelo pescoço dela e se espalhasse pelas faces. Não a olhou simplesmente. Fez com que se sentisse devorada pelo seu olhar.

– Você queria me ver – disse ela numa voz baixa.

Gabe curvou os lábios.

– Eu quero fazer mais do que vê-la. Se eu quisesse apenas *vê-la*, teria passado mais tempo com você ontem à noite.

Mia sentiu-se ofegante e foi como se, por um momento, esquecesse até de respirar. Umedecendo os lábios, passou a língua pelo lábio inferior em seu nervosismo.

– Pelo amor de Deus.

Ela arregalou os olhos.

– O que foi?

Ele respirou fundo e cerrou os punhos em cima da mesa.

– Quero que você venha trabalhar para mim.

Entre todas as coisas que Mia achou que ele poderia dizer, aquela não era uma delas. Fitou-o com aturdimento, enquanto tentava assimilar o fato de que ele acabara de lhe oferecer um emprego. Deus do céu, estivera bem perto de bancar a grande tola. Sentiu o rosto afogueado em sua humilhação.

– Tenho um emprego – falou. – Você sabe disso.

Gabe sacudiu a mão no ar e soltou um som de impaciência.

– Não é um emprego digno da sua capacidade e da sua educação e você sabe disso.

– Não é como se eu pretendesse que esse emprego fosse para sempre – defendeu-se ela. – Eles têm sido bons para mim e estão sem pessoal. Assim, prometi que ficaria até que consigam contratar outra pessoa.

Ele a observou com impaciência.

– Há quanto tempo diz isso a si mesma?

Corando, Mia baixou o olhar brevemente.

– Você foi feita para ser mais do que caixa de uma confeitaria. Jace não gastou todo aquele dinheiro e você não passou todo aquele tempo na faculdade para vender rosquinhas.

– Nunca pretendi que fosse um emprego de longo prazo!

– Fico contente em ouvir isso. Então, demita-se e venha trabalhar para mim.

Gabe recostou-se na poltrona, observando-a intensamente enquanto aguardava a resposta.

– Qual é exatamente o tipo de emprego que está me oferecendo?

– Você será a minha assistente pessoal.

A maneira como ele disse as palavras fez com que um arrepio percorresse a espinha de Mia. A ênfase em *pessoal* não pôde passar despercebida.

– Você não tem uma assistente pessoal – disse ela em tom acusador. – Nunca teve. Você as *detesta*.

– É verdade que você seria a minha primeira em um longo tempo. Sei que você se revelará uma funcionária bastante capaz.

Foi a vez de Mia estudá-lo. Estreitou o olhar enquanto lhe observava a expressão intensa, séria.

– Por quê? – perguntou à queima-roupa. – O que é que você quer, Gabe? E, aproveitando, explique sobre ontem à noite. Estou completamente às escuras.

O sorriso dele foi lento e deliciosamente arrogante.

– Então, a minha gatinha tem garras.

A gatinha *dele*? Mia não deixou de notar o significado daquela palavra.

– Não brinque comigo. Algo mais está acontecendo aqui. Por que quer que eu venha trabalhar para você?

Gabe moveu o lábio superior para cima e para baixo e respirou fundo enquanto a observava do outro lado da mesa.

– Porque eu quero você, Mia.

O silêncio pairou, envolvendo a sala, exceto pela pulsação dela nas têmporas.

– Eu n-não entendo.

Ele abriu um sorriso predatório que a percorreu como se fosse seda macia.

– Ah, acho que entende, sim.

Mia sentiu uma onda de nervosismo invadindo-a. Aquilo não estava acontecendo. Tinha de ser um sonho.

– O que você sugere não é possível – disse ela. – Se eu trabalhar para você... não podemos...

– Não mesmo? – perguntou Gabe, zombeteiro. Ele se inclinou mais na poltrona, indolente e confiante, enquanto se virava de lado para esticar as pernas longas. – O propósito de você trabalhar para mim é que estará ao meu lado o tempo todo. E eu teria você quando quisesse e como quisesse.

Uma onda de calor envolveu-a por inteiro. Ela se mexeu, inquieta, na cadeira, torcendo as mãos à sua frente.

– Isso é oprimente – confessou. E era absurdo. O que poderia dizer? Estava sem palavras.

Seu coração estava disparado no peito. Sabia que havia mais naquilo do que as palavras dele. Havia um poço de significado nos olhos azuis dele. Ela sentiu-se caçada. *Perseguida*.

– Venha aqui, Mia.

A ordem firme mas gentil penetrou na névoa de confusão que a envolvia. Arregalou os olhos quando o fitou, dando-se conta de que Gabe esperava que fosse até ele.

Mia levantou-se, as pernas trêmulas, e passou as mãos pelo jeans numa tentativa de se acalmar. Então, deu aquele primeiro passo e contornou a beirada da mesa até onde ele ainda estava sentado em sua poltrona executiva.

Gabe pegou sua mão, entrelaçando os dedos de ambos e puxou-a para seu colo. Ela sentou-se desajeitadamente, mas ele a aninhou em seu peito. Afundou a mão livre nos cabelos dela, passando os dedos pelas mechas, enquanto a segurava com a outra mão.

– O relacionamento que estou propondo não é tradicional – disse-lhe. – Não a deixarei entrar nele às cegas, sem saber exatamente como você fica e o que você pode esperar.

– Quanta generosidade de sua parte – disse ela num tom seco.

Gabe deu-lhe um puxão de leve no cabelo.

– Atrevidinha. – Manteve os olhos semicerrados enquanto a observava. Soltou a mão da dela e levou-a até sua boca, traçando-lhe os contornos dos lábios com a ponta do dedo indicador. – Quero você, Mia. E vou avisando. Estou *bastante* acostumado a conseguir as coisas à minha maneira.

– Então, você quer que eu trabalhe para você e você me quer. Fisicamente, quero dizer.

– Oh, sim – murmurou ele. – Decididamente.

– E esse relacionamento que você propõe. O que quer dizer exatamente com "não" tradicional?

Gabe hesitou apenas por um breve momento.

– Serei o seu dono – disse à queima-roupa. – De corpo e alma. Você pertencerá a mim.

Oh, alto lá. Aquilo soava tão... pesado. Ela nem sequer conseguia assimilar o fato em sua mente. Sentindo a boca seca, tentou umedecer os lábios, mas conteve-se quando se lembrou da reação dele quando fizera isso momentos antes.

– Guiarei você através disso – disse ele num tom mais gentil. – Não vou atirá-la aos lobos. Serei paciente enquanto você vai aprendendo que tipo de relacionamento eu espero.

– Nem sequer sei o que dizer agora – falou ela.

Ele afagou-lhe o maxilar e a face com a mão. Seus olhares se encontraram, os lábios estavam muito próximos.

– Acho que é aqui que você me diz o que pensa – disse Gabe. – Você me quer tanto quanto eu a quero?

Ah, Deus, aquilo estava mesmo acontecendo? Ela ousaria dizer as palavras em voz alta? Era algo como estar na beirada de um arranha-céu olhando para baixo. O vento no rosto, sabendo que um passo em falso e a queda seria inevitável.

Ele percorreu o contorno do seu maxilar com os lábios, apenas roçando-lhe a pele. Mordeu-lhe o lóbulo da orelha, o que a fez estremecer.

– Diga-me o que eu quero saber – ordenou ele numa voz rouca, sussurrando ao ouvido dela.

– S-sim – balbuciou Mia.

– Sim o quê?

– Sim, eu quero você.

A admissão escapou na forma de um suspiro, deixando os lábios dela com relutância. Não conseguia nem sequer fitá-lo nos olhos.

– Mia, olhe para mim.

Houve algo na calma autoridade na voz de Gabe que ela assimilou. Fez com que ficasse totalmente ciente da presença dele, de Gabe como homem. E a fez desejá-lo ainda mais.

Ela virou o rosto para fitá-lo, viu o brilho em seus olhos. Gabe pegou o seu cabelo novamente, afagando as mechas.

– Tenho um contrato – disse. – Ele descreve cada detalhe do relacionamento que proponho. Quero que o leia cuidadosamente neste final de semana e, então, quero a sua decisão na segunda-feira.

Ela piscou rapidamente, tão aturdida que não encontrou as palavras de imediato. Quando, enfim, as encontrou, a voz lhe pareceu pastosa.

– Um contrato? Quer que tenhamos um *contrato*?

– Não precisa soar tão horrorizada – disse ele numa voz calma. – É para a sua proteção. E a minha.

Mia sacudiu a cabeça, confusa.

– Eu nem sequer entendo.

– Meus gostos são extremos. Leia o contrato e, como falei, leia-o cuidadosamente. Então, conclua se pode se comprometer com o tipo de relacionamento que exijo.

– Você está falando sério.

Gabe franziu as sobrancelhas, apertando os lábios. Então, inclinou-se para a frente, abraçando-a com mais força pela cintura para impedir que caísse do seu colo. Abrindo a gaveta da mesa, pegou um documento volumoso preso com um clipe. Colocou-o no colo dela.

– Pegue o fim de semana. Leia tudo. Certifique-se de que o entende. Gostaria da sua resposta na segunda-feira de manhã. Se há coisas que você precisa esclarecer, poderemos conversar a respeito na segunda.

– Então, é isso – declarou Mia, ainda atônita com tudo aquilo. – Vou para casa, leio o seu contrato e, então, nos encontramos na segunda-feira para finalizar os termos do nosso relacionamento?

Gabe apertou os lábios novamente, mas assentiu.

– De maneira sucinta, sim, embora você faça as coisas soarem bem mais frias do que são.

– Não sei se podem ficar mais frias – disse ela. – Você faz isso soar como um negócio, como se fosse um contrato do seu hotel ou dos resorts.

– Não há negociação – falou Gabe num tom suave. – Lembre-se disso. Leia o contrato. Assine-o, ou não. Mas se o assinar, estará de acordo com aquelas cláusulas.

Mia correu a mão pelo documento digitado e, em seguida, ergueu-o do seu colo. Respirou fundo, então, saindo do colo de Gabe. Teve de se apoiar com a mão livre na mesa enquanto a contornava até a frente. Se ao menos suas pernas cooperassem.

– Como chegou aqui? – perguntou Gabe.

– Peguei um táxi – respondeu ela numa voz baixa.

Ele pegou o telefone.

– Providenciarei para que o meu motorista a leve de volta ao seu apartamento e para que a traga até aqui na manhã de segunda-feira.

– Você está tão certo de si mesmo – murmurou Mia. – De mim.

Ele afastou o fone do rosto enquanto a observava.

– A única coisa de que estou certo é que esperei tempo demais para ter você.

capítulo 4

Em vez de pedir ao motorista que a levasse de volta ao apartamento, onde sabia que Caroline estaria à espera para cobri-la de perguntas, Mia o fez deixá-la na West 81st Street, a apenas duas quadras de onde trabalhava, na West 83rd Street. Havia um pequeno parque lá que não costumava ficar lotado a essa hora da manhã. Na maioria das vezes, eram pessoas fazendo caminhadas, babás e crianças brincando. O contrato estava em sua bolsa, que ela segurou com força junto a si enquanto se adiantava até um banco vazio. Foi para o mais longe possível da área dos brinquedos que conseguiu, onde poderia ter alguma privacidade.

Deveria estar no trabalho ao meio-dia, mas, de algum modo, soube que iria precisar de tempo para assimiliar o que estava prestes a ler. A exigência autocrática de Gabe para que se demitisse e fosse trabalhar para ele ecoava em sua mente.

Não, nunca planejara tornar permanente o emprego na confeitaria, mas gostava do casal que possuía o estabelecimento. Sempre foram bons para ela. Era um lugar que costumava frequentar e se afeiçoou ao casal de meia-idade. E não, não era um emprego digno de todo o dinheiro que Jace gastou na sua educação. Foi um impulso perguntar aos proprietários da confeitaria se precisavam de ajuda extra. Aquilo lhe deu tempo para pensar em qual seria seu passo seguinte e fez com que se sentisse bem por não ficar completamente dependente do apoio de Jace. Ele fez o bastante ao longo dos anos. Não queria que o irmão se preocupasse mais com ela.

Enquanto se sentava no banco, olhou ao redor para se certificar de que ninguém estava próximo o bastante para ver o que estava lendo. Tirou o contrato da bolsa e virou a capa com nervosismo para começar a ler o conteúdo. Arregalou os olhos conforme lia. Virou as páginas automaticamente, enquanto travava uma batalha entre a incredulidade e uma estranha curiosidade.

Gabe não mentira quando dissera que seria o seu dono. Que ela pertenceria a ele. Se assinasse aquele contrato e entrasse num relacionamento com Gabe, estaria cedendo todo o poder a ele.

Havia cláusulas dizendo que ela deveria estar disponível a ele o tempo todo. Teria de viajar com ele, estar à sua disposição. Suas horas de trabalho seriam como ele as fizesse e seu tempo pertencia exclusivamente a ele dentro dessas horas de trabalho.

Deus do céu, havia até cláusulas detalhadas no que dizia respeito ao sexo.

Ela sentiu as faces afogueadas enquanto erguia os olhos depressa, temendo que alguém a visse e soubesse exatamente o que estava lendo.

E queria se certificar de que ninguém estivesse perto o bastante para ver o que estava digitado naquelas páginas.

Se assinasse, concordava em ceder poder a ele não apenas no quarto, mas em todos os aspectos do relacionamento de ambos também. As decisões seriam tomadas por ele. Ela teria de obedecer.

Talvez o mais perturbador fosse que, por mais detalhado que fosse o contrato, a descrição exata do que ela teria de fazer era vaga porque, em essência, tudo estava encoberto pelo fato de que teria de dar a ele tudo o que quisesse, sempre e do modo que quisesse.

Em troca, ele garantia que todas as necessidades dela fossem atendidas, física e financeiramente. Não havia nada em absoluto sobre necessidades emocionais. Aquele não era o estilo de Gabe. Ela o conhecia o bastante para saber que ele não depositava mais a sua confiança nas mulheres. Ambos teriam sexo. E teriam quase um relacionamento conforme definido pelo contrato, mas a intimidade não faria parte dele. Nem as emoções.

Gabe se reservava o direito de cancelar o contrato a qualquer momento e poderia fazê-lo se ela rompesse quaisquer cláusulas com as quais concordou. Era bastante frio, como um contrato de funcionário que chegasse ao término por justa causa.

E ela supunha que era uma oferta de emprego de dupla jornada. Uma como assistente pessoal e outra como amante. Um joguete. Uma posse.

O emprego como assistente pessoal era apenas uma fachada para ter acesso ilimitado a ela. Gabe a queria a sua disposição no escritório e nas viagens de negócios que fazia. Mas ele deu um passo adiante porque o tempo dela fora do escritório pertencia a ele também.

Mia franziu o cenho enquanto chegava à última página. Estava tudo bem em fazê-la ler o contrato e ir até lá na segunda-feira com uma decisão, mas o contrato não lhe dizia nada além do fato de que abria mão de todos os seus direitos e ele assumia o controle de cada aspecto de sua vida. Não havia nada específico! O que tudo significava? O que ele esperava dela?

Iria amarrá-la à mesa e fazer sexo com ela a intervalos de trinta minutos? Esperava que fizesse sexo oral nele enquanto ele estivesse numa reunião por telefone? A única referência que descobriu foi uma cláusula aludindo a sexo, declarando que tais atos poderiam e envolveriam sujeição a critério dele.

Ela nem sequer conseguia assimilar tudo que poderia estar envolvido. Não era uma idiota em se tratando de sexo. Não era virgem; teve namorados estáveis. Mas tinham sido relacionamentos corriqueiros e nem sequer pensava mais a respeito. Nunca lhe ocorreu que o contrato tivesse aquele teor.

Tudo lhe soava bastante pornográfico, mas ficava bobo o fato de que havia um contrato envolvido no qual, se o assinasse, ela cederia direitos sobre o seu corpo.

Quanto mais tempo ficava sentada ali e lia, mais desconcertada se sentia.

Leu outro parágrafo exaltando a importância de ela saber precisamente no que estava se metendo e de que, ao assinar o contrato, concordava em não distorcer seu relacionamento com Gabe a nenhuma fonte externa, inclusive vários veículos de mídia.

Deus do céu. Mídia? O que ela iria fazer, ir ao *Good Morning America* e dizer ao mundo que era o joguete de Gabe Hamilton?

Quando chegou ao parágrafo seguinte, seus olhos se arregalaram ainda mais. Um relatório médico completo seria fornecido a ela pelo médico pessoal de Gabe e seria esperado que ela se submetesse a um exame semelhante, para que ambas as partes apresentassem um atestado de saúde declarando que estavam livres de doenças. E ainda mais, ela teria de tomar anticoncepcionais, e preservativos seriam apenas fornecidos no caso de ela ter uma relação com outra pessoa que não fosse Gabe.

Mia ajeitou o contrato em seu colo, boquiaberta. Que diabo aquilo significava? Seria esperado que ficasse com alguém da escolha dele?

A cabeça dela rodopiou com as implicações.

Certamente teve razão em se questionar se seria capaz de lidar com um homem como Gabe. Ele era tão diferente dela que as coisas nem sequer eram engraçadas. Mia nunca ouviu falar em metade das coisas descritas naquele contrato.

Lembrou-se do comentário de Gabe quando disse que seria paciente e a guiaria através de suas expectativas. Ela quis rir. Ah, iria precisar de um guia completo para aquela viagem. Contaria com o Google mais tarde porque teria de procurar a maioria das coisas detalhadas ali.

Suas mãos tremeram quando pegou o contrato outra vez e leu a última página. Aquilo era loucura. Mas loucura ainda maior era o fato de que ainda não o havia rasgado e deixado Gabe saber exatamente o que podia fazer com ele.

Estava pensando realmente em concordar com aquilo?

Suas emoções eram um misto de confusão e aturdimento. Parte dela queria descobrir exatamente o quanto Gabe era devasso. A julgar por seu contrato, ele estava muito longe de se parecer com o que quer que fosse convencional.

Mia lembrou-se vagamente da repercussão do divórcio dele com Lisa, mas foi há muitos anos e ela era jovem na época. Sabia que tinha sido conturbado e que afetou os relacionamentos dele com as mulheres desde então, mas os dois tiveram aquele tipo de acordo?

Ele ficou marcado por ele? Pessoas normais não chegavam àqueles extremos para cobrir cada detalhe de um relacionamento. Agora, ela se perguntou sobre todas as outras mulheres com quem Gabe já esteve.

Não que tivesse sido apresentada a nenhuma delas, mas ouviu Jace e Ash conversando a respeito. Se ele tinha um contrato pronto tão rapidamente, aquilo dizia a ela que ele provavelmente o fornecia a outras mulheres.

O pensamento a deixou com um gosto amargo na boca. Não, não esperava ser diferente de ninguém que tivesse vindo antes dela, mas era bom pensar que era especial ou, ao menos, original. E não comparada com todas as outras mulheres com quem ele tivesse dormido. Mas preferia que Gabe fosse claro com ela e que não a enganasse. Ao menos, sabia precisamente em que pé estavam as coisas com ele. E Gabe foi claro ao demonstrar que queria que ela entrasse naquilo de olhos bem abertos. Bem, depois de ler o contrato, seus olhos ficariam permanentemente arregalados.

Mia verificou o relógio, dando-se conta de que tinha tempo de chegar à confeitaria se começasse a caminhar agora. Dobrando o contrato, guardou-o de volta na bolsa e rumou na direção da confeitaria La Patisserie.

Pegou o celular enquanto caminhava e não se surpreendeu em ver que já tinha meia dúzia de mensagens da sua melhor amiga. Todas querendo saber como tinham sido as coisas com Gabe, além de ameaças dizendo que, se ela não contasse tudo logo, Caroline iria matá-la. O que, afinal, poderia dizer? De algum modo, digitar *Gabe me quer como seu brinquedinho pessoal* não pareceu certo, mesmo que provavelmente fosse fazer Caroline quase desmaiar.

E, ai, meu Deus, se Jace descobrisse...

Ela respirou fundo. Jace era um grande problema. Ele ficaria louco se descobrisse do que se tratava aquilo. Com certeza, Gabe pensou a esse respeito. Não pensou?

Não haveria meio de deixar o irmão saber sobre isso. Era algo que arruinaria a amizade deles e, por certo, arruinaria os negócios também. Sem mencionar que ele nunca entenderia e aquilo poderia criar um grande abismo entre ambos. Mia estava refletindo a respeito. Tinha de fazê-lo se fosse para levar em conta todos os obstáculos em potencial, certo? Perdeu o juízo? Devia estar correndo o mais depressa que podia na direção oposta, mas, ainda assim...

Mia chegou com dez minutos de antecedência e abriu a porta da La Patisserie. O sino tocou, um som familiar enquanto a porta se fechava atrás dela, e abriu um sorriso, cumprimentando Greg e Louisa, os proprietários da confeitaria.

– Olá, Mia! – disse Louisa de trás do balcão.

Mia acenou e se adiantou rapidamente até os fundos para colocar o avental e o chapéu. Era uma ridícula boina francesa e ela sempre se sentiu tola usando-a, mas Greg e Louisa insistiam em que todos os funcionários a usassem.

Quando se adiantou de volta até a frente, Louisa lhe fez um sinal.

– Tenho de ficar no balcão hoje. Greg vai ficar nos fundos cozinhando. Temos uma enorme encomenda para entregar logo mais à noite. Assim, você pode servir as mesas?

– Claro – disse Mia.

Havia apenas cinco mesas na pequena confeitaria. Era, na maior parte, um lugar para se levar café para viagem, junto com croissants e deliciosos doces, mas alguns dos frequentadores gostavam de tomar café e comer lá dentro durante o intervalo de almoço. Havia quatro mesas adicionais na calçada, mas faziam parte do sistema de *self-service*, e ela não tinha de servir aquelas mesas.

– Você comeu? – perguntou Louisa.

Mia sorriu. Louisa estava sempre preocupada com o fato de ela não se alimentar direito e pular refeições e, consequentemente, estava sempre querendo forçá-la a comer.

– Comi esta manhã. Vou comer algo antes de sair.

– Está certo. Não deixe de provar o novo sanduíche de Greg. Ele vai querer a sua opinião. Ele o está testando com alguns dos fregueses para ver o que dizem. Quer acrescentá-lo ao nosso cardápio.

Mia meneou a cabeça e, então, se adiantou até uma mesa onde um casal acabara de sentar.

Durante a hora seguinte, Mia trabalhou na correria do almoço, ficando ocupada demais para pensar no assunto de Gabe. Ele decididamente ainda ocupava uma grande parte da sua mente. Estava menos atenta do que de costume e confundiu dois pedidos, algo que raramente fazia. Louisa lançou olhares preocupados na sua direção, porém Mia manteve-se ocupada, não querendo que a mulher mais velha se importasse, ou pior, que lhe perguntasse se havia algo errado.

Às duas da tarde, a correria do almoço diminuiu e os fregueses começaram a deixar a confeitaria. Mia estava prestes a fazer um intervalo, pegar algo para beber e se sentar por um minuto quando ergueu os olhos e viu Gabe entrar. Parou no meio do caminho e quase caiu no chão. Gabe se aproximou depressa e segurou-a antes que pudesse cair. Manteve as mãos com firmeza em torno dos braços de Mia e até depois que ela se equilibrou. Embaraçada, ela sentiu as faces afogueadas e olhou rapidamente ao redor para ver se alguém testemunhara seu tropeço.

– Você está bem? – perguntou Gabe numa voz baixa.

– Estou – ela conseguiu dizer. – O que está fazendo aqui?

Ele curvou os lábios de leve, observando-a com um olhar preguiçoso.

– Vim ver você. Por que outra razão estaria aqui?

– Porque eles têm um bom café?

Ele se adiantou na direção da mesa de canto, segurando-a pelo cotovelo.

– Gabe, tenho de trabalhar – sussurrou ela com firmeza.

– Pode anotar o meu pedido – disse ele, sentando-se.

Mia emitiu um som de exasperação.

– Você não come aqui e sabe disso. Não posso imaginar você comendo num lugar como este.

Ele arqueou uma sobrancelha.

– Está me chamando de esnobe?

– Só estou fazendo uma observação.

Gabe pegou o cardápio e o estudou por um momento antes de o baixar outra vez.

– Café e um croissant.

Mia sacudiu a cabeça e foi até o fundo do balcão para pegar o croissant e servir uma xícara de café. Felizmente, Louisa foi para os fundos com Greg e não testemunhou seu nervosismo. Ela não desejava responder perguntas sobre quem era Gabe.

Teve de esperar que suas mãos parassem de tremer antes de pegar a xícara de café. Carregou-a no pires com o croissant até Gabe e os colocou diante dele. Quando ia se afastando, ele segurou sua mão.

– Tire um momento e se sente, Mia. Não há ninguém na confeitaria.

– Não posso sentar. Estou trabalhando.

– Não tem permissão de fazer um intervalo?

Ela não ia dizer que estava prestes a fazer exatamente aquilo quando ele entrou. Não imaginou que ele teria esperado a confeitaria esvaziar para entrar quando ela não estivesse ocupada.

Com um suspiro resignado, ela se sentou na cadeira diante dele e lançou um olhar em sua direção.

– Por que está aqui? Você disse que eu tinha até segunda-feira.

– Eu queria ver com o que estava concorrendo – disse Gabe à queima-roupa. Olhou ao redor da confeitaria e, depois, para ela, uma expressão inquisidora nos olhos.

– Isto é realmente o que você quer, Mia? Onde quer estar?

Ela olhou por sobre o ombro a fim de se certificar de que Greg e Louisa ainda não estavam por perto. Em seguida, olhou de volta para Gabe, os joelhos trêmulos debaixo da mesa.

– Há uma porção de coisas naquele... contrato. – Mia nem sequer conseguia dizer a palavra. Baixou os olhos porque foi impossível manter o olhar por mais tempo. – Muito a levar em consideração.

Quando arriscou um olhar na direção dele, havia uma expressão de satisfação absoluta em seus olhos.

– Então, você já o leu.

– Por cima – mentiu ela, tentando soar casual e, ao menos, um tanto sofisticada. Como se recebesse aquele tipo de proposta o tempo todo. – Pretendo ler tudo com mais calma hoje à noite.

– Ótimo. Quero que tenha certeza.

Gabe estendeu a mão por cima da mesa, tocando o pulso dela com a ponta dos dedos. Mia sentiu a pulsação acelerada em reação ao simples toque, e arrepios percorreram seu braço.

– Deixe seu emprego – disse ele num tom baixo que não se ouviu para além da mesa. –Você sabe que aqui não é onde precisa estar. Posso lhe dar oportunidades bem maiores.

– Para você, ou para mim? – perguntou ela num tom desafiador.

Gabe sorriu outra vez e ficou tão sedutor que ela quase derreteu no ato.

– Será um acordo de benefícios mútuos.

– Não posso deixá-los sem ninguém. Não seria certo.

– Eu me certificarei de que tenham um funcionário temporário até que arranjem alguém para colocar no seu lugar. Há uma porção de gente precisando de emprego. Os Miller não *querem* deixar você ir. Não estão procurando outra pessoa porque estão perfeitamente contentes com você ficando aqui por quanto tempo puderem tê-la.

Mia hesitou e, então, afastou o cabelo para trás com uma mão em seu nervosismo.

– Vou pensar nisso.

Gabe tornou a sorrir, um brilho caloroso no olhar. Antes que ela pudesse reagir, ele lhe segurou o rosto, erguendo seu queixo com o dedo. Cobriu os lábios dela com um beijo ardente. Mia não se moveu, não se afastou. Sentiu-se lânguida, recostando-se no abraço, enquanto ele acentuava o beijo.

Ele passou a língua pela dela, provocando-a de leve antes de afastar a sua por um momento. Lambeu o lábio inferior dela e, então, mordiscou-o de leve.

– Pense a respeito, Mia – sussurrou. – Estarei à espera da sua decisão.

Ele, então, se afastou e deixou a confeitaria, seguindo até o carro que estava estacionado em frente.

Mia ficou olhando para a rua até bem depois que ele se foi. Os lábios formigavam por causa do beijo e ela os cobriu com a mão. Ainda podia sentir o perfume dele, o toque de seu corpo junto ao dela.

Despertou de seu estado quando o sino acima da porta tocou e um freguês entrou. Louisa veio dos fundos e atendeu o freguês, enquanto Mia recolhia da mesa a xícara de café pela metade de Gabe e o croissant por comer.

Era quase momento de ir embora. Trabalhava apenas algumas horas, geralmente durante o horário movimentado de almoço e, às vezes, nas manhãs de sábado e domingo se precisassem realmente dela.

Adiantou-se até os fundos para retirar o avental e a boina, a mente num turbilhão. Greg estava cozinhando e Louisa se apressou a voltar até o marido. Mia ficou na porta por um longo momento até que Greg ergueu os olhos e a viu.

Ela respirou fundo, soltando o ar devagar.

– Há uma coisa que preciso dizer a você e Louisa.

capítulo 5

– Puxa vida, você se demitiu? – perguntou Caroline.

Mia assentiu devagar e, então, desviou a atenção de volta para a água quase fervente no fogão. Ela a salgou e, em seguida, acrescentou o espaguete.

– Ora, vamos, você tem que me contar mais. O que a fez tomar essa decisão? Eu estava começando a pensar que você faria carreira como *chef* de confeitaria, ou algo assim.

– Você fala como Gabe – resmungou Mia.

Caroline estreitou os olhos.

– É por causa dele que você se demitiu? Fale, amiga. Você ainda não me contou o que se passou no encontro de hoje, e isso está me enlouquecendo!

Mia hesitou, mas acabou apertando os lábios. Não podia contar a Caroline sobre o contrato. Nem sobre nada referente ao seu encontro com Gabe. Se fosse concordar com aquilo – e, ao que parecia, estava pensando seriamente nisso –, não queria que os detalhes de sua vida particular – com Gabe – fossem conhecidos. Nem mesmo pela sua melhor amiga.

Mas tinha de lhe dizer alguma coisa. Assim, optou pelo menor de dois males.

– Ele me ofereceu um emprego.

Caroline arregalou os olhos.

– Espere. Ele beijou você. Ameaçou fazer amor com você no terraço. Tudo porque quer que trabalhe para ele?

Sim, aquilo soava pouco convincente para Mia também, mas não diria uma palavra sequer sobre o maldito contrato.

– Bem, poderia haver mais, mas, por ora, ele quer que eu seja sua assistente pessoal. Acha que estou desperdiçando meu talento trabalhando na La Patisserie.

Caroline serviu um copo de vinho para cada uma e deslizou o copo de Mia pelo bar até ela. Mia mexeu o molho de espaguete e o macarrão na panela.

– Bem, eu concordo com ele. Você não cursou a faculdade para servir café e croissants às pessoas – respondeu Caroline secamente. – Mas assistente pessoal? Acho que ele dá uma definição totalmente diferente à palavra *pessoal*.

Mia permaneceu em silêncio, recusando-se a morder a isca.

– Você deve ter decidido que vai concordar, se pediu demissão, certo?

Mia soltou um suspiro.

– Ainda não decidi nada. Tenho até segunda-feira para tomar uma decisão.

Caroline deu de ombros.

– Não é tão difícil assim, se quer a minha opinião. Ele é rico, bonito e quer você. O que há para não adorar nessa situação?

– Você é incorrigível – declarou Mia, exasperada. – Dinheiro não é tudo, como sabe.

– Isso dito por uma garota que é paparicada pelo irmão mais velho, que, por sinal, também é extremamente rico.

Mia não podia negar que Jace era tão rico quanto Gabe e sabia que fez muito por ela. Ele lhe comprou esse apartamento – embora não gostasse do fato de ela costumar caminhar vinte quadras até o trabalho. Ela não precisava dividir as despesas com ninguém, mas Caroline precisava de um lugar para ficar e Mia gostava da companhia. Mas ela tentava não contar *exclusivamente* com Jace. Não era extravagante. Na verdade, ela aprendeu a ser bastante frugal com seus ganhos modestos.

– Acho que estou mais curiosa do que qualquer coisa – admitiu Mia. – Gabe sempre me fascinou. Tenho uma queda por ele desde que posso me lembrar.

– Curiosidade é uma razão válida para se prender a um cara – disse Caroline. – Como saberá se são compatíveis se não der esse passo?

Dar o passo pareceu apropriado. Mas não era apenas um passo breve. Parecia mais um salto de um penhasco. Ela ansiou por pegar o maldito contrato para poder examiná-lo mais uma vez, mas não podia fazer aquilo diante de Caroline, o que significava que teria de esperar até mais tarde para revê-lo.

Mia provou uma ponta do espaguete com o garfo.

– Está pronto. Pegue um prato, enquanto escorro o espaguete.

– Vou pegar mais vinho – ofereceu-se Caroline. – Você cozinha tão bem, Mia. Eu gostaria de ter a sua habilidade. Os homens adoram isso.

Mia riu.

– Como se você tivesse algum problema em relação aos homens.

E era verdade. Caroline era linda. Apenas um pouco mais alta que Mia, era mais curvilínea com uma exuberância em suas formas que atraía os homens feito moscas. Tinha belos cabelos castanho-avermelhados que exibiam reflexos acobreados sob o sol. Acrescentando-se calorosos olhos castanhos, o resultado era uma linda mulher com uma personalidade extrovertida que cativava a todos que conhecia.

– O problema é encontrar o *cara certo* – disse Caroline em tom desejoso.

Mia contraiu o rosto, arrependida de suas palavras descuidadas. Não, Caroline não tinha nenhum problema para atrair os homens. Mas o último homem que atraiu foi uma péssima escolha. Ela ergueu o copo de vinho num esforço para encobrir a sua gafe e disse:

– Beberei a isso.

O telefone do escritório de Gabe tocou, mas ele continuou digitando o memorando em que estava trabalhando. Já era tarde. Ninguém deveria estar ligando para o escritório.

A sala estava silenciosa e, então, alguns segundos depois, seu celular tocou. Um breve olhar para o número que o estava contatando no visor e, por um momento, pensou em deixar a ligação ir para o correio de voz. Com um suspiro, pegou o celular e atendeu. Não podia ignorar sua mãe mesmo que já soubesse por que ela estava ligando.

– Alô – disse.

– Gabe. Aí está você. Achei que ainda pudesse estar no escritório. Você tem trabalhado até tão tarde ultimamente. Não vai tirar férias nunca?

Ele teve que admitir que não era má ideia. Mais atraente ainda era a ideia de levar Mia com ele. Vários dias longe do mundo a fim de iniciá-la em seu próprio mundo? Definitivamente, algo a se considerar.

– Oi, mãe. Como vai?

Era uma pergunta que aprendeu a não fazer e, ainda assim, sempre fazia. O problema em perguntar à mãe como ia era que ela nunca escolhia a saída educada e dizia *bem*, como a maioria das pessoas, a despeito de estarem mesmo bem, ou não.

– Não posso acreditar no que ele está fazendo – disse ela em evidente agitação. – Está fazendo a si mesmo de bobo e a mim também.

Gabe suspirou. Depois de quase quarenta anos de casamento, seu pai se mudou, apresentou os papéis de divórcio à mãe e parecia determinado a conhecer o máximo de modelos mais jovens o mais rápido possível. Sua mãe não estava aceitando aquilo bem, como já era esperado. E, infelizmente, era de Gabe que ela buscava a opinião.

Ele amava o pai, mas ele estava sendo um grande cretino. Gabe não entendia. Como era possível estar com alguém por tantos anos e, então, acordar numa manhã e decidir ir embora?

Gabe não tinha certeza de que teria chegado ao ponto de pedir o divórcio a Lisa. Foi ela que o deixou. Podia não ser a coisa certa a fazer, permanecer num relacionamento onde era óbvio que não existia mais amor ou afeição verdadeira, mas ele a teria poupado da dor e da humilhação de um divórcio.

Ela, no entanto, não sentiu o mesmo em relação a poupá-lo. Não tinha nada contra o fato de ela ter pedido o divórcio. Talvez ele devesse ter feito algo antes de ter permitido que as coisas chegassem ao ponto que chegaram. Mas não se deu conta de que Lisa estava tão desesperadamente infeliz. O que tinha contra ela era a maneira como se divorciou dele.

– É uma desgraça, Gabe. Você viu os jornais desta manhã? Ele estava de braço dado com uma mulher de cada lado! Agora, o que ele faria com duas mulheres?

De maneira alguma Gabe responderia *aquela* pergunta. Estremeceu só em imaginar o pai... Não, não seguiria por esse caminho.

– Mãe, pare de ler as colunas sociais – disse pacientemente. – Sabe que isso só vai aborrecer você.

– Ele está fazendo isso de propósito para me punir – queixou-se ela.

– Por que ele puniria você? O que pode ter feito a ele?

– Ele está me mostrando que, enquanto estou sentada em casa lamentando o fim do casamento, ele está por aí se divertindo. Está me dizendo com mais do que palavras que seguiu em frente e que eu não tenho mais um lugar em seu coração.

– Sinto muito, mãe – disse Gabe com gentileza. – Sei que isso a magoa. Gostaria que saísse e fizesse algo. Você tem amigos. Tem uma porção de obras beneficentes para as quais faz doações e trabalha como voluntária. Ainda é jovem e bonita. Qualquer homem teria sorte em chamar sua atenção.

– Não estou pronta para seguir em frente – disse ela, tensa. – Seria desrespeitoso ficar com um homem logo depois do divórcio. Só porque o seu pai está agindo como um cretino sem um pingo de classe não significa que não agirei com o mínimo de decoro.

– Precisa se preocupar menos com o que todos vão pensar e se concentrar no que a faz feliz – aconselhou Gabe, francamente.

Houve um longo silêncio e, em seguida, sua mãe suspirou. Gabe detestava que ela estivesse tão infeliz. Ficava magoado com o fato de a mãe estar sofrendo. Tentava não se meter nos assuntos dos pais, mas recentemente estava sendo quase impossível. Sua mãe lhe telefonava dia sim, dia não para reclamar do que o pai estava fazendo, ao passo que o pai se ocupava tentando fazer com que ele engolisse a sua mais recente namorada. O problema era que ele estava com uma mulher diferente a cada vez que o via. E o pai estava concentrado demais em tentar preencher uma lacuna no relacionamento de ambos que havia sido causada pela exata coisa que estava forçando Gabe a aceitar. Aceitação. Ele queria o perdão e a aceitação de Gabe.

E embora Gabe pudesse perdoar o pai – não podia ficar contra ele e suas decisões, eram a vida e a felicidade dele –, não podia aceitar outra mulher no papel que a mãe desempenhou durante a maior parte da vida dele.

– Desculpe, Gabe – falou a mãe num tom manso. – Sei que deve detestar quando eu ligo. Tudo o que faço é reclamar do seu pai. Eu não deveria fazer isso. O que quer que ele tenha feito, ainda é seu pai e eu sei que ama você.

– Vamos jantar durante o fim de semana – convidou Gabe numa tentativa de a animar. – Levarei você ao Tribeca Grill.

– Tenho certeza de que está ocupado.

– Nunca estou ocupado demais para você – disse ele. – Sempre terei tempo para jantar com a minha mãe. O que me diz?

Quase pôde ouvir o sorriso na voz dela.

– Eu gostaria muito. Já faz tempo que não saio.

– Ótimo. Vou buscá-la de carro.

– Oh, não precisa fazer isso! – exclamou ela. – Posso ir de táxi até a cidade.

– Disse que vou buscá-la – insistiu. – Podemos conversar no caminho de volta. Pedirei ao meu motorista que leve você em casa depois de comermos.

– Aguardarei ansiosamente – disse ela com genuína euforia na voz.

Havia tempo que Gabe não via a mãe tão contente. Naquele momento, ficou feliz por ter feito o esforço de tirá-la do exílio que havia imposto a si mesma. Ela precisava sair, enfrentar o mundo e descobrir que sua vida não havia terminado só porque seu casamento acabou. Ele lhe deu tempo para sofrer e se esconder na casa de onde o pai se mudou. Mas já era o bastante. Ora, talvez até conseguisse convencer a mãe a vender a casa em Westchester e se mudar para a cidade. Não havia sentido em manter a casa agora. Era um lugar que continha lembranças dolorosas demais para ela. A mãe precisava de um recomeço.

Ele entendia tudo sobre recomeços. Depois do divórcio, enfrentou um período parecido com o da mãe, querendo ficar em paz. Gabe entendia, mas também sabia que, quanto antes ela saísse e começasse a viver, o mais rápido conseguiria seguir em frente.

– Amo você, filho – disse ela, a voz carregada pela emoção.

– Amo você também, mãe. Vejo você no sábado à noite, está bem?

Gabe encerrou a ligação e, então, observou a foto que ainda enfeitava sua mesa. Seus pais no aniversário de 39 anos de casamento. Pareciam tão felizes. Tudo foi uma mentira. Duas semanas depois que a foto foi tirada, seu pai saiu de casa e foi morar imediatamente com outra mulher.

Gabe sacudiu a cabeça. Cada vez mais começava a se dar conta de que o casamento não era seguro. O divórcio podia acontecer a qualquer um.

Havia certamente o argumento de que uma pessoa não estava preparada para o turbilhão emocional de um rompimento. E decididamente uma pessoa também tinha de se proteger em termos financeiros. Divórcios eram bem mais caros do que o casamento.

Ele estava perfeitamente contente com a maneira como lidava com os relacionamentos agora. Sem quaisquer riscos emocionais ou financeiros envolvidos. Nada de egos feridos. Nada de mágoas. Nem de traição.

Gabe lançou um olhar para o celular e procurou a foto que tirou de Mia algumas semanas antes. Ela nem sequer notou que ele havia tirado aquela foto. Não o viu, não soube que ele estava lá.

Ela saía de uma loja em Madison Avenue, mais ou menos em frente a onde estava e ele ficou fascinado pela imagem que Mia apresentava. Parada na calçada, os cabelos esvoaçando com a brisa enquanto chamava um táxi.

Ficou quase paralisado pelo desejo. Não que já não soubesse, mas, naquele momento, deu-se conta de que *precisava* tê-la. Havia algo nela que achava irresistível. Seu fascínio alcançou o ponto da obsessão. Tirou uma foto de Mia sem o conhecimento dela de maneira que a pudesse admirar como fez naquele dia.

Jovem, vibrante. Tão linda. E o seu *sorriso*. Quando Mia sorria, iluminava o mundo à sua volta. Não tinha mais olhos para ninguém quando ela estava presente.

Mia era... cativante.

Não sabia exatamente o que a tornava tão especial. Talvez não fosse nada além da natureza proibida do relacionamento de ambos. Ela era a irmã mais nova de seu melhor amigo. Era quatorze anos mais jovem do que ele. Era uma mulher que deveria deixar em paz.

Mas o que deveria fazer e o que faria eram duas coisas diferentes.

Queria Mia e faria tudo que estivesse a seu alcance para possuí-la.

capítulo 6

Segunda-feira, Escritórios da HCM, Presente

Mia estava na entrada do escritório de Gabe, olhando para ele.

Então, ele não estava tão certo das atitudes dela quanto pareceu inicialmente. Ainda havia alívio em seus olhos azuis.

Ela abriu a boca para dizer que ainda não tomara sua decisão, mas não era uma boa ideia provocá-lo. Ele parecia tão tenso e a última coisa que queria era começar as coisas o aborrecendo.

– Estou aqui – disse Mia numa voz rouca.

Gabe se aproximou, pegou sua mão e a conduziu até o sofá do lado oposto da mesa em seu escritório.

– Gostaria de beber alguma coisa? – perguntou.

Mia sacudiu a cabeça.

– Estou bem. Nervosa demais para beber alguma coisa.

Ele fez um gesto para que sentasse no pequeno sofá de couro. Sentou-se, então, ao lado de Mia, colocando as mãos dela em seu colo.

– Não quero que fique nervosa ou com medo de mim. Essa não foi minha intenção em absoluto. Eu lhe dei uma explicação bem detalhada de como será o nosso relacionamento para dissipar quaisquer temores ou confusão. Quero apenas que saiba precisamente o que o nosso acordo envolverá. Mas nunca tive a intenção de que se sentisse assustada ou intimidada.

Mia o encarou, determinada a ser confiante e direta.

– Confio em você, Gabe. Sempre confiei. Essa é a razão para eu ter decidido aceitar a sua proposta.

Algo primitivo brilhou nos olhos dele. Foi algo que a fez se sentir extremamente vulnerável, mas a sensação foi pecaminosamente deliciosa, provocando um arrepio.

– Mas eu tenho algumas condições próprias – disse, cautelosa.

Gabe arqueou uma sobrancelha, os lábios se curvando com um ar divertido.

– É mesmo?

Se ela não fosse firme e não insistisse em suas condições, jamais teria uma chance naquele relacionamento. A despeito de estar entregando o poder a ele, não iria se acovardar nem se esquivar de dizer o que pensava.

– Havia uma cláusula que... me... incomodou.

– E qual foi?

Mia tentou controlar o rubor porque até dizer aquilo em voz alta a fazia se sentir extremamente constrangida.

– Aquela sobre controle de natalidade e preservativos.

Gabe franziu o cenho.

– Você não pode tomar anticoncepcionais? Não é um problema. Eu jamais a obrigaria a tomar algo que não pudesse por questões de saúde. Embora a minha preferência seja a de não usar preservativos, eu o faria se significasse proteger você quando outros meios não são acessíveis.

Ela sacudiu a cabeça.

– Deixe-me terminar. Havia uma parte que dizia que preservativos seriam usados apenas por... outros. Não entendo o que isso quer dizer. Mas se significa o que estou pensando, quero me reservar o direito de recusar. Ser entregue a outra pessoa por capricho é algo que me enlouquece. Que me assusta – corrigiu-se.

Sua expressão foi se suavizando, Gabe tocou em seu rosto, deslizando a mão pelo maxilar.

– Ouça. O contrato é um pouco enganoso nessa questão de que terei completo e total controle sobre você. É um contrato preciso, mas posso lhe assegurar que nunca vou fazer nada que a deixe desconfortável. Minha função é estar em sintonia com os seus desejos e necessidades. Não terei muito valor como homem se não puder fazer isso pela mulher aos meus cuidados. No final das contas, o poder está com você. Porque você controla as minhas ações. Quero agradá-la. É muito importante para mim que eu a agrade. Quero que fique satisfeita. Quero que se sinta tão mimada, paparicada e estimada que não vai querer outra coisa a não ser estar comigo o tempo todo.

Mia engoliu em seco, mal conseguindo conter o suspiro de alívio que ameaçou escapar de seus lábios.

– Há outras preocupações? – perguntou ele.

Ela confirmou com um gesto de cabeça.

Gabe afastou a mão de seu rosto.

– Vamos ouvi-las.

– Não existe uma palavra segura – desabafou ela. – Sei o bastante a respeito desses tipos de... relacionamentos... para saber que a maioria das pessoas usa uma palavra segura. Mas não há nada a respeito no contrato.

– Eu me pergunto o que está imaginando que farei com você – murmurou ele.

– Havia palavras como *sujeição* e *dor* – apontou. – É um medo razoável.

– De fato – concordou Gabe. – Mas não há menção de uma palavra segura por minha causa; é simples como você dizer *não*.

Mia franziu o cenho.

– O contrato foi bastante claro quanto a eu não ter essa habilidade. Se eu assinar, abro mão de dizer *não* a você.

Ele soltou um suspiro.

– Não sou nenhum monstro determinado a abusar de você. Tem razão quanto a eu não gostar muito da palavra *não*. Mas a minha esperança é a de que você não a use muito. Prefiro reservar a palavra para raras ocasiões em que você se sinta realmente assustada ou desconfortável. Não quero que o "não" fique saindo da sua boca só porque você está incerta e a ideia lhe parece errada antes mesmo de lhe dar uma chance. Mas se você realmente se vir numa situação em que não quer estar, um *não* será suficiente para eu parar. Posso não gostar, mas não vou ignorar essa palavra. Nunca. Tem minha palavra quanto a isso.

Nós conversaremos sobre o que a deixa desconfortável e, ou resolveremos isso e aplacaremos os seus medos, ou seguiremos em frente e deixaremos isso para trás.

– Então, não devo dizer não à toa.

– Exatamente.

Mia começava a relaxar, parte de sua preocupação se dissipando. Uma onda de euforia a dominava quando pensava que estava tão perto de algo que desejou desde a adolescência.

– Há algo mais? – perguntou ele, observando-a com ar expectante.

Ela meneou a cabeça e respirou fundo. Ele podia ou não aceitar sua condição seguinte. Mas era algo em que ela se recusava a recuar.

– Há um parágrafo inteiro que se destina à minha fidelidade. Entretanto, não há nada dizendo que você será fiel a mim.

Um brilho divertido passou pelos olhos dele.

– Isso é importante para você.

– Ora, claro – disse ela com mais ênfase do que pretendeu. – Se esse contrato diz que sou sua, então também tem que dizer que você me pertence.

Gabe jogou a cabeça para trás e riu.

– Está certo. Não tenho problema em concordar com essa cláusula. E agora, terminamos?

Mia sacudiu a cabeça devagar.

– Há mais uma coisa. E é muito importante. A parte mais importante de qualquer acordo que fizermos.

Gabe recostou-se um pouco e franziu as sobrancelhas enquanto a estudava.

– Parece mesmo um ponto crucial para você.

Ela assentiu.

– É, sim.

– Estou ouvindo.

– Se fizermos isso... Jace nunca poderá saber. A verdade, quero dizer.

Ela se apressou a acrescentar porque não gostou da expressão no rosto de Gabe:

– Não é o que você está pensando. Não tenho vergonha de você, nem nada. Mas se Jace soubesse de tudo, ele nunca aceitaria. Você deve ter pensado nisso. Não pode ter feito esse tipo de proposta sem pensar o que ela poderia fazer não apenas com sua amizade, mas com seu relacionamento de trabalho. Jace jamais entenderia. Para ele, ainda sou sua irmã mais nova, alguém com quem é superprotetor. Ora, ele ainda faz um levantamento da vida de todo mundo com quem eu saio.

– Eu esperaria que sim – resmungou Gabe.

– Pode imaginar a reação dele se descobrisse sobre nós no tipo de relacionamento que você está propondo?

– Não tive a intenção de que ele soubesse sobre os detalhes particulares do nosso caso – declarou Gabe numa voz calma. – Tudo o que ele precisa saber é que você está trabalhando para mim. Sou discreto, acima de tudo. Não desejo que a minha vida particular seja de conhecimento da mídia como foi quando Lisa e eu nos divorciamos. As pessoas podem especular o que quiserem, mas eu me recuso a lhes dar conhecimento irrefutável.

– Jace não vai aceitar bem as especulações – murmurou ela. – E eu não quero mentir para ele.

– Você só vai mentir por omissão. E, se formos discretos, as únicas especulações serão sobre estarmos ou não tendo um caso. Jace entende fofocas. Ele saberá que você está trabalhando para mim, e isso alimentará rumores. Se não lhe dermos razão para suspeitar de maneira diferente, ele só ficará zangado com o fato de os rumores circularem e será rápido em apagar os incêndios.

– Eu entendo. Acontece apenas que, se eu tiver de passar todo o meu tempo com você, isso não dará certo. Tenho o meu próprio apartamento. Tenho amizades...

Mia se interrompeu, percebendo que já estava na defensiva antes de sequer terem embarcado naquele caso. Ela odiava aquela palavra. Gostaria que Gabe não a tivesse usado. Soava como algo tão... sórdido. Como se ele fosse casado e ela fosse a amante ao seu lado. Como se fosse o segredo sujo dele, e supunha que, de algum modo, o oposto era verdade. Ele era *seu* segredo sujo.

– Você tem uma escolha a fazer – disse Gabe, a tensão se evidenciando em sua voz. – Não estou obrigando você a concordar com isso.

Mas, se concordar, espero obediência. Venceremos os obstáculos. Não estou dizendo que não terá tempo para seus outros interesses. Apenas que os meus interesses virão em primeiro lugar.

A arrogância dele devia fazê-la voltar atrás. Devia aborrecê-la, mas ela a achou tão sexy e irresistível que fez com que uma onda de calor a envolvesse.

– Você não espera que eu me mude...?

– Não. Entendo que você precisa manter as aparências de ter seu próprio apartamento a fim de que Jace não saiba que somos amantes. Mas você passará muito tempo comigo nos lugares da minha escolha. Caroline pode lhe dar cobertura com Jace, com certeza.

Mia estreitou os olhos.

– Como você sabe sobre Caroline?

Gabe sorriu, em seus olhos cintilando aquele brilho predatório.

– Não há muito que eu não saiba sobre você.

Ela mordeu o lábio inferior com consternação. Nunca imaginou que Gabe prestasse tanta atenção nela. Sim, ele lhe deu presentes em ocasiões especiais. Compareceu a ambas as suas formaturas.

Mas não imaginou que soubesse de detalhes pessoais sobre a sua vida. Por que ele se daria ao trabalho? Era apenas a irmã mais nova do melhor amigo dele. Uma conhecida e alguém que ele via como tendo uma ligação com Jace.

Ela começava a se dar conta de que Gabe tinha um interesse bem maior por ela, que datava de mais tempo do que podia imaginar. Não soube se devia se sentir alarmada ou triunfante diante desse fato.

– E, então, qual é a sua resposta? – perguntou ele. – Temos um acordo? Abrandei os seus medos, ou você tem outras preocupações para trazer à tona?

Mia notou a impaciência na voz dele. Gabe tinha o ar de quando fechava um importante acordo de negócios. Duro. Inflexível.

E sem se comprometer além do necessário. Mas ele *assumira* um compromisso. Fez concessões que ela não achou realmente que faria e aquilo a confortou. Fez com que sentisse que o equilíbrio de poder não lhe estava assim tão desfavorável.

Não havia dúvida de que havia uma nítida desigualdade e que o poder pendia mais para o lado dele, mas ela não estava sem escolhas. O fato de que ele mostrou que não era completamente inflexível lhe deu confiança para seguir em frente.

– Temos um acordo – disse Mia num tom manso.

Tirou da bolsa o contrato que já continha a sua assinatura. Entregou-o a ele, odiando o constrangimento em relação ao fato de que sua vida sexual se tornou um acordo de negócios.

– Não tive certeza do que fazer sobre as mudanças. Quero dizer, as coisas que queria mudadas e também a parte sobre Jace. Achei que fosse melhor me certificar de que tudo estivesse por escrito e, assim, dei uma repassada nas cláusulas para que todas as coisas estivessem claras.

Gabe pareceu um tanto surpreso e, então, riu, um som rouco que repercutiu nela, fazendo com que arrepios de prazer subissem por sua espinha.

– Então, você estava preparada para ir embora se não gostasse das minhas respostas?

Ela o fitou nos olhos e, em seguida, assentiu.

Gabe sorriu enquanto pegava o contrato.

– Ótimo. Nos negócios, o maior poder que se tem é a prontidão para se afastar de um acordo ainda por fechar. Você não é o ratinho assustado que Jace pensa que é. Acho que vai se sair muito bem como minha assistente.

Ele se pôs de pé e estendeu a mão para ajudá-la a se levantar. Mia deu-lhe a mão, saboreando o calor que o contato propiciou. O fato de as mãos dele a tocarem agora que a dinâmica do relacionamento mudou encheu-a de expectativa. Os toques dele não seriam mais casuais. Cada um teria um significado mais profundo. Ela era de Gabe. Sua posse. Pertencia a ele.

– Venha até a mesa e eu assinalarei as suas mudanças e assinarei o contrato. Providenciarei para que o meu advogado o finalize e lhe envie uma cópia.

Mia enrugou o nariz e ele parou a meio caminho da mesa. Simplesmente arqueou uma sobrancelha com ar inquisidor e ela suspirou.

– Isto soa tão... Nem sequer tenho a palavra. Sei que estou sendo tola. Nunca entrei num relacionamento em que um advogado estivesse envolvido. Parece algo tão... frio.

Gabe tocou a face dela, apenas um simples gesto para tranquilizá-la.

– Faço isso para proteger a mim mesmo e também a você. Mas Mia? Posso garantir uma coisa. Nosso relacionamento nunca será frio. Será uma porção de coisas, mas frio não é uma delas.

Ele afastou a mão, deixando-a contemplar o calor de seu olhar e a sensualidade que ficou de seu toque. E a promessa mansa em sua voz. Não, ela imaginava que o relacionamento de ambos não teria nada de frio. Quente. Tórrido. Ofegante. Passional. Todas aquelas palavras que ela podia imaginar. Mas decididamente não frio.

Gabe adiantou-se até a mesa e rapidamente escreveu sua rubrica. Enfim, colocou sua assinatura ao lado da dela na última página. Virou-se, então, empurrando o contrato pela mesa.

– Há uma porção de coisas que precisam ser feitas. Marcarei uma consulta para você com o meu médico particular para que você faça o exame médico necessário, como também para que seja estabelecido o método anticoncepcional caso ainda não use nenhum. Receberá uma cópia do meu último check-up médico, como também uma cópia de todos os meus hemogramas. Mas, primeiro, terá de visitar o diretor de recursos humanos para definir os termos da sua contratação e, é claro, os seus benefícios e salário.

– Está bem – disse Mia, aturdida com a rapidez com que sua vida estava mudando. Estaria preparada para aquilo?

– Tudo vai ficar bem – disse ele numa voz baixa. – Confie em mim para cuidar de você.

Ela foi envolvida pela paz. Depois, a euforia dominou-a. Era como andar de montanha-russa, ir até o alto para depois descer abruptamente, o vento no rosto, o coração disparado no peito.

– Confio em você, Gabe. Não estaria aqui se não confiasse.

E talvez aquilo não tivesse sido completamente verdade antes de agora. Estaria mentindo se dissesse que não teve certo medo de estar se envolvendo com mais do que podia lidar. Mas o fato de estar ali, de ouvir o que ele tinha a dizer e de sentir a intensidade e a sinceridade de suas palavras... Ela *confiava* nele e tinha de confiar porque seria a maior idiota da terra em concordar com aquele tipo de acordo se não acreditasse implicitamente no homem ao qual acabou de confiar sua vida. Só esperava não se arrepender da sua decisão.

capítulo 7

O restante do dia passou num completo borrão para Mia. Ficou uma hora no departamento de recursos humanos preenchendo papelada e conversando sobre benefícios e salário. A quantidade de dinheiro oferecida como assistente pessoal de Gabe a deixou com os olhos arregalados. Não imaginou que ele a pagaria muito, considerando que ambos sabiam que aquilo era apenas uma fachada para seu relacionamento. Nem sequer teve certeza de quanto trabalho seria realizado, mas talvez ele a surpreendesse.

Sentiu paz de espírito em ver que não estaria completamente dependente dele – ou de Jace – para lhe prover qualquer coisa. Colocou em mente que precisava economizar o máximo possível para o dia em que Gabe não a quisesse mais. Não se iludiria, nem seria estúpida a ponto de acreditar que o relacionamento de ambos seria mais duradouro do que os outros dele.

Embora não soubesse os detalhes exatos dos relacionamentos anteriores dele, ouviu Jace e Ash conversarem o bastante para saber que um ano era o máximo de tempo que Gabe ficava com uma mulher e, frequentemente, seis meses eram o normal.

O que a deixou contente foi que Gabe a fez ver que precisava fazer mais do que trabalhar na La Patisserie. Sua formação se desperdiçaria porque era compassiva demais para deixar de trabalhar para Greg e Louisa. E talvez houvesse uma parte dela que temia enfrentar o mundo dos negócios.

Que melhor maneira de se iniciar no ramo do que trabalhando para Gabe? No mínimo, aquele acordo lhe daria experiência e seria bom para o seu currículo. Facilitaria as coisas para encontrar outro emprego depois que ele rompesse com ela. Qualquer que fosse o emprego...

Lembrou a si mesma constantemente que seu relacionamento com Gabe não seria duradouro. Fez isso a fim de estar preparada para o inevitável. Assim, aceitaria as coisas quando chegasse o momento.

Não era mais uma adolescente, mesmo que ele lhe inspirasse reações tão juvenis. Era tempo de crescer e ser adulta, num relacionamento adulto.

Depois de sua reunião no departamento de recursos humanos, foi levada de carro a uma clínica a várias quadras, onde recebeu um tratamento VIP. Sem espera. Sem papelada a preencher, o que achou estranho. Fez xixi num copo, foi submetida a um exame de sangue e respondeu a uma bateria de perguntas do médico, incluindo seu método preferido de controle de natalidade e se precisava que ele cuidasse do assunto.

Enquanto todas as mulheres à sua volta tinham evoluído com os tempos e usado como método tomar um anticoncepcional diariamente, Mia não teve tanta sorte com alguns métodos e temia outros. Assim, tomava a pílula infalivelmente.

Quando terminou a consulta médica, estava cansada e emocionalmente esgotada devido ao estresse do dia. Estranhamente, Gabe não ordenou que trabalhasse no dia seguinte. Em vez disso, lhe deu instruções para tirar o dia de folga e descansar, como se soubesse que ficaria exausta após um dia de tantos acontecimentos.

Grata por ter ao menos um dia para ponderar sobre o contrato com o qual concordou, ela foi para casa no carro designado por Gabe. O motorista recebeu instruções de buscá-la para o trabalho dali a dois dias. Ele deixou seu cartão dizendo-lhe que, se precisasse de transporte a qualquer momento, deveria lhe telefonar. E não disse mais uma palavra durante a breve apresentação e depois que lhe entregou o cartão.

A sensação já foi como se Gabe tivesse assumido o controle de sua vida. Tomando conta de cada pedacinho dela. Ele já ocupava seus pensamentos. Logo possuiria seu corpo.

Um leve tremor percorreu a pele de Mia enquanto subia de elevador até seu apartamento. Consultou o relógio de pulso, esperando que Caroline não estivesse em casa. Precisava de algum tempo para pensar. Precisava de um momento de quietude para refletir sobre tudo o que aconteceu naquele dia. E ponderar sobre quanto sua vida ia mudar.

Tudo a excitava e assustava em igual medida.

Quando entrou no apartamento, ficou desapontada porque não apenas Caroline, mas três de suas amigas, Chessy, Trish e Gina, estavam na sala de estar. Elas se levantaram quando viram Mia e houve um coro de congratulações e assobios.

Mia encarou-as com aturdimento. Caroline se levantou com um sorriso e se aproximou de Mia para colocar o braço em torno de seus ombros.

– Eu lhes contei sobre a sua nova "oportunidade de emprego" com o deus grego que é Gabe Hamilton.

– Pelo amor de Deus, Carol – resmungou Mia.

Foi, então, cercada pelas amigas, e foi impossível manter qualquer tipo de irritação na presença delas. As amigas a bombardearam de perguntas. Mia sentiu-se tão tentada a confiar nelas. A lhes contar exatamente com o que concordou. Mas não arriscaria. Nem mesmo com as suas melhores amigas.

– E, então, o homem é atraente? Você sabe, ele tem aquilo grande, ou o quê? – disse Chessy.

– Você acha que ele o colocou para fora durante a entrevista de emprego? – perguntou Mia com incredulidade.

As outras desataram a rir e seguiu-se uma rodada de brincadeiras cruas enquanto elas especulavam sobre o pau de Gabe.

– Aposto que ele sabe o que fazer com ele – disse Trish num tom desejoso. – Ao contrário do meu último namorado. Talvez Gabe possa lhe dar algumas lições.

Gina soltou um som desdenhoso.

– Pelo que sabemos, Gabe é inacessível. Ou talvez ele seja gay. Vocês sabem que todos os caras lindos são sempre os que estão indisponíveis. Se bem que, se eu tivesse a chance, eu veria se consigo excitar o homem.

Mia gemeu.

– Ele não é gay.

– E como você sabe disso? – perguntou Chessy, arqueando uma sobrancelha.

– Ele é o melhor amigo de Jace – disse Mia com exasperação. – Praticamente cresci perto dele. Gabe foi casado e não tem havido falta de mulheres em sua vida.

Gina deu de ombros.

– Talvez ele ainda não tenha encontrado o homem certo.

– Eu poderia ser a mulher certa dele – ofereceu-se Trish. – E eu, com certeza, aceitaria ser sua assistente pessoal. Você é uma garota de sorte, Mia.

– Eu seria feliz se ficasse com Jace – confessou Chessy. – Eu trabalharia até depois do horário para aquele homem.

Mia tapou os ouvidos e soltou um gemido mais alto.

– Pare. Você está me assustando. Não quero imagens de você e Jace. Ele é o meu irmão! Isso é grotesco, Chessy. Grotesco!

– Acho que devemos sair para comemorar – anunciou Caroline.

Mia lhe dirigiu um olhar sobressaltado. Chessy e as demais exibiam olhares interessados enquanto esperavam por mais.

– Devemos ir ao clube – disse Caroline. – Se Mia vai ficar presa a um emprego de tempo integral, as noites dela até mais tarde com a gente acabaram. Ao menos durante a semana. Conheço o segurança do Vibe, e ele prometeu me deixar entrar com as garotas se eu aparecesse.

– Droga, tenho de trabalhar cedo – falou Trish com ar desapontado.

– Ah, viva um pouco – disse Chessy. – Não é como se você não pudesse fazer seu trabalho no seu sono. Além do mais, você poderá descansar depois do trabalho amanhã. Esta noite vamos nos divertir. Já faz tempo que não saímos juntas.

Trish pareceu indecisa e, enfim, meneou a cabeça.

– Está certo. Estou nessa.

– Mia? – perguntou Caroline.

Todos os olhares se voltaram para Mia, observando-a com expectativa. A verdade era que Mia queria ficar sozinha para pensar em seu dia. Em Gabe. Em tudo. Mas ela adorava as amigas e, no fundo, sabia que seu tempo seria limitado dali em diante, ao menos enquanto as coisas não tivessem terminado entre ela e Gabe.

– Eu topo – disse Mia com um sorriso. – Mas preciso ir me trocar. Estou usando roupas do escritório. Se vamos sair, não quero me parecer com uma secretária.

– Vá em frente – falou Chessy.

– Espere um minuto. Não estou vestida para o clube também! – exclamou Trish. – Preciso correr até em casa se vamos fazer isto.

– Sim, eu também – concordou Gina.

Caroline ergueu as mãos.

– Está bem, vamos fazer o seguinte. Vamos nos arrumar depressa e nos encontraremos do lado de fora do clube daqui a uma hora e meia. Combinado?

As demais já estavam se levantando do sofá e indo para a porta da frente de Mia. Acenaram e se despediram, saindo em seguida.

Mia começou a se levantar para ir até o quarto se trocar quando Calorine a deteve.

– Está tudo bem com você, Mia? Parece... quieta. Ou, ao menos, diferente.

Mia abriu um sorriso.

– Estou bem, Carol. Um pouco cansada. Foi um dia estranho.

– Você prefere não ir? – perguntou Caroline ansiosamente. – Posso ligar e cancelar com as garotas.

Mia sacudiu a cabeça.

–Não, vamos. Posso não ter chance de fazer isso outra vez tão cedo. Ao menos até que eu saiba como as coisas vão ficar com Gabe. Não faço ideia de como será o meu horário de trabalho. Ele vai esperar que eu trabalhe quando quiser.

Mia continuou indo para o quarto e, quando chegou à porta, Caroline chamou-a mais uma vez.

– Tem certeza de que é isso que quer? Trabalhar para Gabe, quero dizer.

Mia encontrou o olhar de Caroline, parte de sua apreensão anterior voltando.

– Sim, é isso o que quero.

Gabe era o que ela queria. O emprego era apenas um meio de tê-lo. E se aquilo lhe desse mais experiência do que trabalhando numa confeitaria, seria um benefício adicional.

Enquanto se apressava para arrumar o cabelo e reaplicar a maquiagem, seu celular tocou, indicando que havia uma mensagem de texto. Pegou-o da bolsa, que tinha largado no chão diante da pia, e viu um número desconhecido com um código de área local.

DESCANSE AMANHÃ, MAS ESTEJA NO MEU APARTAMENTO ÀS SETE DA NOITE. NÃO SE ATRASE.
– GABE.

Ela respirou fundo, a mão trêmula enquanto segurava o celular de modo que ainda pudesse ver a mensagem.

Então, começou.

capítulo 8

O carro estava programado para buscar Mia às seis e meia e, seguindo a instrução de Gabe para não se atrasar, teve certeza de estar à espera quando ele chegou. Pôde sentir que iria bocejar, mas apertou os lábios para se conter. Ela e as garotas ficaram fora até tarde na noite anterior, mas não era desculpa quando ela teve o dia inteiro para descansar e se curar da ressaca. Apenas não conseguiu dormir receando a ida até o apartamento de Gabe. Era ridículo e ela esperava, a certa altura, superar seu nervosismo a cada vez que precisasse estar na presença dele. Supunha-se que fosse fazer sexo com o homem e nem sequer conseguia pensar em vê-lo sem derreter. E pensar que tentou bancar a sofisticada. Há quem acharia que era uma virgem envergonhada que nunca viu um homem nu. Embora tivesse absoluta certeza de que nunca viu um homem como Gabe nu. Ao menos não pessoalmente.

Os homens com quem esteve... garotos, por falta de um termo melhor. Rapazes tão pouco experientes quanto ela, na maior parte. Seu último caso – ela se recusava a chamá-lo de aventura de uma noite uma vez que saiu com ele mais de uma vez – foi a sua única experiência sexual superior e estava convencida de que foi por David ser mais velho do que os rapazes com quem saiu. E mais experiente. Ele foi o responsável por ela não querer mais nada com rapazes da sua idade e a confirmação de sua fixação por Gabe. David fora ótimo na cama. Era uma pena que não tivesse sido tão bom em outras áreas. De algum modo, ela sabia que Gabe superaria as expectativas e que, depois de ficar com Gabe, David se apagaria em comparação, o que era dizer muito uma vez que, até agora, David foi o máximo entre os homens com quem ela esteve.

O motorista largou-a em frente ao apartamento de Gabe exatamente às cinco para as sete. Certo, ele não a largou, mas o homem nunca falava. Simplesmente aparecia, dirigia e, então, tornava a desaparecer, apenas para reaparecer mais tarde quando chegava o horário de levá-la para casa. Era um tanto enervante. Como se tivesse recebido ordens para nunca falar na sua presença.

Havia um segurança na entrada do prédio de apartamentos, não que esse fosse um prédio de apartamentos comum. Era um daqueles locais sofisticados, como morar num hotel, mas com um apartamento inteiro em vez de um quarto ou uma suíte.

Depois que apresentou o documento de identidade, o segurança ligou para o apartamento de Gabe a fim de perguntar se ela tinha permissão para subir. Esperava não ter de passar por aquilo a cada vez que Gabe a chamasse para seu apartamento.

Um momento depois, foi conduzida ao elevador, e o segurança inseriu o cartão do andar de Gabe – a cobertura, naturalmente. Então, meneou a cabeça num gesto cortês e recuou do elevador.

As portas se abriram no quinquagésimo andar e no vestíbulo do apartamento de Gabe. Ele estava parado lá, à sua espera, e acompanhou-a com o olhar quando desceu do elevador. As portas se fecharam atrás dela e os dois ficaram a sós.

Ela o devorou com o olhar. Raramente o viu de jeans, que o vestia perfeitamente, feito um sonho. Desbotado e gasto, como se fosse um jeans favorito do qual ele não queria se desfazer. Usava uma camiseta dos Yankees que lhe moldava o peito e os bíceps musculosos.

O homem malhava. Não havia outra explicação para um homem que passava tanto tempo no escritório ter um físico tão irresistível e ser tão atraente.

Subitamente, sentiu que se excedeu ao se vestir. Colocou um vestido simples azul-marinho de comprimento acima dos joelhos que deixava à mostra suas pernas. Os saltos que escolheu lhe emprestaram altura para estar mais de acordo com Gabe, mas, assim mesmo, se sentia pequena parada diante dele.

Ele era forte, preenchendo o vestíbulo com sua presença, mesmo usando o jeans desbotado e a camiseta. Tinha uma aura de poder irresistível. A maneira como a fitava fazia com que se sentisse especial.

Ele a percorreu com um olhar demorado, aquecendo a sua pele como se a tivesse tocado. Quando a fitou nos olhos, sorriu e simplesmente estendeu a mão.

Mia venceu a distância restante entre ambos, deslizando a palma da mão sobre a dele. Gabe entrelaçou os dedos de ambos antes de a puxar para si para um beijo ofegante. Ele lhe beijou os lábios e, então, os mordiscou de leve, de maneira que os fez formigar. Passou a língua pelos contornos da boca dela, persuadindo até que ela entreabriu os lábios, lhe dando acesso.

– Providenciei o jantar para nós. Espero que você esteja com fome – disse Gabe numa voz rouca.

– Estou faminta – admitiu.

Ele franziu a testa.

– Você não comeu hoje?

– Tomei suco de laranja. Não estava com vontade de comer nada.

Mia não mencionou o fato de que teve uma ressaca, dormiu pouco e que só em pensar em comida, até agora, havia lhe dado ânsia.

Gabe a conduziu na direção da elegante mesa da sala de jantar que ficava diante da ampla vidraça com vista para Manhattan. As luzes dos prédios ao redor cintilavam sobre o céu de fundo do anoitecer.

– Você ainda está nervosa? – perguntou ele, lhe indicando que se sentasse.

Mia riu.

– Estou em mares ainda não navegados. Você tem que saber disso.

Gabe a surpreendeu com um beijo na cabeça antes de se afastar. Um momento depois, voltou carregando dois pratos. Colocou um filé de aroma delicioso diante dela. Era tão tentador que Mia logo sentiu o estômago se manifestar.

Gabe tornou a franzir a testa.

– Nada mais de pular refeições.

Ela meneou a cabeça e aguardou enquanto ele voltava à cozinha. Dessa vez, voltou trazendo uma garrafa de vinho. Sentando-se diante dela, preencheu os copos de ambos.

– Não tive certeza do que você gosta ou não em relação à comida. Certamente, teremos tempo de aprender sobre quais são as suas preferências. Mas concluí que não poderia haver erro com um filé.

– Não, absolutamente – disse ela. – Um bom filé cura quase tudo. Eu não poderia concordar mais.

Começou a comer, observando Gabe com os olhos semicerrados. Havia milhões de perguntas girando em sua mente, mas não o quis bombardear. Como ele mesmo disse, tinham tempo de sobra para aprender um sobre o outro. A maioria das pessoas aguardava um pouco mais naquela curva de aprendizado antes de mergulharem num relacionamento sexual, mas supôs que Gabe estava bastante acostumado a fazer as coisas à sua maneira, não se preocupando com convenções. Além do mais, não era como se ambos fossem completos estranhos. Gabe foi uma figura em sua vida durante anos, ainda que distante.

O silêncio se prolongou entre ambos. Mia pôde sentir o olhar dele, sabia que a observava tanto quanto ela a ele. Como dois oponentes cautelosos, estudando um ao outro antes de enveredar pela batalha. A diferença era que Gabe não parecia tão incerto e constrangido quanto ela se sentia. Parecia confiante. Como um predador cercando sua presa. Ela sentiu um calor percorrendo-a até mais abaixo, até que apertou as coxas num esforço para aplacar o anseio.

– Você não está comendo – apontou Gabe.

Mia olhou fixamente para o prato, se dando conta de que fez uma pausa, o garfo ainda na mão, o filé ainda pela metade. Deixando o garfo, fitou Gabe calmamente.

– Isto acaba com os nervos. É tudo novo para mim. Nunca estive numa situação como essa. Não sei como agir. O que dizer. O que não dizer. Ou se devo dizer algo, afinal! Você está sentado diante de mim, me olhando como se eu fosse a sobremesa, e eu não tenho ideia se este é um simples jantar. Um encontro para nos sentirmos mais à vontade. Me ajude aqui por que estou perdida.

Um sorriso curvou os lábios de Gabe, um brilho divertido passando por seus olhos.

– Mia, querida, você *é* a sobremesa.

Ela ficou ofegante ao ver o brilho faminto nos olhos dele que nada tinha a ver com o filé diante de si.

– Coma – disse Gabe num tom firme de quem não aceitava argumentos. Foi uma ordem; uma que ele não pretendia que ela ignorasse. – Não vou pular em você à mesa. A expectativa torna a recompensa final muito mais doce.

Mia pegou o garfo e a faca e cortou o filé, mas nem se detinha no gosto. Comeu mecanicamente, aquela onda de calor percorrendo seu corpo. Evidentemente, Gabe não tinha intenção de facilitar aquele relacionamento. Mas não era do feitio dele. Ele não recuava diante de obstáculos. Era o estilo dele e o que o tornava tão bem-sucedido nos negócios. Ia em busca do que queria com obstinação e determinação. E agora ela era o que queria.

Mia bebericou o vinho apenas para ter algo para vencer o constrangimento. Não soube se queria ir devagar com o jantar para ganhar mais tempo, ou se queria que terminasse depressa para poderem ir para a... sobremesa.

Gabe terminou antes dela e recostou-se na cadeira, parecendo imperturbável enquanto bebericava o vinho. Não tirou os olhos dela, observando cada gesto. Parecia calmo e despreocupado. Até que ela o fitou nos olhos. Ali a história era completamente diferente. Os olhos dele brilhavam com impaciência e ardor.

Deixando apenas um pouquinho, Mia afastou o prato e recostou-se cuidadosamente na própria cadeira. Embora não falasse, o "E agora?" tornou-se quase palpável entre ambos. Gabe observou-a preguiçosamente e disse:

– Vá até o meio da sala e fique lá de pé.

Respirando fundo, Mia se levantou o mais elegantemente que pôde, determinada a manter a classe. E a confiança. Aquele homem a queria. *Ela*. Não alguma outra mulher.

Era hora de agir como se pertencesse àquele lugar.

Ela atravessou o assoalho de madeira, os saltos tamborilando em meio ao silêncio. Quando chegou ao meio da sala, virou-se devagar. Viu Gabe adiantar-se até a poltrona situada de canto ao lado do sofá de couro.

Ele sentou-se na poltrona e cruzou as pernas numa pose casual que indicou quanto estava relaxado. Mia desejou poder dizer o mesmo a respeito de si. Ela se sentia como se estivesse num leilão, parada diante de Gabe enquanto ele a devorava com o olhar.

– Tire a roupa para mim – pediu ele, a voz reverberando pela sala até a pele dela.

Ela o encarou, os olhos arregalados enquanto assimilava a ordem.

Gabe arqueou uma sobrancelha.

– Mia?

Ela começou a tirar os sapatos, mas ele a deteve.

– Deixe os sapatos. Apenas os sapatos.

Mia ergueu as mãos até os três botões na frente e os desapertou devagar. Em seguida, despiu o vestido e o deixou deslizar por seu corpo, ficando apenas de sutiã e calcinha.

As pupilas de Gabe se dilataram. O desejo se evidenciou em seus traços, tornando-se primitivo. Um arrepio incontrolável subiu pela espinha dela. Os mamilos ficaram rijos, comprimindo-se contra a seda do sutiã. O homem era letal e nem sequer a tocou ainda. Mas seu olhar. Foi como se estivesse sendo consumida por fogo quando ele a percorreu de cima a baixo com o olhar.

– Sutiã, ou calcinha primeiro? – perguntou ela numa voz rouca.

Gabe abriu um sorriso.

– Ora, Mia, você sabe provocar como ninguém. A calcinha primeiro.

Ela deslizou os polegares pelo tecido fino na cintura da calcinha e puxou para baixo. Tentou se cobrir num gesto instintivo, para preservar-se do pouco de constrangimento que ficou, mas obrigou-se a deixar que a minúscula calcinha caísse até o chão. Depois que caiu sobre seus pés, removeu-a com a ponta do sapato. Em seguida, ergueu as mãos outra vez, afastando os cabelos para trás e, então, dispondo-os sobre um ombro a fim de poder alcançar o fecho do sutiã. Abriu-o, e o sutiã se soltou, deixando os seios parcialmente à mostra.

– Afaste seu cabelo para trás agora – murmurou Gabe.

Uma mão segurando o sutiã acima dos seios, ela afastou os cabelos com a outra mão. Então, baixou o sutiã devagar, deixando que as alças deslizassem por seus braços. Retirou-o do corpo e o deixou cair junto com as demais roupas no chão.

– Linda – disse Gabe com um tom de apreciação na voz.

Mia ficou parada ali, vulnerável, esperando a ordem seguinte. Ficou claro que ele não estava com pressa e que pretendia saborear cada instante em que a via nua pela primeira vez.

Ela manteve os braços no meio do corpo e, em seguida, ergueu-os para cobrir os seios.

– Não, não se esconda de mim – disse Gabe num tom manso. – Venha até aqui.

Mia deu um passo trêmulo na direção dele. Depois outro. Até que ficou diante de Gabe, a poucos centímetros de distância.

Ele baixou uma perna que estava cruzada e abriu os joelhos, deixando um espaço. Havia um volume discernível entre as suas pernas, comprimindo-se contra a braguilha do jeans. Gabe estendeu a mão, chamando-a para si.

Ela colocou-se entre as coxas dele e pegou a sua mão. Gabe puxou-a para si e fez um gesto para que se sentasse em seu colo. Os joelhos de Mia ajeitaram-se em volta de Gabe, suas pernas pressionadas entre ele e o braço da poltrona. Aguardou. Ofegante. Seus músculos ficaram tensos enquanto aguardava o que ele faria em seguida.

Deslizando a mão até a nuca dela, Gabe segurou-a e puxou-a para si, lhe tomando os lábios com os seus. Seu hálito estava quente e ofegante, como um sussurro sobre o rosto dela. Subiu os dedos até os seus cabelos, entrelaçando-os nas mechas de modo que a segurou com ainda mais força. E então, com a mesma rapidez, ele a afastou, a mão ainda enroscada no cabelo. Ele estava ofegante. Os olhos brilhavam de desejo, o suficiente para fazê-la estremecer diante do calor primitivo que se irradiava dele.

– Eu me pergunto se você faz ideia de quanto a quero – murmurou ele.

– Eu quero você também – sussurrou Mia.

– Você me terá. De todas as maneiras possíveis.

A promessa percorreu-a feito seda, quente e convidativa. Rouca e tão pecaminosamente sexy.

Ele soltou o cabelo de Mia e, então, colocou as palmas das mãos na barriga dela, deslizando-as pela pele até que lhe tocou os seios. Segurando-os, baixou a boca, sugando um mamilo entre os lábios.

Ela gemeu e estremeceu com o toque. Apoiando as mãos nos braços da poltrona, jogou a cabeça para trás enquanto ele circundava o bico rijo com a ponta da língua.

Alternando-se entre os seios em suas mãos, ele provocou e brincou. Sugou e lambeu, mordiscando levemente os mamilos até que ficaram eretos, ansiando por mais do toque dele.

Gabe soltou um seio e correu a mão pelo corpo dela, deslizando a mão pelo abdômen até as coxas entreabertas. Tocou-a delicadamente, explorando cada milímetro da pele delicada da vagina de Mia. Um dedo deslizou sobre o clitóris, e o corpo dela inteiro se retesou em resposta.

Ele estimulou a pele úmida, descrevendo círculos em torno da fenda, enquanto o polegar acariciava gentilmente o clitóris.

– Gabe – sussurrou ela, o nome soando mais como um gemido.

Ela baixou a cabeça apenas o bastante para poder vê-lo através dos olhos semicerrados. A boca dele em seu seio, sugando o mamilo, era uma visão excitante e erótica, avivando o desejo já fora de controle dela. Gabe deslizou o dedo para dentro dela e Mia tornou a gemer. Ele aplicou mais pressão com o polegar, fazendo um movimento circular, enquanto o dedo acariciava mais profundamente. Então, mordiscou o seio, raspando os dentes de leve pelo mamilo rijo.

Ela levou as mãos até os ombros de Gabe, segurando-se com mais firmeza junto a ele. Mexeu-se inquieta, o orgasmo se formando. Era impossível permanecer imóvel. O corpo inteiro estava rijo, a tensão se concentrando na região do ventre.

– Goze para mim, Mia – disse Gabe. – Quero sentir você gozar na minha mão.

Ele deslizou o dedo mais profundamente, fazendo pressão no ponto G dela. Mia soltou um gemido enquanto ele acariciava seu clitóris com o polegar e sugava o mamilo mais uma vez. Fechou os olhos e gritou o nome dele, enquanto a primeira onda de prazer a percorria. Tumultuada e avassaladora.

– Isso mesmo. O meu nome, Mia. Diga outra vez. Quero ouvi-lo.

– Gabe – disse ela, ofegante.

Mia arqueou o corpo, tomada por um frenesi, enquanto ele a estimulava mais. Segurou-se aos ombros dele, enquanto onda após onda de prazer a enlevava num orgasmo incrível que a deixou ofegante.

Lentamente, Gabe retirou a mão e, então, envolveu-a com seus braços, estreitando-a junto a seu corpo, seu calor. Ela recostou a testa no ombro dele e fechou os olhos, abalada pela intensidade de seu orgasmo.

Gabe afagou-lhe as costas, seu toque gentil e confortador. Em seguida, entrelaçou a mão no cabelo dela e puxou-a apenas o bastante para que ela erguesse a cabeça e seus olhos se encontrassem.

– Segure-se em mim – disse ele.

Ela mal o abraçou pelo pescoço quando ele se levantou, erguendo-a em seus braços.

– Passe as pernas em torno da minha cintura.

Gabe a ergueu mais, deslizando as mãos pela bunda dela para segurá-la, enquanto ela o cingia pela cintura com os tornozelos. Ele deixou a sala de estar, seguindo pelo corredor até o quarto. Inclinando-se para a frente, depositou-a com gentileza na cama e, com a mesma rapidez endireitou as costas, começando a se livrar das roupas. Mia ficou deitada lá, a mente rodopiando com euforia, o corpo ainda tomado por ondas de prazer após o orgasmo. Seu sexo pulsava e latejava . Ela queria mais. Queria *Gabe.*

Ela ergueu a cabeça, enquanto ele abria o jeans e se despia. Estava tão tomado pelo desejo, parado ali, o membro ereto, os olhos ardentes. O desejo por ela era evidente, em cada centímetro do corpo rijo. Ela poderia ficar olhando para ele durante *horas*. Gabe era bonito e másculo, como um macho alfa no controle, os músculos do corpo se retesando enquanto se adiantava até ela. Ele a segurou pelas pernas, puxando-a um tanto bruscamente até a beirada da cama, abrindo-as enquanto se posicionava.

– Não posso ir com calma agora – disse numa voz tensa. – Quero estar dentro de você mais do que quero respirar. Preciso ter você. *Agora.*

– Está tudo bem para mim – falou ela num sussurro rouco, fitando aqueles intensos olhos azuis.

Gabe a puxou para si, e ela sentiu a cabeça do membro dele na entrada do seu centro quente. Ele fez apenas uma breve pausa antes de penetrá-la, se acomodando ao corpo dela.

A respiração de ambos se confundiu. Quando o sentiu em seu corpo, ela quase não pôde se conter. Como era possível ter outro orgasmo tão depressa? A sensação dele dentro dela era avassaladora. Ela se sentia plena. Completamente. Estava tão apertada em torno dele que se perguntou como era possível ele se mover. Ou como ele conseguia ir tão fundo.

Gabe a segurou pelos quadris, seu toque se abrandando, como se estivesse lembrando a si mesmo a ir com cuidado. Ele a afagou e acariciou, deslizando as mãos até a barriga dela e, então, até os seios, segurando-os e estimulando os mamilos.

– Machuquei você? – perguntou ele, rouco.

Mesmo parecendo fora de controle como estava, desesperado como estava para possuí-la, havia preocupação em sua voz. Ela soube sem dúvida que se quisesse que ele parasse, ele pararia. Não importando quanto estivesse louco por ela no momento.

E, oh, puxa, ela adorava que estivesse louco desse jeito. Por ela. Para possuí-la.

Mia sacudiu a cabeça.

– Não. Nem um pouco. Por favor. Não pare.

E precisava *suplicar*. Se ele parasse agora, ela morreria.

Mia tocou os pulsos dele na altura de seus seios. Deixou as mãos deslizarem pelos braços dele, deliciando-se com sua força. Podia tocá-lo para sempre.

Ele lhe cobriu as mãos com as suas por um breve momento. Então, segurou os braços dela acima da cabeça. Mia arregalou os olhos diante do ar feroz no rosto dele, notando como estreitou os olhos azuis, um som gutural escapando de sua garganta.

Ela esticou as mãos contra o colchão, logo acima de sua cabeça, enquanto ele se inclinava para a frente, segurando-a com seu peso de modo que ela não pôde se mover. Não pôde resistir. Ela sentiu uma onda de euforia, como se uma droga tivesse invadido seu corpo. Estava louca por ele. Por seu poder e controle sobre ela. Seu domínio.

Ansiava por aquilo. Que ele estivesse em cima dela, dentro dela, tendo controle absoluto. Ela quase nem podia respirar no momento. Estava tomada pela euforia e expectativa.

Ele recuou e avançou em seguida, balançando o corpo dela com a força de quando tornou a penetrá-la. Fitou-a com tanta intensidade que a fez estremecer. A voz dele soou gutural e tão sexy quando disse as palavras seguintes:

– Oh, não, não vou parar. Não quando esperei tanto tempo para ter você.

Quando esperei tanto tempo para ter você. Deus do céu, mas aquilo quase a fez gozar no ato. A ideia de que aquele homem, alguém tão longe do seu alcance, passou qualquer tempo a desejando era insana. Nunca havia imaginado que ele pudesse corresponder à sua fixação. Bem, *fixação* era uma palavra forte demais para descrever as coisas. Mia não fazia ideia dos sentimentos dele por ela, se era uma fixação, apenas que passou um longo tempo fantasiando com ele, em estar exatamente ali.

Debaixo dele, sob seu corpo, o membro dele dentro dela de tal maneira que nem sequer sabia como conseguia acomodá-lo.

Não diria que ele era exageradamente dotado. Certamente não um gigante, mas decididamente tinha um membro maior do que os namorados anteriores dela e, oh, puxa, sabia exatamente o que fazer com o que tinha.

Gabe soltou as mãos de Mia e quando ela estava prestes a movê-las outra vez, lhe dirigiu um olhar intenso e tornou a segurá-las antes de soltá-las novamente. Foi uma ordem que não precisou de palavras, e ela obedeceu, deixando as mãos onde ele as colocou, os olhos observando-o enquanto esperava ofegante pelo que ele faria em seguida.

Gabe segurou as pernas dela e fez com que o cingissem pela cintura – e novamente aquele *olhar*. Aquele olhar intenso, sexy, que ele lhe dirigiu dizendo que mantivesse as pernas do jeito que as colocou. Segurou-a pela bunda, então, movendo o corpo, pressionando com força e firmeza enquanto a penetrava, uma cadência ritmada que produziu ondas de prazer no corpo dela.

Foi instintivo estender as mãos para ele. Mia precisava de algo para se apoiar em meio à tempestade que a envolvia. Mas ele a fitou com um olhar de aviso, o maxilar rijo. Ela deixou as mãos caírem de volta onde haviam estado.

– Eu as amarrarei da próxima vez – disse ele. – Não me pressione. Eu mando. Sou seu dono. Você é minha. Não mova as mãos até que eu lhe diga. Entendeu?

– Sim – sussurrou ela, o corpo tão tenso, tão perto do êxtase que ela mal conseguia respirar.

Ela sentiu o pulso acelerado, quase explodindo, o coração descompassado diante da expressão sexy no rosto de Gabe. O olhar dele era cheio de promessas. De todas as coisas que faria com ela. De todas as coisas que faria com que ela fizesse. E, Deus do céu, ela não podia *esperar*.

Ele moveu o corpo novamente, levando-a consigo na erótica cadência. Ela fechou os olhos, cerrando os dentes para conter o grito que ameaçou sair.

– Olhos – disse ele. – Em mim, Mia. Sempre em mim. Não goze com os olhos fechados. Quero ver tudo o que se passa com você quando estou dentro de você. Não se feche para mim.

Ela abriu os olhos, encontrando-o instantaneamente, a respiração ofegante.

Gabe moveu-se outra vez, ondulando o corpo, segurando-a pela bunda. Ela ficaria com as marcas dos dedos dele, com certeza. Gabe segurou-a, fez com que abrisse as pernas ainda mais enquanto se movia para dentro dela. Ela não poderia resistir mais. Não conseguiria. As sensações eram poderosas demais.

– Diga meu nome, Mia. Quem possui você? A quem você pertence?

– A você. Gabe. Você. Só você.

Um brilho de satisfação surgiu nos olhos dele. Sua expressão era intensa e possessiva, a tensão se evidenciando no maxilar.

– Isso mesmo, anjo. Minha. Diga o meu nome quando gozar.

Ele colocou a mão entre ambos, encontrando o clitóris dela e o acariciando enquanto continuava ondulando o corpo, possuindo-a.

– Goze – ordenou. – Mais uma vez. Goze para mim. Quero sentir você gozar em torno de mim. Tão suave e macia. Tão apertada. É o paraíso.

Mia soltou um grito, sua excitação a um nível febril. O orgasmo tomou conta dela, explosivo e intenso, mais do que na vez anterior. Ele arremetia profundamente. Estava tão profundo dentro dela que Mia não conseguia sentir nada a não ser seu corpo pulsando em torno do membro rijo. Mia arqueou o corpo, querendo mais, precisando de mais. Ele deu outra arremetida, o rosto, uma máscara de tensão.

– Meu nome – disse numa voz gutural. – Meu nome quando gozar, Mia.

– Gabe!

Os olhos dele brilharam, uma expressão de triunfo enquanto ela se contorcia sob ele, o orgasmo tomando conta do corpo dela com uma intensidade que nunca imaginou ser possível.

Ela sentiu-se lânguida na cama de repente, exausta e saciada enquanto ele continuava dentro dela. Gabe diminuiu as arremetidas, como se quisesse saborear cada momento. Ele fechou os olhos, enfiando de leve e depois profundamente. Em seguida, apertou os lábios e começou a arremeter novamente com uma força redobrada. Fundo. Com *força*.

De repente, pressionou seu corpo tenso contra o dela, cada músculo se retesando. Tirando as mãos da bunda de Mia, levou-as até onde as mãos dela ainda repousavam acima da cabeça. Afundou as mãos nas palmas das mãos dela no colchão, enquanto baixava o corpo em mais uma arremetida.

– Minha – disse por entre dentes. – Minha, Mia.

Ela estava molhada em torno de Gabe enquanto ele pulsava dentro dela, continuando a arremeter, dominado pelo incrível orgasmo. Foi um orgasmo que pareceu sem fim. Ela pôde sentir a umidade entre ambos e os sons característicos, enquanto ele continuava arremetendo sem parar.

Gabe, então, deixou o corpo cair até cobrir o dela completamente. Ofegando, ainda estava dentro dela. Continuava rígido feito uma rocha mesmo depois de ter gozado por tanto tempo. Deus do céu, mas era tão bom tê-lo assim dentro dela.

– Posso tocar você? – sussurrou Mia. Precisava tocá-lo. Não podia mais se conter. Era uma vontade incontrolável.

Gabe não respondeu, mas afastou as mãos das dela, libertando-a, e Mia tomou aquele gesto silencioso como um assentimento.

Hesitante, deslizou as mãos pelos ombros de Gabe, ganhando mais coragem quando ele não objetou. Deixou as mãos correrem a seu bel-prazer, deliciando-se naquele contentamento que os tomava depois de terem feito amor. Afagou-o até onde pôde alcançar, propiciando as mesmas carícias que ele lhe deu.

Ele emitiu um som de satisfação que fez o corpo inteiro dela se retesar. Soltou um gemido de prazer quando ela acariciou seu pau. Beijou-a no pescoço, logo abaixo da orelha.

– Linda – sussurrou. – E minha.

Uma onda de prazer dominou-a quando ele a chamou de *linda*, porém mais especialmente pelo fato de tê-la possuído. Por quanto tempo o acordo deles durasse, ela seria de Gabe. Verdadeiramente dele. De uma maneira que a maioria das mulheres não pertence a um homem.

Não havia uma parte de seu corpo que não sentisse a marca da posse dele. Estava cansada, dolorida e completamente satisfeita. Não conseguia nem se mover e, portanto, esperou, contente em estar deitada ali, com ele ainda dentro dela.

capítulo 9

Gabe estava deitado ao lado de Mia, ouvindo os sons suaves de sua respiração. O corpo dela estava tão macio a seu lado, e ele foi tomado por um estranho... contentamento. A cabeça dela estava apoiada em seu braço, que ficava adormecido, mas ele se recusou a movê-lo porque gostava da sensação de tê-la aninhada a seu lado.

Ele não era de ficar assim deitado com a parceira depois do sexo. Desde que foi casado, ele não dedicou mais tempo aos momentos íntimos depois de fazer amor. Não era que não tivesse deixado nenhuma mulher ficar para dormir ali, mas sempre houve uma nítida separação, quase uma barreira invisível entre ele e as outras mulheres.

Mia não lhe deu muita escolha nessa questão. Tão logo ele se separou de seu corpo e limpou a ambos, ela se aninhou a seu lado e adormeceu. E ele não fez nada para mudar as coisas.

Em vez disso, ficou deitado lá, pensando no relacionamento de ambos.

A culpa o dominou. Ele havia prometido que seria paciente e teria calma com ela nos aspectos físicos do relacionamento. Deveria ter ido mais devagar, ter sido mais gentil. Deveria ter se certificado de que manteria mais o controle.

Mas a verdade era que, desde o momento em que ela entrou no apartamento, ele foi tomado instantaneamente por um desejo primitivo de possuí-la. Nada no encontro sexual foi lento ou gentil. Ele fez amor com ela com uma urgência que nem sequer conseguia explicar.

Ele lançou um olhar para os olhos fechados dela, os cabelos em desalinho e a curva de um seio pressionado a seu lado. Imaginou que depois de saciar o desejo inicial por ela, ele controlaria o que parecia uma obsessão, que seria capaz de se aquietar e tratar aquilo como fez com outros relacionamentos com mulheres. Mas, ao contrário, esse primeiro encontro só aumentou ainda mais o seu desejo. Ansiava por mais. De maneira alguma fazer amor com Mia diminuiu sua necessidade por ela. Ele a queria outra vez. E, puxa, ele a queria agora.

Todas as promessas de ir com calma com suas exigências foram esquecidas. Ele queria fazer amor com ela até que desmaiassem. Queria fazer um milhão de coisas com Mia e nenhuma delas incluía ir devagar. A única coisa que queria era estar dentro dela. Só que não seria fácil. Queria fazer amor longamente, até que Mia não tivesse mais nenhuma dúvida de que lhe pertencia.

Ela se mexeu ao lado dele, emitiu um som sonolento enquanto passou o braço pelo peito dele. Gabe lhe acariciou o braço, a vontade de tocá-la mais forte do que ele. Mia abriu os olhos e o fitou com um ar sonolento.

– Por quanto tempo dormi?

– Não muito. Talvez uma hora.

Ela começou a se levantar, uma expressão de incerteza passando por seus olhos.

– Desculpe. Quero dizer, eu não pretendia dormir. É melhor eu ir embora.

Gabe franziu a testa e a puxou de volta. Percorreu o corpo dela com uma mão e a levou até o seio arredondado. Mia não iria a lugar algum. O que ela não entendeu no tocante ao fato de que era dele? E ser dele não queria dizer deixar a cama no minuto em que o orgasmo terminava.

– Ligue para a sua colega de apartamento e peça que prepare uma mochila para você passar a noite aqui. Mandarei um carro para buscá-la e você poderá ir para o trabalho amanhã comigo.

Mia adquiriu uma expressão preocupada.

– Como vai parecer se nós dois chegarmos ao trabalho juntos?

Gabe franziu ainda mais o cenho.

– Não vai parecer nada além de termos nos encontrado para o café da manhã para conversar sobre sua contratação e, depois, termos ido juntos para o trabalho.

Ela ficou em silêncio, mas assentiu.

– Use o telefone ao lado da cama e ligue para Caroline.

Ele soltou-a para que ela pudesse se virar para o lado e observou-a por um longo tempo, contemplando as costas dela e a bunda arredondada. Puxa, era tão linda.

Obrigando-se a desviar o olhar de Mia, ele se virou para pegar o celular. Enquanto ela falava num tom baixo com a amiga, ele fez uma rápida ligação para o motorista e lhe deu instruções para ir buscar as coisas de Mia no apartamento.

Quando tornou a se virar para ela, Mia estava sentada na cama, sua expressão ainda de incerteza e constrangimento.

O que ele quis foi deitar-se sobre ela e dar uma arremetida. Estava louco de desejo, mas os lençóis estavam embolados em torno de sua cintura e, assim, ao menos ela não veria a sua ereção. Não que ela não fosse saber bem depressa. E, mesmo assim, não queria deitá-la sob seu corpo ainda. Não podia explicar aquele pensamento em particular uma vez que o que mais desejava era voltar a estar dentro dela – tão logo ele pudesse lhe abrir aquelas coxas bem-feitas e desnudar aquele seu lindo sexo.

Se fosse qualquer outra mulher, ele sugeriria que ambos dormissem e se viraria, isolando-se de qualquer intimidade. Mas com Mia descobria que tinha outras... necessidades. Necessidades que ele nem sequer entendia. Não que as quisesse analisar ou examinar muito de perto. Não tinha certeza de que iria gostar do que descobrisse.

– Venha aqui – disse ele, oferecendo o braço para que ela pudesse se deitar como tinha feito antes.

Mia puxou as cobertas e aninhou-se ao lado de Gabe, repousando a cabeça no ombro dele.

Por um longo momento, ambos ficaram em silêncio e, então, Mia se mexeu, virando a cabeça para poder olhá-lo.

– Você não vai fazer com que eu o chame de *mestre*, nem nada parecido, não é?

Ele arqueou as sobrancelhas e viu um brilho maroto no olhar dela. Sacudiu a cabeça. Mia o divertia e ele se viu querendo rir.

– Não. Isso soa ridículo, não é mesmo? Não sou dado às aparências de um certo estilo de vida ou estereótipo.

– Nada de "sim, senhor", ou "não, senhor"?

Ele relaxou em meio à brincadeira e deu uma palmada de leve na bunda dela. Sentia-se à vontade ao lado de Mia, descobrindo que estava desfrutando daquele... momento. Ou o que quer que fosse. Devia estar fazendo amor com ela outra vez e, ainda assim, saboreava o fato de apenas estar ali na cama, de observá-la sorrir e flertar. Droga, se ela dirigisse aquele sorriso inocente de flerte a outro homem, ele não seria responsável por seus atos.

– Você já está sendo desrespeitosa. E não, não me chame de "senhor". Isso faz com que eu pareça o seu pai e eu já tenho reservas o bastante quanto à nossa diferença de idade para não querer atrair mais atenção para esse ponto.

Mia se ergueu, os cabelos caindo sobre o peito enquanto o fitava. Puxa, mas ela era linda. Todo aquele bonito cabelo caindo sobre ele. De repente, não queria mais brincar. Foi tomado novamente pelo desejo de se deitar sobre Mia e fazer amor com ela durante as horas seguintes.

– A minha idade o incomoda tanto? Se é o caso, por que você iria querer... isto. Quero dizer, *nós*.

Gabe suspirou, se resignando a se controlar por pelo menos mais cinco minutos. Seu sexo latejava, mas Mia queria conversar e ele lhe faria a vontade por enquanto.

– Isso me incomodava no passado. Não me incomoda mais tanto agora. Mas *há* quatorze anos entre nós. Você é bem mais jovem. Há um mundo inteiro de diferença de onde estou à essa altura da minha vida.

Ela franziu um pouco a testa e adquiriu um ar pensativo.

– No que você está pensando? – perguntou Gabe, curioso diante da hesitação dela.

Mia respirou fundo.

– Você insinuou que me queria já há algum tempo. Há quanto tempo?

Gabe ficou em silêncio por um momento, ponderando sobre como colocar as palavras. A mudança no rumo da conversa inteira o deixou pouco à vontade, mas ele não se esquivaria da pergunta nos olhos dela. Não podia se recusar a dar uma resposta quando foi ele que a encorajou a perguntar.

– Acho que foi quando você voltou da Europa, quando fez uma pausa nos seus estudos para viajar para o exterior. Não a vi muito nessa época. Apenas ocasionalmente quando você estava com Jace, ou nas férias. E, então, quando se formou na faculdade. Eu não a vi mais como uma menina, como a irmã mais nova de Jace. Eu a vi como uma mulher desejável. Uma que eu queria possuir. Isso tudo me desarmou por completo.

– Por que agora? – perguntou ela num tom suave. – Se não naquela época, por que agora?

Ele não tinha resposta para aquilo, apenas a sensação que o tomou quando a viu na rua no dia em que tirou a foto. Foi algo que o dominou por completo. Todo o desejo e a necessidade que havia reprimido vieram à tona com súbito impacto. Ela era como um vício do qual não conseguia se livrar. Mesmo agora depois que a possuiu, seu vício não se aplacava. Estava mais intenso do que nunca.

– Já era tempo – respondeu ele simplesmente. – E você, Mia? Quando chegou à conclusão que me queria?

Corando, ela desviou os olhos. O rubor tingiu suas faces, deixando-as com um delicioso tom rosado.

– Você era a minha paixão de adolescente. Tive fantasias com você durante anos, mas você sempre esteve longe do meu alcance.

Algo no tom dela o assustou. Abalou-o. E se deu conta de como aquilo poderia ser desastroso se Mia não fosse capaz de separar suas emoções do relacionamento físico. Talvez fosse por isso que ele esperou tanto tempo. Além da diferença de idade, havia o fato de que ela era uma garota. Uma jovem que não teve a experiência emocional que outras mulheres com quem ele se envolveu tiveram.

– Não se apaixone por mim – avisou-a. – Não interprete isto como nada além do que é. Não quero magoar você.

Mia torceu os lábios e estreitou os olhos. Inclinou-se para trás, colocando mais distância entre os dois. Gabe não gostou daquilo. Queria Mia perto. Queria que o tocasse. Ele a queria onde pudesse sentir a maciez e o calor de sua pele.

Abraçou-a e puxou-a para si até que a fez deitar em seu peito. Ela não gostou daquilo. Era uma pena. Ela poderia dizer o que quisesse a respeito do fato de ele a tocar.

Mia apertou os lábios. Ficava adorável e linda assim, mas ele sabia que apenas a aborreceria se dissesse isso. Seus próprios lábios se curvaram, ameaçando um sorriso, mas ele aplacou a vontade de sorrir e a fitou com ar expectante, enquanto aguardava o que ela teria a dizer.

– É muita presunção da sua parte. Sem mencionar arrogância e tolice. Você foi claro nas suas expectativas no nosso acordo. Não sou idiota. Supõe que todas as mulheres que conhece se apaixonam por você e não podem viver sem a sua presença?

Ele não se conteve e sorriu, mas Mia não pareceu contente com o resultado. Pareceu aborrecida como uma gatinha cujas garras tivessem acabado de sair. Ele sentiu uma onda de alívio. Sim, ele se desdobrou para se certificar de que ela soubesse os termos do acordo de ambos, mas ainda não gostava da possibilidade de magoá-la. E sua amizade com Jace poderia não se recuperar se ele partisse o coração de Mia. Não *queria* partir o coração dela. Ela significava mais do que apenas uma mulher com quem fez sexo.

– Está certo – concordou Gabe. – Não vou mais tocar no assunto.

Ela franziu a testa outra vez e colocou as mãos entre ambos, afastando-se para trás de modo que surgiu espaço entre eles. Ah, não. Ele a puxou de volta, recostando-a em seu peito novamente, os lábios de ambos a meros centímetros de distância.

Gabe a beijou e, então, soltou um grunhido quando descobriu que os lábios dela estavam imóveis. Deslizou a mão até a barriga dela, entre ambos, indo até o sexo quente e macio de Mia. Afagou o clitóris dela até que a faz gemer, abrindo os lábios para a língua dele.

– Assim está melhor – disse de encontro aos lábios dela antes de tomá-los com um beijo voluptuoso.

– E quanto ao seu motorista? – sussurrou ela entre os beijos.

– Temos tempo.

Gabe segurou-a pelos quadris, erguendo-a e, então, posicionando-a acima dele. Afastou os lençóis abruptamente. Seu desejo por ela era intenso. *Doloroso*.

– Coloque as mãos nos meus ombros e erga-se – gemeu ele.

Quando ela obedeceu, ele segurou o pênis e colocou a outra mão no quadril dela, guiando-a até a sua ereção.

– Cavalgue, Mia.

Mia pareceu tão incerta que ele levou as mãos até a cintura dela e arqueou o corpo, arremetendo. Segurando-a no lugar, guiou o ritmo, ajudando-a a encontrar o seu próprio. Sabia que seria rápido, quente e fora de controle. Parecia não *ter* controle algum em se tratando dela.

– Isso mesmo, meu anjo – disse, ofegante. – Perfeito.

Ele afrouxou as mãos, enquanto ela ganhava mais confiança e começava a se mover na própria cadência. Estava toda molhada e quente em torno dele. E tão apertada... Deus do céu, ele estava prestes a gozar agora, mas soube que ela não estava nem perto.

Como se lesse a mente dele, Mia inclinou-se para a frente, pela primeira vez tomando a iniciativa, e o beijou. E, puxa, foi um beijo tão doce. Ele podia sentir o gosto dela em sua língua, sentir a maciez dos lábios contra os seus. Sim, ela era sua. Não havia dúvida. E ele não tinha planos para deixá-la ir até que estivesse completa e totalmente saciado.

– Não espere por mim – sussurrou ela.

Gabe segurou o rosto dela entre as palmas das mãos, enquanto seus lábios se encontravam num beijo ardente. Ele arqueou os quadris, querendo mais, enquanto ela se erguia e depois deslizava para baixo pelo pênis dele. Gabe baixou as mãos e segurou os quadris dela, sabendo que Mia ficaria com as marcas de sua posse no dia seguinte. Mas aquela ideia só alimentava ainda mais o desejo que o consumia de maneira avassaladora. Ele gozou dentro dela, seu orgasmo doloroso em sua intensidade. Mal pôde conter um grito, um grunhido de satisfação, de vitória. Como se tivesse conquistado a sua presa. Ela estava ali, em seus braços, seu pau enterrado nela. Era dele. Nada mais de espera. Nada mais de obsessão primitiva. Ele a capturou completamente e agora Mia estava à sua mercê, era sua para fazer o que quisesse.

Eram pensamentos malucos preenchendo sua mente, dominando-o. Imagens dela amarrada, mãos e pés, enquanto aplacava seu desejo, dele comendo-a por trás, de afundar na boca dela, de consumi-la até que ela não pudesse ter outro pensamento a não ser o fato de que pertencia a ele.

Ele a abraçou, puxando-a para si até ficar de encontro ao seu peito. Ela subia e descia com a força da respiração dele, os cabelos emaranhados no rosto dele. Gabe deslizou uma mão até a bunda dela e arqueou-se mais uma vez, buscando uma arremetida mais profunda, mantendo-os ligados da maneira mais íntima possível. Deus do céu, não tinha defesa contra um desejo tão poderoso. Nunca experimentou nada que se comparasse e não tinha certeza se gostava daquilo. Era algo que o inquietava e deixava inseguro. Fazia com que repensasse todas as suas intenções.

Era um filho da mãe egoísta. Não havia dúvida quanto a isso. Ele desfrutava do seu prazer, desfrutava do que queria. Sempre. Mia, porém, fazia com que quisesse ser... melhor. Não queria ser esse monstro selvagem que tomava sem dar. Queria ser gentil com ela, garantir o prazer dela acima do dele. Não tinha nem certeza de que sabia como, mas, droga, queria tentar.

Se ela não corresse da sua cama depois dessa noite, não podia imaginar por quê. Ele fez amor com ela loucamente, não apenas uma vez, mas duas. Na verdade, um sexo quase brutal e sem consideração e, na segunda vez, ela nem sequer encontrou sua satisfação.

Gabe fechou os olhos e tentou se recompor. Ficou deitado lá com Mia em cima dele, seus braços envolvendo a mulher doce, suave. Finalmente, rolou para o lado, levando-a consigo, soltando-se do sexo apertado dela. Beijou a testa dela com constrangimento, sem saber o que dizer e, portanto, não disse nada enquanto saía da cama.

Ela o acompanhou com o olhar enquanto ele ficava ao lado da cama, nu. Ele não pôde discernir nada no olhar dela. Não havia julgamento, nem condenação, mas também não havia aceitação. Ela simplesmente o observou, e aquele olhar pensativo o deixou com a pele arrepiada. Ele se virou, dizendo enquanto pegava as roupas:

– Fique aqui. Eu lhe darei suas coisas quando forem trazidas.

– Está bem – disse ela num tom suave.

Ele vestiu o jeans, sabendo que devia estar em completo desalinho. Alguém bem diferente da imagem do homem intocável que sempre projetava. Não queria que ninguém o visse desse jeito. Especialmente Mia.

capítulo 10

Mia dormiu, saciada e tomada por um grande contentamento, imagens de Gabe vívidas em seus sonhos. Então, foi despertada do sono enquanto um Gabe bem real puxava as cobertas de onde ela as segurava na altura do queixo.

Ele tinha aquela expressão, uma expressão completamente deliciosa nos intensos olhos azuis que a deixou com um frio na barriga e sua reação imediata foi fechar as coxas para aliviar o instantâneo desejo que se reavivou.

– De joelhos.

Droga, a maneira como ele emitiu aquela ordem a deixou fraca. Ela não teve absoluta certeza do que ele quis dizer. Queria que ela ficasse ereta e literalmente de joelhos? Ou ele quis dizer *mãos* e *joelhos*? E se ele quis dizer mãos e joelhos... Ela estremeceu enquanto imaginava a opção mãos *e* joelhos.

Quando ele estreitou os olhos com impaciência, ela se apressou a rolar para o lado e, então, ficou de bruços. Antes que ela pudesse se colocar de joelhos, ele pousou a mão nas costas dela, segurando-a com firmeza contra o colchão.

– Fique aí por um momento. Será mais fácil se eu fizer isto agora.

Se fizer o que agora?

O coração dela estava disparado contra o colchão e Mia fechou os olhos, imaginando que, se não estava olhando para ele, não havia problema em fechar os olhos.

Com gentileza, Gabe lhe pegou um pulso e, depois, o outro, lhe colocando as mãos para trás junto às costas. Ela abriu os olhos quando se deu conta de que ele enrolava... *corda*... em torno de seus pulsos, amarrando-os.

Oh, merda, oh, merda, oh, merda. Ele não estava brincando quanto à questão de sujeição que colocou no contrato!

Mia não se deu conta de como estava tensa até que Gabe se inclinou para a frente, lhe roçando a orelha com os lábios.

– Relaxe, Mia. Não vou machucar você. Sabe disso.

A promessa sussurrada fez com que os músculos dela relaxassem e afundou na cama, a mente rodopiando. Estava excitada, nervosa, assustada, mas, acima de tudo, excitada. Seus sentidos estavam superalertas. Os mamilos estavam rijos, raspando no colchão, e o sexo ficou úmido, trêmulo de expectativa. Ele ergueu-lhe o traseiro de modo que ela ficou de joelhos na cama, e posicionou-a. A face dela encostou no colchão, enquanto o traseiro estava no ar, as mãos amarradas nas costas.

Gabe lhe afagou a bunda e, então, correu um dedo pela fenda no traseiro, fazendo uma pausa no ânus. Sua voz soou grave quando falou:

– Quero comer esta doce bunda, Mia. E farei isso. Você não está pronta ainda, mas estará e eu vou desfrutar cada segundo em que estiver dentro de você.

Mia tremeu incontrolavelmente, sua pele se arrepiando.

– Por enquanto, vou foder sua buceta, com esse traseiro para cima e vou imaginar que é ele que estou comendo.

Ela mordeu o lábio inferior, enquanto o desejo a percorria, deixando-a corada, excitada, desesperada pelo toque dele e sua posse. Então, a cama afundou e ele pressionou o corpo contra o dela. Correu as mãos pelas costas dela até os pulsos amarrados. Afagou-lhe os dedos fechados e testou a corda, como se quisesse se certificar de que estava bem amarrada.

Mia mal podia respirar. Não conseguia assimilar o bombardeio de sensações. Estava completamente indefesa, mas, ainda assim, sabia que estava a salvo. Sabia que ele não a machucaria. Não a levaria longe demais.

Mantendo uma mão em torno das mãos amarradas de Mia, ele deslizou a mão entre as pernas dela para segurar a boceta. Deixou-a apenas o bastante para posicionar o pênis, a cabeça provocando a entrada, avançando apenas alguns milímetros.

– Você é tão linda – disse ele numa voz gutural. – Na minha cama, de joelhos, as mãos amarradas nas costas de modo que não tem escolha a não ser aceitar o que eu lhe dou.

Ela estava pronta para gritar de frustração. Estava completamente excitada e ele ainda não fez mais do que permanecer logo na entrada de sua boceta, a cabeça do pênis ainda descansando no início da abertura. Ela tentou empurrar o corpo mais na direção de Gabe, fazê-lo dar uma arremetida.

Ficou boquiaberta quando ele deu um tapa no seu traseiro. Então, ele riu. Ele riu!

– Você é tão impaciente – disse ele num tom divertido. – Faremos isto à minha maneira, Mia. Você se esquece tão facilmente. Quero estar dentro de você com a mesma intensidade que você me quer lá, mas estou desfrutando cada segundo em que a tenho amarrada em minha cama. Tão logo meter dentro de você, não vou durar muito. Assim, vou saborear cada segundo.

Ela fechou os olhos e soltou um gemido.

Gabe tornou a rir e avançou mais um pouco pela abertura. Ela suspirou, tensa, à espera, em expectativa, seu corpo inteiro tremendo e se contraindo, a boceta sugando o pênis dele, o querendo mais profundamente. Ela queria tudo. Ela queria *Gabe*.

– Você quer que eu coloque tudo dentro de você, Mia? – perguntou numa voz rouca.

Oh, sim.

– Sim.

– Não consegui ouvir você.

– Oh, sim!

– Me peça gentilmente – disse Gabe numa voz aveludada. – Me peça o que você quer, anjo.

– Quero *você* – respondeu ela. – Por favor, Gabe.

– Você quer a mim, ou ao meu pênis?

– Os dois – disse ela numa voz entrecortada.

– Boa resposta – murmurou ele antes de se inclinar para depositar um beijo na espinha dela.

Ele segurou ambos os pulsos amarrados dela e deu uma arremetida. Mia ofegou, os olhos arregalados, a boca aberta enquanto um grito silencioso passava por sua mente.

– Ótima resposta – sussurrou ele junto ao ouvido dela. Seu corpo a cobria, fazendo pressão nas mãos amarradas. Ela se contorceu, arqueando o corpo para cima, incapaz de conter seu desespero por mais.

Nunca imaginou que teria tantos orgasmos numa única noite. Em poucas horas! Aquilo era tão insano, estava tão fora do âmbito de suas mais loucas fantasias com Gabe que sua mente estava num completo caos.

Finalmente ele se retirou de dentro dela, seu pau roçando contra o interior da vagina, úmida e entumecida, deixando somente a ponta da cabeça de seu pau encaixada na entrada.

– Por favor, Gabe!

Ela estava implorando. Soava rouca, desesperada e não se importou. Não se importou se estava quebrando as regras, não se importou em levar uma reprimenda. Deus do céu, esperava até que ele batesse no seu traseiro outra vez, porque qualquer coisa, qualquer coisa a essa altura a levaria às nuvens.

– Quieta, meu anjo – disse ele naquela voz rouca e doce que seria capaz de fazer uma mulher gozar só em ouvi-la. – Cuidarei de você agora. Confie em mim para cuidar de você.

– Eu confio em você – sussurrou ela.

Mia virou o rosto naquele momento, apenas o bastante para ver o brilho satisfeito nos olhos dele. Foi como se aquelas simples palavras tivessem-no atingido em cheio. E ele *gostou* delas.

Ambas as mãos foram até os pulsos amarrados, segurando-os, restringindo-os, embora ela não tivesse como movê-los. Usando-os para se apoiar, ele começou a arremeter. Arremetidas longas e profundas.

O corpo inteiro dela começou a tremer. As pernas ficaram fracas devido ao esforço de se manter arqueada. Os joelhos afundaram no colchão e ela pôde sentir que avançava para frente, seus músculos como geleia diante do iminente orgasmo.

Um friozinho surgiu na barriga, espalhando-se, invadindo suas veias. Ele era como uma droga. Percorrendo seu corpo, lenta e docemente, inebriando-a de prazer. Gemidos suaves ecoaram no ar, e ela se deu conta de que eram seus. Não conseguiu silenciá-los. Vinham de algum ponto profundo de seu ser, uma parte de si que esteve fechada até agora.

Ele afastou uma mão dos pulsos dela e a enroscou nos seus longos cabelos. Enrolou as mechas em torno dos dedos como se gostasse de sentir sua maciez. Segurou-as, então, com mais força. Gabe deu um leve puxão e então foi liberando aos poucos, e tornou a puxar, desta vez mais próximo de seu couro cabeludo.

Seu punho estava fechado no cabelo dela, e ele continuou a puxar até que ela ficasse em uma posição que pudesse ver o rosto dele.

– Olhos nos olhos, Mia.

A ordem foi dura, uma exigência que ela não desobedeceria. Abriu os olhos. Podia vê-lo pelo canto do olho, e a expressão dele a deixou sem fôlego.

Havia algo de selvagem nos traços de Gabe. Os olhos dele brilhavam, enquanto o corpo dela inteiro tremia com a força das arremetidas. A cada vez que ele recuava, a cabeça dela ia um pouco para trás porque a mão dele estava enroscada em seus cabelos.

Não doía. Ou talvez doesse, mas ela estivesse inebriada demais de prazer para saber a diferença. Sentia-se excitada com a maneira como a mão dele estava enroscada em seu cabelo, com a maneira como ele puxava sua cabeça para podê-la ver quando ela gozasse.

Ele queria ver seus olhos.

Ela ajeitou melhor a cabeça, determinada a que ele visse o que queria e, assim, concentrou-se na beleza do rosto dele, anguloso, másculo e agora contorcido de satisfação. De prazer. Ela estava lhe proporcionando aquilo.

Seus olhares se encontraram e houve algo nos olhos dele que a atingiu em cheio. Que chegou ao centro de seu ser. Era ali que ela deveria estar. Era o lugar onde pertencia. Ali mesmo, na cama de Gabe Hamilton. À mercê dele. Era o que ansiava.

E era tudo dela.

– Quanto falta? – perguntou Gabe, a voz tensa.

Ela o observou com confusão.

Ele abrandou a voz.

– Quanto falta para você gozar, meu anjo?

– Oh, Deus, estou quase lá.

– Então, goze para mim, linda. Me deixe ver isso em seus olhos. Adoro como ficam brilhantes. Você tem olhos tão expressivos. Eles deixam transparecer a sua alma e eu sou o único homem a vê-los quando você goza. Entendeu?

Ela assentiu, o nó que se formou em sua garganta grande demais para que ela falasse.

– Diga – pediu ele numa voz baixa. – Diga que esses olhos são meus.

– Eles são seus – sussurrou Mia. – Apenas seus.

Gabe afrouxou a mão no cabelo dela e gradualmente soltou-o, deixando que as mechas deslizassem por seus dedos até as pontas. Correu, então, a mão pela espinha dela, seu toque quente e confortador. Passou o braço em torno da cintura de Mia, os dedos descendo mais, até o meio das coxas dela.

Ele lhe massageou o clitóris, e ela gritou enquanto uma corrente elétrica percorria seu corpo.

– Isso mesmo, meu anjo. Solte-se. Me deixe ter você. Eu quero tudo. Tudo o que você tem. É meu. Me dê tudo agora.

Ele começou a arremeter, os quadris batendo no traseiro dela, enquanto ele passava os dedos pelo clitóris.

– Oh, Deus – ofegou ela. – Gabe!

– Você aprende depressa, anjo. Meu nome, seus olhos, quando você goza.

Ela quase parou de fitá-lo nos olhos. Tudo se tornou um borrão. Gritou o nome dele, não reconhecendo a própria voz. Estava rouca, alta, como nada que tivesse ouvido antes. Estava repleta de desejo. Foi uma súplica para que ele lhe desse o que ela precisava.

E ele deu.

Gabe tomou conta dela, lhe deu o que ela queria. O que ela precisava.

Dele.

Ela ficou quente e úmida em torno dele, enquanto Gabe gozava dentro dela. Sem conseguir mais continuar olhando para ele, Mia ficou lânguida, descansando o rosto no colchão. Não teve mais forças para manter o pescoço virado, mesmo no ligeiro ângulo em que o tinha. Fechou os olhos, não tendo nem sequer certeza de que estava totalmente consciente, pois sua mente parecia pairar em outro lugar. Mas era o lugar mais bonito do mundo.

Flutuando. Eufórica. Completamente saciada.

E *feliz*.

Tomada por absoluto contentamento.

Mas não houve reprimenda. Apenas beijos suaves ao longo de sua espinha e na orelha. Palavras murmuradas que nem sequer entendia junto ao seu ouvido. E, então, ele se retirou de seu corpo e o protesto dela foi quase imediato. Foi tirada abruptamente do calor que a envolvia e sentiu-se instantaneamente fria e vazia sem ele.

– Quieta, anjo – sussurrou ele. – Preciso desamarrar e cuidar de você agora.

– Hummm – foi tudo o que ela conseguiu dizer.

Soava tão bom. Ele cuidando dela. Estava ótimo para ela.

Um momento depois, suas mãos estavam livres e Gabe pegou uma de cada vez e as massageou com gentileza. Baixou cada braço devagar até a cama para que ela não sentisse nenhum desconforto. Em seguida, ele a estreitou em seus braços.

Gabe saiu da cama e a ergueu, aninhando-a contra o peito. Ela o abraçou pelo pescoço, se moldando a ele como se nunca mais o fosse soltar.

Deus, ela se sentia tão vulnerável. Tão... exposta. Estava completamente abalada pelo que aconteceu naquela noite. Foi até ali esperando sexo, com certeza. Mas aquilo? Aquilo não era apenas sexo. Como uma simples palavra de quatro letras atribuída a qualquer tipo de transa podia descrever o encontro explosivo, fabuloso que acabou de acontecer?

Arrebatador. E ela teve sexo bom antes, mas nunca nada tão arrebatador.

Ele a levou até o banheiro e ligou o chuveiro até que o vapor tomou conta do boxe. Em seguida, a carregou para dentro e, ainda a segurando com força contra si, deixou que ela escorregasse por seu corpo, enquanto o jato de água cobria a ambos.

Quando teve certeza de que ela estava firme de pé, separou-se o bastante para pegar o sabonete e, então, cobriu cada pedacinho do corpo dela usando as mãos. Não deixou nenhuma parte dela intocada e sem ser acariciada.

Quando terminou, ela mal podia manter o equilíbrio. Conforme ele se afastou para sair do chuveiro, ela quase caiu. Ele se adiantou para segurá-la, um praguejamento ecoando nos ouvidos dela. Ele a pegou novamente e a sentou no balcão ao lado da pia, enquanto estendia a mão para uma das toalhas dobradas na prateleira ao lado do chuveiro. Ele a envolveu com seu calor, e ela suspirou, encostando a testa no peito úmido dele.

– Eu estou bem – murmurou ela. – Se enxugue. Ficarei sentada aqui.

Quando ela ergueu os olhos, os lábios de Gabe se curvaram num sorriso e seus olhos brilharam com divertimento. Mas ainda manteve um olhar cauteloso sobre ela enquanto pegava a toalha.

Ele enxugou seu corpo rapidamente, e ela apreciou cada momento em que o observava. O homem era sexy. Bonito com *B* maiúsculo. E a bunda dele. Ela não havia prestado muita atenção à bunda dele porque esteve mais concentrada na parte da frente da anatomia. Porque o homem tinha um pênis bonito.

Sim, era estranho considerar um pênis bonito porque, na verdade, eles eram bastante feios. Mas o de Gabe? Ele era linda e perfeitamente formado. Até o seu pênis. Ela estava tendo fantasias bem vívidas quanto a tê-lo em sua boca. Provando-o. Deixando-o tão louco quanto ele a deixou.

– Que diabo você está pensando agora? – murmurou Gabe.

Ela piscou os olhos e se deu conta de que ele estava no seu espaço. Ele se colocou entre as pernas dela e estava olhando para baixo, seu olhar inquisidor enquanto explorava o rosto dela. O calor se expandiu pelas faces dela, o que foi bastante estúpido considerando o fato de que acabou de fazer sexo tórrido durante as últimas horas e agora estava corando só porque foi apanhada pensando em fazer sexo oral nele.

Era evidente que não havia esperança para ela.

– Tenho mesmo de responder isso?

Gabe arqueou uma sobrancelha e um brilho divertido passou por seus olhos.

– Sim, tem de responder. Especialmente agora que ficou toda corada com constrangimento.

Ela suspirou e bateu a testa no peito dele.

– Eu estava admirando você.

Ele segurou-a pelos ombros, afastando-a o bastante para poder fitá-la outra vez.

– É isso? Você estava me admirando e isso a constrangeu?

Mia hesitou e, então, soltou um suspiro.

– Você tem um pênis lindo, está bem? Eu o estava admirando.

Gabe conteve o riso. Bem, quase. Um som gutural escapou de sua garganta e ela soltou um gemido.

Antes de perder o restante de coragem que tinha, disse o restante:

– E eu estava fantasiando em...

Pôde sentir as faces ficando mais quentes.

E, então, Gabe estava mais perto, lhe abrindo as coxas ainda mais enquanto se posicionava junto dela. Ele lhe ergueu o queixo e a fitou com um olhar intenso, penetrante.

– Fantasiando com o quê?

– Em ter você na minha boca – sussurrou ela. – Em provar você. Deixando você louco do mesmo jeito que me deixou.

O corpo inteiro dele se retesou. O desejo cintilou em seus olhos. Ardente como um inferno.

– Você terá a sua chance, meu anjo. Posso garantir isso.

Mais uma vez, a mente dela explodiu com imagens. Imagens realmente vívidas de seus lábios em torno daquele pênis imenso, de lamber cada pedacinho dele.

Ele baixou a boca, depositando um beijo gentil nos lábios dela.

– Precisamos dormir um pouco – murmurou. – E não pretendia... não pretendia levar as coisas tão longe esta noite. Você vai estar cansada amanhã no trabalho.

Ele disse as últimas palavras num tom quase de pesar. Afagou o queixo dela e lhe acariciou a face com a ponta dos dedos. Então, tornou a beijá-la. Um daqueles beijos doces, ternos, o que foi uma contradição direta com o furor demonstrado antes.

– Vamos, meu anjo – disse numa voz rouca. – Vou levar você para a cama para que durma algumas horas.

capítulo 11

Mia abriu os olhos e viu Gabe se inclinar sobre ela, a mão sacudindo-lhe o ombro com gentileza.

– Ei, é hora de levantar para ir para o trabalho – disse ele.

Ela esfregou os olhos numa tentativa de remover a confusão.

– Que horas são?

– São seis horas. Se quiser tomar um banho e se vestir, tomaremos o café da manhã a caminho do escritório.

Enquanto despertava mais, viu que Gabe já estava vestido para o trabalho. Nem sequer havia notado quando ele deixou a cama. Podia sentir o aroma da essência do sabonete e a fragrância tentadora da colônia dele. Usava calça comprida e camisa social com uma gravata, embora a gravata ainda estivesse solta em torno do pescoço com o primeiro botão da camisa aberto.

Ele parecia... intocável. Calmo e controlado. Um contraste direto com o homem que a possuiu repetidamente durante a noite anterior.

Ela se ergueu e colocou as pernas na beirada da cama.

– Não vou demorar.

– Leve o tempo que quiser. Não estou com pressa esta manhã. Tenho uma reunião às dez. Até lá, estou livre.

Mia cambaleou até o banheiro, examinando sua imagem no espelho. Exceto por alguns sinais de fadiga, não parecia diferente. De algum modo, esperou que o mundo pudesse ver em seu rosto tudo que ela e Gabe haviam feito na noite anterior.

Por um longo momento, sentou-se na tampa fechada da privada, enquanto a água do chuveiro corria, precisando de alguns minutos para se recompor. Estava dolorida. Nunca teve uma maratona de sexo antes. Seus encontros foram bem mais lentos e com apenas um orgasmo. Gabe a possuiu quatro vezes ao longo da noite. No final, ele se desculpou, como se estivesse penalizado. Havia genuíno arrependimento em seus olhos. Ele disse que queria ser mais gentil com ela, manter a promessa de ir devagar no início, mas não pôde se conter, pois a queria demais. Aquilo a deveria aborrecer?

O fato de um homem estar tão louco por ela porque não conseguia se controlar não era exatamente algo ruim. Ele não a machucou. Sim, estava dolorida. Tinha marcas e pequenos hematomas das mãos e da boca dele. Mas adorou cada minuto mesmo que tenha passado a maior parte do tempo completamente arrebatada.

Mia entrou no chuveiro, deixando a água quente correr por seu rosto. Ciente de que Gabe já estava vestido e pronto para ir, ela lavou o cabelo depressa e se ensaboou antes de sair para enrolar uma toalha em torno de si.

Foi então que se deu conta de que não levou nenhuma roupa consigo. Nem sequer sabia o que Gabe fez com a sua mala na noite anterior. Depois de enrolar o cabelo numa toalha, abriu a porta para espiar para fora.

Gabe estava sentado na cama, as roupas dela estendidas ao lado dele. Enquanto ela se adiantava até ele, Gabe pegou uma calcinha e segurou-a na ponta do dedo.

– Você não vai precisar disto – disse ele.

Ela arregalou os olhos.

– Nada de calcinhas no trabalho. Elas só atrapalhariam – disse, os olhos brilhantes enquanto a fitava.

Mia olhou para a saia estendida na cama e depois para Gabe.

– Não posso usar uma saia sem roupa de baixo!

Ele arqueou uma sobrancelha.

– Você fará o que eu quero. Esse é o acordo.

– Oh, Deus do céu. E se alguém vir?

Ele riu.

– E como saberão se você não mostrar? Quero olhar para você e saber que não está usando nada debaixo da saia. E fica muito mais fácil erguê-la e enfiar o meu pau na sua vagina.

Ela engoliu em seco. Percebera que seu emprego era só uma fachada. Um meio para Gabe a ter a sua mercê durante o trabalho. Mas não havia contado com o fato de que ele quisesse sexo no escritório. A ideia de que alguém os visse fez com que quisesse se enfiar debaixo da cama e se esconder.

– E, Mia, será assim todos os dias. Nada de roupa de baixo. E se a usar em qualquer momento que estiver comigo, eu a tirarei e você ficará com a marca da minha mão no seu belo traseiro.

Uma onda de calor a percorreu em reação. Ela o encarou sem palavras, chocada com o fato de que estava excitada pela ideia de ele lhe bater. Que tipo de louca aquilo a tornava?

Ele pegou a saia, a blusa e o sutiã e os estendeu para ela.

– É melhor ir se arrumando. Sairemos dentro de meia hora.

Entorpecida, Mia pegou as roupas e voltou depressa para o banheiro, a mente vívida com imagens de Gabe transando com ela no escritório. Da mão dele em seu traseiro. Preocupou-a o fato de não estar tão horrorizada quanto *deveria*. Embora certamente não quisesse que ninguém entrasse sem ser anunciado enquanto Gabe a possuísse em sua mesa, a *ideia* de que poderiam ser descobertos a qualquer momento a excitava.

O que havia de errado com ela?

Mia se vestiu e quase morreu quando colocou a saia sobre a bunda nua. Havia uma sensação estranha em não usar roupa de baixo. Não que uma tanga oferecesse muito mais proteção do que uma calcinha, mas ter algo para cobri-la seria melhor do que nada. Ela secou o cabelo e o escovou. Não havia muita esperança para ele naquela manhã, e não tinha tempo para arrumá-lo. Assim, o prendeu num coque que segurou no lugar com uma grande fivela. Depois de aplicar maquiagem o suficiente para cobrir as olheiras, respirou fundo e inspecionou sua imagem no espelho. Não ganharia nenhum concurso de beleza, mas estava bem assim.

Após escovar os dentes e aplicar o batom, deixou o banheiro para pegar os sapatos junto à cama. Ela meteu as roupas da noite anterior na mochila e deixou o quarto à procura de Gabe.

Ele estava no bar da cozinha tomando um copo de suco. Quando a viu, ele esvaziou o copo e o colocou na pia.

– Tudo pronto?

Ela respirou fundo.

– Sim.

Gabe fez um gesto na direção da porta e, então, pegou a mochila dela.

– Deixaremos isto aqui. Não é necessário levar a mochila para o escritório. *Isso* seria anunciar que passamos a noite juntos e não acho que é o que você quer. Eu a enviarei depois do trabalho se preferir.

Ela fez um gesto de assentimento e, então, aguardou enquanto ele chamou o elevador.

Desceram em silêncio, embora Mia tenha notado que ele ficou olhando na sua direção, percorrendo-a com o olhar. Ela desviou os olhos, a coragem a abandonando. Por que estaria nervosa depois da noite que passaram juntos, ela não fazia ideia, mas estava sendo tomada pelo constrangimento e, de algum modo, puxar conversa pareceu forçado demais. Assim, manteve-se em silêncio enquanto deixavam o prédio e entravam no carro à espera.

– Comeremos na Rosário e, então, caminharemos até o escritório – disse ele, referindo-se a uma lanchonete a duas quadras do prédio de escritórios.

Ela estava faminta. Já estava exausta e o dia nem sequer havia começado. Se Gabe planejasse mais noites como a última, ela ficaria como um zumbi no escritório.

Para sua surpresa, ele pegou a mão dela quando se sentaram, entrelaçando os dedos de ambos. Apertou a mão dela, como se estivesse lendo seus pensamentos e a tranquilizando.

Ela se virou e sorriu para ele, acalentada pelo gesto. Ele sorriu de volta, dizendo:

– Pronto, assim está melhor. Você estava tão séria. No seu primeiro dia, não posso deixar que todos pensem que preferiria estar em outro lugar.

Seu sorriso se alargando, Mia relaxou, permitindo que parte da tensão deixasse seu corpo. Tudo ficaria bem. Ela podia fazer aquilo. Era inteligente e capaz. Podia se manter firme de pé, mesmo que Gabe a fizesse sentir-se como uma idiota às vezes. Aquele emprego seria um desafio, mas um que abraçaria. Não tinha ilusões de que Gabe a contratou por sua inteligência, mas não havia razão para não poder provar que tinha seu valor fora do quarto.

Comeram o desjejum devagar e, às oito e meia, caminharam as duas quadras até o edifício, pegando o elevador até o andar dele. Mia sentiu uma onda de nervosismo quando passaram por Eleanor.

– Bom dia, Eleanor – disse Gabe numa voz formal. – Mia e eu ficaremos com as portas fechadas até a minha reunião às dez horas. Eu a colocarei a par das funções de seu emprego. Providencie para que ninguém nos interrompa. Quando eu estiver na minha reunião, quero que a leve para conhecer tudo e a apresente ao restante da equipe.

– Sim, senhor – respondeu Eleanor num tom eficiente.

Mia teve que conter o riso ao se lembrar da conversa com Gabe sobre *mestre* e *senhor*. Ele lhe dirigiu um olhar de aviso e a conduziu pelo corredor até seu escritório.

Quando entraram, ela ficou surpresa em ver uma mesa do lado oposto de onde a dele se situava. A mobília e os adornos tinham sido redistribuídos a fim de haver espaço para a nova mesa, e duas estantes tinham sido completamente removidas.

– Aqui é onde você trabalhará – informou ele. – Uma vez que vai estar tão perto de mim, não vi necessidade de lhe dar seu próprio escritório. – Sua voz adquiriu um timbre baixo, aveludado, sedutor. – Estará perto de mim o tempo todo.

Mia estremeceu diante da promessa sensual na voz dele. Como conseguiria realizar algum trabalho com ele sentado tão perto e ela sabendo que a qualquer momento ele seria tomado pela vontade de fazer sexo com ela?

De repente, todos os vestígios de insinuações se dissiparam e ele adquiriu um ar formal. Adiantou-se até a mesa e pegou uma pasta cheia de documentos. Entregou-a dizendo:

– Estes são arquivos de investidores, parceiros de negócios e várias outras pessoas importantes para este negócio. Quero que leia os perfis deles e os guarde na memória. Há detalhes sobre o que gostam e não gostam, os nomes dos cônjuges, dos filhos, seus passatempos e interesses etc. É importante que você retenha todas essas informações e possa recordá-las quando os encontrar em eventos ou numa reunião. Espero que você seja simpática, calorosa e os conheça como indivíduos. É muito bom para os negócios saber tudo que puder e usar isso em seu proveito. Como minha assistente, você me ajudará a cativar essas pessoas. Queremos o dinheiro e o apoio delas. Não há lugar para erros.

Mia arregalou os olhos e pegou a pasta, sentindo seu peso. Havia uma porção de informações ali e ela engoliu em seco, contendo o pânico. Podia fazer aquilo. Podia fazer aquilo sem sombra de dúvida.

– Deixarei você com a sua leitura – disse Gabe. – Tenho de verificar meus e-mails e mensagens antes da reunião. Quando eu tiver terminado, conversaremos sobre algumas das suas funções no emprego.

Meneando a cabeça, Mia virou-se e seguiu para a mesa que lhe foi designada. Sentando-se na suntuosa cadeira de couro executiva, preparou-se para memorizar a vasta quantidade de informações diante de si.

capítulo 12

– Mia?

Mia ergueu os olhos da pilha de papéis que lia e viu Eleanor parada na porta do escritório de Gabe.

– Se você estiver pronta, eu lhe mostrarei tudo e a apresentarei à equipe.

Mia afastou-se para trás e virou o pescoço tenso, todas as informações formando um turbilhão na sua mente. Sorriu na direção de Eleanor.

Eleanor era simpática e sempre trabalhou como recepcionista da HCM. Embora Mia só tenha estado poucas vezes nos escritórios antes, falava frequentemente com Eleanor ao telefone. Geralmente, quando Mia ligava para Jace, ou quando ele pedia a Eleanor que lhe telefonasse com uma mensagem. Quase sempre para avisar que se atrasaria para um de seus encontros com Mia.

Mia observou atentamente se havia algum sinal de especulação nos olhos de Eleanor. Ou até de surpresa com o fato de ter sido Gabe e não Jace com quem Mia foi trabalhar. Mas ou Eleanor não estava surpresa, ou era muito boa em ocultar suas emoções. Provavelmente não seria o caso com o restante da equipe.

Mesmo que não os conhecesse, saberiam quem era no momento em que fosse apresentada. Os momentos seguintes não seriam os mais confortáveis de todos.

Mia se levantou e ajeitou os documentos antes de os colocar dentro da pasta. Então, constrangida, passou a mão pela parte de trás da saia, rezando para que ninguém conseguisse notar que estava sem calcinha. Contornando a mesa, foi ao encontro de Eleanor no corredor.

– Levarei você pelo corredor onde os escritórios se localizam e, depois, iremos até a ala do lado oposto do andar onde ficam as baias.

Mia meneou a cabeça e seguiu Eleanor enquanto ela atravessava rapidamente a área da recepção até o corredor oposto. Na primeira porta, parou e meteu a cabeça para dentro.

– John? Há uma pessoa aqui que quero que conheça.

John ergueu a cabeça quando Eleanor e Mia entraram. Era um homem mais jovem – mais velho do que ela, porém mais novo que Gabe – que usava óculos e uma camisa polo. Quando ele se levantou, ela viu a calça casual. Gabe obviamente não esperava que o restante da equipe se vestisse como ele.

– Esta é Mia Crestwell, a nova assistente pessoal do Sr. Hamilton – disse Eleanor.

John arqueou as sobrancelhas em rápida surpresa, mas não fez comentário.

– Mia, este é John Morgan, nosso diretor de marketing.

Ele estendeu a mão para apertar a dela.

– É um prazer, Mia. Acho que vai gostar de trabalhar aqui. O Sr. Hamilton é um excelente chefe e uma ótima pessoa para se trabalhar.

– É um prazer conhecer você também – disse Mia, abrindo um sorriso.

– Tenho certeza de que trabalharemos de perto, uma vez que você é a assistente pessoal do Sr. Hamilton.

Mia sorriu e meneou a cabeça, sem saber mais o que dizer. Era terrível em jogar conversa fora.

Como se notasse sua inquietação, Eleanor foi rápida em se retirar.

– Bem, deixaremos você com o seu trabalho, John. Tenho certeza de que está ocupado e ainda tenho de mostrar o restante do escritório a Mia.

– Vejo você por aí – disse John. – Bem-vinda à equipe.

– Obrigada – murmurou Mia.

Ela seguiu Eleanor até o lado de fora e, então, repetiu o processo com cinco outros funcionários, todos em várias posições de diretoria dentro da empresa. O diretor financeiro era um homem impaciente, agitado, que pareceu preocupado e irritado com a interrupção. Até Eleanor foi breve e levou Mia depressa.

Os dois cargos de vice-presidência eram ocupados por mulheres, as quais Mia conheceu. Uma parecia na casa dos trinta e tinha sorriso caloroso e olhos inteligentes. A outra era um pouco mais velha, com talvez quarenta anos, ou mais, e era falante. Foram necessárias várias tentativas até que Eleanor conseguiu tirá-la de lá e a levar pelo corredor paralelo até o outro lado do prédio. Lá, ela conheceu uma porção de pessoas cujos nomes não tinha esperança de se lembrar. Várias a observaram de maneira especulativa quando foi apresentada como a assistente pessoal de Gabe. Não as podia culpar uma vez que Gabe não tinha uma assistente havia anos. E havia o fato de que era a irmã de Jace. Tão logo Eleanor proferiu seu nome, o reconhecimento foi instantâneo. E do mesmo modo instantâneo ficaram com ideias na cabeça enquanto olhavam Mia.

Ah, sim, ela decididamente iria ser o motivo de falatório da empresa.

Quando finalmente terminou de apresentá-la a todos, Eleanor levou-a à área de descanso, onde lhe mostrou a geladeira e a cozinha. Havia um refeitório com lanches, comidas fáceis de preparar e um armário com uma variedade de bebidas, como também um bebedouro.

Eleanor virou-se e sacudiu as mãos.

– E esse foi o *grand tour*. Ah, e o banheiro das mulheres fica entre a área de descanso e a seção de baias.

Mia abriu um sorriso caloroso.

– Obrigada, Eleanor. Agradeço por ter usado seu tempo para me mostrar tudo e por sua bondade.

– Quando quiser. Se precisar de qualquer coisa, não hesite em me dizer. Vou voltar à minha mesa e liberar Charlotte.

Mia seguiu-a, mas foi à procura do banheiro em vez de retornar imediatamente ao escritório de Gabe. Precisava fazer xixi e se lavar. Ainda estava sentindo os efeitos da noite anterior e tinha certeza de que parecia de ressaca.

Ela foi até o reservado ao final da fileira e fechou a porta. Quase imediatamente ouviu a porta se abrir e mais de uma pessoa entrar. Ah, detestava fazer xixi com outras pessoas por perto. Mas as outras mulheres evidentemente não iriam entrar nos reservados. O som de uma torneira aberta lhe deu tempo para fazer o que precisava. Estava preparada para terminar e sair quando ficou imóvel.

– Então, o que acha da nova assistente pessoal de Gabe?

A voz da mulher estava repleta de divertimento – e de incredulidade. Mia quis soltar um gemido. Não estava ali havia meio dia e já era o assunto das fofocas. O que era esperado, mas ela não imaginou que teria de ouvir em primeira mão.

– Ela não é a irmã mais nova de Jace Crestwell? – perguntou outra mulher.

– Sim. Acho que sabemos como ela conseguiu o emprego.

– Pobrezinha. Ela provavelmente não faz ideia de onde se meteu.

– Eu não sei. Acho que eu poderia ter um pouco disso – falou a primeira mulher. – Quero dizer, você sabe. Ele é rico, bonito e já ouvi dizer que é um garanhão na cama. Literalmente. Você ouviu os rumores de que tem um contrato que faz as mulheres assinarem antes de ir para a cama com elas?

– Fico me perguntando qual contrato de trabalho a nova garota assinou – disse a segunda mulher num tom de voz significativo.

Houve risos de pelo menos três pessoas. Ótimo. Encontro de garotas no banheiro e Mia estava presa. Ela ergueu os pés para que ninguém a pudesse ver e rezou para que as mulheres não fossem naquela direção.

– Eu preferiria ser o recheio num sanduíche de Jace e Ash – disse uma das mulheres. – Pode imaginar ter dois bilionários dominadores na sua cama?

Mia revirou os olhos e estremeceu. Como se quisesse ouvir tudo aquilo sobre seu irmão...

– Qual você acha que é a história por trás daqueles dois? – perguntou a primeira mulher. – Eles sempre parecem ir atrás da mesma mulher. É estranho, se querem a minha opinião. Quero dizer, não que eu me importasse em fazer um trio com eles, mas, para eles, já é uma coisa comum. Talvez eles sejam bissexuais.

Mia ficou boquiaberta. Deus do céu! Não que ela desse muita atenção às fofocas, mas aparentemente os rumores eram de que Gabe não era o único com suas perversões, e que Jace e Ash tinham algum fetiche particular dos dois.

Ela não queria imaginar o irmão naqueles tipos de situações.

– Dez contra um que Gabe está transando com a irmã de Jace. Podem imaginar se Jace descobrir? Todos sabem que ele é superprotetor em relação a ela.

Mia suspirou. Era provavelmente demais esperar que fosse para o trabalho e não houvesse especulações instantâneas.

– Talvez ele saiba e não se importe – disse outra mulher. – Ela é adulta.

– Ela é bem mais jovem do que Gabe e, se ele a fez assinar um contrato, acho que Jace não vai aceitar isso muito bem.

– Talvez ela esteja acostumada a esse tipo de coisa.

– Ei, garotas – uma nova voz se juntou às demais num tom hesitante. – Sei que essa história de contrato é real. Entrei no escritório dele numa noite quando estava trabalhando até tarde. Eu estava curiosa. Vocês sabem, por causa dos rumores e tudo mais. Havia um contrato original na mesa dele. Leitura bastante interessante. Digamos que se uma mulher for para a cama com ele, ela estará basicamente entregando a vida a ele por esse período de tempo.

Mia sentiu o coração disparando.

– Não diga! Está brincando?

– Você é *louca*? Sabe o que teria acontecido se ele tivesse apanhado você? Teria sido demitida no ato e só Deus sabe pelo que mais ele até processaria você.

– Como conseguiu entrar no escritório dele? Sei que ele o mantém trancado.

– Eu, hã, abri a fechadura. Sou muito boa nisso – admitiu a recém-chegada.

– Garota, você não tem medo do perigo. Eu não faria mais isso se fosse você.

– Merda, gente, precisamos voltar para o trabalho. Aquele relatório tem de ficar pronto às duas. Gabe não é tão compreensivo quanto Ash com relação a atrasos. Eu gostaria que Jace e Ash voltassem logo de onde quer que tenham ido. É bem mais fácil trabalhar para eles do que para Gabe.

Houve um grande tumulto e sons de pés correndo, papel sendo puxado de gavetas, em seguida, o barulho das pessoas voltando aos seus lugares. A porta se fechou e Mia soltou um longo suspiro de alívio.

Ela se levantou da privada e arrumou a saia rapidamente. Abrindo a porta do reservado, espiou para fora e, então, correu até a pia, lavando-se depressa. Hesitando junto à porta, abriu apenas uma fresta e espiou o corredor. Como não havia ninguém, saiu e voltou rapidamente até o escritório de Gabe.

Ah, as coisas que se descobriam no trabalho.

Gabe ficaria furioso se soubesse que seu escritório fora invadido e que seus documentos pessoais foram lidos. Não que ela fosse bancar a delatora em seu primeiro dia de trabalho. Nem sequer sabia qual das mulheres era a culpada. Todos os nomes e vozes se misturaram durante as apresentações.

Felizmente Gabe não voltou de sua reunião, e Mia afundou na cadeira. Abriu a pasta outra vez, as palavras dançando diante de seus olhos. Eram informações demais para assimilar. Saltou quando o telefone tocou. Observou-o com nervosismo e, hesitante, tirou o fone do gancho.

– Mia Crestwell – disse como meio de atender. *Alô* pareceu antiprofissional, e ela não quis adquirir ares de idiota.

Ouviu a voz de Gabe do outro lado da linha, calorosa e sensual.

– Mia, vou demorar um pouco. Eu pretendia que almoçássemos juntos, mas vou me atrasar. Instruí Eleanor para que peça o almoço para você.

– Está certo. Obrigada – murmurou ela.

– Ela levou você para conhecer o escritório?

– Sim.

– E tudo correu bem? Todos foram educados com você?

– Ah, é claro. Todos foram ótimos. Estou de volta ao escritório, obviamente, se estou falando com você. Estou trabalhando na pasta que me deu hoje de manhã.

– Não se esqueça de comer – falou ele, um tom de aviso na voz. – Verei você depois do almoço.

Antes que ela pudesse se despedir, a linha ficou muda. Pesarosamente, colocou o fone no gancho e voltou a atenção para a pasta. Trinta minutos depois, Eleanor colocou a cabeça na porta e Mia lhe acenou para que entrasse. Eleanor carregava um pacote de comida para a viagem e o colocou na mesa de Mia.

– O Sr. Hamilton disse que você gosta de comida tailandesa, e há um ótimo lugar aqui perto que entrega. Assim, pedi o especial para você. Se me der uma ideia do que gosta e não gosta, tomarei nota para garantir que, da próxima vez, eu traga algo do seu gosto.

– Comida tailandesa é perfeita – disse Mia. – Obrigada. Não precisava fazer isso.

Eleanor franziu a testa.

– O Sr. Hamilton foi bastante específico, dizendo que eu deveria trazer comida para a viagem para você e me certificar de que comesse. Ah, se ainda não lhe disse, ele tem um frigobar abastecido aqui no escritório com uma variedade de bebidas. Assim, sirva-se. Fica debaixo do armário.

– Obrigada, Eleanor. Você tem sido muito gentil.

Eleanor meneou a cabeça e, então, virou-se e desapareceu do escritório.

Até agora Mia não tinha absoluta certeza de que as coisas estavam saindo como deveriam. Era a assistente pessoal de Gabe, o que significava que o assistia. Não significava que outros funcionários tinham de servi-la. Ela esperou que ele não desse a outros do departamento o mesmo tipo de instruções. Se fosse o caso, o nome dela ficaria na lama e ninguém acreditaria que não estavam dormindo juntos e que não estava ali meramente para fornecer serviços sexuais a Gabe.

Mesmo que aquela fosse de fato a principal função do emprego.

Droga, aquilo a fazia soar como uma prostituta. E, talvez, em essência, ela o fosse. Foi contratada para sexo. Se aquilo não a tornava uma garota de programa, o que a tornava?

O único consolo que sentia era o de que ele não a estava pagando para ter sexo.

Ela soltou um gemido quando se deu conta de como aquela declaração era estúpida. Ele *estava* pagando. Muito! Para um emprego não existente com deveres tão vagos que se resumiam a memorizar detalhes sobre pessoas importantes. Ela estava na folha de pagamento dele e, de algum modo, não achou que fosse encontrar "brinquedo sexual" no seu arquivo pessoal. Mas ambos sabiam que aquilo era precisamente o que ela era. Uma escrava sexual paga.

Ela bateu a cabeça na mesa e suspirou. Não se achava particularmente submissa. Não que não pudesse ser. Na situação certa. Mas certamente não era algo que lhe fosse intrínseco. Uma necessidade que se sentia impelida a preencher.

Era um... desvio sexual, e nunca pensou que pudesse ter um. Ela ainda não tinha certeza exatamente de onde ficava naquela ideia toda de sujeição e submissão e todos os outros itens de causar espanto no contrato.

Mas ela concordou. Assinou seu nome de bom grado. Como estava prestes a descobrir.

capítulo 13

Mia estava mergulhada no trabalho quando a porta se abriu e Gabe entrou. Ela ergueu a cabeça, devorando-o com os olhos. Ele a fitou e houve uma aura de apreciação que a deixou eufórica. Ficaram cientes um do outro instantaneamente, tomados por uma tensão que era quase palpável no espaçoso escritório.

O desejo brilhou nos olhos dele e ela sentiu um vazio no estômago ao notar que seu sexo se despertava. *Uau*, havia uma intensa química que agora eles permitiam que fosse liberada.

– Venha cá.

A ordem foi imperativa e direta e ela se levantou automaticamente, respondendo ao brusco comando. Encontrou-o no meio do escritório, e Gabe puxou-a para o seus braços. Seu beijo foi desesperado e doloroso, como se não tivesse pensando em mais nada senão nela em sua ausência. Era um pensamento lisonjeiro, mas que pareceu se confirmar pela maneira como ele devorava sua boca. Suas línguas se encontraram, quentes e úmidas. O batom dela iria se apagar, mas a ideia de ver sua cor na boca dele só intensificou o rápido desejo que ele alimentou.

Mia podia ostentar as marcas dele, mas, de certa forma, ele teria a dela também, mesmo que temporariamente. Seu selo. Sua marca. Ela podia ser de Gabe, mas ele também lhe pertencia por quanto tempo o acordo durasse.

Ela notou um quê de perfume nas roupas dele e foi tomada por um forte ciúme, não importando quanto a emoção fosse injustificada.

A instantânea sensação de posse apanhou-a de surpresa. Nem sequer se considerava uma pessoa possessiva ou ciumenta. A ideia de que outra mulher esteve perto dele fez com que quisesse arreganhar os dentes e rosnar. Precisava de uma tabuleta invisível que dissesse *Afaste as mãos. Ele é meu.*

Gabe lhe pegou a mão e conduziu-a na direção da mesa. Ela não teve certeza do que ele faria, mas seus sentidos ficaram em alerta.

Gabe sentou-se na sua poltrona, afastando-a apenas um pouco da mesa.

– Tire sua saia – disse à queima-roupa.

Mia olhou com nervosismo na direção da porta e, depois, de volta para ele.

– A porta está trancada, Mia – disse ele com impaciência. – Agora, tire a saia.

Vencendo a hesitação, ela começou a tirar a saia devagar, desnudando a parte debaixo de seu corpo diante do olhar ávido dele.

Para a sua surpresa, ele não lhe disse para tirar a blusa e sutiã. Em vez disso, pegou a mão dela outra vez e a puxou para si, colocando-a entre suas coxas. Ela soltou uma exclamação de surpresa quando ele lhe circundou a cintura com as mãos e ergueu-a até a mesa, fazendo-a sentar na beirada. Afastou-a o bastante para que ficasse segura e, então, inclinou sua cadeira para a frente.

– Fui negligente ontem à noite – disse numa voz gutural.

Ela ficou perplexa e teve certeza de que sua expressão demonstrou o quanto.

– Normalmente não sou tão egoísta durante o sexo. Minha única desculpa é que você me faz arder de desejo, Mia. Eu tinha que possuir você.

Ele soou como se não quisesse admitir uma coisa daquelas. Havia relutância em seus olhos, mas as palavras foram ditas com sinceridade.

– Recoste-se para trás – disse num tom mais suave. – Apoie as palmas das mãos na mesa enquanto eu saboreio a sobremesa.

Oh, diabo. Ela ficou com a respiração em suspenso e soltou um soluço. Fez o que ele mandou e se posicionou de acordo.

Ele abriu as coxas dela cuidadosamente, expondo a vagina a seu olhar e toque. Deslizou um dos dedos por entre as dobras dos grandes lábios e, utilizando dois dedos, os separou, expondo seu pedaço mais íntimo. Então ele abaixou a cabeça e o corpo inteiro dela se retesou, em antecipação ao primeiro toque de Gabe.

Foi como receber uma descarga elétrica. A língua dele afagou o clitóris de Mia e as mãos dela quase escorregaram enquanto seu corpo se retesava em reação. Ele brincou com o sensível botão do prazer repetidamente, movendo a língua em torno dele e, então, o sugando gentilmente. O desejo envolveu-a, espalhando-se para todas as outras partes de seu corpo. Cada movimento da língua dele a levava para mais perto do orgasmo, que aumentava num crescendo em seu íntimo. Ele desceu mais, beijando e lambendo a entrada da vagina. Moveu a língua habilmente, enfiando-a na abertura, afagando, acariciando.

Ela se contorcia de prazer, o corpo se retesando com cada carícia, o orgasmo ameaçando tomar conta dela. Mas Gabe não estava com pressa. Parecia estar em total sintonia com o corpo dela. Ele a levava quase ao êxtase e depois diminuía o ritmo cobrindo-a com beijos reverentes e com os leves toques da língua.

Ninguém nunca a tocou com tamanha habilidade. Gabe podia ser exigente e egoísta – como denominou a si mesmo –, mas sabia dar prazer a uma mulher. Ele sabia exatamente o que estava fazendo e a estava levando à absoluta loucura.

– Gabe, por favor – sussurrou ela. – Preciso gozar.

Ele riu, o som vibrando acima do clitóris dela. Mesmo aquele pequeno movimento quase a fez ter um orgasmo. Ele depositou um beijo no pequeno botão do prazer e enfiou um dedo na vagina dela.

– Ainda não, Mia. Tão impaciente. Sou eu quem dou as ordens aqui. Você gozará quando eu permitir.

O tom sedutor na voz dele a fez estremecer e lhe tornou mais difícil manter o controle.

– Você tem um sabor tão sexy – disse ele numa voz gutural. – Eu poderia comer a sua doce boceta a tarde inteira.

Ela não sobreviveria à tarde inteira. Sentia-se perto de implorar pela maneira como as coisas estavam. Fechando os lábios com força, conteve a súplica. Mas ele sabia. Oh, sim, ele sabia.

– Implore, Mia – disse ele, movendo o dedo dentro dela. – Peça de um jeito bem bonito e eu a deixarei gozar.

– Por favor, Gabe. Preciso de você. Me deixe gozar.

– Quem é o seu dono?

– Pertenço a você, Gabe. Você é o meu dono.

– E de quem é esta boceta que estou devorando?

– Sua – exclamou ela, o corpo inteiro tremendo agora.

– E se eu quiser transar quando tiver terminado, esse é o meu direito, não é?

– Oh, Deus, sim. Por favor, me faça gozar, Gabe!

Ele tornou a rir e então enfiou dois dedos dentro dela enquanto sugava o clitóris com mais força. A explosão foi arrebatadora. Ela estava completamente entregue. As palmas das mãos dela deslizaram e de repente ela estava sobre a mesa com as costas para cima. Gabe então levantou-se sobre ela, sua expressão ardente e sombriamente sedutora.

Ele abriu o zíper da calças, colocou o pau para fora e penetrou-a, dando uma arremetida no corpo ainda tomado pelo orgasmo. Ele lhe ergueu as pernas para cima, puxando-a para si para ir de encontro às suas arremetidas. Deus do céu, ele estava indo tão profundo, ainda mais profundamente do que na noite anterior, como se o corpo dela tivesse passado por um ajuste e pudesse acomodá-lo agora.

– Quero ver os seus olhos – disse ele num tom exigente.

Ela virou os olhos para fitá-lo, mantendo-os no rosto dele.

Não houve nada de lento ou terno na posse de Gabe. Ele transou com ela com ainda mais ímpeto do que na noite anterior. O corpo dela se movia para cima e para baixo na mesa enquanto ele arremetia, sua pélvis batendo com força no traseiro dela. E, de repente, ele saiu de dentro dela, segurando o pau com a mão. Ele correu a mão por sua ereção, inclinando-se para a frente e gozando sobre a vagina dela. Tinha os olhos fechados, seu rosto mostrando os mesmos sinais de tensão que invadiam o corpo inteiro dela. Foi quase uma expressão de agonia, mas, então, ele abriu os olhos que brilhavam calorosamente com satisfação.

Houve um brilho primitivo no olhar dele que a fez sentir um calor percorrendo-a novamente.

O esperma quente dele brilhava sobre a sua vagina sob a luz. Ele suspirou quando o último jorro saiu de seu pau rígido e, então, deu um passo atrás enquanto se ajeitava de volta nas calças. Correu as mãos pela parte interna das coxas dela e, então, pelos quadris. Olhou para a evidência da sua posse na pele dela, seus olhos brilhando com triunfo.

– Adoro ver você desse jeito – falou. – Na minha mesa, a sua boceta vermelha e pulsando por causa do meu pau e meu gozo espalhado por sua pele. Eu adoraria tê-la aqui a tarde inteira para poder olhar para você.

Ele se afastou, e Mia se perguntou se de fato era o que ele pretendia. Fazer com que ela permanecesse ali, molhada com o esperma dele, a vagina exposta e ainda trêmula. Mas ele retornou um momento depois com um lenço umedecido e limpou o fluido cuidadosamente da pele dela. Quando terminou, ajudou-a a levantar da mesa.

Mia permaneceu ali, incerta, sem saber se deveria se vestir ou ficar como estava. Ele resolveu a questão quando pegou a saia do chão perto da cadeira e a segurou aberta para que ela pudesse colocá-la. Puxou a saia pelas pernas dela e ajeitou a blusa, arrumando-a.

– Meu banheiro particular fica anexo ao escritório. Ninguém a incomodará lá. Você poderá se lavar e, então, retornar para a sua mesa.

Dispensada.

Mia se afastou com as pernas trêmulas e abriu a porta a poucos passos da mesa dele. O banheiro era pequeno e obviamente destinava-se a um homem, mas ela ao menos pôde se recompor a fim de não divulgar para o universo inteiro o que acabou de acontecer. Abrindo a torneira, jogou água fria no rosto. Quando voltasse à mesa, poderia reaplicar a maquiagem e dar retoques. Saindo para o escritório, viu que Gabe estava ao telefone. Assim, adiantou-se mansamente até a mesa e pegou a bolsa, usando pó de arroz e batom, dando seus retoques e voltando ao trabalho. O problema era que o desejo ainda a consumia, mesmo depois do orgasmo sensacional que Gabe lhe proporcionou com sua boca.

Mas a maneira impetuosa como ele a possuiu reavivou seu desejo e agora ela estava agitada enquanto se reposicionava na cadeira. A vagina latejava de desejo. A cada vez que se movia, uma onda de prazer a percorria.

Aquela só podia ser uma versão do inferno. Ter Gabe do outro lado da sala e precisando gozar outra vez.

Num esforço para se distrair, prestou atenção à conversa de Gabe. Ele falava sobre um evento – naquela noite? E dizia a quem quer que estivesse do outro lado da linha que certamente iria e que esperava ansiosamente por isso. Era provavelmente uma mentira. Gabe odiava eventos sociais, mesmo que fosse perfeito neles. Era direto e impaciente demais para desfrutar genuinamente o fato de ser sociável e cordial, mas aquilo fazia parte dos negócios. Ele agradava investidores, fazia com que abrissem as carteiras. Ash era mais expansivo e agradava naturalmente. Era do seu feitio. Mia sempre se perguntou por que entre os dois melhores amigos que o irmão tinha, ela se interessou por Gabe. Ash era lindo. Dos pés à cabeça. E tinha um sorriso charmoso que cativava todas as mulheres.

Mas não era por ele que se sentia atraída. Ela o via mais da mesma maneira que encarava Jace. Como um irmão mais velho indulgente. E quanto a Gabe? Jamais o olhou como a um irmão. Seus pensamentos em relação a Gabe nem sequer eram legais na maioria dos casos, tinha certeza. Talvez fosse simplesmente porque Gabe era mais remoto, mais misterioso. Um desafio.

Não que ela fosse estúpida o bastante para achar que conseguiria conquistar aquela montanha em particular. Gabe era Gabe. Ele não se desculpava. Era duro. Nunca iria mudar. O que era uma pena porque significava que ela teria de passar muito tempo encontrando outro homem que se equiparasse a ele.

Podia se imaginar comparando eternamente cada homem depois de Gabe. Não seria justo com o novo homem e seria um inútil desperdício de tempo. Havia apenas um Gabe. Teria que o desfrutar no presente e, depois, esquecê-lo.

Mia soltou um suspiro. As coisas soavam tão mais simples do que sabia que seriam. Já estava quase apaixonada por ele e isso foi antes de dormir com ele. Algumas paixões nunca iam embora. Em vez disso, elas se desenvolviam, tornando-se algo permanente, obsessivo e que consumia.

Embora soubesse que deveria, Mia não conseguia controlar a onda de emoções que ele emanava de dentro dela. Era amor? Ela não tinha certeza. Havia uma porção de palavras que poderia usar para descrever seu fascínio por Gabe. Ela não viu nenhum de seus relacionamentos anteriores como de longo prazo. Nada perto de amor entrou no cenário. Foram divertidos. Via a maioria de seus amantes anteriores com afeição. Mas nada chegava perto de como se sentia em relação a Gabe e não fazia ideia se aquilo era amor ou simplesmente obsessão.

Não que importasse, de qualquer modo. O amor era apenas um envolvimento do qual ela faria bem em se desviar ao máximo porque Gabe jamais corresponderia ao sentimento. Mas seu coração nem sempre ouvia e aquilo era algo sobre o qual talvez não tivesse controle algum.

Caroline lhe diria para esquecer, curtir o momento e não se preocupar com o futuro. Viver o presente. Era um bom conselho, um que faria bem em ouvir. Mas também conhecia a si mesma e sabia que se preocuparia interminavelmente tentando analisar cada palavra de Gabe, cada ação e emoção, e tornando o relacionamento algo que não era.

Ela suspirou, as palavras que tanto se empenhava para ler formaram um borrão diante de seus olhos. À medida que os primeiros dias passaram, ela não estava mudando o mundo por conta da sua performance no trabalho. A menos que a ótima performance sexual na mesa do chefe contasse.

– Espero que tenha estudado esses perfis.

A voz de Gabe despertou-a dos pensamentos e ela ergueu a cabeça, notando que ele saiu do telefone e a olhava do outro lado do escritório.

– Temos um evento para comparecer hoje à noite. Uma festa oferecida por um investidor em potencial para o nosso resort da Califórnia. Mitch Johnson. Ele está nessa pilha de papéis. Você precisa descobrir tudo que puder sobre ele e a esposa, os três filhos, seus interesses e o que mais estiver detalhado. Haverá outras pessoas lá também. Assim, se familiarize com os outros nomes nessa pasta. Mas o mais importante é Mitch.

Mia precisou se empenhar ao máximo para não demonstrar seu pânico. Aquilo, sim, era estar entre a cruz e a espada!

– A que horas? E o que devo usar?

– O que você tem? E não me refiro àquele vestido minúsculo que você usou na grande inauguração – disse Gabe de cenho franzido. – Prefiro algo que cubra a maior parte de você. Eu usarei um terno.

Mia franziu o cenho, avaliando mentalmente o seu guarda-roupa. Não era como se Jace não tivesse lhe comprado qualquer coisa que quisesse, mas exceto pelo apartamento que adquiriu para ela, Mia se empenhava para não o incomodar com futilidades. Seu guarda-roupa era modesto na melhor das hipóteses e o vestido que usou na grande inauguração era a única coisa adequada para uma ocasião formal.

Gabe consultou o relógio de pulso e, então, lançou outro olhar na direção de Mia.

– Se sairmos agora, teremos tempo para comprar alguma coisa apropriada para você.

Ela sacudiu a cabeça.

– Não é necessário, Gabe. Só estou pensando no que tenho que possa ser adequado para uma festa como essa.

Ele se levantou, ignorando a objeção.

– Isso faz parte do acordo, Mia. Você é minha. Eu cuido generosamente do que pertence a mim. Você vai precisar de mais do que apenas um vestido novo, mas é para o que temos tempo hoje. Talvez a vendedora possa descobrir seus gostos, ver o que fica bem em você e reunir outros aspectos do seu guarda-roupa para irmos resolver num outro dia.

Ela piscou os olhos, surpresa, e como continuou sentada lá, Gabe mexeu-se com impaciência e lhe dirigiu um olhar que dizia com clareza para se mover.

Mia apanhou a bolsa, endireitou a saia e se adiantou depressa na direção dele, os joelhos ainda trêmulos da transa explosiva na mesa. E aquele ainda era seu primeiro dia! Se ele estivesse sendo paciente e indo devagar, ela não podia imaginar o que o futuro traria.

capítulo 14

Observar Gabe lidar com a vendedora foi uma experiência espantosa para Mia. Ele examinou as opções disponíveis com surpreendente precisão, rejeitando rapidamente os vestidos de que não gostou, ao mesmo tempo em que escolhia os que gostou.

Ela nunca havia ido às compras sem perder tempo fazendo as escolhas. Era estranho, mas fascinante também.

Era óbvio que Gabe sabia escolher o que ficava bem numa mulher. Também ficou óbvio que não queria que ela usasse nada revelador. Sexy, sim. Ele escolheu vários vestidos que eram lindos de morrer, e ela mal podia esperar para experimentá-los. Mas não havia nada que se comparasse ao vestido que usou na grande inauguração.

E quando Mia finalmente provou o vestido que ele escolheu para ela usar naquela noite, quase desmaiou ao ver a etiqueta com o preço. Era obsceno. Mia tentou não pensar nisso enquanto estudava seu reflexo no espelho, mas era como se houvesse um letreiro de néon ostentando o preço da etiqueta.

Ainda assim, teve de dar o braço a torcer a Gabe. O vestido caiu como um sonho, realçando seu corpo e sua pele. Era uma túnica vermelha que lhe moldava os quadris e depois deslizava pelas pernas, terminando alguns centímetros acima dos joelhos. Era sem mangas, mas não era decotado e, embora mostrasse os braços, não expunha nada na parte da frente ou de trás. Ela nunca usou vermelho. Talvez considerasse... ousado demais. Chamativo. Mas a cor ficou fabulosa nela. Ficou sexy sem mostrar o decote, embora o tecido moldasse seu peito e delineasse claramente os seios arredondados.

Parecia... sofisticada. Gostou daquele visual. Fez com que se sentisse como se pertencesse ao mundo de Gabe.

– Mia, eu gostaria de o ver.

A voz impaciente de Gabe chegou até o provador. Ela estava surpresa que ele não a tivesse despido na loja. A vendedora fechou a butique para a visita de Gabe e ele e Mia eram os únicos clientes dentro da loja. Pelo que Gabe estava gastando, Mia não ficou surpresa com o fato de que a mulher estivesse ansiosa para atender aos pedidos dele.

Ela abriu a porta do provador e saiu com hesitação. Gabe estava sentado numa das poltronas confortáveis diante do provador e seus olhos brilharam com imediata apreciação quando a viu.

– É perfeito – disse. – Você o usará hoje à noite.

Ele virou-se e fez um gesto para a vendedora, que se aproximou depressa.

– Encontre-lhe sapatos que combinem com o vestido. Pode acrescentar o restante dos itens que escolhemos junto com quaisquer outros que ache que lhe ficarão bem e mande entregar tudo na minha casa.

A vendedora ficou radiante.

– Sim, senhor. – Olhou para os pés de Mia.

– Qual é o seu tamanho, Srta. Crestwell?

– Trinta e quatro – murmurou Mia.

– Acho que tenho um par de sapatos de salto alto perfeitos. Vou buscá-los agora.

Um momento depois, a vendedora voltou com um par de sapatos prateados que pareciam ter doze centímetros de altura. Antes que Mia pudesse lhe dizer que não haveria meio de andar com aqueles sapatos, Gabe franziu o cenho.

– Ela vai se matar com esses saltos. Ache algo que seja um pouco mais razoável.

Imperturbável, a vendedora se afastou depressa e voltou logo com um sapato sexy de salto preto que ao menos não pareceu que se mantinha fixo por palitos de dentes.

– Esse par é perfeito – disse Gabe.

Ele olhou para o relógio, e Mia pôde ver que estava pronto para ir embora. Sem uma palavra, voltou ao provador e despiu o vestido, tomando cuidado para não o amassar. Depois que colocou suas roupas de volta, entregou o vestido à vendedora para que o embrulhasse junto com os sapatos.

Quando deixou o provador, Gabe estava de pé, à sua espera. Ele colocou a mão em suas costas conforme caminharam na direção da frente da loja, e foi como ser escaldada. Sua reação a ele nunca diminuiria? Haveria um tempo em que poderia tocá-la sem lhe provocar arrepios? Não parecia provável considerando a intensidade da atração entre os dois. Eram como dois ímãs atraídos inexoravelmente um para o outro.

Depois de cuidar das compras com a vendedora, Gabe conduziu Mia até o carro à espera e rumaram para o apartamento dele. Sabendo que Caroline iria se perguntar o que, afinal, lhe aconteceu, Mia pegou o celular e enviou uma mensagem de texto à amiga: "Com Gabe. Não tenho certeza se ficarei outra vez esta noite. Tenho um evento a comparecer. Acabei de ir às compras, oh, Deus! Falo com você mais tarde."

Gabe lhe lançou um olhar curioso, mas não fez comentários. Ela guardou o celular de volta na bolsa, porém poucos segundos depois ele tocou. Era o toque de Jace, e ela vasculhou a bolsa novamente.

Jace, disse a Gabe sem emitir um som.

Ele meneou a cabeça.

– Ei, Jace – disse Mia quando atendeu ao telefone.

– Mia, como vão as coisas? Está tudo bem?

– Sim, é claro. E quanto a você? Quando você e Ash vão voltar?

Era uma resposta que ela temia porque sabia que, quando Jace retornasse, não haveria como esconder que estava trabalhando para Gabe. E não haveria meio de saber quanta especulação ou fofoca Jace ouviria em relação a ela e Gabe. Não estava preparada para enfrentar o irmão ainda. Talvez nunca.

– Depois de amanhã. As coisas estão indo bem aqui. Eu só queria checar como você está e me certificar de que está tudo bem.

Ao fundo, Mia ouviu o riso suave de uma mulher e a voz de Ash. Seus olhos se arregalaram quando se lembrou dos comentários que ouviu no banheiro.

– Onde você está? – perguntou.

– Na suíte do hotel. Temos mais uma reunião amanhã e, então, iremos a um evento social para investidores locais em potencial amanhã à noite. Pegaremos um voo cedo na manhã seguinte e estaremos de volta a Nova York à tarde.

Se eles estavam na suíte do hotel, era óbvio que, de fato, havia uma mulher com Jace e Ash. Estava claro que havia muita coisa que não sabia sobre o irmão. Era estranho e um tanto repugnante de repente saber de certos aspectos da vida sexual de Jace. Não, obrigada. Não queria imaginá-lo em algum trio ilícito com Ash e outra mulher.

– Está certo, vejo você lá, então.

– Vamos planejar um jantar juntos quando eu voltar. Detesto o fato de não tê-la visto na grande inauguração. Não tenho visto você muito ultimamente.

– Eu gostaria disso.

– Está certo, então. Combinado. Ligo para você quando eu chegar.

– Amo você – disse ela, sentindo uma onda de afeição pelo irmão mais velho. Ele sempre foi um elemento fundamental de sua vida. Não uma figura paterna, mas sem dúvida uma presença estável desde muito cedo. Não eram muitos homens que teriam interferido e cuidado de uma irmã bem mais jovem quando ele próprio era tão novo quando os pais morreram.

– Amo você também, irmãzinha. Vejo você em breve.

Mia desligou e ficou olhando para o celular, uma sensação de culpa invadindo-a. Havia o argumento de que era adulta e totalmente capaz de tomar suas decisões. Mas também havia o fato de que Jace e Gabe eram melhores amigos e parceiros de negócios. Não queria se colocar entre os dois. E, ainda assim, não podia fugir do incontrolável desejo entre ela e Gabe.

– Há algo errado? – perguntou Gabe.

Mia ergueu os olhos e lhe ofereceu seu melhor sorriso.

– Não, nem um pouco. Jace quer jantar comigo quando voltar. – Ela, então, fez uma pausa e franziu a testa porque Gabe tinha direitos exclusivos sobre o seu tempo. – Presumindo que isso esteja bem.

Gabe soltou um suspiro.

– Não sou nenhum filho da mãe que vai isolar você de seus amigos e de sua família, Mia. Especialmente não de Jace. Sei como vocês são unidos. É claro que é livre para jantar com ele. Mas depois você virá para mim.

Ela meneou a cabeça, aliviada com a fácil aceitação dele. Gabe era possessivo e controlador. Sabia daquilo desde antes do contrato ter sido feito. Não tinha meio de saber até que ponto ele levaria as coisas ou a que ponto o contrato seria interpretado de maneira literal.

– Me diga uma coisa, Gabe.

Ele a observou com um olhar inquisidor.

– Este emprego, como sua assistente pessoal, é uma farsa? Quero dizer, fui apresentada a todos como sua assistente pessoal, mas Eleanor está pedindo o almoço para mim e me servindo. Poderia ser constrangedor para mim. Já há um falatório...

Ele ergueu a mão, sua expressão subitamente intensa.

– Que falatório?

– Chegarei a isso num minuto – disse ela com impaciência. – O que quero saber é se o meu emprego vai ter algo substancial. Você está me pagando muito dinheiro e eu quero fazer por merecer.

Gabe arqueou as sobrancelhas com ar surpreso.

– Você não é uma prostituta, Mia. Vou encher sua bunda de palmadas se sugerir uma coisa dessas outra vez.

Foi um alívio ouvi-lo dizer aquilo, embora nunca tivesse achado que era desse modo que ele a via. Talvez fosse mais a maneira como via a si mesma e não gostava de como isso a fazia se sentir.

– Quanto à sua pergunta, apenas porque eu não sobrecarreguei você no primeiro dia não significa que não terá muito a fazer. Colocarei você na minha rotina e a deixarei familiarizada com a melhor forma de me assistir. Você tem que se lembrar, este também é um território novo para mim. Não estou acostumado a ter uma assistente pessoal e precisarei me ajustar.

– Apenas quero fazer jus àquele salário, Gabe. É importante para mim. Você falou sobre como o meu talento e a minha educação estavam sendo desperdiçados na La Pâtisserie. Não quero contar apenas com os meus favores sexuais para me sair bem neste emprego.

– Entendido. Agora o que, afinal, você está querendo dizer com essa história de falatórios? Alguém lhe disse alguma coisa? Vão ter que se entender comigo.

– Não foi diretamente a mim. Eu apenas ouvi. E não foi intencional. Tenho certeza de que elas teriam morrido se soubessem que eu estava ouvindo. Não sei quem falou o quê. Mal pude assimilar todos os nomes e rostos quando fui apresentada a todos e não pude ver quem estava falando porque eu estava no banheiro, me escondendo no reservado.

Gabe olhou-a com incredulidade.

– Estava se escondendo no banheiro?

– Elas entraram quando eu estava usando o banheiro – disse ela com exasperação. – No minuto em que começaram a falar, quis me certificar de que não soubessem que eu estava lá. Foi constrangedor.

– E o que elas disseram?

– Nada que não fosse esperado.

– Mia – rosnou ele. – Me diga o que foi falado.

– Elas estavam especulando se você estava transando comigo. Também tiveram um bocado a falar sobre Jace e Ash e, depois do telefonema que recebi, fico me perguntando se as especulações eram verdadeiras.

– Estou transando com você – disse ele num tom casual. – Isso não vai mudar. E elas não têm certeza. Já conversamos sobre isso. Elas pensarão o que quiserem e não podemos mudar isso. Não vou me desdobrar para fazê-las mudar de ideia porque, se estão com a ideia formada, nada do que eu faça ou diga as persuadirá em contrário. Mas respeitarão você e, se eu ouvir alguma coisa, ou alguma coisa for dita diretamente a você, vou demitir a pessoa responsável imediatamente.

Não restou muito a dizer sobre isso.

Ela omitiu de propósito a parte em que alguém invadiu o escritório dele, embora sentisse uma onda de culpa. Ele não deveria saber que estavam vasculhando sua vida pessoal? Aliás, ele não deveria saber que aquela questão do contrato era de conhecimento público, ou, ao menos, do pessoal do escritório?

A coisa toda a deixava pouco à vontade. Sua lealdade era para com Gabe. Ela não conhecia aquelas mulheres. Não lhes devia nada.

Se Gabe descobrisse que ela sabia e não lhe disse nada, ficaria furioso.

Ela suspirou, odiando a posição em que se encontrava.

– O que há de errado? – perguntou Gabe.

Ela o observou com ar culpado e, então, soltou outro suspiro.

– Há uma coisa que você precisa saber.

– Estou ouvindo.

– Não foi apenas isso que foi dito no banheiro hoje.

Ele franziu mais o cenho.

– Havia um grupo de mulheres e não, não sei quem elas eram. Não faço nem ideia. Mas elas estavam falando sobre o seu... contrato. Houve especulações e, então, uma das mulheres falou e confirmou que tinha visto o contrato e, portanto, sabia que era real.

– Como, afinal, ela saberia de uma coisa dessas?

Ficou claro que Gabe não acreditava nela e ficaria furioso quando ela lhe dissesse o que a mulher sabia. Ela só esperou que aquilo não arruinasse a noite inteira porque lidar com um Gabe sério, furioso, não estava em sua lista das dez melhores maneiras de passar a noite.

– Ela disse que invadiu seu escritório... abriu a fechadura... porque estava curiosa e mexeu na sua mesa.

– Mas que diabo?

O som foi explosivo no carro, e ela estremeceu diante da raiva na voz dele.

– Deixe-me entender isso direito. Ela disse que abriu a fechadura do meu escritório e mexeu na minha mesa porque estava curiosa, querendo saber se as fofocas sobre a minha vida eram verdadeiras?

A fúria na voz dele deixou-a cautelosa. Ele estava possesso, o corpo inteiro se retesando de raiva.

– Foi o que ela disse – falou Mia numa voz baixa.

– Vou resolver isso amanhã. Se tiver de demitir todos os funcionários, eu o farei. Eu me recuso a ter pessoas em quem não confio trabalhando para mim.

Mia fechou os olhos. Aquela era a última coisa que queria que acontecesse.

Tudo que queria era que Gabe estivesse ciente para poder ser mais cauteloso. Talvez até que pensasse em *não* abrigar informações pessoais e comprometedoras no escritório.

Então, Gabe pegou a sua mão, tranquilizando-a.

– Você não tem que se preocupar, Mia. Disse que elas não tomaram conhecimento da sua presença no banheiro. Ela não saberá que você me contou. Vai pensar que uma das colegas do escritório a traiu.

– Ainda não me sinto bem sabendo que sou a responsável por alguém perder o emprego – disse ela num tom manso.

– Você é coração mole demais, Mia. Se ela me traiu desse jeito, não merece trabalhar para mim. Não tolero deslealdade de nenhum tipo.

Mia supôs que fosse verdade, mas gostaria de não ter sido ela a contar a Gabe.

O carro parou diante do edifício, e eles desceram. Gabe pegou as caixas da loja e ambos subiram até o apartamento.

Tão logo abriram a porta, ele deixou as caixas de lado e conduziu Mia até a sala de estar, levando-a até o tapete felpudo de lã de carneiro.

– Fique de joelhos – disse num tom brusco.

Desconcertada, ela obedeceu, colocando-se de joelhos no tapete macio.

Ele começou a desapertar as calças, abrindo a braguilha e tirando o pênis semiereto. Ele se afagou para cima e para baixo, observando-a o tempo todo, os olhos se fixando avidamente na boca dela.

Ela observou com fascínio enquanto a ereção dele aumentava e enrijecia, seu pau firmemente maior e duro. Enquanto se afagava, a mão dele era uma visão bonita e erótica. A expectativa pairou no ar. Ela podia sentir a excitação dele, a intensidade de seu desejo.

Gabe deslizou a mão até a cabeça do pênis, apertando de leve antes de levar a mão na direção da virilha, tornando nítido o quanto seu membro era grande. Mia soube, antes que ele ordenasse o que queria que ela fizesse. Teve de se conter para não apertar as coxas para aquietar o incontrolável desejo. Ficou com água na boca diante da expectativa de tê-lo em sua língua e de o provar.

Ele lhe disse que ela teria a chance. Agora era o momento.

– Hoje tudo girou em torno de você, Mia. Agora é a minha vez. Abra a sua boca.

Ela mal teve tempo para fazer o que Gabe lhe pediu, pois no instante seguinte ele escorregava para dentro de sua boca. O choque de contraste entre duro e acetinado a deixou deliciada. Ela respirou fundo, saboreando o cheiro e o gosto dele na sua língua. Ansiava por ele, o queria, queria sua posse. Não se cansava dele.

Gabe enroscou as mãos no cabelo dela, segurando-lhe a cabeça enquanto arremetia na boca dela.

– Oh, Mia. Sua boca é tão doce. Tenho sonhado com isto. Em sentir seus lindos lábios em torno de mim e em gozar na sua boca.

Mia fechou os olhos, o corpo inteiro tremendo enquanto os movimentos dele se tornavam mais rápidos. Ela não era especialista em sexo oral, mas estava determinada a fazer com que Gabe esquecesse qualquer mulher que já houvesse colocado os lábios em torno de seu pênis.

Mia chupava e lambia, deixando-o entrar e sair de sua boca enquanto concentrava a atenção no membro rígido. O gemido dele preencheu seus ouvidos, satisfazendo-a, aumentando-lhe a confiança enquanto tomava a iniciativa e sugava mais profundamente.

– Puxa vida – gemeu ele. – Isso mesmo, meu anjo. Vá mais fundo. Mais depressa. Adoro sentir você. Adoro a maneira como sua garganta aperta o meu pau. Vá mais fundo. Me engula inteiro. Isso mesmo.

Gabe lhe segurou o cabelo com mais força até que se tornou impossível para ela se mover. Mia se deu conta de que ele queria o controle. Ele queria conduzir a ação. Assim, ela obedeceu e o deixou ter as coisas à sua maneira.

Relaxando, ela inclinou a cabeça para trás para que ele pudesse ir mais fundo, e forçou-se a aguentar seja lá o que ele quisesse fazer com ela. Queria satisfazê-lo. Queria chacoalhar o mundo dele.

Ele empurrou, indo mais fundo do que antes, e então se manteve forçando o fundo da garganta dela, o nariz dela apertado à virilha dele.

No momento em que ela ia precisar de ar, ele a soltou, dando tempo para que ela respirasse.

Então ele direcionou-se de volta à boca de Mia, ainda agarrando firmemente o cabelo dela. Esfregou seu pênis nos lábios dela e empurrou fundo com força.

– Meus Deus, o que você faz comigo – disse ele, ofegante. – Ajoelhe-se aí, Mia. Vou gozar na sua boca e quero que você engula até a última gota.

Ela já sentia o gosto do pré-gozo em sua língua, e sabia que ele estava prestes a ejacular. O corpo inteiro dele estava arrepiado de tensão, sinal de seu orgasmo iminente. Não era uma dança lenta e sensual. Era uma trepada rápida, suja e carnal.

Ele começou a avançar rápido e com força, barulhos molhados da chupada ecoando nos ouvidos dela enquanto suas bochechas ficavam ocas com cada avanço dele. Apesar de saber que ele gozaria a qualquer momento, o primeiro jorro de sêmen pegou-a de surpresa.

Quente e salgado, derramava em sua boca, preenchendo-a enquanto ele continuava em seu ritmo frenético. Ela engolia, tentando acompanhar, mas ele continuava a gozar, os jorros potentes atingindo-lhe o fundo da garganta, seguidos pela cabeça do pau. Gabe puxou o cabelo de Mia a ponto de doer, mas ela ignorava. Então ele se elevou na ponta dos dedos dos pés, empurrando até o limite máximo que ele pôde penetrá-la. Por um longo momento ele se manteve ali, enquanto a última jorrada era liberada na boca de Mia. Finalmente ele soltou o cabelo dela e lentamente deixou que seu pau deslizasse para fora.

Ela engoliu, tossiu e voltou a engolir, seus olhos marejados, mas se forçou a olhá-lo, querendo assistir à sua satisfação. Sua aprovação.

Mas os olhos dele estavam cheios de arrependimento quando ele estendeu suas mãos delicadas para levantá-la. Suas mãos acariciaram os braços dela, dos punhos aos ombros enquanto a observava de cima.

– Não há esperança para eu e você, Mia. Faço promessas que não posso cumprir. Eu não sou eu mesmo quando estou com você, não tenho nem certeza de *gostar* de mim mesmo nesse momento. Mas não posso parar. Por Deus, mesmo que isso faça você me odiar, não posso parar. Não quero parar. A necessidade que tenho de você me consome e não vai embora.

Chocada pela confissão tão franca, ela pôde apenas olhar para cima na direção dele, seu coração batendo com as implicações. Ele acariciou delicadamente o rosto dela, o arrependimento ainda uma sombra em seus olhos azuis.

– Vá logo e se vista para hoje à noite. Não vamos nos demorar muito e então depois sairemos para jantar.

capítulo 15

Gabe ficou calado e pensativo enquanto seguiam rumo a um clube de jazz no Village, onde acontecia a festa. Mia lançava-lhe olhares, e ele podia ver a incerteza em seus olhos, mas simplesmente não podia oferecer a segurança que ela tanto procurava. Como poderia?

Ele estava perturbado. Ficava constrangido pelo pouco controle que demostrava ter quando ela estava por perto. Com nenhuma outra mulher ele tinha mostrado tamanha falta de comedimento. Suas ações e reações eram sempre precisas. Com Mia, não conseguia ter nada da calma e distanciamento que tinham sido parte de sua vida desde a adolescência.

Diabos, ele a havia maltratado. Havia violentado sua boca, por Deus. Ele invadiu o apartamento dela, obrigou-a a ajoelhar-se e depois penetrou com força em sua garganta. O desprezo por si próprio não tinha limites, e ainda assim conseguia se arrepender. Pior, sabia que faria isso de novo. E novamente. Já estava ansioso para chegar em casa mais tarde para que pudesse tê-la em sua cama, embaixo de si.

Ele estava enfurecido pela falta de respeito com que os demais empregados no escritório haviam demonstrado a Mia, mas ele próprio era um grande hipócrita. Havia mostrado uma falta de respeito ainda maior ao tratá-la como a prostituta que ela temia ser. Jamais considerara tal coisa. Mas suas ações não haviam seguido seus pensamentos até então. Seu pau estava pensando por ele e não dava a mínima que quisesse diminuir o ritmo e não sobrecarregá-la desde o início. Seu pau queria mais. Suas mãos e boca queriam mais. Seu desejo por ela o consumia por completo, não mostrava qualquer sinal de declínio até agora. Na verdade, apenas aumentava a cada vez que fazia amor com ela.

Fazer amor. Dava vontade de rir. Era um termo muito brando para o que havia feito. Talvez pensasse assim em uma tentativa de se fazer sentir melhor. Havia trepado até que ela desmaiasse. Ele caminhava sobre uma linha bastante tênue, no limite da violação, e, apesar de todo o remorso que sentia, sabia que na próxima vez não seria nada diferente, independentemente das suas intenções. Podia dizer o que quisesse, mas a verdade é que era um mentiroso e sabia disso.

– Chegamos, Gabe – disse Mia, tocando delicadamente o seu braço.

Parou de divagar ao ver que estavam estacionados na esquina próximos ao clube. Recuperando-se rapidamente, saiu do carro e deu a volta, abrindo a porta de Mia e ajudando-a a sair.

Ela estava incrível, e ele tinha uma sensação de que não importa o fato de ter propositadamente escolhido para ela roupas discretas, ela não ia chamar menos atenção do que se tivesse vindo com o vestido usado na noite da grande inauguração.

Mia era uma linda mulher, e havia algo de especial nela que atraía as pessoas. Ela ia se destacar na multidão mesmo vestindo um saco de pano.

Segurando o cotovelo dela de forma casual, ele a guiou para a entrada. Foi necessário cada pingo de sua compostura para não puxá-la para o seu lado e mostrá-la a todo o mundo como sua posse, mas não queria constrangê-la nem ameaçar o relacionamento dela – ou o seu – com Jace. Saber que ela era sua a portas fechadas era suficiente. Mas por outro lado, não conseguiria aceitar se visse outros homens dando em cima de Mia esta noite.

Quando chegaram à entrada para a sala reservada para o coquetel, Gabe colocou uma distância respeitável entre ele e Mia. Seus instintos gritavam para tê-la por perto, para colocar um aviso invisível de "não toque" para todos os outros homens, mas se obrigou a manter a calma e a distância. Ela estava aqui a negócio. Nada mais. Ela não estava aqui como seu encontro, sua amante, sua mulher. Mesmo que ambos soubessem do contrário.

Assim que entraram, Mitch Johnson os viu através da multidão e acenou com a cabeça, antes de abrir caminho em direção a onde Gabe e Mia estavam.

– Hora do show – Gabe murmurou.

Mia fez um rápido levantamento da multidão e então se concentrou em Mitch, que estava perto deles. Ela colocou um sorriso verdadeiro no rosto e ficou alerta ao lado de Gabe, enquanto esperavam.

– Gabe, estou feliz por você ter vindo apesar de ter lhe chamado em cima da hora – disse Mitch, estendendo a mão.

– Eu não perderia isso – falou Gabe suavemente.

E virou-se para Mia.

– Mitch, gostaria que você conhecesse minha assistente pessoal, Mia Crestwell. Mia, este é Mitch Johnson.

Ela estendeu a mão com um sorriso acolhedor e convidativo.

– É um prazer conhecê-lo, Sr. Johnson. Obrigada por nos receber.

Mitch parecia encantado com Mia, fato que fez Gabe franzir o cenho, mas ele forçou-se a manter a compostura. Mitch tinha um casamento feliz. Não era do tipo que pulava a cerca. Mas estava olhando para Mia, e deixava Gabe irritado.

– O prazer é todo meu, Mia. Por favor, pode me chamar de Mitch. Vocês querem beber? Gabe, há várias pessoas que eu gostaria que você conhecesse.

– Não quero nada – Mia murmurou.

Gabe balançou a cabeça.

– Talvez pegue algo mais tarde.

Mitch fez um gesto em direção à multidão.

– Se você vier comigo, farei as apresentações necessárias. Venho falando com vários colegas de negócios. Eles estão muito interessados em sua empresa na Califórnia.

– Excelente – disse Gabe com satisfação.

Passando pelo meio da multidão, ele e Mia seguiram Mitch, que os levou para conhecer vários interessados, fazendo as apresentações. O tempo todo se discutia negócios, Mia ficou ao lado de Gabe com uma expressão de interesse. Ela era boa. Isso poderia ser chato como o inferno para ela, mas se fosse o caso, não deixou transparecer.

Ela surpreendeu-o completamente quando, em uma das pausas da conversa, olhou para Trenton Harcourt e disse:

– E como sua filha está se saindo em Harvard? Está gostando dos estudos até agora?

Trenton pareceu surpreso e depois sorriu.

– Ela está indo muito bem. Minha esposa e eu estamos muito orgulhosos dela.

– Tenho certeza de que direito empresarial é uma cadeira difícil, mas pense em como ela vai ser útil a suas empresas quando se formar. É sempre bom ter conexões dentro da família – disse Mia, com um brilho nos olhos.

O grupo riu e Gabe sentiu uma ponta de orgulho. Aparentemente, ela tinha se preparado.

Então, viu como ela tomou conta da conversa, tecendo comentários pessoais aos outros homens presentes. Mia manteve um constante fluxo de conversa e os homens completamente em seu encalço. Observava de perto, à espera de qualquer olhar ou observação inapropriados, mas eles foram corteses e pareciam completamente encantados com o candor de Mia.

– Você tem algum parentesco com Jace Crestwell? – perguntou Mitch, quando a conversa parou.

Mia ficou imóvel, mas manteve a compostura.

– Ele é meu irmão. – Seu tom era quase defensivo, o suficiente para que Gabe notasse, embora duvidasse que os outros tenham percebido.

– Eu cheguei primeiro – retrucou Gabe, preguiçosamente. – Ela é inteligente e perfeita para o cargo de minha assistente pessoal. Não me importo em brigar com Jace por tê-la trazido ao mundo dos negócios.

Os outros riram.

– Homem inteligente, Gabe. Sempre batalhador nos negócios. Mas, ei, o vencedor ganha os espólios, né? – comentou Trenton.

– Exatamente – Gabe respondeu. – Ela é um bem valioso e eu não tenho a mínima intenção de deixá-la escapar das minhas mãos.

O rosto de Mia enrubesceu, mas o prazer em seus olhos valia o esforço de Gabe em deixar claro o quanto a valorizava como empregada.

– Desculpem-nos, mas vejo algumas pessoas que preciso cumprimentar – disse Gabe com suavidade.

Segurou Mia pelo cotovelo e conduziu-a para longe do grupo, e começou a atravessar a sala para pegar bebidas, quando subitamente parou por completo, com o seu olhar fixo na porta de entrada. Ele xingou baixinho, mas Mia ouviu e virou os olhos para frente, o cenho franzido. Então ela seguiu o olhar dele até a porta e sua expressão se fechou.

O pai dele acabava de entrar na sala, acompanhado de uma loira linda muito mais jovem envolvida firmemente por seus braços. Droga. Que diabos o seu pai fazia aqui? Por que ele não o avisou para que pudesse pelo menos estar preparado? Depois de ver sua mãe no fim de semana e fazer todo o possível para animá-la, irritou-o ver o pai aqui com sua mais nova namoradinha.

Mia tocou em seu braço, no rosto uma expressão solidária. Não havia como evitar o confronto. Seu pai o tinha visto e já estava atravessando a multidão, vindo em sua direção.

– Gabe! – disse o pai, seus olhos brilhando enquanto se aproximava. – Ainda bem que eu peguei você aqui. Faz muito tempo desde que nos vimos pela última vez.

– Pai... – retrucou Gabe brevemente.

– Stella, eu gostaria que você conhecesse o meu filho, Gabriel. Gabe, esta é Stella.

Gabe fez um aceno breve com a cabeça, mas não fez uma saudação calorosa. Sua pele coçava e tudo que queria era ficar longe dessa situação. Só conseguia imaginar o rosto de sua mãe, a tristeza em seus olhos. A confusão que ainda se sentia pela traição de seu marido por 39 anos que abruptamente a deixou.

– É um prazer – Stella disse com voz rouca, seu olhar vagando com demorada precisão sobre Gabe.

– Como você está, filho? – perguntou o pai. Se ele percebeu o constrangimento, não reagiu. Ou talvez estivesse completamente alheio a toda dor que havia causado a sua família por suas ações.

– Ocupado – respondeu Gabe curtamente.

Seu pai acenou com o braço.

– Como se fosse novidade. Você devia descansar um tempo. Dar uma pausa. Eu adoraria levá-lo lá para a casa. Seria bom para pormos em dia tudo o que está acontecendo com você.

– Que casa? – A voz de Gabe congelaria até mesmo o fogo.

– Ah, comprei uma casa em Connecticut – respondeu o pai alegremente. – Adoraria que você a visse. Poderíamos marcar um jantar. Você está livre qualquer noite esta semana?

Gabe cerrou sua mandíbula até doer. Mia pigarreou suavemente e deu um passo para frente, um sorriso suave em seu rosto.

– Gostaria de beber algo, Sr. Hamilton? Vou dar uma passada no toalete, mas na volta poderia pegar algo para o senhor e Gabe.

O pai de Gabe olhou com perplexidade por alguns instantes antes do reconhecimento chegar aos seus olhos.

– Mia? Mia Crestwell? É você mesmo?

O pai de Gabe a encontrara em apenas duas ocasiões quando Mia era muito jovem, e apenas brevemente. Ele ficou surpreso com a lembrança de seu pai.

Mia assentiu.

– Sim, senhor. Estou trabalhando para Gabe agora como sua assistente pessoal.

Seu pai sorriu e inclinou-se para beijar a bochecha de Mia.

– Meu Deus, como você cresceu. A última vez que a vi foi há anos. Você se tornou uma linda senhorita.

– Obrigada – disse Mia. – Mas que tal os drinques?

– Uísque com gelo – respondeu o pai.

– Nada para mim – disse Gabe categoricamente.

Mia lançou a Gabe um olhar cheio de compaixão e em seguida saiu apressada rumo ao toalete feminino. Ele não podia culpá-la. Havia tanta tensão no ar que a situação estava extremamente embaraçosa.

Ele a via se retirar e percebeu o quanto queria estar longe deste lugar. Mais especificamente em seu apartamento, entre quatro paredes, Mia em seus braços, perdendo-se nela mais e mais.

– Que tal o jantar? – seu pai insistiu.

* * *

Mia fugiu para o toalete feminino aliviada. Já que não tinha necessidade de usar as instalações e foi apenas uma desculpa para escapar da situação desconfortável entre Gabe e o pai, aproveitou para retocar o batom e examinar-se diante do espelho.

Para sua surpresa, a porta se abriu e Stella entrou, posicionando-se no espelho ao seu lado. Stella se olhou minuciosamente antes de também reaplicar o seu batom.

– Então, me diga – começou Stella enquanto ainda retocava seu batom –, é verdade o boato sobre Gabe Hamilton e as expectativas que ele tem de suas mulheres?

Surpreendida, Mia quase deixou cair o batom e se atrapalhou ao guardá-lo de volta em sua pequena bolsa. Virou-se para Stella, espantada por seu descaramento.

– Mesmo se eu soubesse os detalhes da vida pessoal do Sr. Hamilton, eu certamente não trairia sua confiança.

Stella revirou os olhos.

– Vamos lá, dá uma pista para a colega. Eu adoraria estar nessa fila, e se ele realmente é o animal na cama que suspeito que seja, pode vir.

Mia balançou a cabeça.

– Mas você está aqui com o *pai* dele.

Stella acenou com a mão em desdém.

– Dinheiro. Mas Gabe tem muito mais e é mais jovem e viril. Se você tiver uma chance com o Hamilton mais jovem, por que não aproveitar? Tem alguma dica para mim? Você trabalha para ele. Certamente já teve de lidar com as mulheres dele em algum momento.

Mia não deveria ter ficado chocada, mas, francamente, havia ficado confusa pelo atrevimento sem remorso da mulher. Sem saber por onde começar a responder, ela simplesmente virou-se e saiu do banheiro. Sacudiu a cabeça, enquanto seguia em direção ao bar. Não conseguia acreditar na ousadia daquela mulher!

Pediu o uísque e esperou o garçom servir a bebida. Depois se virou, procurando Gabe e o pai no meio da aglomeração. Eles ainda estavam de pé, onde ela os havia deixado, e Gabe não parecia nada contente.

Sua expressão estava fria, os olhos duros. Era como se estivesse diante de um adversário a quem queria esfregar a cara no chão.

Suspirou. Sabia que devia ser uma bosta ter os pais separados depois de tantos anos juntos. Gabe tinha crescido com um ambiente saudável e estável em casa, enquanto ela e Jace tiveram que lutar para juntar os cacos depois que seus pais morreram. De certa forma, o divórcio dos pais de Gabe era semelhante a perdê-los, mesmo com eles ainda vivos, porque nada voltaria a ser o mesmo novamente e agora ele era forçado a ver seus pais separados.

Contorceu o rosto quando viu Stella voltar para onde Gabe e seu pai estavam. A mulher não teve qualquer hesitação em enrolar seu braço com o de Gabe, escancarando seu sorriso 220 volts enquanto flertava com ele descaradamente.

Sua risadinha dirigiu-se a Mia, que se aproximava com a bebida. Para surpresa de Mia, Gabe devolveu o sorriso de Stella, um daqueles sorrisos sedutores e fatais imediatamente fez Mia retesar-se. Era um sorriso que Gabe usava quando estava à espreita. Um sorriso que dizia à mulher que não havia dúvidas de seu interesse.

Que diabos!?

Mia ficou alguns passos à frente dos homens, sem ser notada, enquanto tentava controlar o ciúme enfurecido que corria por suas veias. Não era uma pessoa ciumenta, lembrou-se.

Para o inferno com isso. Ela estava com um ciúme insano e não queria nada mais do que arrancar os cabelos da loira pela raiz. Estaria Gabe fora de si? Era esse o tipo de mulher que o atraía? Uma que claramente era apenas uma interesseira?

Mas então recordou que ele não queria envolvimentos emocionais em seus relacionamentos. Assim exigia. Mas tendo um contrato com ela, só por cima de seu cadáver que ele flertaria com uma pistoleira daquelas. Ela arrebentaria os dois se fosse necessário.

Abriu espaço à frente, estendendo a bebida para o pai de Gabe.

– Obrigado, querida – disse Hamilton com um sorriso caloroso.

Stella virou-se de cara feia para Gabe.

– Dance comigo, Gabe. A música vai logo acabar e estou querendo me mexer.

Gabe deu uma risadinha e isso atiçou cada nervo de Mia.

– Por favor, nos dê licença – disse Gabe a seu pai. Ele nem sequer olhou para Mia enquanto guiava Stella para a área marcada para a dança.

Mia olhava estarrecida enquanto Gabe carregava a loira em seus braços – perto demais de si para uma mera dança casual – e sorria para ela. Sorria! Ele raramente sorria para alguém.

E ele a havia deixado com seu pai, o que era estranho o suficiente já que Gabe tinha acabado de sair com a namorada dele. Ela não poderia simplesmente fugir para o banheiro outra vez. Já havia usado desse artifício.

Notou a expressão do Sr. Hamilton se fechar quando o olhar dele se desviou para onde Gabe e Stella estavam dançando. Ela própria era incapaz de evitar olhar, a raiva se acumulando a cada segundo, até ver a mão de Gabe sugestivamente deslizar descendo pelo corpo da mulher.

Para o inferno com isso. Ela não ia ficar por perto enquanto Gabe lançava seu charme para cima de outra mulher – muito menos a namorada de seu pai! Ela tinha feito o seu dever. Tinha sido simpática e agradável. Tinha trocado ideias com investidores e desfiado todas as trivialidades inúteis que passara a tarde decorando.

Tinha coisa melhor para fazer. Principalmente ir para casa desabafar com Caroline.

capítulo 16

– Mas que babaca – disse Caroline. – Não posso acreditar que ele deixou aquela vagabunda se aproximar dele desse jeito. Especialmente quando ele tem você!

Mia sorriu com a lealdade ardente no tom de voz de sua amiga. As duas se jogaram no sofá depois que Mia se livrou do vestido que só serviu para deixá-la se sentindo uma idiota a noite inteira. Grandes coisas ter se arrumado toda para ficar fabulosa se no final das contas a atenção de Gabe se direcionou a outro lugar.

Ninguém sabia de seu relacionamento com Gabe, o que significava que ninguém sabia da vergonha que sentira, mas isso não diminuía o peso da humilhação que havia sofrido.

– Quem sabe o que se passa na cabeça dele – disse Mia, cansada. – Mas eu é que não ia ficar ali assistindo aos dois trocando olhares maliciosos. Foi repugnante.

– Não devia mesmo! – Caroline exclamou.

Seus olhos brilhavam com uma luz repentina, e esse foi o sinal para Mia que ela provavelmente devia cair fora.

– Então ele é tão bom na cama quanto eu imagino que seja?

Mia suspirou, exasperada.

– Pelo amor de Deus, Carol.

– Ei, me dá algo para eu me divertir. Tudo o que tenho são fantasias. Você tem a coisa real.

– Ele é um deus, OK? Ele me surpreendeu. Não tem nem comparação, e olha que eu já tive boas experiências. Mas nunca tive algo tão incrível assim.

– Hum – suspirou Caroline em um tom triste. – Eu sabia que era coisa séria quando você me ligou para preparar uma bolsa para você. Você ainda não tinha trabalhado nem um dia e já tinha que virar a noite. O cara é muito rápido. Você tem que acompanhar o ritmo.

Mia franziu o cenho.

– Sim, ele é rápido mesmo.

– Então você quer pedir para entregarem comida e depois se atracar com o sorvete do congelador? Ou você já comeu?

Mia fez que não com a cabeça.

– Nós deveríamos ter jantado após o coquetel. Mas esse era o plano até a loirinha entrar em cena.

Caroline pegou o telefone.

– Que tal pizza?

– É tudo que pedi aos céus – suspirou Mia.

Enquanto Caroline procurava o número, a campainha tocou. Mia levantou-se, fazendo sinal para que ela ficasse no mesmo lugar. – Você chama a comida que eu vou ver quem é.

Atendeu o interfone:

– Sim?

– Mia, desça aqui agora.

A voz furiosa de Gabe invadiu o apartamento. Caroline deixou cair o telefone, os olhos arregalados.

– O que você quer, Gabe? – retrucou Mia, dando vazão à sua irritação.

– Juro por Deus, se você não descer aqui agora, subo aí e te arrasto eu mesmo, e não dou a mínima se você está vestida ou não. Você tem três minutos para aparecer.

Mia desligou o interfone com raiva, a fúria tomando conta do seu corpo. Caminhou de volta para onde Caroline estava e desabou no sofá.

– Bem – começou Caroline, retomando o assunto –, se ele está aqui, exigindo a sua presença, obviamente não está com a loirinha.

– Você está sugerindo que eu atenda a uma convocação arrogante dessas? – perguntou Mia, incrédula.

Caroline deu de ombros.

– Bem, vamos colocar desta forma. Estou certa de que ele vai dar um jeito de subir aqui e te arrastar porta afora. Talvez seja melhor ir pacificamente e tomar pé da situação com a loirinha. Afinal de contas, ele está aqui e ela não. – Caroline olhou para o relógio. – E agora você só tem dois minutos antes de ele colocar o prédio abaixo.

Mia suspirou e então correu para seu quarto, sem entender direito por que estava perdendo tempo com Gabe depois da cena humilhante no coquetel. Era o suficiente para dobrar seu estômago. Ainda assim, vestiu apressadamente a calça jeans e a camiseta, e, pensando melhor, colocou na bolsa uma muda de roupa para vestir no trabalho no dia seguinte. Melhor prevenir do que remediar.

Após pegar seus produtos de higiene pessoal, passou correndo por Caroline e jogou-lhe um beijo.

– Mande um SMS para me avisar se você ainda está viva ou vou presumir que ele matou você e começar a procurar o corpo – brincou Caroline.

Mia deu tchau por cima do ombro e saiu do apartamento, pegando o elevador com pressa. Quando as portas se abriram, lá estava Gabe, plantado a poucos metros de distância, sua mandíbula cerrada e a fúria estampada em seus olhos.

Ele avançou na direção de Mia, sem lhe dar tempo de se aproximar por conta própria. Era um grande macho-alfa puto da vida, e estava vindo em sua direção.

Ela deu um passo para fora do elevador e a mão de Gabe envolveu a dela, e a puxou passando pelo porteiro de olhar alarmado rumo à entrada do edifício. Mia conseguiu lançar um sorriso tranquilizador para o porteiro, torcendo para que ele não chamasse a polícia, antes de voltar sua atenção para Gabe. Sua mão a apertava com força, denunciando seu tom intransigente e sua raiva que atingia o corpo como ondas de calor.

Por que diabos ele estava tão irritado com ela? Não foi ela quem ficou se agarrando com outra pessoa na frente dele em um coquetel no qual foram juntos.

Ela suspirou quando ele a enfiou no banco de trás do seu carro e o contornou, entrando pelo outro lado. Assim que sentou ao lado dela, o carro partiu.

– Gabe...

Ele se virou para ela, sua expressão furiosa.

– Cala a porra da boca, Mia. Não dirija uma só palavra para mim agora. Estou muito puto com você para ser sensato. Preciso colocar a cabeça no lugar antes de poder sequer pensar em discutir isso com você.

Ela deu de ombros de um modo desleixado e se virou, recusando-se a continuar olhando-o por mais tempo. Podia sentir a frustração emanando dele, ouvir o seu resmungo de impaciência e irritação. Mas o ignorou, continuou concentrada nas luzes da cidade que passavam pela janela do carro e em todo o brilho das cores da noite.

Devia ter permanecido em seu apartamento, mas queria esse confronto. Tinha fervilhado de raiva durante a noite toda e agora que Gabe estava forçando a questão, estava armada e preparada.

Continuaram rodando em silêncio, apesar de a irritação tomar conta de Gabe por completo. Ela não direcionou o olhar na direção dele uma única vez, recusando-se a mostrar qualquer sinal de fraqueza. E sabia que só iria irritá-lo ainda mais.

Quando chegaram ao prédio dele, ele escancarou a porta ao lado dela, agarrou sua mão e puxou-a para fora. Com os dedos envolvendo firmemente o braço dela, Gabe a levou prédio adentro rumo ao elevador.

Assim que a porta do apartamento se fechou atrás dele, seus lábios se apertaram e ele pareceu se esforçar para manter a calma enquanto a olhava.

– Para a sala de estar – ordenou. – Temos muito que conversar.

– Tanto faz – murmurou ela.

Ela arrancou o braço da mão dele e entrou na sala de estar. Desabou sobre o sofá e então olhou para ele com expectativa.

Ele caminhava de um lado para o outro à sua frente, parando para olhar para ela. Prendeu a respiração e depois balançou a cabeça.

– Não consigo nem falar com você agora de tão puto que estou.

Ela arqueou uma sobrancelha, impressionada com o fato de ele se achar o único com raiva. Ela estava puta da vida. Tinha o direito de estar.

– Você está putinho? – perguntou ela, incrédula. – Por que diabos? Aquela vagabundinha acabou te dispensando? Não acho que seja esse o caso. Ela estava com muito fogo para tirar as suas calças.

Confuso, ele franziu a testa.

– De que diabos você está falando?

Ela estava mais que satisfeita por sua explicação, mas antes de começar ele levantou a mão, cortando-a.

– Primeiro você vai me ouvir explicar exatamente o que me tirou do sério. Então, quando eu tiver tido tempo suficiente para me acalmar, eu vou deixar essa sua bunda vermelha.

– O diabo que você vai – retrucou ela.

– Você sumiu – disparou ele. – Fiquei sem saber para onde você tinha ido, o que aconteceu com você, se algum babaca tinha levado você embora ou se você tinha passado mal ou mesmo se machucado. Que diabos você estava pensando? Em algum momento lhe ocorreu de me dar a cortesia de uma explicação? Se você tivesse dito que queria ir para casa, eu mesmo a teria levado embora.

Ela se levantou, enraivecida com a negligência dele. Seria ele realmente tão obtuso?

– Se você não estivesse tão grudado na namorada do seu pai, você poderia ter notado!

A compreensão brilhou nos olhos dele, e ele sacudiu a cabeça como ele suspirou.

– Então é disso que se trata. Stella.

– Sim, Stella. Ou seja lá qual for o nome dela.

Ele balançou a cabeça de novo.

– Você estava com ciúmes? Pelo amor de Deus, Mia.

– Ciumenta? Você é muito arrogante e egocêntrico, Gabe. Isso não tem nada a ver com ciúmes e tudo a ver com respeito. Você e eu estamos em um relacionamento. Pode não ser um relacionamento tradicional. Mas temos um contrato. E, por Deus, você bem que me pertence e eu não vou dividir você com uma loira peituda.

Ele parecia completamente surpreso com a veemência de Mia. Então, empinou a cabeça e sorriu, o que só serviu para irritá-la ainda mais. Com os ombros ainda retesados, ele disse:

– Você só conseguiu conter minha raiva o suficiente para que eu batesse muito nessa sua bunda. Entre no quarto, Mia. E tira a roupa.

– Que porra é essa?

– E cuidado com essa sua boca suja. Jace iria lavá-la com sabão.

– Não seja hipócrita. Você e Jace têm a boca imunda.

– Para o quarto, Mia. Agora. Para cada minuto que você demorar a mais, você vai receber cinco tapas a mais, e se você acha que não estou falando sério, pode me testar. Você já ganhou vinte.

Ela ficou boquiaberta com o que ele acabava de dizer, mas quando ele olhou para o relógio, ela correu para o quarto. Ela era louca. Devia ter partido porta afora, mas ainda estava ali, ficando nua no quarto dele para que ele pudesse dar-lhe palmadas.

Um arrepio atravessou seu corpo. A ansiedade acumulou em seu estômago. Ansiedade? Não fazia o menor sentido para ela. A ideia de apanhar era repugnante, e ainda assim, de alguma forma, tudo parecia tão... sensual e erótico. A mão dele na bunda dela. Marcando-a. Exercendo seu domínio sobre ela.

Ela estava fora de si. Mas isso não era novidade. Antes de qualquer coisa, assinar aquele contrato já tornava a sua sanidade questionável.

Quando Gabe entrou no quarto, ela estava nua, sentada à beira da cama, hesitante e preocupada, sua mente a mil por hora por conta do que estava por vir. Não tinha certeza se ia gostar. Estava quase certa de que não. Mas havia uma pequena parte dela que estava intrigada e excitada com a ideia da mão dele na sua bunda.

Seu coração saltou à garganta quando ele parou na frente dela, sua presença poderosa e exigente.

– Levante-se, Mia – ordenou ele calmamente, sem qualquer vestígio de raiva.

Tremendo, ela se levantou, e ele seguiu para a cabeceira da cama, recostou-se contra os travesseiros, e então estendeu sua mão para ela. Ela subiu na cama e tomou-lhe a mão, hesitante. Ele puxou-a em seu colo, colocando-a de bruços, sua barriga sobre as coxas dele, de modo que sua bunda estava arqueada e ao seu alcance.

Ele acariciou as nádegas carnudas, esfregando suas mãos suavemente sobre toda a extensão de pele.

– Vinte palmadas, Mia. Espero que você as conte. No final, você vai me agradecer por dar-lhe uma surra e então eu vou te foder até você desmaiar.

A mente explodiu em "uaus" e "que *merda* é essa" e "oh, *sim*, por favor". Tudo ao mesmo tempo. Ela era louca. Não havia outra explicação.

O primeiro estalo assustou-a e ela soltou uma exclamação breve. Não estava certa se era porque doía ou se foi apenas a surpresa.

– Vem mais uma agora – disse ele severamente. – Conte-os, Mia.

Oh, merda.

Ele esfregou a mão sobre sua bunda e então veio o tapa seguinte.

– Um – começou Mia, quase engasgando.

– Muito bem – sussurrou Gabe.

Ele acariciou a área com a palma da mão e, em seguida, bateu na outra parte da bunda de Mia. Ela quase se esqueceu de contar e se apressou para dizer "Dois", antes de ser atingida mais uma vez.

Sua bunda toda formigava e depois da ardência inicial, a excitação florescia, doce e profundamente, acumulando em seu estômago. Sua vagina se apertou, e ela se remexia inquietamente para tentar aliviar o ardor implacável.

Três. Quatro. Cinco. Quando chegou a doze, ela estava ofegante, em chamas, contorcendo-se toda no colo de Gabe. Suas carícias a enlouqueciam. Um contraste com os duros golpes de sua mão. E ainda assim ele parecia nunca bater-lhe com força demais. Usava apenas o suficiente para levá-la ao limite, e lá pela palmada número dezesseis, ela estava implorando... mais. Mais *forte*.

Toda sua bunda estava em chamas, mas a ardência era linda. Intensamente prazerosa. Nunca antes experimentara nada parecido. Ela estava muito perto do orgasmo, e jamais sonharia que poderia atingir tamanho êxtase simplesmente com palmadas, ou que realmente se deleitaria com a experiência.

– Fique quieta e não se atreva a gozar – Gabe alertou. – Ainda faltam mais duas, e se você gozar, vou me assegurar que da próxima vez você não vai gostar tanto assim.

Mia respirou fundo, fechou os olhos e retesou todo seu corpo, protelando o orgasmo que ameaçava engoli-la por inteiro.

– Dezenove – disse ela, sussurrando quase sem fôlego.

– Mais alto – exigiu Gabe.

– Vinte!

Meu Deus, acabou. Ela caiu sobre a cama, seu corpo inteiro arfante com o esforço, tanto pela pressão de segurar a respiração quanto pelo trabalho desesperador para não gozar. Sua vagina estava em chamas. Era como se ele tivesse dado palmadas ali também, como se ela tivesse direcionado a energia de cada golpe para seu clitóris, que pulsava e se espremia. Mia percebeu que bastava um pequeno sopro sobre seu clitóris, para que ela saísse voando como um foguete.

E estava puta da vida. Com sua falta de controle. Com o fato de que ele a fez gostar de algo que deveria achar abominável.

Ele deixou-a lá por alguns momentos, até que sua respiração se acalmasse e ela não estivesse a ponto de gozar. Então ele gentilmente ergueu-a e deitou-a de barriga para cima. Ele a acompanhou, pairando sobre ela enquanto abria sua braguilha e arrancava sua roupa.

A boca de Gabe encontrou seus seios, apalpando-os com os lábios e chupando-os enquanto lutava com sua roupa. Quando a camisa saiu, ela esperava que ele arreganhasse suas pernas e a comesse com força, mas em vez disso, ele levantou-se na beirada da cama, puxando-a pelas pernas.

Ele abriu as pernas de Mia, posicionou seu pau junto a sua boceta e fitou-a com seu olhar intenso e brilhante.

– Curtiu as palmadas, Mia?

– Vai se foder – respondeu ela rudemente, ainda desapontada com sua própria reação. Gabe a deixou perturbada. Ele a fez questionar tudo sobre si mesma, e ela não gostava nada disso.

O queixo dele se retesou com o tom de voz evidentemente desrespeitoso dela.

– Não, querida Mia. *Você* é quem vou foder.

Ele penetrou-a fundo e com força. Ela ofegou e arqueou as costas, com os punhos cerrados agarrando os lençóis.

– Agradeça-me pelas palmadas – disse ele.

– Vai à merda.

Ele recuou, deixando a cabeça do pau na beirada da sua vagina, mexendo e provocando.

– Resposta errada – sussurrou. – Seja educada e diga obrigada.

– Vai logo, acaba com isso – devolveu ela, seu desespero crescente. Não queria ser essa pessoa fraca, suplicante, mas já estava perigosamente perto de perder qualquer resquício de orgulho quando o assunto era ele.

Ele beijou-a. Mas foi um beijo punitivo, cujo significado era apenas lembrá-la de que ela não tinha qualquer controle da situação. E, ainda assim, isso a deixou ainda mais sedenta por ele. A necessidade era devastadora. Ela era completamente louca por Gabe.

– Você esqueceu quem dá as ordens, querida Mia – ele murmurou enquanto mordiscava o queixo dela. – Sou seu dono. Isso significa que não importa o que você quer. Só o que *eu* quero.

Os olhos dela se estreitaram e ela franziu os lábios.

– Não fale merda, Gabe.

Ele retirou-se lentamente, esfregando seu pau por sobre sua vagina latejante.

– Eu tenho um contrato que diz isso – disse ele com suavidade.

Ele penetrou-a fundo novamente, chocando-a com sua força e velocidade.

– Eu posso rasgar o contrato a qualquer momento – disse Mia, irritada. Estava tentada a fazer isso agora, só para deixá-lo tão puto quanto ela. Mas não era o que ela queria, e ambos sabiam disso.

Ele parou, seu corpo tenso sobre o dela, seus lábios parados em seu caminho pescoço abaixo de onde eventualmente deslizariam até chegar aos seus seios. Seus mamilos estavam entumecidos em antecipação e ela arqueada em um apelo silencioso. Ela queria a boca de Gabe sobre ela. Estava quase no limite, pronta. E ao mesmo tempo muito puta da vida.

– Sim, você poderia – disse ele preguiçosamente. – É isso que você quer, Mia? Você quer rasgar o contrato e ir embora agora? Ou quer que eu te coma?

Que merda de situação, mas o homem a enlouquecia. Ele sabia muito bem o que ela queria, mas queria fazê-la verbalizar isso. Queria ouvi-la implorar.

Seu olhar ficou ainda mais intenso. Ele penetrou-a com força e manteve-se dentro dela. Ela pulsava e se contraía em torno do seu pau, uma súplica silenciosa para que ele continuasse. Mas ele permaneceu imóvel, esperando.

– Diga, Mia.

Ela estava prestes a derramar lágrimas de frustração. Estava tão quase lá. Quase gozando. Não conseguia nem ficar parada, de tão excitado que estava o seu corpo.

– Obrigada – murmurou.

– Obrigada pelo quê? – indagou ele.

– Obrigada por me bater!

Ele riu.

– Agora me diga o que você quer.

– Eu quero que você me coma, porra!

– Diga "por favor" – retrucou ele, com um sorriso provocativo no canto de sua boca.

– Por favor, Gabe – disse ela com voz rouca, odiando o desespero em sua voz. – Por favor, me come. Por favor, acabe logo com isso.

– Boas coisas acontecem quando você me obedece. Lembre-se disso, Mia. Lembre-se disso da próxima vez que você pensar em partir sem dirigir a palavra a mim.

Gabe inclinou-se, as mãos enfiadas nos cabelos de Mia. Ele agarrou sua cabeça, então deslizou suas mãos para baixo até os ombros dela, de onde a puxou na sua direção de modo que a pressionasse contra si enquanto a deflorava. Ele a comia com vontade, estabelecendo um ritmo implacável que a deixava totalmente entregue a ele, seu pau entrando e saindo de dentro dela.

Mia já não tinha mais ideia do que gritava. *Para. Não para.* Ela estava implorando. Suplicando. Lágrimas escorriam pelo seu rosto enquanto curvava as costas para fora da cama completamente.

E lá estava Gabe, cercando-a, seus braços acolhendo-a junto a ele. Ele murmurava palavras suaves e tranquilizadoras para ela. Acariciava seu cabelo ao mesmo tempo em que deslizava pulsante dentro do seu corpo.

– Shhh, querida Mia. Está tudo bem. Está tudo bem agora. Eu estou com você. Deixe-me cuidar de você.

Mia estava totalmente destruída e perplexa com o que acabara de acontecer. Essa pessoa não era ela. Ela não curtia sacanagem, palmadas e sexo selvagem. Gostava de transar com carinho e suavidade. Lentamente. No seu tempo. O sexo com Gabe era como uma descida ao inferno. Ele era uma força que ela nunca tinha encontrado, e sabia que nunca encontraria outra vez.

Ele a despia camada por camada, expondo uma parte dela a qual ela ainda não estava familiarizada. Isso a fazia sentir-se vulnerável e incerta. O que ela deveria fazer com esta nova Mia?

Gabe estava deitado sobre ela, beijando-a enquanto acariciava suavemente suas têmporas através de seu cabelo. Ela abraçada nele, buscando seu calor e sua força. Ele era um porto seguro enquanto todo o resto era turbulento. Sua mente, seu corpo, seu coração.

Quando ele chegou aos seus lábios, desta vez foi primorosamente sensível, quando antes só havia possessividade e demanda. Doce, tão doce. Como se eles fossem amantes, reconectando-se depois de terem feito amor gostoso. Só que era difícil chamar de "fazer amor" ter a bunda estapeada e seguida por uma trepada longa e pesada.

Sexo. Foi apenas sexo. Quente, alucinante, de revirar os olhos, sexo sem sentimento. Mas ainda assim, sexo. E era um erro perigoso considerar isso qualquer outra coisa.

capítulo 17

Gabe estava no escuro, olhando fixamente o teto, com Mia aninhada em seu braço. Estava acordada e ele sabia. Ela ainda não estava com o corpo amolecido e a respiração suave que ele associava ao seu sono. Mas estava ali em silêncio, enrolada ao seu lado, como se estivesse processando tudo o que tinha ocorrido.

Gabe era um filho da mãe. Ele sabia. Chegava a se arrepender às vezes, mas sabia que não iria parar. Havia quebrado todas as promessas que fizera a ela até agora, e ainda assim sabia que continuaria a quebrá-las. Não havia modo de encaixá-la no seu estilo de vida sem gentileza ou paciência. Mia o deixava louco. Ela o desequilibrava.

Ele abriu a boca como se fosse falar, mas voltou a fechá-la. Devia a Mia uma explicação pelo ocorrido mais cedo aquela noite, mas ainda assim o seu orgulho não lhe permitiria fazê-lo. Irritou-o que ela tenha saído à francesa, mas ao mesmo tempo isso o encantava, e ele sentiu satisfação no fato de ela basicamente ter mandado um *foda-se* e ido embora.

Caso Mia estivesse saindo com qualquer outro cara, Gabe teria aplaudido a reação dela. Teria sido o primeiro a dizer para cair fora dessa o mais rápido possível. E então daria uma surra no filho da mãe que tivesse a usado desse jeito.

Mas se ela tentasse se afastar dele, sabia muito bem que a deixaria escapar. Iria atrás dela com tudo o que pudesse, a ponto de amarrá-la em sua cama e mantê-la como refém, não a deixaria ir embora. Ainda não.

– Hoje não foi o que você pensou – disse ele, surpreendendo-se com a declaração que escorregou de seus lábios.

Droga. Não queria tocar nesse assunto. Não agora nem nunca. Se ela não pôde ficar por tempo suficiente para ver por si mesma o que aconteceu, então por que ele deveria ter que se explicar?

Porque ela é diferente. Você foi um babaca. Você deve isso a ela.

Mia agitou-se contra o corpo dele, levantou-se apoiando sobre o cotovelo, o cabelo caindo sobre o ombro como uma cortina. Ele esticou o braço para ligar o abajur, incomodado pela necessidade de enxergá-la. A luz suave iluminou suas feições e sua pele morena brilhou na luz baixa.

Ela era linda. Não havia nenhuma outra palavra. Havia nela um candor que quase doía fisicamente. Exceto, talvez, quando ela estava irritada com ele, mas tinha que admitir que vê-la desdenhosa e bufando feito uma gatinha deixava-o com muito tesão. Queria transar com ela ali mesmo e deixá-la cravar suas garras nas suas costas.

– Pareceu-me muito claro o que estava rolando – disse Mia, apertando seus olhos. – A loirinha me encurralou no banheiro e deixou claro que preferia o Hamilton mais jovem e rico do que o modelo mais antigo e com menos dinheiro, e queria dicas sobre como levá-lo para a cama. Em seguida, vejo vocês dois colados na pista de dança e sua mão na bunda dela, para não mencionar as outras partes.

Mia pausou e respirou fundo. Ele podia perceber a raiva tomando conta dela novamente, mas admirava ela estar colocando para fora ali naquela hora. Ela não se deixava intimidar por ele, e ele gostava disso. Não queria uma mulher covarde e dócil, ainda que quisesse alguém totalmente submissa. Havia uma diferença entre fraqueza e submissão.

Queria uma mulher forte, com vontade própria, mas que não se irritasse com o seu domínio. Mia podia ser muito bem a combinação perfeita para Gabe, e ele não tinha muita certeza do que fazer com isso.

– Sei que nosso relacionamento não é público. Entendo que eu estava ali a trabalho. Ninguém sabe sobre nós. Não deveria haver nenhum constrangimento da minha parte. Mas me senti humilhada e não havia nada que eu podia fazer quanto a isso. Eu queria me rastejar para debaixo da mesa e morrer porque não parava de pensar: temos um contrato. Pertenço a ele, mas droga, se pertenço a ele, ele também pertence a mim. E lá estava você todo acolhedor e grudento com a loira. Você *sorriu* para ela, Gabe. E você nunca sorri para *ninguém*.

Seu coração se retorcia com a voz dela beirando à dor. Com o seu tom de acusação.

– Fiquei puta da vida e me senti humilhada porque tudo em que eu conseguia pensar era que você não estava satisfeito comigo e eu não era mulher suficiente para você. Saímos juntos o quê? Só alguma vezes, e você já está à procura do seu novo contrato?

– Bobagem – retrucou Gabe, com raiva de tê-la machucado com seus atos. – Bobagem completa e absoluta. Veja bem, eu dancei com ela. Eu a deixei fazer o joguinho dela comigo porque queria que meu pai nos visse enroscados ali. Fiquei irritado quando o vi entrando com ela e só piorou quando percebi que ela estava dando em cima de mim bem na frente do meu pai. Ainda não superei o divórcio dos meus pais. Não estou acostumado a ver meu pai com uma mulher diferente a cada semana. Minha mãe está em casa lamentando pelo fim do casamento enquanto meu pai parece estar cagando e andando. Então, sim, eu deixei ela fazer o jogo dela e fiz questão de deixar claro o que ela estava querendo, porque meu pai precisa ver o tipo de mulher com a qual ele está substituindo a minha mãe.

O olhar de Mia se suavizou e um pouco da sua raiva se dissipou, quando Gabe tocou-a no braço.

– Você sofre ao vê-lo com todas essas mulheres.

– Pode ter certeza que sim – desabafou Gabe. – Mirei no exemplo deles a minha vida toda. Eu me senti humilhado quando Lisa e eu nos divorciamos. Sentia como o maior fracasso do mundo porque meus pais conseguiam se manter juntos e superar suas diferenças por quase *quarenta* anos e eu não consegui manter um casamento por *três*. Eles eram um exemplo do que um casamento devia ser. Eles eram a prova de que o amor ainda existia em nossos dias e de que casamentos podem dar certo se as pessoas se esforçarem para tal. E então, de repente, meu pai cai fora e em poucos meses eles estão divorciados. Eu ainda não entendo. Não faz sentido algum. E eu *odeio* o que ele fez com minha mãe. Fiquei furioso com ele e ainda assim o amo. Ele me decepcionou. Ele decepcionou a nossa *família*. E eu não posso perdoá-lo por isso.

– Entendo – disse ela com suavidade. – Quando meus pais morreram, fiquei muito zangada com eles. O quanto isso é estúpido? Não foi culpa deles. Eles certamente não tinham a intenção de se matar. Foram vítimas de um motorista bêbado. E ainda assim eu estava muito zangada com eles por me deixarem. Se não fosse por Jace, eu não sei o que teria feito. Ele era meu norte. Nunca vou me esquecer de tudo que ele fez por mim.

Gabe abraçou-a com força. Sabia que ela tinha enfrentado uma barra muito dura depois que os pais morreram. Jace estava desesperado, sem saber como ajudá-la, o que fazer. Ela estava com raiva e pesarosa, e parecia inacessível. Jace enlouquecera ao tentar sustentá-la, cuidar dela e lhe oferecer amor e apoio.

Jace a criou como um pai substituto. Mais do que isso: ele era tudo para Mia, de uma só vez pai, mãe e irmão. Protetor, único pilar de apoio. Poucos homens teriam feito o que ele fez, colocando tudo de lado, qualquer possibilidade de formar família ou ter um relacionamento, para assumir de forma integral a responsabilidade por sua irmã mais nova. Gabe o admirava por isso.

Mia hesitou e em seguida distanciou-se um pouco de Gabe, algo que ele não gostou, mas resistiu à vontade de trazê-la com firmeza para perto de si. Isso pareceria um ato muito desesperado, muito carente. E ele não queria precisar de ninguém.

– Gabe... – Mia retomou, sua expressão tomada pela incerteza. Ela parecia relutar em colocar a questão que queimava em seus olhos.

Ele esperou, sem saber ao certo se queria saber o que ela estava prestes a perguntar.

– O que aconteceu com você e Lisa? Eu sei que isso te machucou. Eu sei que foi ela quem foi embora e isso teve grandes desdobramentos.

Gabe ficou em silêncio por um longo tempo. A última coisa que ele queria era discutir Lisa, ou como se sentiu traído pelo modo como eles se separaram. Será que devia mesmo explicar a Mia? Não. Ele não devia coisa alguma a ninguém. Mas, ainda assim, sentiu-se solto, querendo explicar a ela de modo que talvez ela entendesse a razão do contrato, o porquê de suas exigências. Ele nunca se explicou a nenhuma das mulheres com quem tinha se envolvido desde o divórcio. Não era assunto que ele queria tocar. Mas Mia era diferente, e ele percebia isso ao mesmo tempo em que tomava conhecimento de como ser diferente poderia ser perigoso.

– Tenho certeza de que o contrato parece... radical... para você. Frio, até. Desalmado. Dominador. Ele provavelmente faz de mim um grande babaca. Há uma série de palavras que me vêm à mente.

Ela não respondeu, mas ele podia ver compreensão em seus olhos. Não houve negação. Nenhuma tentativa de passar a mão em sua cabeça, e apreciava isso nela. Mas também não houve julgamento de valor. Apenas... curiosidade.

– Lisa e eu compartilhamos de uma relação em que eu tinha o controle completo. Não quero me aprofundar nos porquês e nas razões. Algumas coisas simplesmente são. Era, ainda é, uma necessidade que tenho. Não tive uma infância traumática para me fazer do jeito que sou. Não há instabilidade emocional. É uma perversão, mas, mais do que isso, é quem sou. Eu não posso mudar isso para ninguém. Não quero mudar. Sinto-me confortável com quem sou, o que quero e preciso.

Ela assentiu:

– Eu entendo.

– Não sei por que ela me deixou. Talvez eu já não a satisfizesse. Talvez ela não quisesse mais o nosso tipo de relacionamento. Diabos, talvez só tenha casado em um esforço para me fazer feliz. Talvez nunca tenha sido verdadeiramente feliz. Não sei. A essa altura já não me importo mais. Mas quando foi embora, fez uma série de acusações sem fundamento. Ela me crucificou na corte do divórcio e diante da mídia. Falou para quem quisesse ouvir que abusei dela e do meu poder sobre ela. Pintou o relacionamento como se não fosse consensual, o que era besteira, porque eu deixei claro desde o primeiro dia quais eram as minhas expectativas e necessidades. Tomei bastante cuidado para que ela entrasse em nosso relacionamento e casamento com os olhos bem abertos.

O olhar de Mia pareceu perturbado e, instantaneamente, foi tomado por compaixão. Ele odiava isso. Não precisava da pena de ninguém. Não era por isso que estava ali abrindo seu coração, em uma espécie de momento pós-coito piegas e emotivo. Só queria que ela o entendesse.

– Se esse tipo de relacionamento já não funcionava mais para ela, eu não colocaria barreiras. Tudo o que precisava fazer era ser honesta e dizer que queria cair fora. Eu a bancaria generosamente. Apoiaria a sua decisão. Em vez disso, partiu para o ataque e me pintou como um monstro abusivo. Isso eu nunca vou perdoar. Aprendi uma lição muito difícil com o meu casamento. Nunca entrei em outro relacionamento sem meios de me proteger desse tipo de acusações. Isso pode ser visto como exagero, mas não entro em um novo relacionamento sem que um contrato detalhado esteja assinado. Não tenho casos de uma só noite. Não faço sexo casual. Se uma mulher vai dormir na minha cama, ela está ciente de todos os fatos e assinou um contrato que protegerá a nós dois.

– Talvez ela precisasse se convencer de que você fosse essa pessoa terrível, para que ela fosse capaz de ir embora – disse Mia suavemente. – Imagino que terminar com um casamento não seja algo fácil.

Gabe bufou.

– Diga isso ao meu pai. Você é ingênua, Mia. Doce, mas ingênua. As pessoas caem fora de casamentos todos os dias. Sempre me perguntei o que faz alguém acordar um dia e dizer: "Ei, hoje vou largar meu marido ou minha esposa." Lealdade deve contar para alguma coisa. Ninguém leva isso em consideração hoje em dia. É muito fácil conseguir um advogado especializado em separações e seguir em frente.

Ela colocou a mão no peito dele, o gesto incrivelmente tranquilizante. Ele gostava dela tocando-o. Não sabia ao certo o quanto seria suficiente. Poderia ser acariciado por Mia mais e mais, indefinidamente. Até um dia se tornar uma Lisa e não aguentar mais. Ele queria que nenhuma outra mulher se sentisse como Lisa evidentemente se sentiu. Era muito melhor para ele simplesmente ter o seu prazer e seguir em frente. Fazer o mesmo que ele acusava Lisa e seu pai de fazer. Talvez não fosse melhor do que eles, afinal.

– Nem todo mundo vai te trair, Gabe – disse Mia calmamente. – Muitas pessoas são leais a você. Você não pode controlar tudo. Não pode controlar o modo como alguém se sente sobre você. Ou o que os faz mudar de ideia. Só pode controlar o modo como você reage, como *age*, como você pensa e sente.

– Você é incrivelmente sensata para alguém da sua idade – disse Gabe com amargor. – Por que sinto como se eu tivesse recebendo um sermão de alguém 14 anos mais jovem do que eu?

Ela inclinou-se, surpreendendo-o com um beijo. Os lábios dela se demoraram sobre os seus, com calor e muita doçura. Seus seios nus esfregando contra seu peito, e sem poder evitar, seu pau endureceu instantaneamente.

– Você está muito vidrado nesse negócio de idade – ela murmurou. – Talvez eu seja apenas esperta.

Ele riu e, em seguida, beijou-a novamente, seu corpo reavivado agora que ela estava pressionada contra ele novamente. Mas ela hesitou e empurrou-se, se afastando dele, seu rosto sério. Ele não gostou disso. Queria-a ao lado dele, mas ficou claro que ela tinha algo mais para pôr para fora.

– Precisamos esclarecer uma coisa agora. Entendi o que você estava tentando fazer com seu pai. Sinalizar para mim sua intenção não teria sido o fim da linha, só para você saber. Fiquei irritada ao ver você atracado com a loira, e, se esse tipo de porcaria acontecer de novo, vou cair fora como fiz hoje. Só que da próxima vez você não virar me comprar com esse seu papinho doce. Já saquei que você tem todo o poder nesta relação, mas isso não significa que eu sou obrigada a assistir a você se esfregando em outra mulher.

Ela observou-o com cautela, como que para ter certeza de que o que havia dito não o enraiveceu, mas ele virou a cabeça para trás e riu. Quando olhou para Mia, ela parecia confusa e um pouco descontente com a sua reação.

– Você é tão linda quando está aborrecida – disse Gabe ainda sorrindo. – Talvez não seja tão esperta quanto pensa, se concordou com esta loucura.

– Ou talvez tenha sido a melhor decisão que já tomei – respondeu ela, seu tom de repente sério, seus olhos algo sombrios.

– Isso é passível de discussão, mas eu não vou perder tempo questionando a minha sorte – disse ele.

Passou os braços em volta dela e a rolou para debaixo dele, seu pau já posicionado entre suas pernas. Torcia para que ela estivesse preparada para ele, porque não podia esperar. Não conseguiria passar mais um segundo fora de seu corpo.

Mas algo da conversa, o seu olhar, o jeito que ela parecia tão entregue, o fez hesitar. Droga, teria que pegar leve dessa vez. Dar a ela o que ela merecia, em vez de uma trepada animal.

Não tinha que ser sempre essa pessoa fria e desconfiada. Dessa vez, precisava se concentrar em algo além do seu prazer egoísta. Por Mia talvez ele pudesse fazê-lo. Ele queria. Era o mínimo que ela merecia.

Em vez de meter nela, ele a beijou. Suavemente. Sem a agressão das vezes anteriores. Mordiscou delicadamente seus lábios, sorvendo-os, persuadindo-a a abrir a boca. Sua língua encostou-se na dela, provocante. Apenas um breve toque seguido por outro e mais outro. E outro.

Ele deslizou a boca do queixo de Mia até sua orelha, onde brincou de mordiscar o lóbulo, passando a língua no vazio atrás da orelha e então dando chupões de leve logo abaixo, na pele sensível do pescoço de Mia. Percebeu-a arrepiar e sentiu imensa satisfação com o prazer que dava a ela.

Calafrios logo irromperam e percorreram o corpo dela, endurecendo seus mamilos até eles saltarem de seus seios.

Incapaz de resistir a essa tentação em particular, beijou-a peito abaixo, descendo por entre seus seios, ao mesmo tempo em que a lambia, levando-a cada vez mais perto ao ápice de seu êxtase.

– Gabe...

Seu nome saiu sussurrado dos lábios de Mia, e causou uma reação volátil em seu corpo já cheio de tesão. A cabeça do seu pau estava acolhida no sexo quente de Mia, ele só não havia metido ainda. Queria ter certeza de que ela estava tão cheia de tesão quanto ele, e então não teria pressa. Queria-a tão louca por ele quanto ele estava por ela. Era tudo que queria.

Esticou o braço entre eles e agarrou seu pau, esfregando-o no sexo úmido de Mia, sobre o clitóris dela, e então meteu-o logo na beirada da vagina. Lambeu um mamilo, sua língua percorrendo lenta e prazerosamente toda a extensão da auréola.

– Você gosta disso? – murmurou ele.

– Ah, sim – gemeu ela. – Chupa meus mamilos, Gabe. Adoro quando você os coloca na sua boca.

Oh, Deus, como ele também amava. Gabe estremeceu pois estava quase no limite. Precisava meter nela. Queria meter fundo e com força, lembrá-la que ele a possuía, sem precisar usar de palavras. Era infernal controlar esses instintos, mas ele se forçou a manter o controle.

Mordiscou delicadamente e deu uma lambida suave em um mamilo, antes de finalmente chupar toda a auréola. Manteve-se ali, usando sua boca, curtindo e se deliciando com o sabor dela em sua língua. Não havia nada mais doce que isso. Nada tão delicioso quanto tê-la sob o seu corpo, sua boca e mãos sobre ela, provando, tocando, explorando. E ela era dele. Só dele. Poderia comê-la a qualquer momento e quantas vezes quisesse. Era como colocar um banquete na frente de um homem faminto e dizer que era tudo dele. Queria tudo ao mesmo tempo agora. Perder-se nela e esquecer de todo o resto.

Ela enterrou as mãos no cabelo dele, agarrando seu couro cabeludo, suas unhas cravadas ao mantê-lo agarrado aos seus seios. Pela primeira vez ela demonstrava um comportamento agressivo na cama, e ele estava curtindo. Estava curtindo muito. Isso significava que ela estava ali com ele, compartilhando dessa obsessão ensandecida e paralisante. Não estava sozinho nessa.

Ela levantou o quadril, empurrando-se na direção dele, tentando deslizar o pau de Gabe para dentro de si. O pau dele estava banhado pelos líquidos dela, e ele sabia que ela estava mais que no ponto, mas ainda não estava pronto para fazer o derradeiro movimento. Ele queria tirá-la do sério. Queria levá-la a um nível de prazer nunca antes experimentado.

Ajoelhando-se, sua ereção pulsante, ele beijou-a do peito até sua barriga. Ela se remexeu e gemeu quando ele enfiou a língua no seu umbigo. Ele brincou ali por alguns instantes, curtindo o prazer crescendo nela na forma de seus movimentos inquietos.

Desceu beijando até sua pélvis e então seguiu para um dos quadris, onde ele a provocava com beijos suaves e carinhosos. Com a língua, continuou a descer por sua perna, pela parte de dentro de sua coxa e se aproximando perigosamente de sua boceta. Mas parou antes de chegar à sua área mais íntima.

Mia suspirou de frustração, o que o fez sorrir.

Ele cravou os dentes levemente na parte de dentro da sua coxa, e em seguida fez movimentos acariciadores com a língua, antes de descer mais ainda, arrastando os dentes na parte de dentro da sua perna, passando pelo joelho, e mais abaixo ainda, até seu calcanhar.

Os dedos do pé dela eram pequeninos, com as unhas cor-de-rosa, um tom que combinava muito bem com ela. Colocou o dedão na boca e chupou como fizera com os mamilos. Então fez o mesmo com cada dedo do pé, um por um.

– Por Deus, como você consegue fazer da coisa mais simples algo extremamente sensual? – soltou Mia. – Nunca ninguém chupou meus dedos dos pés. Eu teria *nojinho*, mas a sua boca é puro prazer.

Ele lançou-lhe um olhar, segurando o pé dela levantado.

– *Nojinho*?

– Vai, esquece o que eu disse. Prossiga.

Ele riu e então baixou a perna dela, e começou do zero com o outro lado do quadril, percorrendo o mesmo caminho, lambendo e beijando até aqueles dedinhos pequenos e deliciosos. Ele enfiou cada um deles na boca, lambendo-os e depois chupando-os com mais força.

Adorava o fato de ela ser abertamente feminina, e ao mesmo tempo ter uma personalidade forte, de não deixar barato. Ela ia ser um desafio. Um desafio bem-vindo, e uma mudança das mulheres a que ele estava acostumado. Ela poderia muito bem mantê-lo pisando em ovos durante as próximas semanas.

Queria mimá-la e agradá-la descaradamente. Deixá-la aproveitar todos os pequenos deleites femininos que ela quisesse. Queria vê-la sorrindo, ser a pessoa que a faz sorrir. Queria que o brilho em seus olhos partissem dele. Se isso fazia dele um filho da mãe egoísta e ególatra, preocupado apenas consigo próprio, ele poderia levar isso na boa.

Pegou ambos os pés dela e os empurrou, dobrando suas pernas e abriu-as, ajoelhando-se em seguida entre suas coxas. Ela estava arreganhada a sua frente, a carne macia e rosada de sua boceta brilhando na luz baixa.

Apoiando um dos pés dela contra seu ombro, ele esticou o braço e passou um dedo pelos lábios da sua boceta e depois deslizou-o para dentro, sentindo os tecidos apertados envolvendo-o. Suor eclodiu em sua testa. Ele queria estar dentro dela tão intensamente que estava prestes a gozar.

Inclinou-se e deu uma lambida agressiva da abertura de sua boceta até o clitóris que a fez se contorcer sobre a cama. Um grito escapou. O nome dele. Uma necessidade urgente de satisfação. Podia sentir que a paciência dela estava perto do fim, o que era bom para Gabe já que ele não aguentava se segurar por mais um segundo que fosse.

Aproximando-se, ele agarrou seu pau ereto e colocou-o nos lábios da vagina dela. Por alguns instantes ele a provocou, deslizando para dentro e para fora só uns poucos centímetros até ela rosnar de frustração.

Um sorriso estampou seus lábios, ele deslizou para frente, centímetro a centímetro, apreciando a sensação de ser envolvido por ela enquanto ia cada vez mais fundo.

– Você é um baita de um provocador – disse ela, irritada. – Por Deus, Gabe. Me come logo!

Ele deixou suas pernas caírem e se inclinou sobre ela, buscando o ângulo que o permitisse ir mais profundamente. Beijou-a, ainda sorrindo.

– Tão exigente – zombou ele.

Ela estendeu o braço, agarrou sua cabeça e puxou-o para baixo em um beijo forte e exigente, que firmemente provou seu ponto.

Ele mergulhou em sua umidade, deslizando dentro de sua vagina apertada até seus quadris encontrarem os dela.

– Fode comigo – Gabe disse em um sussurro transtornado.

Mia enrolou as pernas torno dele, enganchando seus tornozelos em sua bunda. Ela elevou-se, querendo mais. Diabos, ele queria mais. Nunca seria o suficiente.

Segurando a cabeça dela com as duas mãos, começou a meter vigorosamente, num entra e sai. Ele avançava e fazia movimentos pélvicos, segurando-se lá no ponto mais profundo possível, antes de deslizar de volta para trás, quase saindo, e tornando a avançar novamente em um ritmo erótico, sedutor.

– Diga-me o que você precisa – ele sussurrou por entre os dentes. – Falta quanto para você? Do que você precisa?

– Você – respondeu ela, rasgando-lhe o coração com apenas essa palavra. – Só você.

Ele não precisou abrir a boca para dizer a ela seu sim. O olhar dela estava solidamente fixo nele, doçura e compreensão, o brilho de excitação emanando do fundo de si.

Gabe acelerou seus movimentos, mergulhando e balançando contra o corpo dela. Ela palpitava e se remexia, envolvendo-o. Ele sentiu o início de seu orgasmo quando a boceta começou a comprimir o comprimento do seu pau, tão apertado que fez com que ele próprio começasse a gozar.

Era como ser revirado do avesso. Ele nunca tinha experimentado tanto prazer assim. A onda máxima de adrenalina.

O primeiro jato de sêmen irrompeu de seu corpo, doloroso e tão intensamente prazeroso que não conseguia sentir nada além do seu pau mergulhado dentro dela, entrando e saindo. Mia já estava amolecida sobre a cama, com os olhos vidrados sobre ele quando ela também gozou, seu peito subindo e descendo com sua respiração acelerada e em rápida sucessão. Mesmo quando sua última gozada saiu do seu pau, ele ainda continuava comendo ela, sem querer que a sensação fosse embora.

Os braços dela envolveram os ombros de Gabe, suas mãos alisando as costas dele para cima e para baixo, as unhas levemente arranhando a pele. Ele gemeu e estremeceu dos dedos dos pés até a cabeça. Meteu fundo mais uma vez e ficou lá, descendo seu corpo de forma que se apoiasse sobre ela.

Deslizou as mãos para debaixo da bunda de Mia, puxando-a para mais junto dele, não querendo perder essa conexão. Se dependesse só dele, viraria parte permanente dela, seu pau enfiado em sua vagina. Não havia melhor sensação no mundo.

– Humm, essa foi decadente – disse Mia com a voz grogue de completa satisfação.

Ele não tinha nada a dizer porque não havia palavras adequadas para transmitir o quão destruído estava naquele instante, e não queria que ela ou qualquer outra pessoa soubessem o quão vulnerável ele se sentia no momento.

Ele beijou sua têmpora com cuidado, para que não saísse do seu interior. Não sairia dali nem se fosse preciso. Era um pouco perturbador, mas havia gostado do fato de que ela aparentemente fora tão possessiva quanto ele.

Mia se aconchegou no corpo de Gabe, os dois ainda ligados, seus corpos entrelaçados intimamente. Ele pensou que ela já estava adormecida quando a ouviu dizer seu nome em voz baixa.

Levantou a cabeça apenas o suficiente para que ele pudesse vê-la e removeu uma mecha espessa de cabelo de sua testa.

– No que você está pensando? – indagou Gabe. Eles já haviam discutido muito mais do que ele julgava confortável para si. E ainda assim algo no olhar dela revelava que não era uma preocupação pequena.

– O contrato – ela sussurrou.

Ficou tenso e então elevou-se ainda mais enquanto refletia sobre a questão. Seu pau ainda estava duro dentro dela, ainda era solidamente uma parte dela e ali permaneceu assim, querendo-a debaixo dele, presa e possuída por ele. Especialmente se eles estavam indo para discutir o maldito contrato.

– O que foi?

– Só estava pensando – disse ela, suspirando. – Quer dizer, sobre o lance dos "outros homens". É algo do tipo vale-o-que-está-escrito ou só-se-por-acaso-rolar?

A ideia de outro homem a tocando era a última coisa sobre a qual ele queria falar – ou pensar – nesse instante em que estava com o pau metido entre suas pernas, com ela nua e acomodada em seus braços. Mas havia algo de curiosidade no olhar dela. Nada de temor. Apenas um questionamento genuíno. Como se ela estivesse considerando essa opção...

– O que você pensa sobre isso? – perguntou ele secamente. – Isso te excita? Pensar em outro homem te tocando enquanto eu assisto?

Ela desviou o olhar dele.

– Me olha – ordenou ele. – Olhos nos olhos enquanto conversamos sobre isso.

O olhar de Mia retornou a ele, que percebeu o rosto dela enrubescer. Então ela lambeu os lábios e ele pôde notar o nervosismo e hesitação de Mia.

– OK, sim. Eu admito. Penso sobre isso. Quero dizer, não posso dizer a você se é algo que eu gostaria ou não, mas eu penso sobre isso. Eu sei que Jace e Ash...

– Não quero ouvir falar de Jace e Ash – interrompeu Gabe, fazendo uma careta. – Nem quero discutir com você qualquer coisa que remotamente envolva a ideia deles estando pelados.

Mia riu, seus olhos brilhando. E ela relaxou nos braços dele, um pouco da tensão se dissipando.

– Só quero dizer que eu sei que eles curtem *ménage* com a mesma mulher e acho que já considerei isso. Não com eles, por Deus que não – disse ela tremendo em repulsa. – Mas algo me atrai na ideia. Quero dizer, quando li o contrato pela primeira vez, minha imediata reação foi de choque e um ressoante *de jeito nenhum*. Mas depois comecei a pensar em como seria.

Em seguida, ela deu um suspiro, sua expressão ansiosa ao encará-lo.

– Isso irrita você?

– Não posso ficar puto com você por pensar em algo que eu disse que era uma possibilidade, Mia. Não há nada de errado em ser curiosa. E me deixa contente você não ter medo. Isso deixa você excitada? Alguém tocando você enquanto assisto e dirijo a cena?

Lentamente ela assentiu. Os mamilos dela endureceram e sua vagina se apertou contra o pau de Gabe, lançando uma onda de prazer pela virilha dele. É, a ideia claramente a excitava. Ele só não podia garantir se era algo que ele estava disposto a oferecer-lhe. Não estava certo se aguentaria ficar parado vendo outro homem tocar aquilo que lhe pertencia.

Ele inclinou-se para beijá-la, sem verbalizar nenhum pensamento a mais sobre o assunto.

Estava começando a odiar aquele maldito contrato.

capítulo 18

– O telefone de Gabe tocou, e ele ficou irritado com a interrupção.

Mia estava sentada do outro lado da sala, em sua mesa – uma grande distração para ele –, mas Gabe estava juntando relatórios financeiros para uma proposta de resort em uma ilha e havia pedido para Eleanor que não fosse distraído.

– O quê? – gritou Gabe ao interfone.

A voz de Eleanor soava nervosa do outro lado da linha.

– Sei que você pediu para não ser perturbado, Sr. Hamilton, mas seu pai está aqui para falar com você. Ele diz que é importante. Não achei razoável dispensá-lo.

O cenho de Gabe franziu-se ainda mais, as linhas na sua testa acentuadas. Do outro lado da sala, Mia tirou os olhos do seu trabalho para olhá-lo, preocupação estampada em seus olhos.

– Vou sair – disse Gabe após um momento de hesitação. Ele não queria conversar sobre seja lá o que fosse na frente dela.

– Posso sair, Gabe – disse Mia, suavemente, enquanto ele se levantava.

Ele fez que não com a cabeça. Preferia muito mais ela aqui, em seu escritório, longe de toda fofoca e especulação dos outros empregados. Já descobrira quem havia invadido seu escritório – não precisou de muito convencimento para que os colegas de trabalho a denunciassem –, e ele demitiu-a na hora, sem aviso prévio. Queria Mia longe daquele tipo de ambiente o máximo possível.

Dirigiu-se à recepção e encontrou seu pai próximo à mesa de Eleanor. Ele parecia pensativo e pouco à vontade. Gabe nunca o viu tão desconfortável. Especialmente com ele por perto.

– Pai – disse Gabe cumprimentando-o. – O que posso fazer por você?

A expressão no rosto do pai ficou ainda mais pesada. Uma ponta de culpa assombrava seus olhos.

– Houve um tempo em que eu vinha vê-lo e você nunca me perguntaria tal coisa. Você ficava contente em me ver.

A culpa tomou conta de um pouco da irritabilidade que vinha acompanhando Gabe.

– Você normalmente me liga. Eu não esperava vê-lo. Achei que havia acontecido algo de errado, disse Gabe.

Seu pai hesitou por alguns instantes, e então colocou as mãos nos bolsos das calças caras.

– Queria bater um papo com você.

– Aí é que está, podemos ir a algum lugar para conversar? Você já almoçou? Estava contando que você tivesse algum tempo para falar comigo.

– Sempre tenho tempo para você – disse Gabe com calma, ecoando um sentimento que tinha por sua mãe. Acontece que ele costumava passar tempo com os dois, e não ter que se dividir entre eles.

O alívio aplacou parte da preocupação nos olhos do pai.

– Deixe-me chamar um carro – disse Gabe.

Ele se virou para Eleanor.

– Por favor, peça que um carro nos pegue lá fora. E assegure-se que Mia almoce. Avise-a que não tenho certeza de que horas vou retornar e que se eu não chegar até as 16h ela pode tirar o resto do dia.

– Sim, senhor – respondeu Eleanor.

– Vamos? – Gabe perguntou ao pai. – O carro já deverá estar lá até chegarmos à frente do prédio.

Os dois desceram o elevador em silêncio. Era estranho e pouco natural, mas Gabe não fez nenhum esforço para melhorar o clima. Ele nem sabia o que seria necessário para consertar a relação deles. Havia agido como um filho da mãe no coquetel. Seu pai provavelmente ficou constrangido com o modo como fora dispensado pela sua companhia. Não fora a intenção de Gabe. Quando o assunto era seu pai, não importava a confusão ou a raiva que sentia, ele amava-o e não tinha a intenção de machucá-lo. Só queria que o pai descobrisse o tipo de mulher com quem estava saindo...

Eles esperaram por um momento até que o carro encostasse para que entrassem. Gabe ordenou ao motorista que os levasse ao Le Bernardin, um dos restaurantes favoritos do pai.

Só depois que eles se acomodaram e fizeram seus pedidos que Gabe quebrou o silêncio. Era como se ele não conseguisse ficar mais calado, as palavras jorraram, seu rosto uma máscara de tristeza e pesar.

– Eu cometi um erro terrível – admitiu seu pai.

Gabe congelou. Largou o guardanapo que estava dobrando só pra manter as mãos ocupadas.

– Estou escutando.

Seu pai esfregou a mão no rosto e só então Gabe percebeu o quão cansado parecia. Parecia ter envelhecido da noite para o dia. Havia olheiras, e seus pés de galinha e rugas na testa estavam acentuados.

Seu pai mexia as mãos de nervoso e respirou fundo, enrugando o rosto. Para o susto de Gabe, lágrimas caíram dos olhos dele.

– Fui um tolo em deixar sua mãe. Foi o pior erro da minha vida. Não sei no que eu estava pensando. É que eu me sentia amarrado e infeliz e reagi a isso. Achei que se fizesse isso ou aquilo ou começasse do zero tudo se resolveria e eu ficaria mais contente.

Gabe suspirou e depois murmurou:

– Merda – Essa era a última coisa que esperava vir de seu pai.

– Sua mãe não teve culpa. Ela é uma santa por me aguentar todos esses anos. Acho que acordei um dia e percebi que estava velho. Não me resta muito tempo. Entrei em pânico e surtei porque comecei a culpar a sua mãe. Por Deus! Sua mãe! A mulher que ficou presa a mim todo esse tempo, que me deu meu filho maravilhoso. E eu a culpava porque vi um velho me encarando no espelho. Um homem que pensava que podia fazer o relógio andar para trás e recuperar todos esses anos. Queria me sentir jovem de novo. Em vez disso, me sinto um imbecil que ferrou com a própria vida, com sua família, com você, meu filho. Vacilei com você e com sua mãe e não consigo nem calcular o quanto me arrependo.

Gabe não conseguia nem sabia o que dizer. Estava perplexo com o que seu pai acabara de dizer. Tudo isso por conta de uma crise da terceira idade? Ter que encarar seu inevitável envelhecimento? Jesus.

– Detesto ter que lhe dizer tudo isso, Gabe, mas não sabia mais o que fazer. Duvido que Matrice me desse ao menos um segundo para me explicar agora. Eu a machuquei. Eu sei disso. E não espero que ela me perdoe. Se estivéssemos em posições opostas e ela me tivesse feito o que fiz com ela, duvido que eu conseguisse perdoá-la.

– Droga, pai. Quando você faz merda, realmente ferra com tudo.

Seu pai ficou silencioso, o olhar fixo na bebida, a tristeza enevoando seus olhos.

– Só quero voltar, desfazer tudo que fiz, para que nunca tivesse acontecido. Sua mãe é uma boa mulher. Eu a amo. E nunca deixei de amá-la.

– Então, por que diabos você esfregou todas aquelas mulheres não apenas na cara dela, mas na minha também? – disse Gabe, levantando o tom de voz, ao que seu pai enrubesceu e mudou o olhar de direção.

– Não transei com nenhuma daquelas mulheres – respondeu ele em um tom de voz baixo. – Não que Matrice vá acreditar em mim. Mas estou contando-lhe que não traí os votos do meu casamento.

Os ânimos de Gabe estavam se exaltando e ele lutou para não explodir.

– Sim, pai, você traiu. Não importa que não tenha transado com elas, você traiu minha mãe e seus votos. Só porque não houve consumação do adultério não significa que não tenha havido adultério emocional. E às vezes a traição emocional é a mais difícil de superar.

Seu pai esfregou a mão cansada sobre o rosto, e a resignação tomou conta de sua expressão.

– Então você acha que eu não tenho a menor chance de conquistá-la de volta?

Gabe suspirou.

– Não foi o que eu disse. Mas você precisa entender o que fez a ela antes de pensar no que pode fazer para consertar. Ela também tem orgulho, pai. E você o destroçou. Se realmente quer reconciliação, então vai precisar se esforçar. Ela não vai voltar para você de um dia para o outro. Você não pode desistir depois de apenas uma tentativa. Se ela realmente significa alguma coisa para você, tem que estar disposto a lutar por ela.

Seu pai assentiu.

– Sim, entendo. E a quero de volta. Nunca deixei de querer. Fui tão estúpido. Fui um tolo. Um velho desiludido e tolo que estragou tudo.

Gabe diminuiu o tom de voz:

– Vá conversar com ela, pai. Diga tudo que me disse. E você terá de ser paciente e escutar tudo que ela tem a dizer contra você. Vai ter que ficar escutando ela te chamar por todo e cada nome sujo que ela lembrar. Você merece. Deve isso a ela e tem que aceitar.

– Obrigado, filho. Eu te amo, você sabe. Odeio ter machucado não apenas Matrice, mas você também. Você é meu filho e desapontei aos dois.

– Apenas faça o certo. – disse Gabe calmamente. – Faça mamãe feliz de novo, e será o suficiente para mim.

– Ei, Gabe, precisamos conversar sobre... – disse Jace, irrompendo na porta da sala de Gabe, para espanto de Mia. Seu coração acelerou e a adrenalina subiu-lhe a cabeça. Ele não deveria estar ali. Não era desse jeito que ela queria contar-lhe que estava trabalhando para Gabe.

Ash vinha atrás dele logo em seguida e sua expressão se fechou enquanto tentava entender o que ela estava fazendo na sala de Gabe.

– O que diabos você está fazendo aqui? – perguntou Jace.

– Que bom vê-lo – respondeu Mia secamente.

Jace atravessou a sala na direção de Mia.

– Que droga, Mia, você me pegou desprevenido. Não esperava encontrá-la aqui. – Ele apoiou-se na beirada da mesa dela, seu olhar examinando os papéis espalhados e o laptop no qual ela trabalhava.

Ash vagava pouco atrás de Jace, não menos curioso.

– O que você está fazendo aqui? Onde diabos está Gabe?

A confusão era evidente em sua voz. Mia deu um longo suspiro, sabendo que o melhor a fazer era ir direto ao ponto e não dar margens a dúvidas, para que nada parecesse suspeito. Quanto mais tempo demorasse, mais suspeito ia parecer. Ela não conseguia fingir de modo algum – uma verdade sobre ela desde os tempos de sua adolescência. Nunca conseguiu mentir para Jace com a cara limpa, então rezava para que o interrogatório não se aprofundasse muito ou ele perguntasse se ela estava transando com Gabe.

– Estou trabalhando para ele – disse ela, calmamente.

Ash demonstrou surpresa e dirigiu-se para a porta.

– Vou esperar lá fora.

O rosto de Jace era o perfeito exemplo para a expressão "que merda é essa?". Assim que Ash deixou a sala fechando a porta, ele se virou para Mia, tenso:

– OK, que diabos está acontecendo? Você está trabalhando para ele? Fazendo o quê? E por que só agora estou sabendo disso?

– O que está acontecendo é que Gabe me ofereceu um emprego. Estou trabalhando como sua assistente pessoal. Você esteve fora, e esse não é o tipo de coisa que queria lhe contar pelo telefone.

– Por que diabos não?

Ela revirou os olhos.

– Porque você ia reagir exatamente assim e ia pegar o primeiro voo de volta determinado a descobrir o porquê.

– Desde quando? – ele perguntou relutante.

Ela deu de ombros.

– Mais ou menos desde quando você e Ash foram pra Califórnia. Encontrei Gabe na inauguração. Ele me chamou para vir ao escritório dele. *Voilà*. Aqui estou.

– Foi assim? – perguntou Jace ceticamente.

Seus olhos se apertaram, estudando-a intensamente como se tentasse enxergar dentro da sua cabeça.

– Gabe estava certo. Trabalhar na La Pâtisserie foi um desperdício de toda a educação que tive e do dinheiro que você gastou comigo me mandando para a faculdade. Fiquei na minha zona de conforto e talvez um pouco temerosa de entrar no mundo real. Esse trabalho me deu a oportunidade de arregaçar as mangas e pôr a mão na massa.

A expressão de Jace suavizou-se.

– Se você queria um emprego, por que não me procurou? Você deve saber que eu cuidaria de você.

Ela escolheu as palavras cuidadosamente, porque não queria parecer ingrata. Amava muito Jace. Ele sacrificou muito da sua vida por ela e ainda assim conseguiu construir um império de sucesso, ao mesmo tempo em que cuidava de sua irmã muito mais nova.

– Queria fazer isso por conta própria – ela disse calmamente. – Sei que você me daria um emprego. E talvez não muito diferente do que Gabe me ofereceu. Tenho certeza de que todos diriam o mesmo se você tivesse me contratado, que sou a irmã mais nova de Jace Crestwell e que isso é um perfeito exemplo de nepotismo. Além disso, eu não poderia trabalhar com você, e você sabe disso. – E lançou um sorriso malicioso. – Nos mataríamos todos os dias.

Jace deu uma risadinha.

– OK, talvez. Mas só porque você é cabeça dura.

Ela balançou a cabeça.

– Não sou teimosa, acontece que eu tenho sempre razão.

– É bom vê-la novamente, menina. Estava com saudades de você lá na Califórnia.

– E é por isso que você vai me levar para jantar amanhã à noite. – disse ela jocosamente.

Ele fez cara feia.

– Pode ficar para o dia seguinte? Ash e eu temos um negócio amanhã à noite. Parte da razão que voltamos mais cedo. Jantar com investidor. Chato para cacete. Muita puxação de saco.

– OK, temos um acordo – disse ela. – E você não vai fugir dele.

– Pode apostar. Está marcado. Depois do trabalho, pode correr para casa e se trocar que vou pegá-la no seu apartamento. – Então ele franziu o cenho. – Como você faz para ir e voltar do trabalho?

Ela tomou cuidado para soar o mais casual possível, como se fosse perfeitamente normal Gabe fornecer-lhe transporte.

– Gabe manda um carro para me buscar e levar para casa.

Convenientemente, ela deixou de lado a parte sobre normalmente deixar o trabalho e ir direto para a casa de Gabe. Agora que Jace estava de volta, eles seriam obrigados a serem mais discretos. Jace enlouqueceria se soubesse o que rolava entre quatro paredes entre os dois.

– OK, bom saber. Não quero saber de você andando por aí ou tendo que pegar o metrô – assentiu Jace, que rapidamente olhou o relógio. – Você sabe que horas o Gabe retorna? Onde diabos ele foi? Achei que a agenda dele estivesse lotada.

– Hum, ele saiu com o pai. Não tenho certeza de que horas vai voltar, se é que vai.

– Não diga mais nada, é uma situação muito chata – disse Jace, sem saber metade da história. Ele esticou o braço e mexeu no cabelo dela. – Vou deixar você trabalhar, é dureza trabalhar com Gabe. Espero que você esteja levando numa boa. Talvez devêssemos ter colocado você trabalhando com o Ash. Ele gosta muito de você.

– Vou ficar bem, pare de se preocupar. Você e o Ash não tem ninguém mais a quem pentelhar? – disse Mia, rindo.

– Ah, investidores – Jace resmungou. – Cuide-se, querida. Nos vemos no jantar. Temos muito assunto para colocar em dia.

Assim que ele saiu do escritório de Gabe, ela suspirou de alívio. Seu coração estava a mil por hora e se inclinou para frente, levando as mãos ao rosto. Tinha se saído melhor do que esperava.

Em seu retorno ao escritório, Gabe mal saira do carro quando Jace saiu, expressão séria em seu rosto. Estava claro que ele esperava por Gabe. Merda. Ele não devia retornar até o dia seguinte. Esperava que Mia tivesse se desenrolado bem com Jace. Mas, a julgar pela cara do amigo, seja lá o que ela tivesse dito não o havia convencido.

– Precisamos conversar – Jace foi curto ao ver Gabe se aproximando.

– OK – respondeu com calma. – O que foi? Problemas na Califórnia?

– Não se faça de idiota comigo. Isso me irrita. Você sabe muito bem por que vim te encontrar aqui.

– Mia – confessou com um suspiro.

– Diabos, o que está rolando, Gabe? Tem algum motivo pelo qual você não me contou dos seus planos de contratar a minha irmã?

– Não vou discutir isso com você aqui na rua – soltou.

– Meu escritório – Jace retrucou.

Gabe assentiu e ambos voltaram ao prédio e subiram no elevador. Muitos outros estavam com eles e todos ficaram calados enquanto subiam. Quando chegaram ao seu andar, Gabe seguiu Jace ao seu escritório, que ficava no mesmo corredor do seu próprio.

– Então?

– Não entendo por que você está tão puto – disse Gabe com parcimônia. – Eu lhe disse que a encontrei na grande inauguração. Ela estava procurando você. Dancei com ela, conversamos, pedi que viesse ao meu escritório no dia seguinte e então a mandei para casa no meu carro.

– Você podia ter me avisado dos seus planos. Droga, eu encontrei você na mesma manhã que você pediu que ela viesse aqui.

Gabe assentiu.

– Mas não fazia ideia que ela ia topar a minha oferta. Não fazia sentido avisar a você se ela recusasse. Não preciso da sua permissão para contratar uma assistente pessoal.

A expressão de Jace se fechou.

– Não, mas você sabe muito bem que precisa da minha permissão quando o assunto é a Mia. Ela é minha, Gabe. Tudo que me resta. A única família que eu tenho e vou protegê-la até o meu último suspiro. Ela não é para o seu bico.

– Ah, por Deus. Não sou um filho da mãe desalmado que vai descascá-la viva. Eu a vi crescer também, Jace. Eu não vou fazer mal a ela.

Ao dizer isso, a culpa tomou conta de seu corpo. Ele iria para o inferno. Queimar no inferno pela eternidade.

– Apenas certifique-se que não vai machucá-la – disse Jace com um tom mais tranquilo em sua voz. – E quero dizer machucá-la de qualquer maneira, Gabe. Mantenha suas mãos longe dela. Respeite-a. Saiba dos seus limites com ela. Você vai me pagar pelo que fizer.

Gabe engoliu em seco a raiva com a ameaça de Jace. Ele não podia culpá-lo por proteger Mia. No seu lugar, ele teria feito o mesmo. Mas o irritava que Jace confiasse tão pouco nele a ponto de pensar que faria mal a alguém inocente.

Mas não era o que ele estava fazendo? Usando-a para seu próprio prazer? Sem se importar com nada a não ser o fato de que ele a possuía?

– Entendido – disse ele por entre os dentes. – Agora, se já terminamos, preciso trabalhar.

– Ash e eu vamos jantar cedo hoje à noite. Negócios. Mas vamos fazer um briefing antes. Quer me encontrar para beber algo depois? – perguntou Jace casualmente.

Era uma oferta de trégua. Depois de engrossar o tom, Jace estava tentando descontrair, deixar claro a Gabe que estava tudo bem. Merda. Gabe tinha planos com Mia. Um bom jantar. E transar certamente estava nos planos.

Droga. Ele tampouco não queria estragar as coisas com Jace e Ash. Se tinha intenção de fazer a coisa dar certo, tinha que encontrar um delicado equilíbrio entre manter seu tempo com Mia em segredo e também não dar as costas a Jace e Ash.

– Pode ser mais tarde. Por volta das 21h – disse Gabe, já preparando em sua cabeça um plano para como lidar com Mia.

Jace assentiu.

– Está ótimo para mim. Vou avisar Ash.

capítulo 19

Mia olhou para Gabe quando ele entrou no escritório, sentindo um frio no estômago quando ele trancou a porta atrás de si. Ela sabia o que isso significava. Continuou a olhá-lo com cuidado enquanto Gabe se movia na sua direção, seus olhos brilhando com desejo – e necessidade.

– Gabe – iniciou Mia. – Jace esteve aqui. Retornou mais cedo.

Ele não parou. Tirou-a de sua cadeira e puxou-a até a sua própria mesa.

– Nem Jace nem Ash vão me perturbar enquanto a porta estiver fechada. Eles estão muito ocupados se preparando para um jantar de negócios mais tarde.

Disse as frases apressadamente, como se não quisesse ter que se explicar. Bem, OK, mas ela não queria ser pega no ato desprevenida por seu irmão tentando abrir a porta enquanto Gabe fazia Deus sabe o que com ela. Jace e Ash estavam acostumados a ter acesso irrestrito à sala de Gabe. Ela não fazia ideia de como ele manteria as trepadas dos dois no escritório com o irmão dela bisbilhotando.

Ele esticou a mão por baixo de sua saia e congelou quando notou que ela estava de calcinha. Droga. Ela tinha esquecido. Nem tinha parado para pensar. Colocar a calcinha era natural. Quem realmente para pra pensar em usar ou não? Ela tinha se cansado dos pedidos incessantes de Gabe na noite anterior e acabou se esquecendo de vir sem calcinha.

– Tire-a – comandou ele. – A saia também, e levante essa bundinha em cima da minha mesa. Eu disse o que aconteceria, Mia.

Oh, merda. Sua bunda ainda ardia da noite anterior e ele pretendia estapeá-la de novo? Relutantemente, ela baixou sua calcinha, deixando-a cair no chão. Então deslizou a saia, ficando pelada da cintura para baixo. Com um suspiro, inclinou-se sobre a mesa dele.

– Mais baixo – comandou ele. – Encoste seu rosto na mesa e levante esse rabinho para mim.

Fechando os olhos, ela obedeceu, pensando pela centésima vez que tinha enlouquecido.

Para sua surpresa, os dedos de Gabe deslizaram por suas nádegas, bem lubrificados, e pressionaram a entrada de seu ânus. Ele retirou os dedos e voltou com mais lubrificante, espalhando-o delicadamente pelo orifício.

– Gabe! – sussurrou ela.

– Shhh – recriminou ele. – Nem uma palavra. Tenho um plug anal e vou enfiá-lo na sua bunda. Você vai ficar com ele o resto do dia, e antes de ir para casa, você virá até mim para que eu possa removê-lo. Amanhã de manhã a primeira coisa que você fará ao chegar aqui é vir até mim com esse seu rabinho para que eu possa colocá-lo de volta aí dentro. Você vai usá-lo o tempo todo que estiver trabalhando e só vai retirá-lo ao fim do dia. A cada dia vou colocar um maior até estar certo de que você vai aguentar levar meu pau no seu rabo. – Assim que terminou de falar ele colocou a ponta arredondada do plug contra o ânus apertado dela.

– Relaxe e respire, Mia – disse ele. – Não torne isso mais difícil do que precisa ser.

Era fácil falar. Ninguém estava enfiando um corpo estranho na bunda dele.

Ainda assim ela respirou fundo, expirou e tentou relaxar o máximo possível. Tão logo fez isso, ele enfiou o plug adentro com um empurrão firme. Mia suspirou ao ser tomada pela sensação ardente de preenchimento. Ela se contorceu e remexeu, e ganhou um tapa na bunda. E, meu Deus, aquele tapa foi tão forte que mexeu com o plug.

Ela escutou-o andando embora. O som de um armário abrindo. E lá veio ele de novo, seus passos cada vez mais próximos. Ela quase engasgou quando sentiu uma ponta de... couro?... deslizando sensualmente por sobre sua bunda.

Então, calor espalhou-se por sua bunda, e ela emitiu um gritinho agudo, levantando-se.

– Abaixe-se – ordenou Gabe, secamente. – Mantenha a posição, Mia. Se você receber sua punição como uma boa garota será recompensada.

Ela espremeu os olhos fechados e gemeu quando ele acertou-a outro golpe com o chicote. Devia ser um chicote curto. Soava e machucava como um cinto, mas era pequeno e só atingia uma pequena área de sua bunda cada vez que a atingia.

Mia resmungou baixinho enquanto ele maltratava sua bunda. O plug a enlouquecia. Ao redor dele, a ardência dos golpes. Excitava-a ao mesmo tempo em que a enfurecia. Ela estava tão molhada que era um milagre não estar pingando.

Ele parou por uns instantes e então puxou o plug cuidadosamente, quase retirando-o por completo de dentro dela, e voltou a enfiá-lo. Mia não conseguia ficar parada. Aquilo a estava enlouquecendo. Queimava por dentro. Ela ardia. Era como estar em chamas, sem qualquer alívio.

Preparou-se para receber outro golpe que nunca veio. Escutou barulho de zíper se abrindo. Então mãos pesadas em suas pernas, girando-a de modo que suas costas ficassem sobre a mesa. Suas pernas penduradas da beirada e ele as pegava, movendo-as com seus braços enquanto se posicionava entre elas.

Oh, meu Deus. Ele ia comê-la com aquele plug em sua bunda.

Era como ser comida por dois paus ao mesmo tempo, e nem em suas fantasias mais selvagens ela havia pensado em tal coisa.

A cabeça do seu pau pressionou contra a entrada do sexo dela, mais apertada por conta do plug. Ele avançou, forçando seu caminho corpo dela adentro.

– Toque-se – ele disse com uma voz ríspida. – Use seus dedos, Mia. Facilite meu trabalho de possuir você. Quero ser bom com você. Não quero te machucar.

Ela pôs a mão em sua vagina, deslizando os dedos sobre seu clitóris. Deus, como era bom.

– É, isso – murmurou ele. – Estou dentro de você, baby. Continue se tocando, faça isso ser bom.

Ele estava com metade do seu pau dentro dela, e então suspirou ao avançar, forçando o resto do pau para dentro. Mia quase caiu da mesa, e um grito ficou preso em sua garganta. Ela teve que retirar a mão da vagina porque quase gozou na hora. E ela queria que aquilo durasse, queria aproveitar cada segundo.

Era sexo selvagem, uma corrida ao orgasmo. Ele a comia longamente e com força, cavalgando-a com um ritmo intenso e forçoso que a fazia gemer a cada expiração.

– Se você não acelerar as coisas vou deixá-la para trás – soltou Gabe. – Vai logo, Mia, não tenho muito tempo.

Ela voltou com o dedo para o clitóris, pressionando e mexendo-o em um pequeno movimento circular.

– Oh Deus, oh Deus – gemia ela.

– Assim, baby. Assim. Vou gozar dentro de você. Só vai ser ainda melhor quando eu puder gozar dentro dessa sua linda bundinha.

Essas palavras sujas e proibidas a levavam ao limite. Suas costas se encurvaram e sua outra mão deu um tapa na mesa enquanto ela explodia em volta do pau em um turbilhão molhado. O gozo quente dele se espalhou dentro de sua vagina, fazendo com que o pau de Gabe deslizasse mais facilmente. Ele a comeu até seu sêmen descer à beirada do plug firmemente preso em sua bunda. Suor se acumulou nas sobrancelhas dele, esgotamento estampado em seu rosto. Mas quando abriu seus olhos, eles brilhavam com um calor animal.

Por um longo momento ele ficou ali parado, olhando para Mia, mexendo seus quadris contra a bunda dela. Então finalmente saiu, deixando-a amolecida e saciada sobre a mesa.

– Que lindo – grunhiu ele. – Meu gozo descendo até a sua bunda. Está pingando no chão. Sua boceta está latejando e cheia do meu leite. É assim que deve ser.

Oh, como ela amava quando ele falava sujo. Mia estremeceu e sua vagina se comprimiu, forçando mais líquido no chão.

– Jesus, Mia, você é um tesão. Mal consigo esperar para encher a sua bundinha com meu gozo.

Ele abaixou as pernas dela e alcançou seus braços, puxando-a para que ela pudesse descer da mesa. No momento em que Mia ficou de pé, sêmen deslizou pela parte de dentro das pernas bambas enquanto ela ainda tentava se firmar.

– Vá se limpar – disse ele rispidamente. – Deixe o plug aí dentro até que eu retire.

Com as pernas tremendo ela se dirigiu ao banheiro, o plug ardendo e provocando-a novamente enquanto caminhava. A pressão era extenuante e maravilhosa.

Assim que voltou do banheiro Gabe a esperava. Ele a tomou contra seu peito e deu-lhe um beijo punitivo que a deixou sem fôlego.

– Não me desobedeça de novo – ameaçou.

– Desculpa – ela disse suavemente. – Eu esqueci.

Seus olhos brilhavam enquanto ele olhava para o rosto dela.

– Aposto que você não vai se esquecer da próxima vez.

capítulo 20

Ficar emburrada era infantil e imaturo, mas ela podia jurar que estava tentando não se comportar como uma criança de dois anos. O maldito tinha perfeita noção do que estava fazendo com ela, e ela fantasiava com todos os modos que poderiam fazê-lo sofrer.

Mesmo após o orgasmo surreal que ele a proporcionara, estava inquieta e irritadiça. Ela precisava gozar de novo! A droga do plug estava enlouquecendo-a, e Gabe sabia disso. Ele estava sentado do outro lado da sala, à sua mesa, agindo como se eles não tivessem acabado de transar como macacos naquela mesa.

O interfone tocou, o que era incomum, e Mia ignorou-o, focando na tarefa que Gabe havia lhe passado naquele dia. Mas, quando ela escutou o que Eleanor disse, imediatamente ficou alerta, enquanto fingia que não estava prestando a menor atenção.

– Sr. Hamilton, er..., a Sra. Hamilton está aqui para vê-lo.

Gabe endireitou-se, a testa franzida.

– Minha mãe? Claro, deixe-a entrar.

Do outro lado da linha, uma tossida leve, de desconforto.

– Não, senhor. Ela diz ser sua esposa.

Mia ainda tentou controlar sua boca antes de seu queixo cair. Uau, era necessária muita audácia para aparecer no escritório do seu ex-marido apresentando-se como Sra. Hamilton.

– Não sou casado – disse Gabe com frieza.

Ouviu-se um suspiro e Mia sentiu pena de Eleanor. Devia ser uma situação incrivelmente desconfortável para ela.

– Ela diz que não vai partir enquanto o senhor não vier vê-la.

Que merda. Isso não podia acabar bem.

Ela lançou os olhos para Gabe, esperando que ele estivesse enfurecido. Mas parecia frio e impassível. Como se a sua ex-mulher dando as caras no escritório fosse algo rotineiro.

– Dê-me um minuto e mande-a entrar – disse Gabe secamente.

Ele olhou para Mia.

– Nos dê licença, por favor. Você pode esperar com Eleanor ou dar uma pausa.

Mia levantou-se, contente por poder sair do escritório. O clima havia esfriado lá dentro. Ela caminhou tão rápido quanto o maldito plug permitia. Assim que pôs os pés fora da sala, viu a ex-mulher de Gabe descendo o corredor.

Mia já a havia visto antes. Em fotos. Lisa era uma linda mulher. Alta e elegante, sem um único fio de cabelo fora do lugar. A esposa perfeita para um cara como Gabe. Parecia tão refinada e rica quanto o próprio Gabe.

Mia precisava admitir que eles formavam um casal e tanto. O loiro-platinado de Lisa e o cabelo quase negro de Gabe davam um contraste perfeito. Os olhos de Lisa eram de um verde gelado enquanto os de Gabe eram de um azul rico e profundo.

Lisa passou por ela, sorrindo cordialmente na direção de Mia ao passar. Era de matar o fato de ela estar ali com o plug que Gabe enfiara dentro dela momentos antes, enquanto sua ex-mulher passava por ela. O rosto dela devia estar vermelho de vergonha.

– Obrigada – murmurou Lisa

Mia fechou a porta atrás dela e parou para pensar um momento na ética do que estava testemunhando.

Dane-se. O que poderia acontecer de pior? Outra sessão de tapas? Ela colocou a orelha contra a porta e lançou um olhar nervoso ao corredor para se assegurar de que ninguém a estivesse vendo. Estava morrendo de curiosidade, e, tudo bem, talvez se sentisse imaturamente ameaçada pela visita de Lisa. Ela se sentia insegura e... ciumenta. Poderia admitir o ciúme com relação a outra mulher. Afinal de contas, ela teve o que Mia não tinha e nunca teria.

O coração de Gabe.

Escutou com atenção e finalmente conseguiu compreender as palavras quando as vozes aumentaram.

– Cometi um erro, Gabe. Você não pode perdoar? Você realmente quer virar as costas para tudo o que passamos juntos?

– Foi você quem caiu fora – respondeu ele, seu tom tão frio que Mia estremeceu. – Foi a sua escolha. Assim como foi sua escolha mentir sobre nosso relacionamento e zombar de tudo que dividimos. Eu não virei minhas costas para você, Lisa. Você virou as suas pra mim.

– Eu te amo – disse ela em um tom mais suave que custou a Mia para escutar. – Sinto sua falta. Quero nós dois juntos de volta. Sei que você ainda tem sentimentos por mim. Posso ver nos seus olhos. Vou rastejar, Gabe, farei tudo que puder para convencer-lhe de que estou arrependida.

Droga! Parecia que eles se afastaram da porta. Mia não conseguia mais escutar!

– O que você está fazendo aí?

Ela endireitou-se com o susto.

– Que droga, Ash! Assim você me mata do coração!

Ele cruzou os braços sobre seu peito e a observou, divertido.

– Há alguma razão em particular para estar com o ouvido grudado na porta de Gabe? Ele te trancou fora da sala? Você irritou o seu chefe? Está vendo? É por isso que você deveria trabalhar para mim. Eu ia cuidar de você e te amar e ser legal com você.

– Pelo amor de Deus, Ash. Cale a boca. Estou tentando escutar aqui.

– Isso está claro – disse ele secamente. – A quem estamos bisbilhotando aqui?

– Lisa veio vê-lo – ela cochichou. – E mantenha a voz baixa ou eles vão nos escutar!

O sorriso de diversão de Ash desapareceu e sua expressão se fechou.

– Lisa, a ex-mulher dele?

– Ela mesma. Estava tentando escutar o que está se passando. Tudo que consegui ouvir foi ela dizendo que está arrependida e que quer voltar com ele.

– Só sobre o meu cadáver – murmurou Ash. – Dê espaço para que eu possa escutar.

Mia chegou para trás o suficiente para que ambos pudessem encostar as orelhas na porta. Ash levantou um dedo para Mia, pedindo que ficasse em silêncio. Era ela quem estava tentando fazê-lo se calar.

– Ah, merda, ela está chorando – murmurou Ash. – Uma mulher que chora nunca é bom sinal. Gabe não aguenta. Ele fica desarmado quando uma mulher chora e essa cadela sabe disso.

– Você não acha que está sendo muito ríspido? – perguntou Mia.

– Ela fod... hum, ferrou com a lealdade dele, Mia. Eu estava lá. Jace também. Se você tiver alguma dúvida, pode perguntar a Jace o quão transtornado Gabe ficou quando ela foi a público com suas mentiras. Ele vai ser um idiota se não puser ela para fora do escritório.

– Bem, é o que estou tentando descobrir se você ficar quieto – disse ela pacientemente.

– Certo – disse Ash calando-se, e os dois se posicionaram para escutar mais uma vez.

– Não vou desistir, Gabe. Eu sei que você me ama e eu ainda te amo. Estou disposta a esperar. Conheço o seu orgulho.

– Melhor esperar sentada – soltou Gabe.

– Ah, merda, eles estão vindo nessa direção – disse Ash, agarrando o braço de Mia e arrastando-a pelo corredor até a porta aberta do seu escritório. – Sente-se. Finja que estamos entretidos batendo papo.

Ele se apressou para detrás da sua mesa, sentou-se na sua cadeira e em seguida colocou os pés sobre a superfície polida. Nem três segundos depois Lisa passava pela porta, seu rosto vermelho com o choro. Ela colocou seus óculos escuros para esconder os olhos marejados e desapareceu.

– Fique aqui – disse Ash calmamente. – Eu não ia querer voltar à cova do leão logo depois desse confronto.

Um barulho do lado de fora fez com que ambos olhassem para a porta, vendo Jace passar. Ele parou ao ver Mia, mudando de direção. Entrou na sala, o cenho franzido, e Mia resmungou em silêncio. Era mais que esquisito. Ela estava presa no escritório de Ash com Jace e tinha um plug anal inserido em sua bunda, enquanto Gabe na sala ao lado se esquivava das investidas de sua ex-mulher.

– O que está acontecendo? Por que Mia está aqui?

Ash balançou a cabeça.

– Não posso nem dizer alô para minha melhor amiga?

– Corta o papo furado, Ash. Não se faça de idiota – Jace resmungou. – Foi Lisa quem eu vi passando pelo lobby?

– Sim – respondeu Ash. – Por isso Mia está aqui comigo. Estou poupando-a da fúria de Gabe já que ele acaba de conversar com sua ex.

– O que diabos ela estava fazendo aqui? – perguntou Jace.

Estava claro que nem Ash nem Jace tinham os melhores sentimentos por Lisa. Sua lealdade para com Gabe era forte e eles sempre andavam juntos, tomando as dores de Gabe após o divórcio.

– Ash e eu estávamos escutando do lado de fora da porta de Gabe – disse Mia.

Jace fez cara de surpresa.

– E você quer manter seu emprego assim? Gabe arrancaria a sua cabeça e nem eu seria capaz de salvá-la.

– Você quer saber o que escutamos ou não? – perguntou ela, impaciente.

Jace colocou a cabeça para fora da sala, olhando na direção do escritório de Gabe, e retornou, fechando a porta atrás dele.

– Põe para fora.

– Ela quer voltar para ele – soltou Ash. – E ela fez uma cena também.

– Ah, merda – resmungou Jace. – Espero que ele tenha mandado ela se foder.

– Não estou certo do que ele disse a ela – comentou Mia. – Alguém aqui não conseguia ficar calado para que eu pudesse escutar.

– Eu lhe garanto que Gabe não caiu nesse papo furado – disse Ash, inclinando-se para trás e cruzando os braços sobre o peito.

Mia não estava tão certa disso. Afinal, Gabe foi casado com ela. A separação formou as bases de todas as relações que ele teve depois, inclusive a dela própria. Isso demonstrava o quanto ele tinha ficado abalado. Gabe podia estar com raiva – ela não duvidava disso nem por um segundo. Mas isso não queria dizer que não a amasse mais e que não tentaria dar um jeito de voltar com ela, mesmo que fosse nos termos dele.

– Vou dar uma surra nele – resmungou Jace.

Ele observou Mia e então acariciou seu cabelo.

– Nosso jantar amanhã à noite ainda está de pé? A que horas você quer que eu passe para te pegar?

– O quê? E eu nem fui convidado? – perguntou Ash, perplexo.

– Você não tem mais ninguém para amolar? – retrucou Jace.

A expressão de Ash se fechou e ele murmurou:

– Tenho um encontro de família. Estou fora dessa.

O coração de Mia amoleceu e até Jace sorriu. Ash não falava com sua família. De maneira alguma. Ash nem fazia questão de fingir que estava tudo bem. Ele dava um jeito de sempre estar ocupado quando sua família se juntava. E na maior parte das vezes estava com Jace ou Gabe.

– Ah, deixe-o vir – disse Mia, mantendo o tom de voz suave de modo que Ash não a amolasse com o pedido. – Isso vai evitar que você me lance um sermão sobre Deus sabe o quê. Ash sempre vem me ajudar.

– Está vendo? Ela prefere a mim – disse Ash com um sorriso provocador.

– Tudo bem, a que horas você quer que busquemos você? – disse Jace, fingindo resignação.

– Às 18h está bem. Está bom para vocês? Não preciso de muito tempo para me aprontar. Vamos jantar casualmente ou o quê?

– Eu conheço um pub ótimo que serve comida e fica bem na sua rua, baby. Vá de jeans e depois ficamos por lá – disse Jace, deixando claro que estava fazendo isso por ela, já que frequentar bares não era exatamente o tipo de coisa que ele fazia.

– Perfeito.

A porta se abriu e Gabe colocou sua cabeça para dentro, as marcas em sua testa acentuadas.

– Ei, rapazes, vocês viram a... – Ele parou quando viu Mia sentada em frente à mesa de Ash e então dirigiu um olhar suspeito para Jace e Ash. – Estou interrompendo algo?

– De jeito nenhum – disse Ash descontraidamente. – Estamos aqui fazendo companhia a Mia enquanto você dava uns amassos na sua ex.

Os olhos de Mia se arregalaram com a audácia de Ash. Ele ia colocar ambos em maus lençóis com Gabe.

– Cala a boca, Ash – Gabe resmungou rispidamente.

– Boa – comentou Jace. – Agora você vai mandar Mia de volta para a sala dele quando devia estar livrando ela de apuros.

Mia levantou-se, esperando livrar-se de qualquer outra piadinha de Ash.

– Vejo vocês amanhã à noite no jantar – disse ela apressadamente enquanto arrastava Gabe para fora da sala. Mia fechou a porta atrás de si, efetivamente afastando Gabe de Jace e Ash e de qualquer outro comentário que eles poderiam fazer. Sem esperar por Gabe, ela seguiu para o escritório dele. Ele veio logo em seguida. Ela podia sentir a presença dele, imponente. Podia sentir o calor irradiando de seu corpo. Era como um leão sedento. Uma comparação apropriada já que Ash estava convencido de que ela estava voltando para a cova do leão.

– Você vai jantar com os dois?

Ela se virou, a expressão fechada e um tom esquisito em sua voz.

– Sim, Ash se convidou. Jace vai me pegar às 18h. Vou direto para o meu apartamento depois do trabalho.

Ele se aproximou dela, seu olhar intenso e preocupado.

– Apenas não se esqueça a quem você pertence, Mia.

Ela piscou com surpresa e então riu.

– Você não está achando que Ash... – E balançou a cabeça, querendo nem pensar em uma ideia tão ridícula.

Ele pôs a mão no queixo dela, forçando-a a encarar seu olhar.

– Talvez você precise de um lembrete.

Havia algo em seu tom de voz, o poder bruto fluindo de seu corpo que a fez permanecer calada e prestativa.

– De joelhos.

Ela ajoelhou-se, tomando cuidado para que o plug permanecesse no lugar. Ele baixou o zíper de suas calças e colocou para fora seu pau semiereto.

– Me chupa – ordenou ele. – Me faça gozar, Mia. Quero meu pau envolvido por sua boca maravilhosa.

Ele inclinou a cabeça dela para trás, enfiando as mãos em seu cabelo e então a trouxe na direção de sua ereção crescente. A ponta do seu pau encostou nos lábios dela e então ele empurrou, forçando-os a se abrirem com o movimento.

Gabe metia fundo na boca de Mia, seu pau esfregando na língua dela para frente e para trás. Ele estava ainda mais intenso que o normal, e ela pensava o quanto a visita de Lisa o havia afetado. Estava ele querendo eliminar a presença dela de seu escritório?

E então seus olhares se encontraram, e Mia se acalmou. Gabe estava furioso. Não com ela. Havia necessidade, quase desespero em seu olhar. Suas mãos vagavam livremente pela cabeça dela, acariciando, tocando como se estivesse se desculpando pelo desespero de sua necessidade.

Ela envolveu a base do pau dele com uma mão e cuidadosamente afastou-o com a outra de modo que ela pudesse ficar de joelhos. Mia diminuiu o ritmo dele, dando-lhe longas e prazerosas chupadas.

Gabe não ia gozar selvagemente. Ela queria mostrar-lhe seu amor, mesmo que ele não quisesse. Ele precisava disso. Precisava dela. Mesmo que essa fosse a última coisa que ele lhe dissesse.

A mão dela se movia no mesmo ritmo de sua boca, agarrando o seu pau, indo da base do pênis até sua cabeça, deixando que apenas a ponta encostasse em seus lábios antes de retornar a chupá-lo por inteiro.

– Por Deus, Mia. – Gabe suspirou. – Por Deus, o que você faz comigo?

Os lábios dela avançaram uma última vez antes da jorrada quente e salgada dele preencher sua boca, e ela continuou a chupá-lo cada vez mais fundo, querendo ele por inteiro, recebendo cada gota dele. Mia valorizava cada grama de amor e atenção que Gabe fornecia a ela, levando-o com candor, movendo-se lentamente, em contraponto ao ritmo alucinado de mais cedo.

Ela lambeu da cabeça até as bolas, sem deixar um centímetro que fosse intocado.

Finalmente permitiu que ele deslizasse o pau para fora da sua boca. Ela olhava para cima na direção dele, um retrato perfeito da submissão

– de aceitação. Gabe permitiu que ele a visse. Realmente a enxergasse. Ele retirou seu pau da boca dela e ajoelhou-se para que pudessem ficar com os olhos na mesma altura. E então tomou-a nos seus braços, segurando-a junto a ele, seu corpo em espasmos por conta do prazer que ela lhe havia proporcionado.

– Não posso ficar sem você – ele sussurrou. – Você precisa ficar, Mia.

Ela passou as mãos pelas costas dele até sua cabeça e segurou-o amavelmente.

– Não vou a lugar algum, Gabe.

capítulo 21

Mia debruçou-se sobre a mesa de Gabe, as mãos esticadas sobre a superfície, a saia levantada enquanto Gabe removia o plug. Ela fechou os olhos e suspirou aliviada. Havia passado a tarde inteira à flor da pele. Talvez agora pudesse relaxar desse barato intenso.

Gabe limpou o traseiro dela cuidadosamente, passando sem pressa um pano sobre sua pele, antes de baixar a saia e dar-lhe uma leve apalpada.

– Pegue suas coisas. Vamos passar correndo no apartamento e então vamos jantar.

Ela queria se jogar sobre a mesa e ficar ali deitada por uns bons quinze minutos para se recuperar de tanto tempo que passara retesada. Em vez de reprimi-la por não obedecer de imediato, Gabe deslizou as mãos por seus ombros e então levantou-a, puxando pelos braços.

Ela se acomodou entre os braços dele, inspirando o odor de especiarias de Gabe e seu calor. Ele a beijou no topo de sua cabeça e murmurou:

– Eu sei que cobro muito de você, mas por Deus, parece que não sei ser de outro jeito.

Ela sorriu com a colocação de Gabe e o abraçou, os braços ao redor dele, tentando espremê-lo. Ele parecia surpreso com o gesto. Ficou imóvel e também apertou-a contra si e enterrou o rosto em seu cabelo.

– Não me deixe mudá-la, Mia – sussurrou. – Você é perfeita desse jeito.

Mas ele a havia mudado. Irrevogavelmente. Ela nunca mais seria a mesma.

Quando Gabe a soltou, ele virou-lhe as costas, como se arrependido do que acabara de dizer. Mia ajeitou a roupa e fingiu não ver o desconforto dele. Ela voltou a sua mesa, pegou a bolsa e então se virou para Gabe, um sorriso brilhante estampado nos lábios.

– Vamos indo?

Gabe estendeu-lhe a mão e ela caminhou a sua frente, sua mão encostada nas costas dela ao sair do escritório. Despediram-se de Eleanor que também se preparava para partir e então esbarraram com Ash, que esperava o elevador.

O coração de Mia se acelerou. Ele não devia estar em um jantar de negócios com Jace? Deus, e se Ash tivesse tentado entrar no escritório de Gabe? Será que ele notou a porta trancada? Ou pior, será que escutou algo?

– Ash, achei que você estivesse com Jace – disse Gabe calmamente.

Ash sorriu e Mia admirou-se com o quanto era bonito.

– Esqueci uma pasta com informações importantes sobre as pessoas com as quais vamos jantar. Jace está quebrando o gelo e dando desculpas pelo meu atraso inesperado.

Mia bufou.

– Jace quebrando gelo? Essa é a sua especialidade, Ash. Como coube logo a você a tarefa de buscar a pasta? Ele deve estar a ponto de sair correndo de lá.

Ash levou a mão ao queixo de Mia e deu um pequeno aperto, puxando-a para perto de si.

– Estava com saudades de você, menina. Ah, sim. Não dei a Jace a chance de escolher. Apenas voltei aqui correndo antes que pudesse reclamar.

Ela abraçou Ash, devolvendo o carinho, confortada pela clara demonstração de afeto da parte dele. Até esse dia, fazia um bom tempo desde a última vez em que ela esteve com Ash ou Jace. Ela estava com saudades. Sentia falta da companhia deles, segura e reconfortante.

– Também senti saudade de você. Faz muito tempo, Ash. Estava começando a achar que você não gostava mais de mim.

Eles entraram no elevador e Ash fingiu uma expressão de falso terror:

– Não gostar de você? Eu mataria dragões e os colocaria sob seus pés. Eu venero você.

Ela revirou os olhos.

– Não exagere no charme. Você não vai querer gastá-lo todo comigo pois sou imune a ele.

Ash lançou um dos braços sobre os ombros de Mia, sorriso estampado na cara.

– Não custa nada sonhar – disse ele, suspirando em seguida. – Um dia você será minha.

– Sim, exato, logo depois do Jace arrancar suas bolas – disse Gabe amargamente.

Ash deu uma risadinha, o que o fez parecer ainda mais sexy. Mia achava uma pena não sentir nenhuma atração por ele – ele parecia ser tão bom de cama. Galanteador. Divertido. Sexo sujo e selvagem. Mas se os rumores fossem verdadeiros, e ele e Jace curtissem dividir a mesma mulher em *ménages*, isso seria tão estranho...

Ela estremeceu com o pensamento. Havia certas coisas que não precisava saber sobre o irmão. E pensar nele pelado ao lado de Ash parece ter arruinado toda atração que podia sentir por Ash. O que era uma pena, pois ele era de inspirar muitos suspiros.

– Vejo você mais tarde, Gabe – disse Ash ao sair porta a fora do elevador. – Jace espera por mim e se eu não chegar logo, ele já vai ter se livrado dos investidores antes que eu tenha a chance de lançar meu charme sobre eles.

Gabe acenou com a mão em despedida e Mia disse-lhe tchau. Então Gabe apressou-a para entrar no carro e rumaram em direção ao apartamento dele.

– Então você vai encontrar o Ash hoje à noite? – perguntou Mia ao acomodar-se em seu assento.

– Você vai jantar comigo, como planejamos – disse Gabe, com os lábios retesados. – Vou beber um pouco com Jace e Ash por volta das 21h.

– Ah – suspirou ela, pensando no que devia se tratar. Não devia ser nada demais. Quando nenhum dos três estava viajando, eles costumavam passar bastante tempo juntos. E ela supôs que, se ele mudasse de comportamento de um hora para outra logo no momento em que ela começou a trabalhar para Gabe, isso poderia chamar atenção de alguma maneira, especialmente a de Jace.

– O que devo vestir? – perguntou ela, mudando de assunto.

O olhar de Gabe direcionou-se para ela, varrendo-a de cima abaixo como que tentando despi-la.

– Um dos seus vestidos de noite. O preto com o decote subindo a coxa.

– Vamos a um jantar chique? – perguntou ela, arqueando as sobrancelhas.

Ele não reagiu. Sua expressão era impenetrável.

– Vou levá-la para um jantar bom e tranquilo, com dança. Boa música, boa comida, uma linda mulher. Tudo que um homem pode querer.

Ela ficou toda boba com o elogio. Um sorriso irrompeu em seu rosto, e os lábios dele se descontraíram como se ele não pudesse evitar reagir ao prazer dela. Então a expressão dele voltou a ficar séria:

– Você não é apenas uma linda mulher, Mia. Não quero que você se esqueça disso nunca. Não me deixe levar muito de você de modo que não reste nada.

Suas mensagens enigmáticas estavam ficando cada vez mais frequentes. Ela não sabia ao certo como interpretá-las. Era um alerta a ela ou a ele próprio? Gabe era uma charada. Ela nunca tinha certeza sobre o que ele estava pensando a menos que estivessem transando. Ali não havia dúvidas: ela sabia exatamente no que ele estava pensando.

Quando chegaram ao prédio dele, subiram, e Mia foi direto ao banheiro para se preparar. Se iam a um lugar mais chique, queria impressionar Gabe. Queria ficar sofisticada, estar à altura dele. Cacheou os cabelos e penteou-os para cima, deixando alguns cachos penderem por sua nuca e os lados do pescoço. Passou pouca maquiagem, usando rímel e um gloss discreto que faziam seus lábios brilharem mas sem chamar muito a atenção. Como dizem, menos é *mais*. A arte de usar maquiagem está em parecer que não está usando absolutamente nada.

O vestido era de impressionar. Ela ainda não conseguia acreditar no quão bem ele lhe caía. De salto alto, ficava alta o suficiente para usar o longo com decote ousado na coxa. Suas pernas pareciam longas e em perfeita forma graças à altura dos sapatos.

Apesar de Gabe ter reclamado do vestido de costas nuas que ela usou na grande inauguração, ele havia escolhido um que possuía apenas duas cordinhas cruzando nas costas, deixando o resto todo nu, o decote terminando com ousadia logo acima de sua bunda. A parte inferior de suas costas era um convite provocante para uma mão masculina ali pousar.

Ela estava sem sutiã e o bojo do vestido era justo o suficiente para que ela não se preocupasse, apesar de a gola descer até mostrar a parte superior dos seus seios.

Evidentemente, Gabe estava de bom humor. Ele costumava ser bastante arredio com qualquer um – especialmente outros homens – que a olhasse em trajes tão reveladores, mas hoje à noite Mia parecia ser um monstro da sensualidade. Ela curtia a autoconfiança que sua roupa lhe trazia.

Quando saiu do banheiro, Gabe estava sentando na beirada da cama esperando por ela. Os olhos dele se iluminaram instantaneamente, apreciando o que viam, o que fez com que ela decidisse dar uma girada, mãos ao ar, e então voltar a encarar-lhe.

– Está pronto?

– Com certeza – disse ele por entre os dentes.

Quando ele se levantou, Mia lançou-lhe também olhares de apreciação. O terno caro de três peças era de dar água na boca. Em qualquer outro homem, seria sem graça, até mesmo careta. Mas em Gabe ficava divino. Calças pretas. Paletó preto. Camisa branca com o botão superior desabotoado. Ele parecia *casual chic*, como se não se importasse para o que ninguém pensasse dele, e isso o fazia parecer ainda mais sexy.

– Pelo que vejo, a gravata é opcional aonde estamos indo – provocou Mia.

– Lá eles dobram as regras para mim– disse ele pelo canto da boca.

E quem não dobraria? Quem poderia dizer *não* para Gabe Hamilton? Além do fato de ele ser podre de rico, tinha um carisma natural que conquistava a todos, homens e mulheres. Eles reagiam a ele. Alguns o temiam, outros odiavam, mas todos o respeitavam.

– Você gostaria de beber algo antes de sairmos? – perguntou Gabe.

Ela fez que não com a cabeça lentamente. Quanto mais tempo ficassem no apartamento, mais provável seria que acabassem não saindo para jantar.

E ela ansiava por um encontro de verdade com ele. Até então eles haviam feito pouco além de transar e trabalhar.

Ele lhe estendeu a mão e ela envolveu seus dedos nos dele. Ele a levou até o elevador e eles desceram para pegar o carro.

No caminho, ela se perguntou se valia a pena trazer o episódio de Lisa à discussão. Estava morrendo de curiosidade mas não queria mexer em um vespeiro. Ela olhou do banco do carona e capturou seu olhar, fazendo-o arquear as sobrancelhas.

– O que foi? – perguntou ele.

Mia hesitou e então pensou um pouco e decidiu tentar a sorte. Ele não a deixaria quieta até que ela botasse para fora o que tinha em mente.

– Hummm... Lisa...

Antes que pudesse continuar, o rosto de Gabe se fechou e ele levantou a mão, interrompendo-a no meio da frase.

– Eu me recuso a arruinar uma noite perfeita discutindo sobre a minha ex – resmungou.

Bem, era isso. Ela realmente não podia reclamar. Tampouco queria arruinar a noite. Mesmo que estivesse *morrendo* de curiosidade de saber o que Gabe achava daquilo tudo. E também tivesse um pouco de medo...

No restaurante, eles foram levados para uma área privada. Era perfeita. O interior tinha uma luminosidade discreta, mas mesmo assim velas estavam acesas em cada mesa, e arranjos natalinos estavam pendurados em plantas decorativas, dando um ar festivo. Fazia com que ela ansiasse pelo Natal.

Mia amava o fim de ano na cidade. Desde sempre, Jace a levava para ver a iluminação da famosa árvore de Natal do Rockfeller Center. Era uma de suas memórias prediletas na companhia do irmão.

– No que você está pensando? – perguntou Gabe.

Ela piscou e tornou sua atenção para ele. Ele a observava, uma expressão curiosa em sua face.

– Você parece estar muito contente. Seja lá o que ocupou seus pensamentos, deve ter sido uma coisa boa.

– Estava pensando no Natal – disse, sorrindo.

– Natal? – ele parecia decepcionado.

– Jace sempre me levava para ver a iluminação da árvore. Era uma de minhas lembranças preferidas com ele. Eu adoro as luzes e todo o movimento e agitação do Natal na cidade. Adoro fazer compras e ficar vendo as vitrines das lojas. É a melhor época do ano.

Ele permaneceu pensativo por alguns instantes e então deu de ombros.

– Lisa e eu sempre passamos o fim de ano nos Hamptons, e então quando nos divorciamos, passei a trabalhar no Natal.

Mia ficou de queixo caído.

– Trabalho? Você trabalha durante o Natal? Gabe, isso é terrível! Você parece aquele personagem do Dickens que não gosta de Natal.

– É um feriado sem sentido.

Ela revirou os olhos.

– Se eu soubesse! Eu teria convidado você para passar o Natal com Jace e eu. Ninguém deve ficar a sós no Natal. Achava que você tivesse passado com os seus pais.

Ela se interrompeu, mordendo seu lábio em consternação por trazer à tona um assunto tão delicado.

– Desculpa – disse ela baixo. – Falei sem pensar.

Ele lançou-lhe um sorriso mordaz.

– Está tudo bem. Parece que meu pai percebeu que estragou tudo e agora quer minha mãe de volta. Deus sabe como isso vai acabar.

– Ele disse isso? – perguntou ela, arregalando os olhos.

– Ah, sim – disse Gabe com um suspiro de cansaço. – Durante o almoço, quando ele veio me visitar no escritório. Depois do dia em que a mulher com quem ele estava saindo tentou me seduzir.

Mia fechou o cenho e Gabe riu.

– Então o que sua mãe vai fazer?

– Pelos céus que não sei. Se eu tivesse que apostar, diria que ele ainda não deu as caras, de outra forma eu já estaria sabendo.

– Não sei se poderia perdoá-lo por ter dormido com todas aquelas mulheres – Mia disse com a voz triste. – Aquilo deve ter machucado sua mãe terrivelmente.

– Ele disse que não a traiu.

Mia lançou um olhar como quem dissesse "por favor, menos". Ele balançou a mão.

– Não faço ideia do que ele considera ser infiel e não tenho certeza se importa o fato de ele ter dormido ou não com elas. O mundo inteiro acredita que sim. E minha mãe acha que sim. Não é humilhação para se superar assim de uma hora para outra.

– Deve ser difícil para você – disse Mia suavemente. – Que diazinho horrível. Primeiro seu pai joga essa bomba, e sua ex-mulher dando as caras poucas horas depois.

Ele parecia desconfortável com o tom solidário dela e desviou o olhar, e seus olhos foram inundados por um alívio quando o garçom se aproximou com as entradas.

Mia sentiu o cheiro dos frutos do mar, um cheiro divino. O garçom posicionou na frente dela o camarão grelhado que ela havia pedido, e o dourado tostado de Gabe à frente dele.

– Hummm, o seu parece fantástico – disse ela.

Ele sorriu e garfou um pouco, esticando o braço através da mesa para que Mia provasse. Ela abocanhou o pedaço, sem se mover por um breve momento enquanto seus olhares se cruzavam e fixavam um no outro. Era surpreendentemente íntimo, Gabe dando-lhe de provar. Ele manteve os olhos fixos na boca de Mia enquanto retornava o garfo de volta ao seu prato.

Ela cortou um pedaço do seu camarão e ofereceu a ele da mesma forma que ele havia feito. Ele hesitou por alguns instantes antes de deixar que ela deslizasse seu pedaço na boca dele.

Um pouco perturbada pelo quão profundamente essa troca de provas a tocou, ela abaixou seu olhar para o seu prato e se concentrou em comer seu jantar.

– Está bom? – perguntou Gabe alguns longos minutos mais tarde.

Ela levantou-lhe os olhos e sorriu.

– Delicioso. Estou quase cheia!

Gabe retirou o guardanapo de seu colo e limpou a boca, antes de deixá-lo sobre a mesa. Tão logo ela baixou seu garfo e afastou seu prato, ele levantou-se e estendeu o braço a ela.

– Vamos dançar – sussurrou ele.

Sentindo-se empolgada como uma adolescente em seu primeiro encontro, Mia deixou que ele a guiasse através do labirinto de mesas até chegarem à área reservada para a dança.

Gabe girou-a de modo que ela ficasse de frente junto a ele. Não havia mais um centímetro que fosse entre os dois, e a palma da mão dele repousou em suas costas nuas.

Ela deixou escapar um suspiro de contentamento e fechou os olhos quando Gabe encostou o rosto em sua têmpora. Eles mal se moviam. Balançando suavemente conforme ditava o ritmo da música, enrolados um no outro. Ela podia permanecer ali para sempre. Podia se enganar e acreditar que Gabe era somente dela. Que a relação deles ia além de apenas sexo.

Não custava nada um pouco de "faz de conta". Talvez fosse custar mais tarde, mas ali, naquele momento, ela estava determinada a viver sua fantasia.

A mão dele não permaneceu apenas ali, acima da bunda dela. Ele a acariciou e a apertou enquanto dançavam, seu corpo colado junto ao dela. Ela aproximou o nariz do pescoço dele, inspirando seu cheiro. Sentiu-se tentada a mordiscar a ponta da orelha dele e seu pomo de adão. Adorava prová-lo. Adorava o gosto dele e não havia tido muitas oportunidades de prová-lo já que Gabe era sólido no controle da situação quando eles transavam. Ah, o que ela não faria para ter uma noite só para ela explorar o corpo dele à vontade!

Uma canção seguia a outra, e eles permaneceram grudados um ao outro, sem que nenhum dos dois quisesse romper com a bolha de intimidade que haviam criado em torno deles, reservando-os no pequeno espaço ocupado por ambos.

Ela fechou os olhos, sonhadora, balançando com a música enquanto Gabe a segurava com firmeza, sua mão passeando pelo corpo dela.

Eles praticamente estavam fazendo amor na pista de dança. Não transando. Nada da obsessão tórrida e explosiva que os mantinha presos a cada vez que eles tiravam suas roupas. Era mais doce. Mais suave. Mais íntimo, e ela estava amando cada segundo.

Mia podia se apaixonar por aquele Gabe. *Estava* se apaixonando.

– Fico pensando se você faz ideia do quanto quero você nesse minuto – sussurrou ele próximo à orelha de Mia.

Ela sorriu e levou a boca na direção da orelha dele.

– Estou sem calcinha.

Ele parou no meio da pista de dança, sem fazer a mínima questão de fingir que eles continuavam dançando. Seu abraço se apertou ainda mais e seu corpo se enrijeceu contra o dela.

– Por Deus, Mia. Que coisa para se dizer bem no meio desse restaurante.

Ela armou outro sorriso e piscou inocentemente para ele.

– Achei que você quisesse saber...

– Vamos cair fora daqui – resmungou ele.

Antes que Mia pudesse dizer algo, Gabe pegou-a pela mão e a levou apressadamente em direção à saída, sua outra mão pegando o celular. Graças a Deus ela não havia trazido sua bolsa ou a teria deixado sobre a mesa. Sem meias palavras, ele disse ao seu motorista que eles estavam prontos. Do lado de fora do carro, na calçada, Gabe manteve-se perto do prédio, segurando-a como que para protegê-la, longe dos pedestres que passavam.

– Gabe, e a conta? – perguntou ela, mortificada pelo fato de eles terem simplesmente ido embora.

Ele lançou um olhar paciente.

– Eu tenho uma conta com eles. Sou *habitué* da casa. Tenho até uma gorjeta padrão adicionada às minhas contas. Assim não preciso me preocupar.

O carro encostou, e Gabe apressou-a para dentro. Assim que as portas fecharam e eles partiram, ele apertou um botão e o vidro fumê subiu, isolando a frente do banco de trás.

Ansiedade borbulhava nas veias de Mia como se tivesse agitado uma lata de refrigerante.

Ele abriu rapidamente a braguilha da sua calça. Em seguida, puxou seu lindo e grande pau, que estava completamente rígido. O olhar de Mia estava grudado nele, as curvas masculinas de seu corpo.

– Levante seu vestido e suba no meu colo – disse Gabe, esticando--lhe a mão,

Manobrando sobre o assento, ela subiu o vestido, desnudando a maior parte de suas coxas, e então Gabe posicionou-se no assento do meio de modo que ela pudesse montar em cima dele.

Ele colocou a mão por baixo do vestido, deslizando sua mão por dentro da coxa de Mia até sua vagina, sorrindo de absoluta satisfação.

– Essa é a minha garota – ronronou ele. – Deus, Mia. Estou pensando em transar com você nesse vestido e com esses saltos incríveis desde o momento que você saiu do banheiro do meu apartamento.

Gabe deslizou um dedo para dentro dela, retirando-o logo em seguida. O dedo brilhava de tão molhado. Lentamente ele deslizou sua língua pelo lado do dedo e ela quase gozou de tanto tesão. Diabos, como Gabe era fatal. Então ele colocou o dedo na boca de Mia.

– Chupa – disse ele provocante. – Prove-se.

Chocada mas morbidamente curiosa, ela abriu parcialmente os lábios, deixando que ele deslizasse o dedo em sua boca e sobre sua língua. Ela chupou levemente e as pupilas de Gabe se dilataram. Seu pau elevou-se, tocando de leve os grandes lábios de Mia em um movimento impaciente.

Ele agarrou seu pau com a outra mão, e então retirou o dedo da boca de Mia, para que pudesse agarrá-la pela cintura. Então baixou-a, guiando sua ereção para o meio dela.

Oh, como era excitante transar com Gabe enquanto as luzes e o trânsito de Manhattan passavam pela janela do banco traseiro do carro.

Posicionando ambas as mãos ao redor da cintura dela, ele mexeu o quadril para cima, segurando-a ao movimentar-se em um vai e vem. Cada vez mais rápido, mais forte. Era uma corrida para ver se conseguiam ambos gozar antes de chegar ao apartamento.

Ela gozou primeiro. Um impulso forte e ensandecido que atingiu seu corpo como um furacão. Estava ofegante enquanto ele continuava a penetrá-la. Ela agarrou os ombros de Gabe, aproveitando o doce momento. Então o carro começou a desacelerar.

Gabe gozou quente dentro dela, ejaculando bem fundo no corpo de Mia. Ele puxou o quadril dela bem para próximo de si de modo que não houvesse o menor espaço entre os dois enquanto ele se derramava dentro dela. O carro parou em frente ao prédio dele e Gabe apertou o intercomunicador para falar com seu motorista:

– Dê a nós um minuto, Thomas – disse ele calmamente. Gabe ficou ali por alguns instantes, seu pau ainda pulsante dentro dela. Ele levantou uma das mãos e acariciou a face de Mia, e então beijou-a. Era exatamente o oposto do jeito frenético com o qual eles haviam começado a transar. Caloroso e muito terno. Como se suas ações representassem o que ele nunca dizia em palavras. Nunca diria. Ele puxou-a para perto de si e a abraçou junto ao seu corpo enquanto acariciava-lhe o cabelo. Por um longo tempo ela ficou deitada sobre ele enquanto seu pau amolecia dentro dela. Finalmente Gabe a levantou e a posicionou no espaço ao seu lado. Retirou um lenço do seu bolso e enxugou entre as pernas de Mia antes de se limpar. Sem pressa, vestiu sua calça e fechou sua braguilha, ajeitando seu terno enquanto ela baixava o vestido.

– Pronta? – perguntou Gabe.

Ela fez que sim, ainda trêmula e muito cansada para dizer alguma palavra. De qualquer modo, nada que dissesse faria sentido.

Ele abriu a porta e saiu do carro e um instante depois abriu a porta do lado dela.

– Você vai ficar aqui de novo – ele disse enquanto caminhavam para a portaria.

Não era um pedido, mas não havia a arrogância de costume em sua voz. Ele disse como se não houvesse alternativa possível. E então olhou para ela, e uma breve incerteza – tão breve que ela não soube ao certo se de fato havia notado – passou pelos olhos de Gabe.

Ela assentiu, concordando com o que ele acabara de dizer.

– Sim, claro, vou ficar – disse ela com suavidade.

Eles subiram o elevador e, quando saíram, ele puxou-a em sua direção, usando seu próprio corpo para impedir que as portas se fechassem.

– Espere por mim na cama – disse ele com a voz sussurrada. – Não vou demorar.

Ela inclinou-se e roçou os lábios contra os dele.

– Vou esperar por você.

Uma sensação de satisfação tomou conta dos olhos de Gabe imediatamente. Então ele deixou que ela partisse e entrou no elevador, deixando que as portas se fechassem.

capítulo 22

Não era de se surpreender que o local do encontro fosse o Rick's, na Midtown, um famoso clube de cavalheiros onde Gabe, Ash e Jace podiam ser vistos com frequência. Jace e Ash já haviam chegado quando Gabe avançou pela suíte VIP deles, onde duas garçonetes flertavam abertamente com os dois. Seus olhares imediatamente se direcionaram para Gabe, interesse brilhando em seus olhos.

Ele dispensou-as com um olhar, pedindo rapidamente um drinque.

– Dia ruim? – Ash perguntou assim que Gabe se sentou.

Ele queria rir. "Dia ruim" não dava conta de descrever como foi o dia. Era um dia para entrar nos livros de história. E ele não pensou duas vezes antes de se abrir. Jace e Ash eram os dois únicos em quem confiava para contar sobre sua vida pessoal.

– Meu pai veio ao escritório querendo almoçar comigo – disse Gabe com a expressão fechada.

– Que merda – Jace murmurou. – Desculpa, cara. Sei que é uma droga. Por falar nisso, como está a sua mãe?

– Jantei com ela durante o fim de semana. Tive que arrastá-la até a cidade. Ela está naquela casa gigantesca lambendo suas feridas. Até pensei em sugerir que vendesse a casa e se mudasse para um apartamento na cidade. Apesar de achar que essa conversa provavelmente não vai rolar por enquanto.

– Por quê? – perguntou Ash expressando surpresa.

– Meu pai percebeu que ferrou com tudo e quer ela de volta. Esse foi o motivo do almoço de hoje.

– Caramba! – exclamou Ash.

– Que porra é essa? – disse Jace, expressando descontentamento. – Ele transou com metade das alpinistas sociais de Manhattan, o que ele tem na cabeça?

– De acordo com ele, ele não comeu nenhuma delas e não tinha segundas intenções.

– Uau – disse Ash revirando os olhos. – Essa é a pior desculpa que já vi.

– Eu que o diga.

– Jesus, que dia de *merda* – resmungou Jace. – Primeiro seu pai e depois Lisa.

– Pode estar certo disso. Minha mãe está me perturbando o tempo todo no telefone sobre todas as mulheres com quem meu pai tem saído. E agora vai ficar buzinando no meu ouvido com essa nova ideia brilhante do meu pai.

– Você quer que eles voltem? – perguntou Ash, curioso.

– Nunca quis que eles se separassem – respondeu Gabe em tom de pesar. – Não faço ideia do que diabos meu pai estava pensando. Ele soa ridículo tentando se explicar. Acho que nem sabe ao certo o que aconteceu. Então, sim, eu gostaria de vê-los juntos novamente, mas antes de qualquer coisa quero que eles sejam felizes, e se é para ele aprontar outra dessas mais para frente, prefiro que eles desistam de vez e sigam cada um seu caminho. Não quero que minha mãe passe por isso de novo.

– Saquei, entendo você – disse Jace.

– E por falar em reconciliação – disse Ash com ar casual. – Que diabos a Lisa queria indo hoje no seu escritório?

A expressão de Gabe se fechou, os dentes cerrados. A última coisa que ele queria era falar sobre Lisa, mas sabia que seus amigos deviam estar morrendo de curiosidade. Eles estavam lá quando ela o abandonou. Ficaram ao seu lado quando ela aprontou toda aquela cena. Era natural que eles se preocupassem quando deu as caras novamente.

– Você chutou ela para fora da sua sala e mandou ela se danar? – perguntou Jace com o cenho franzido.

Gabe deu uma risadinha, seu humor melhorando. Ele sempre podia contar que Jace e Ash iriam direto ao ponto, sem meias palavras.

– Deixei claro que não tenho o menor interesse em flertar com o passado.

– Ela quer dinheiro – declarou Jace seriamente. – Tenho meus contatos. Ela já gastou a maior parte do que ganhou com o acordo, e a pensão que garfa de você todo mês mal basta para pagar as contas.

Gabe mostrou-se surpreso.

– Você tem fuçado a vida dela?

– Pode crer. Não vou deixar ela ferrar com você como da outra vez – disse Jace, demonstrando desprezo. – Ela leva a mesma vida de quando era casada com você. Não escolheu um lugar mais barato para morar. É uma vadia de alto custo.

– Não se preocupem quanto a isso – disse Gabe com um largo sorriso. – Não vou chafurdar nessas águas passadas.

– Bom ouvir isso – disse Ash, alívio evidente em sua voz.

Os olhos de Gabe se apertaram. Será que eles duvidaram em algum momento? E então ele percebeu: Ash e Jace *estavam* preocupados.

– Posso lidar com Lisa – disse Gabe calmamente. – Ela é uma vadia manipuladora e ardilosa. Lição aprendida.

Ash e Jace assentiram. As garçonetes voltaram com as bebidas e passaram longos minutos flertando com Jace e Ash. Elas deixaram Gabe em paz. Talvez tivessem notado que ele não estava no clima. Elas despertavam zero interesse nele, sua cabeça estava em Mia, que o esperava na cama.

Com a bebida na mão, Jace se virou para Gabe quando as garçonetes saíram.

– Então, como as coisas estão se saindo com Mia? – perguntou Jace.

Gabe ficou alerta na hora. Ele já tivera um momento "pego de surpresa" desses com Jace antes. Não queria o menor vestígio de desacordo entre eles.

Antes de poder dizer qualquer coisa, Jace prosseguiu:

— Eu sei que enchi seu saco com isso, e sim, provavelmente reagi de modo precipitado. Só fui pego desprevenido. Não gostava de ver Mia trabalhando naquela confeitaria, mas achava que ela só precisava de tempo para se decidir sobre o que fazer. Ela deu duro na escola. Talvez só precisasse de um tempo para se definir, e eu não tenho pressa para que ela se decida. Ela tem a mim. Providencio para que tenha tudo de que necessita e não quero que se sinta pressionada.

Uma grande onda de culpa atingiu Gabe no estômago. Ele definitivamente havia colocado pressão sobre ela. Não havia dúvida quanto a isso. Não que se arrependesse. Seria um grande mentiroso se dissesse o contrário. Ainda assim...

– Ela está se saindo muito bem, Jace – respondeu Gabe em seu tom casual. – Ela é esperta e está motivada. Já está se encaixando. Trabalha duro e tem a cabeça no lugar. Impressionou os investidores no coquetel que ela foi comigo. Todos parecem adorá-la e têm respondido muito bem à presença dela. Estou certo de que muitos acham que conseguiu o emprego apenas por ser quem é, mas vem provando que merece estar onde está.

– Bem, quem pode não amá-la? – interrompeu Ash. – Ela é doce e amigável. Não há um traço de maldade naquela garota.

– Se alguém falar alguma besteira sobre ela, vou querer saber – soltou Jace.

Gabe levantou a mão, como que para acalmá-lo.

– Tenho tudo sob controle, cara. E se você pensar com calma, é bem melhor que ela não esteja trabalhando com você. Assim pode provar que merece o trabalho, porque não está trabalhando para o irmão mais velho. Não vou ser crápula com ela, mas espero que ela faça seu trabalho. Você iria mimá-la e tratá-la como um bebê.

Ash gargalhou.

– Ele acertou no ponto totalmente com essa, cara. Se ela tivesse machucado a cutícula, você mandaria ela para casa na hora.

Jace sorriu sem graça.

– OK, OK, vocês dois têm razão. – E então mudou para um tom mais sério: – Mas só quero o melhor para ela. Quero que seja feliz. Ela é tudo que tenho.

Gabe e Ash assentiram.

– Entendo – disse Gabe. – No seu lugar eu faria o mesmo. Mas relaxe. Deixe que ela abra suas asas um pouco. Acho que você vai se surpreender com o quanto ela é capaz de fazer sem você ali para auxiliá-la.

– E, então, em uma tentativa de desviar o assunto para longe de Mia de modo que ele não ficasse em uma posição tão desconfortável, Gabe lançou um olhar para Jace e Ash com um sorriso velado. – Que fim levou aquela morena?

Ash resmungou enquanto Jace pareceu simplesmente irritado.

– Foi tão ruim assim? – disse Gabe arqueando as sobrancelhas.

– Doida de pedra – reclamou Ash.

– Não foi das suas melhores decisões sair com ela uns dias. Diabos, ela sabia que não era sério. Nada sério.

Jace continuou em silêncio, sua expressão ainda fechada.

– Digamos que ela não lidou com isso muito bem e certamente não entendeu a mensagem. Nossos telefones tocaram o tempo todo por alguns dias.

Gabe demonstrou espanto.

– Vocês deram seus números? Vocês estão loucos?

– De jeito nenhum – explodiu Jace, falando pela primeira vez. – Ela ligou para o escritório. Repetidas vezes. Tive que ameaçar denunciá-la à polícia para que finalmente desistisse.

Gabe riu.

– Vocês dois certamente sabem escolher suas mulheres.

– Louca – resmungou Ash de novo. – Não sei como fomos cair numa dessas.

Gabe deu de ombros.

– Tenham mais discernimento da próxima vez.

Jace bufou.

– Talvez devêssemos assinar contratos que nem você. Definir a coisa toda antes de partir para o sexo.

Ash engasgou com sua bebida e Gabe lançou um olhar de desaprovação para os dois.

Após uma hora bebendo, mais brincadeiras e certamente muito flerte com mulheres da parte de Ash e Jace. Gabe olhou seu relógio e viu que eram quase 23h. Droga. Ele havia dito a Mia que não ia demorar. Para que esperasse por ele. E lá estava ele, preso, jogando conversa fora com Jace e Ash. Esperaria mais quinze minutos antes de inventar alguma desculpa. Foi salvo quando os dois ficaram atiçados por uma performance privada. Gabe não tinha o menor interesse. Não quando tinha alguém tão doce e linda como Mia aguardando por ele em casa. E aquilo certamente lhe dava uma imensa satisfação. Ela estava em casa, na cama dele, aguardando-o.

Essa era toda a motivação de que precisava para se levantar e se despedir, dando alguma reunião cedo no dia seguinte como desculpa, e rumou para a saída. Jace e Ash estavam distraídos, resmungaram um "até logo" antes de dedicar toda sua atenção para as dançarinas.

Ele logo chegou ao seu prédio, e apressou-se para o elevador, um sentimento de ansiedade que não conseguia aliviar.

Entrou no apartamento e notou que Mia havia deixado a luz do *hall* de entrada acesa para ele. Sorriu diante do cuidado dela, seu peito apertado com a sensação de que ele não precisava de luz. Ela era sua luz. Um raio de sol em um dia frio.

Gabe entrou pelo quarto se despindo e parou, um sorriso irrompendo em seu rosto com a visão dela enrolada no meio da cama dele, coberta até o queixo e com sua cabeça repousando no travesseiro.

Um sono profundo.

O pau dele estava ereto e pulsando, clamando para se livrar de suas calças.

– Calma, garoto – sussurrou ele. – Hoje não.

O pau dele parecia não prestar atenção. Ele havia visto o que queria e só descansaria quando conseguisse.

Ignorando a vontade de acordá-la metendo fundo dentro dela, ele silenciosamente terminou de se despir e com cuidado puxou as cobertas de modo que ela não acordasse.

Deslizou para junto de Mia, puxando as cobertas. Ela não acordou, mas como se notasse sua presença, imediatamente aninhou-se junto ao corpo dele, lançando o braço possessivamente sobre seu lado.

Ele sorriu de novo ao acomodar-se com firmeza ao lado dela, puxando-a delicadamente para seus braços. Sim, ele a queria, mas estar assim era... tão bom.

capítulo 23

Mia acordou na manhã seguinte com um corpo estranho pressionando-a contra o colchão, suas coxas bem abertas. E então um pau penetrou-lhe violentamente. Ela gemeu e então despertou por completo, os olhos de Gabe encontrando os seus.

– Bom dia – sussurrou ele antes que seus lábios tomassem os dela. Mia não conseguia nem articular uma frase direito. Ela estava em chamas, seu tesão afiado e subindo cada vez mais alto cada vez que ele metia.

Gabe segurou os quadris dela com firmeza, pressionando-a contra a cama de modo que ficava presa, sem poder se mexer. Tudo que queria era ficar deitada ali e aceitar tudo que ele quisesse fazer. Foi tudo rápido. Sem uma demorada escalada de prazer. Ele metia rápido e com força, seu quadril batendo contra o dela. Ele roçou o seu pescoço e então lhe mordiscou o lóbulo da orelha. Calafrios de prazer dançavam por sua pele, e ela murmurava, chegando cada vez mais perto do orgasmo.

– Me olha nos olhos, baby. Quero ver você gozar.

A ordem gutural alimentava a euforia dela, transformando-a em algo quase sem controle. Seu olhar se fechou nele, o corpo tenso, cada músculo retesado.

– Diga meu nome – sussurrou ele.

– Gabe! – com o olhar cerrado, o nome dele pendendo dos lábios dela, Gabe inclinou-se, apertando seu corpo junto ao dela até que ele irrompeu, derramando lá no fundo.

Por um longo instante, ele a encobriu, seu corpo pesando, quente e reconfortante sobre o dela. Então, finalmente se levantou, apoiando-se em seus antebraços, e beijou-a no nariz, seus olhos ardentes ao olhá-la de cima.

– Isso sim é um bom modo de começar o dia – sussurrou ele. Então saiu de cima dela, deu um tapinha em seu quadril e disse:

– Corre pro banho, baby. Temos que nos apressar para o trabalho.

Que homem cheio de energia.

De tão insana que havia sido a véspera, Mia estava quase temerosa das surpresas que o dia novo guardava para ela. Apesar do tórrido sexo matinal, assim que chegaram ao escritório, ele introduziu nela outro plug.

Ela nunca imaginou que essas coisas pudessem ter tantos formatos e tamanhos! Não podia haver nenhum ainda maior porque o de hoje era gigantesco! Ela não conseguia andar normalmente, o que a deixou preocupada de não se deixar ser vista vagando por aí. Assim, passou a maior parte do dia trancafiada no escritório de Gabe, sofrendo sentada, procurando a melhor posição em sua cadeira.

E como Gabe era um cara ocupado! Três teleconferências. Duas reuniões, e mais diversas ligações que ele precisava retornar. Então não restava tempo para uma trepada louca e inflamada para aliviar a sua ardência.

E lá ficou ela emburrada de novo, mesmo sabendo como isso a fazia se sentir ridícula.

A hora de ir embora foi um grande alívio. Ela queria essa droga de plug longe da sua bunda, e queria ainda mais cair fora do escritório. Estava enlouquecendo. Pelo menos havia o jantar mais tarde com Jace e Ash.

Gabe insistiu, ela voltou para casa de carona com ele. Seu motorista a deixaria em casa no caminho para o apartamento dele. Eles permaneceram em silêncio durante a maior parte do trajeto, mas ele segurou a mão de Mia o tempo todo. Como se ele estivesse necessitando desse contato. E era verdade, já que mal haviam se visto o dia inteiro. Os únicos momentos que ambos tiveram a sós foi quando ele colocou o plug de manhã e retirou-o no fim da tarde.

O dedão de Gabe acariciava a palma da mão dela, em um movimento repetitivo enquanto olhava pela janela. Ela não tinha certeza se ele estava realmente se importando com a presença dela, ainda assim, quando tentou mover a mão, ele a segurou e enroscou os dedos. Talvez sentisse tanta falta dela quanto ela sentia dele. Ela sabia que era uma ideia boba, mas ainda assim persistia em sua cabeça.

Quando se aproximaram do prédio dela, Mia se deu conta de que não haviam feito planos para *depois* do jantar com Jace. Ela não fazia ideia do que Gabe esperava. Queria que fosse ao apartamento dele? Ou simplesmente encontrá-la pela manhã seguinte no escritório?

O carro encostou e Mia abriu a porta para descer, mas Gabe a fez parar.

– Aproveite a sua noite, Mia – disse ele calmamente.

– Pode deixar – disse ela sorrindo.

– Vejo você amanhã de manhã no trabalho. O motorista passará para pegar você às 8h.

Bem, a pergunta estava respondida. Claramente, ela estava liberada por essa noite. Ainda assim, quando ela desceu, Gabe não parecia alegre com o fato de ela passar a noite longe dele.

– Até amanhã – murmurou Mia.

A porta se fechou e ela ficou assistindo ao carro se distanciar, tentando imaginar no que Gabe estaria pensando. Com um suspiro, ele entrou no prédio e subiu ao seu apartamento. Ela só tinha uma hora para se trocar e se arrumar antes que Jace e Ash chegassem para buscá-la.

Ela atravessou a porta e entrou na sala de estar. Caroline esticou a cabeça de dentro do quarto, arregalando os olhos de surpresa.

– Você está em casa! Caramba! Estava achando que você tinha se mudado para o Gabe.

Mia sorriu.

– Olá para você também.

Caroline veio na direção dela e deu-lhe um abraço.

– Estava com saudades, menina. Todas nós estamos. Vamos pedir para entregar comida e assistir televisão?

Mia fez que não.

– Desculpa, mas não posso. Jace está vindo, e é por isso que não estou com Gabe. Vou colocar os assuntos em dia, porque meu irmão esteve viajando. Estou certa de que ele vai me pressionar para saber sobre Gabe, uma vez que já sabe que estou trabalhando para ele.

Caroline pareceu perplexa.

– Que bosta. É uma droga não passar mais tanto tempo com você. Fico com medo de você entrar de cabeça nesse relacionamento. Parece que você não passa um só minuto longe dele.

Mia se sentiu desconfortável ao encarar sua amiga. Era verdade que ela não via Caroline e suas outras amigas desde que Gabe surgiu em sua vida. Não que fosse muito tempo, mas ela e suas amigas costumavam passar bastante tempo juntas, e costumavam sair em bando.

– Sexta-feira à noite, boate – Caroline disse com firmeza. – Vou convocar todas as garotas e vamos nos divertir.

– Não sei – Mia se esquivou. Ela não fazia ideia de quais eram os planos de Gabe para ela.

Caroline lançou-lhe um olhar incisivo.

– Por favor, me diga que você não está considerando pedir permissão a ele para poder sair com suas amigas. Ele não é seu dono, Mia.

Mia mal conseguiu esconder a fisgada de culpa. Gabe *era* seu dono. Ele tinha direitos firmados em contrato sobre seu corpo, seu tempo, sobre tudo. Ela não queria dividir essa informação em particular com Caroline. Suas amigas nunca iriam entender. Ela suspirou, sabendo que o melhor a fazer era passar a sexta à noite com elas. Não queria se isolar das amigas porque sabia que, quando o contrato com Gabe terminasse, precisaria delas. Seriam elas quem a ajudariam a segurar a barra, e se ela não lhes desse atenção agora, não restaria ninguém para estender-lhe a mão mais à frente.

De algum modo, ela teria que dizer a Gabe que tinha planos para sexta à noite e esperar que ele levasse isso numa boa.

– OK, combinado sexta à noite – Mia consentiu.

O rosto de Caroline se acendeu e ela começou a dançar de empolgação ao redor de Mia.

– Vamos nos divertir muito! Senti a sua falta, Mia. Sem você não é a mesma coisa.

Mia sentiu outra pontada de culpa. Tinha sido sua ideia que Caroline viesse morar com ela. Mais do que o fato de a amiga estar procurando um lugar para morar, Mia queria sua companhia. E agora ela passava pouquíssimo tempo em casa ou com Caroline.

– Vou avisar às garotas para que não façam outros planos. Vejo você hoje mais tarde depois do jantar?

Mia fez que sim com a cabeça.

– Sim, vou dormir aqui.

– Que bom. Já sei. Não coma sobremesa. Vou fazer um brownie e pegar um filme. Vamos nos esparramar no sofá quando você chegar.

– Perfeito – disse Mia sorrindo.

Caroline fez como se estivesse expulsando Mia.

– OK, mas agora vá se arrumar. Vou parar de te encher o saco.

Mia adentrou o quarto e pegou seu jeans preferido. Com buracos nas pernas, bolsos decorados com *strass* e cintura baixa. Era seu item de vestuário mais confortável, e ela deu duro para ainda caber nele depois de três anos desde que o comprou. Não há incentivo melhor para manter a forma do que poder caber em seu jeans preferido, certo?

Ela pegou um blusão e uma blusa tomara-que-caia e entrou no banheiro para arrumar o cabelo e se maquiar.

Estava ansiosa por essa noite com Jace e Ash. Com eles Mia se sentia à vontade, e o relacionamento com eles era muito bom. Em vez de um irmão mais velho, era como se tivesse dois, ainda que Ash insistisse em flertar com ela sem parar. Mas era totalmente inofensivo – pelo menos para ela. Seu charme era fatal com outras mulheres, mas ele era próximo demais dela para despertar qualquer chance de atração. Com Gabe era diferente.

E quanto mais ela pensava nisso, mais ansiava pela noite de sexta com as garotas. Caroline estava certa ao dizer que Mia não passava mais tempo suficiente com elas desde que começara a trabalhar com Gabe. Ele era... bem, ele era uma obsessão que a consumia. E havia o contrato que ela havia assinado dando-lhe seu tempo para que ele fizesse o que bem entendesse.

Se as garotas soubessem desse detalhe em particular, teriam internado Mia em um manicômio.

Ela passou outra camada de rímel e retocou seu batom, um rosa brilhante que combinava com o esmalte nas unhas dos pés, e ajeitou o cabelo em um coque meio desgrenhado, mantido no lugar com um bico de pato grande.

Quando voltou à sala de estar, um cheiro pornográfico de chocolate tomava conta do ambiente.

– Meu Deus, Carol, que cheiro maravilhoso – Mia gemeu.

Do forno, Caroline lançou-lhe um olhar e sorriu.

– Estou até gastando as últimas nozes para você.

– Você é boa demais para mim.

Mia sentou-se no banco de bar do lado de fora da cozinha americana onde Caroline cozinhava, e apoiou os braços no balcão.

– Como está o trabalho?

Caroline parou de mexer por um momento e então reajustou a temperatura antes de colocar a colher de lado. Ela franziu a testa e fez uma cara de desgosto.

– Meu chefe é um babaca. Ele passa mais tempo dando em cima de mim do que trabalhando. Assim que tiver economizado o suficiente, vou correr atrás de outro emprego.

Caroline suspirou e olhou Mia nos olhos.

– Conheci um cara...

Mia se inclinou para frente.

– Ah, me conta. Vou conhecê-lo em breve?

– Bem, talvez. Não tenho certeza. Só estamos conversando. Mandando torpedos. Deus, me sinto como se estivesse na escola ou algo assim. E estou paranoica. Depois do que aconteceu com Ted, você sabe.

Mia suspirou. O último relacionamento de Caroline havia sido um desastre. Ela conheceu Ted, e se apaixonou de cara, e só depois de seis meses de encontros esquisitos em horários ainda mais estranhos ela descobriu que o cara era casado e tinha dois filhos. Isso a fez se questionar profundamente.

– Então você acha que ele pode ser casado ou alguma coisa? – perguntou Mia.

A expressão de Caroline se fechou.

– Não faço ideia. Tem algo rolando. Ou talvez eu esteja desconfiada demais depois do que aconteceu com Ted. Parte de mim quer cair fora antes de me sentir envolvida, mas outra parte fica pensando se não estaria sendo estúpida de não lhe dar uma chance.

Mia contraiu os lábios e olhou pensativa para Caroline.

– Sabe, Jace investiga todo cara com quem eu saio. Eu posso pedir que ele cheque o seu cara. Não pode fazer mal ter alguma informação antes de você entrar nessa.

Caroline lançou-lhe um olhar incrédulo.

– Você está falando sério?

Mia riu.

– Infelizmente, estou. Se alguém demonstra o menor sinal de interesse em mim, Jace começa uma investigação completa.

– Uau, essa é dose. Não sei ao certo como ia me sentir em checar o Brandon. – Caroline moveu-se inquieta, a indecisão estampada em sua expressão. – Mas não vou querer me envolver se ele for casado ou estiver saindo com alguém, sabe?

– Conte-me mais detalhes sobre ele – pediu Mia. – Vou falar com Jace sobre isso hoje à noite. Fuçar um pouquinho não faz mal. Não é como se estivéssemos roubando a carteira de identidade dele, apesar de estar certa de que Jace conseguiria fazer isso.

– Ele é segurança na boate que vamos na sexta. Ele é quem vai nos botar para dentro. O sobrenome dele é Sullivan.

– OK, vou ver o que posso fazer – disse Mia. Ela esticou o braço sobre o balcão e pegou a mão da amiga. – Vai dar tudo certo.

Caroline suspirou longamente.

– Espero que sim. Não quero ser feita de boba de novo.

– Amar alguém não é uma coisa boba, Carol. Ele é que foi o tolo. Você, não. Você entrou em um relacionamento de coração aberto.

– Não gosto de ser "a outra" – disse Caroline, tendo calafrios ao se lembrar.

A esposa em questão a confrontou na frente do prédio de Mia. Não foi nada legal. Caroline estava completamente às cegas e ficou devastada com a revelação e também horrorizada com o fato de encarar uma esposa enfurecida de ciúmes.

O *ringtone* de Jace tocou no celular de Mia. Ela alcançou o aparelho e atendeu-o.

– Alô você – saudou ela.

– Estamos chegando. Você está pronta ou quer que a gente suba? – perguntou Jace.

– Não vai ser necessário, já estou descendo.

– OK, até daqui a pouquinho então.

Ela desligou o aparelho e deixou o balcão.

– Te vejo mais tarde, Carol. Mal posso esperar pelo brownie!

Caroline despediu-se de Mia, que saiu do apartamento em direção ao elevador.

Instantes depois de sair do prédio, viu o carro de Jace estacionado junto à calçada. Ele dirigia uma elegante BMW preta, que parecia ter acabado de sair da loja. Ash desceu do carro e acenou, com um sorriso largo no rosto ao abrir a porta do banco de trás para ela.

– Olá, gatinha – disse ele, beijando-a na bochecha antes dela entrar no carro.

– Olá, baby – cumprimentou Jace assim que ela se sentou. — Ah, o carro tinha o incrível cheiro de poder e riqueza masculinos. Ash se acomodou no banco do carona e Jace deu partida.

– Então, como ficou Gabe depois de arrastar você do meu escritório após o incidente com a Lisa? – perguntou Ash. – Minha língua grande não colocou você em apuros, certo?

Ela se esforçou para impedir que suas maçãs do rosto se enrubescessem e mais ainda para soar casual.

– Ele está bem. Calado e concentrado. Não nos falamos muito antes de eu sair.

Jace balançou a cabeça.

– Espero que ele não deixe que Lisa tome conta dos seus pensamentos. Ela por perto é roubada na certa. Imagino que o único motivo pelo qual ela está na área é porque está sem dinheiro.

Mia arqueou a sobrancelha.

– Você tem certeza disso? Ela não ganhou uma bolada com o divórcio? – Tipo, uma grana preta. Gabe era rico. Podre de rico. E pelo que ela pôde averiguar pelas fofocas e rumores que escutava pelos corredores era que Lisa tinha conseguido um acordo bem polpudo. Nada que fosse fazer falta a Gabe, claro, mas Lisa saiu com o suficiente para não ter que trabalhar o resto da vida. Ou pelo menos o suficiente para uma pessoa normal não ter.

– Estou bem certo disso depois de algumas ligações que fiz após ela sair do escritório.

Ei, isso era interessante. Primeiro que Lisa estava tendo problemas financeiros e segundo que Jace havia sido rápido em checar isso. Nada que a surpreendesse; Gabe, Jace e Ash eram bem próximos. Eles sempre estavam lá para dar cobertura um ao outro. Sempre. Jace e Ash estiveram ao lado de Gabe para apoiá-lo após o divórcio, e embora parecesse ridícula a ideia de que Gabe pudesse precisar da ajuda de alguém, ela sabia do laço inquebrável que unia os homens. Ela só esperava que ele fosse forte o suficiente para permanecer inteiro após a briga que rolaria caso Jace soubesse do relacionamento dela com Gabe. E então se lembrou do probleminha de Carol.

– Ei, por falar nisso – interrompeu Mia, inclinando-se para colocar a cabeça entre os bancos da frente. – Posso pedir para vocês darem uma investigada em um cara chamado Brandon Sullivan? Ele é o segurança de uma boate chamada Vibe. Só preciso de informações gerais. Vocês sabem, se ele é casado, se mora com alguém ou se tem ficha criminal.

Jace brecou ao sinal vermelho e então ele e Ash se viraram para olhá-la, ambas as testas franzidas.

– Você está saindo com esse cara? – perguntou Jace.

– Um leão de chácara, Mia? Você pode conseguir coisa muito melhor, meu docinho – reclamou Ash.

Mia balançou a cabeça.

– Eu não, a Caroline. Eu contei a ela que ia pedir para vocês checarem. Ela está paranoica depois do que aconteceu com o último cara com que ela estava saindo.

Jace ficou pensativo enquanto acelerava pelas ruas.

– Ah, sim, não foi ela que esteve envolvida com um cara casado um tempo atrás? Eu me lembro de você ter contado algo a respeito.

– Sim, ela mesma – disse Mia suspirando. – Aquilo ferrou com ela legal. Carol não é assim. Quero dizer, ela nunca se envolveria com um cara casado. Ela é tão doce e se entrega tanto, e esse cara acabou com a capacidade dela de confiar em alguém. Não quero que isso aconteça a ela de novo.

– Pode deixar que cuido disso – disse Jace. – Diga a Carol para não se preocupar. A primeira coisa que farei amanhã de manhã vai ser checar esse cara.

– Você é o melhor – disse ela.

Jace deu um sorriso confiante para ela no banco de trás.

– Senti sua falta, *baby*. Não temos passado muito tempo juntos ultimamente.

– Também senti saudades – disse ela suavemente.

De fato, ela sentiu. Ultimamente, entretanto, parecia que suas vidas seguiam caminhos separados, mesmo antes do lance com Gabe. Jace nunca esteve tão ocupado com o trabalho quanto agora. Esse era o motivo pelo qual Mia havia ido à grande inauguração. Uma noite que alterou o curso da sua vida. Olhando para trás, ela nunca imaginaria como a decisão de ir a algo tão banal e chato quanto um coquetel pudesse mudar tudo tão drasticamente.

Eles tiveram que estacionar a um quarteirão de distância do *pub*, e Ash abriu a porta para ela, oferecendo sua mão para ajudá-la a sair. Ela ficou entre Jace e Ash ao caminharem descendo a rua movimentada, a noite ainda uma criança.

O *pub* ainda estava relativamente vazio. Ainda estava cedo para comer, e o lugar só estaria cheio bem mais tarde. Ash dirigiu-os para uma mesa em um dos cantos que dava vista para a rua transversal, e então uma garçonete animada veio rapidamente pegar seus pedidos. Ela lançou os olhos sobre Ash e Jace como se estivesse faminta e eles fossem sua próxima refeição.

Aparentava ser mais nova que Mia. Parecia ter 20. Provavelmente era universitária, trabalhando de garçonete por um trocado extra. O que significava que havia um abismo de idade entre Jace e Ash e ela. Dezoito anos? Não que isso fosse muito mais do que a diferença entre Gabe e Mia, mas era espantoso assistir a uma garota que parecia uma adolescente flertando com o seu irmão e o melhor amigo dele.

Após flertarem, eles fizeram seus pedidos. Mia estava a fim de chutar o balde. Como iria ter brownie a esperando em casa, por que se conter? Com Gabe ela se sentia na obrigação de comer saladas, mas com Jace e Ash não tinha por que ser seletiva e pediu nachos com tudo que tinha direito.

E isso não a impediu de provar ainda dos pratos de Jace e Ash. Eles riram, fizeram piadas e conversaram sobre tudo e mais um pouco. Após terminar seu prato, ela estava tão cheia que mal conseguia respirar, e como que por impulso se inclinou e abraçou Jace.

– Eu amo você – disse ela entusiasticamente. – Obrigado por essa noite. Era tudo o que eu precisava.

Jace abraçou-a de volta e beijou-a na testa.

– Tudo bem com você?

Ela se afastou, sorrindo.

– Sim. Tudo perfeito.

Ela não estava mentindo. A noite havia sido exatamente o que ela precisava. Sua relação com Gabe era intensa e a consumia. Era tão fácil se apegar a ele e suas exigências que ela perdeu a noção de todo o resto. Sua família – Jace. Seus amigos – Caroline e as garotas. *Dela mesma.*

– Tem certeza de que está tudo bem, Mia? – perguntou Ash. Ela virou-se para ele e viu que ele a estudava, seu olhar compenetrado quase penetrando-a. – Está feliz com o trabalho?

– Está rolando alguma coisa que eu não esteja sabendo? – prosseguiu Jace.

– Jace, está tudo bem – respondeu Mia.

Ela estava sendo totalmente sincera. Talvez nem sempre ela estivesse certa de para onde queria ir. Para ela, estava indo com Gabe. Mas estava certa de que estava tudo bem. Quando sua aventura terminasse, ela estaria OK. Estaria melhor do que estava antes.

– Você me contaria se houvesse algum problema – comentou Jace com a voz suave, seu olhar fixado sobre ela.

Não foi uma pergunta e não foi dito como se fosse. Era uma afirmação de um fato que ele queria reforçar.

– Você sempre será meu irmãozão, Jace. Isso quer dizer que infelizmente eu sempre terei que procurar você para consertar as coisas para mim.

Ao terminar de falar, Mia abriu um sorriso saudoso, lembrando-se da época quando ela era uma menina e ele sempre estava lá, paciente, ao seu lado. Ela sempre pensou se a razão de Jace nunca ter se casado nem tido filhos fosse o fato de ele ter gastado tanto tempo cuidando dela. Isso a entristecia, porque ele teria sido um pai incrível. Mas Jace nunca deu sinais de que queria se juntar com mulher nenhuma. E, bem, se ele e Ash costumavam dividir a cama com uma mesma mulher, era de se supor que fosse complicado formar um relacionamento tradicional a partir daí.

– Não diga "infelizmente", baby. Comigo nunca seria de outro jeito.

– Ei, para mim vale o mesmo. Minha sala estará sempre aberta para você quando Jace não estiver por perto – interrompeu Ash.

Eles se preocupavam de verdade com ela. Era tão evidente que algo a perturbava? O relacionamento com Gabe estava estampado em sua cara? Ela não se sentia diferente. Não estava se achando diferente. Mas todos a sua volta podiam perceber sua inquietude.

– Vocês são uns doces – disse Mia. – Mas estou bem. Gabe estava certo. Eu estava me escondendo trabalhando na La Pâtisserie. Eu precisava de um empurrão para me colocar em movimento na direção certa. Não estou dizendo que serei assistente pessoal para sempre, mas Gabe me deu uma oportunidade de ganhar experiência que eu não teria enchendo xícaras de café.

– Contanto que você esteja feliz – disse Jace. – Só quero que você seja feliz.

– Eu também – disse Mia sorrindo.

Eles continuaram ali conversando por mais um tempo antes de Jace pedir a conta. A garçonete entregou-lhes, Jace pegou seu cartão de crédito. Ao deslizar o cartão para dentro da pasta de couro com a conta, veio uma morena alta na direção deles.

Primeiro, Mia pensou que ela estivesse seguindo para o banheiro, mas seu olhar estava fixo em Ash e Jace e ficou claro que tinha um objetivo em mente.

– Ah, merda – resmungou Ash.

Jace levantou seu olhar e a morena se pôs ao lado da mesa, seus olhos brilhando e um sorriso de diamante falso estampado na cara. Mas ao direcionar os olhos para Mia seu olhar gelou.

– Ash. Jace – disse ela com a voz firme. – Saindo com a gentalha essa noite?

Mia arregalou os olhos. *Diabos*, acabava de ser seriamente insultada. Ela baixou os olhos. Ela não estava tão mal vestida assim, estava?

O rosto de Jace congelou. Era uma expressão que sempre assustava Mia porque quando ele ficava calado e glacial, significava que estava seriamente puto da vida.

– Senhorita Houston – disse ele tenso. – Esta é minha irmã, Mia, e você lhe deve uma desculpa pelo seu comportamento rude e tosco.

As maçãs do rosto da morena foram tomadas instantaneamente por um tom avermelhado. Ela parecia desnorteada. Mia quase sentiu pena exceto por... bem, ela não sentiu pena.

Ash parecia estar tão puto quanto Jace. Ele pegou a conta na pequena pasta de couro e acenou à garçonete, olhando através da morena como se ela não estivesse ali.

– Me perdoa – disse a morena por entre os dentes. Mas ela não estava olhando para Mia ao pedir desculpas. Alternava seu olhar entre Jace e Ash. Mia também parecia não estar lá.

– Vocês nunca responderam às minhas ligações – disse ela.

Ugh, estava começando a feder. Mia estava constrangida pela mulher. Ela queria dizer-lhe para arrumar algum amor próprio e cair fora dali.

– Dissemos tudo que tínhamos a dizer antes de cair fora – disse Ash, antes que Jace pudesse responder. – Agora, você vai nos dar licença, mas saímos para jantar com Mia e queremos pagar a conta e a garçonete está atrás de você nos esperando.

Mia não precisava de muito para sacar que essa claramente era uma das mulheres que Ash e Jace dividiram. O jeito como a Srta. Houston olhava para ambos demonstrava conhecimento íntimo dos dois.

Jace se levantou, seu rosto sério e sombrio.

– Mantenha um pouco da compostura, Erica. Vá para casa. Não faça uma cena em público. Você vai se arrepender amanhã.

Ele pegou Mia pela mão, puxando-a de modo que ela viesse para o seu lado, para longe de Erica.

O rosto de Erica se endureceu e seus olhos se apertaram.

– A única coisa de que me arrependo foi ter gastado meu tempo com vocês dois.

Ela girou nos seus saltos e caminhou *pub* afora, deixando Jace, Mia e Ash de pé ao lado da mesa onde jantaram.

– Vocês têm uma *stalker*? – perguntou Mia em voz baixa. – Meio estranho ela dar as caras justamente no lugar onde vocês estavam jantando, com tantos restaurantes em Manhattan.

Nenhum dos dois pareceu inclinado a responder. Eles se olharam como se quisessem que o assunto desaparecesse. Mia acharia engraçado se ambos não estivessem tão putos da vida.

Eles caminharam de volta ao carro de Jace, que, ao entrarem, ue lançou um olhar pelo retrovisor.

– Desculpa pela cena, Mia.

Ela sorriu.

– Mulheres brigando por vocês não chega a ser uma novidade. E se vocês quiserem se misturar com a gentalha outra vez, por favor, me chamem. A comida estava excelente. Acho que ganhei uns cinco quilos hoje à noite, e vou ganhar outros cinco comendo o brownie que Caroline fez.

– Pelo amor de Deus – resmungou Ash. – Você bem que podia não nos lembrar do comentário sobre a gentalha. Que vagabunda. Não acredito que fomos insultados desse jeito.

Mia deu de ombros.

– Não acho que faria diferença se eu estivesse com vestido de noite. Ela ia arrumar um jeito de me diminuir. Como ouso sair com vocês dois?

Jace ficou sério e em silêncio enquanto ele e Ash trocavam olhares rápidos de desconforto. Ela queria rir. Sim, ela sabia da mania de *ménages* deles e era engraçado vê-los preocupados com o quanto ela sabia.

Quando chegaram ao prédio de Mia, ela e Ash desceram do carro, enquanto Jace deu a volta no quarteirão para pegar Ash de volta.

– Obrigado pelo jantar, Ash. Foi muito divertido – disse ela quando entraram no prédio.

Ele a beijou no rosto quando o elevador se abriu e despediu-se dela.

– Vejo você amanhã no trabalho – disse ele.

Ela acenou com a mão e então as portas se fecharam.

Como a noite acabou sendo interessante, pensava Mia enquanto o elevador subia.

Seu telefone tocou e ela pegou-o da bolsa ao sair do elevador, caminhando em direção ao seu apartamento. Havia recebido uma mensagem e viu que era de Gabe:

"Espero que tenha tido um bom jantar com Jace e Ash. Me mande um torpedo quando chegar em casa."

Seu coração se encheu de alegria em seu peito ao ler essas palavras. A preocupação dele, ou seu sentimento de posse – ela não sabia ao certo –, esquentavam seu interior.

"Cheguei. Foi legal. Até amanhã."

capítulo 24

Na manhã seguinte, o telefone de Gabe tocou enquanto ele entrava no prédio da firma. Ele havia chegado mais cedo que o normal. Já havia se tornado um hábito, uma rotina prazerosa, chegar junto de Mia depois de passarem a noite juntos em seu apartamento. A noite anterior o deixou inquieto e irritadiço, já que passou a maior parte do tempo sério e em silêncio, pensando em Mia sozinha em sua cama enquanto também estava sozinho na dele.

Gabe não gostava de se sentir assim. Detestava perceber que dependia de Mia para conseguir a paz de espírito que só sentia quando ela estava por perto. Isso o fazia se sentir dependente, bobo até, e com sua idade e experiência não devia estar reagindo assim.

Seu cenho se franziu ao notar que a ligação era de sua mãe. Deixou que caísse na caixa postal e entrou no elevador, decidido a ligar de volta quando chegasse à privacidade do seu escritório. O que ela tinha a dizer não era algo que ele queria discutir em público. Ou o que ele imaginava que ela fosse contar.

Os escritórios estavam vazios e silenciosos enquanto atravessava o corredor em direção a sua sala. Mia só chegaria dali a uma hora e meia, e ele estava nervoso de ansiedade. Estalou as mãos ao se sentar atrás da sua mesa. Talvez devesse ter passado no prédio dela em seu caminho para o trabalho. Talvez devesse ter mandado o carro buscá-la após o jantar com Jace. Mas ele estava determinado a provar para si mesmo que não dependia dela. Que não pensava nela quando ela não estava por perto. Ele precisava desse espaço entre eles, porque parecia estar sucumbindo ao vício em Mia.

Sim, ele não estava lidando muito bem com isso.

Pegou o telefone e ligou para sua mãe, esperando enquanto a chamada completava.

– Mãe, aqui é Gabe. Desculpa por não ter atendido agora há pouco. Você me ligou quando eu estava chegando ao escritório.

– Você não vai acreditar – disse ela, a pressa clara em sua voz. Ela não tinha tempo a perder então foi direto ao assunto.

Ele suspirou e se inclinou para trás, já ciente do que estava por vir. Ainda assim, perguntou, fingindo-se de ignorante.

– O que aconteceu?

– Seu pai quer voltar comigo! Você consegue acreditar? Ele esteve *aqui* ontem à noite.

– E o que você quer? – perguntou ele calmamente.

Ela murmurou algo e então ficou em silêncio por um longo momento. Claramente, ela esperava alguma reação a mais de Gabe. Ou talvez ainda não estivesse certa do que queria.

– Ele disse que não transou com todas aquelas mulheres. Que me ama e me quer de volta e que me deixar foi o maior erro da sua vida – disse ela com raiva. – Ele comprou uma casa, Gabe. Uma casa! Para mim isso não é coisa de alguém que ainda não superou uma separação.

– Você acredita nele?

Houve outra pausa. Ele pôde ouvir um profundo suspiro do outro lado da linha, e imaginou a mãe frustrada, o rosto marcado.

– Não sei – disse ela, decepção irradiando da sua voz. – Você viu as fotos, Gabe. Todo mundo pensa que ele transou com todas aquelas mulheres mesmo que ele não tenha feito nada. E agora ele vem aqui rastejando porque cometeu um erro. Depois de toda a humilhação que sofri e de tudo que ele me fez passar, ele espera que eu simplesmente o perdoe e esqueça e siga em frente como se ele não tivesse caído fora do nosso casamento de 39 anos?

Gabe se segurou porque não havia nada a dizer. Não era algo que ele pudesse decidir por ela, e não podia advogar pelo seu pai porque sabia muito bem como ela estava se sentindo. Ironia do destino sua ex-

-mulher vir suplicar para voltar enquanto seu pai fazia o mesmo e ao mesmo tempo com sua mãe. De jeito nenhum ele atenderia aos pedidos de Lisa, então entendia muito bem a relutância de sua mãe no que dizia respeito ao seu pai. Seria uma enorme hipocrisia se ele tentasse convencê-la do contrário. Não faria isso, mesmo que em seu coração ele quisesse que seus pais voltassem. Sua família de volta. As duas pessoas a quem ele admirou a vida inteira.

– Eu entendo que você esteja chateada – disse Gabe. – Não a culpo. Mas você precisa fazer o que você quer, mãe. Definir o que a faz feliz e que se dane o que qualquer um fale ou pense. Você ainda o ama?

– Claro que sim – disse ela, agitada. – Isso não passa com um mês, ou dois, ou mesmo um ano. Você não dá 39 anos da sua vida ao homem da sua vida e supera a separação só porque ele decidiu não ficar mais com você.

– Você não precisa se decidir agora – apontou Gabe. – Você tem a faca e o queijo na mão. Ele tem muito que se desculpar com você, mãe. Não há nada de errado em se dar tempo e pesar as opções e seus sentimentos. Ninguém vai obrigar você a aceitá-lo de volta de uma hora para outra.

– Não – concordou ela. – E eu nunca faria isso. Temos muito que acertar. Eu o amo, mas também o odeio pelo que ele fez e pelo jeito como fez. Não consigo simplesmente esquecer todas aquelas fotos daquelas mulheres. Não consigo vê-lo sem enxergá-lo com outra pessoa.

– Só quero o melhor para você – disse Gabe delicadamente. – Seja lá o que for. Saiba você que terá todo meu apoio seja lá qual for a sua decisão.

Houve outro suspiro, e ele pôde notar a voz dela embargada de choro. Isso fez com que Gabe contraísse o queixo e fechasse seu punho com raiva. Maldito seja seu pai pelo que fez a ela.

– Obrigada, Gabe. Deus te abençoe. Não sei o que faria se não tivesse seu apoio e compreensão.

– Te amo, mãe. Estou aqui sempre que você quiser conversar.

Nessa hora ele pôde notar o sorriso da mãe, em retribuição ao amor dele.

– Vou deixar você trabalhar – disse ela. – Você chegou muito cedo hoje. Acho que você devia levar a sério a ideia de tirar férias como discutimos. Você trabalha duro demais, meu filho.

– Vou ficar bem. Apenas se cuide, OK? E me liga se precisar de alguma coisa, mãe. Você sabe que nunca estou ocupado demais para te atender.

Gabe desligou o telefone e balançou a cabeça. Então o pai dele já havia agido. Ele não tinha apenas confessado seu arrependimento a Gabe. Ele de fato havia procurado a mãe de Gabe e começado a trilhar o longo e tortuoso caminho para tentar a reconciliação.

Gabe se ocupou de responder e-mails, mantendo o olho no relógio. Quanto mais perto chegava da hora de Mia chegar, mais nervoso ele ficava. Por duas vezes ele quase mandou torpedos perguntando onde ela estava, mas largou o telefone ambas as vezes, resoluto de que se fizesse isso ia parecer muito ansioso.

Sobre sua mesa estava o último plug que ele pretendia usar em mim antes de praticar sexo anal com ela. A imagem mental dela debruçada sobre sua mesa, ele separando suas nádegas para colocar o plug, fez com que seu pau doesse de tão duro. Ele mal podia esperar para penetrar-lhe o pau na bunda em vez do plug. Estava ficando cada vez mais impaciente. Queria acesso completo ao corpo de Mia. Já havia lhe dado tempo suficiente para que ela se ajustasse a suas exigências. Já era mais que hora de ela se submeter a toda e qualquer fantasia depravada e hedonista que ele pudesse planejar para os dois.

Ele ansiava pelo fim de semana. Na próxima semana ela o acompanharia em uma viagem de negócios para fora do país. Antes ele queria passar alguns dias a sós com ela. Completar a iniciação de Mia no mundo dele.

Ansiedade dava-lhe calafrios, seu corpo inteiro tomado pelo tesão de imaginá-la amarrada e de pernas abertas diante dele. Imaginar-se penetrando a bunda de Mia por trás. Metendo o pau na boca dela até o esperma descer pelos lábios. Metendo tão fundo na sua vagina que não houvesse distinção entre os dois.

Gabe já havia possuído Mia. Transado até deixá-la exausta. Mas o que ele queria era remover qualquer dúvida da mente dela de que ela pertencia completa e inteiramente a ele. Ele queria que a cada vez que ela olhasse para ele, soubesse em seus olhos que era posse dele. Lembrasse em detalhes vívidos dele a comendo e marcando.

Se isso fazia dele um babaca troglodita, bem, era isso o que ele era, e não havia esperança em controlar sua necessidade primitiva de dominá-la por inteiro.

Às oito e meia, sua porta se abriu e Mia entrou.

Gabe retornou aos seus sentidos, o alívio tomando conta de seu corpo.

– Tranque a porta – ordenou ele em voz baixa.

Ela se virou para obedecer à ordem e então virou-se para ele, olhando-o através da sala. Ela estava distante demais dele. Ele precisava dela bem perto, tocá-la como se fosse uma tatuagem em sua pele.

– Venha aqui.

Como era possível que ele não a visse apenas desde a tarde anterior? Parecia uma eternidade, e só o que ele podia pensar era em reestabelecer seu domínio sobre ela. Ou lembrá-la a quem ela pertencia.

Gabe pegou o plug em sua mesa e hoje, em vez de debruçá-la sobre a mesa e levantar sua saia, fez com que ela o acompanhasse até o sofá que ficava ao longo da parede. Ele se sentou e então posicionou-a de bruços atravessada sobre suas pernas.

O rosto de Mia estava colado ao couro do sofá, virado de modo que podia vê-lo de canto de olho. Seu cabelo caía-lhe sobre o rosto, seus olhos ainda sonolentos brilhavam de desejo.

Deslizando a mão sob sua saia, ele ficou satisfeito ao tocar a pele macia e tenra de sua bunda. Ele levantou a saia, deixando-a nua à sua frente, e pegou o lubrificante, sabendo que hoje ele seria necessário mais do que nunca porque esse era o maior dos plugs .

Ele brincou um pouco, passando o dedo delicadamente em seu ânus enquanto o besuntava com o lubrificante. Ela se retesou no seu colo e ele acariciou sua bunda, deslizando a mão ao longo de sua coluna.

– Relaxe – sussurrou ele. – Confie em mim, Mia. Não vou machucar você. Deixe que eu te dê prazer.

Ela deu um suspiro e então relaxou em seu colo. Ele amava como ela era tão obediente. Tão docemente submissa.

Ele enfiou a ponta do plug em Mia, esticando seu anel ao movimentá-lo com suavidade para frente e para trás, gradualmente indo mais fundo. Os dedos dela se fecharam em punhos bem cerrados. Ela fechou os olhos, deixando escapar um leve gemido por seus lábios. Lábios esses que ele tinha intenção de penetrar em seguida. Ou talvez mergulhar em sua vagina. Ela ia ficar deliciosamente apertada com o plug acomodado dentro dela.

Ela deu um pequeno grito quando finalmente todo o plug estava alojado dentro dela. Ele imediatamente começou a acariciar as costas de Mia, acalmando e confortando-a.

– Shhh, *baby*. Agora acabou. Respire fundo. Não lute contra. Vai arder por alguns momentos, parecer apertado e cheio, mas apenas respire.

O peito de Mia se encheu e se esvaziou sucessivas vezes, seu corpo inteiro apoiado no colo de Gabe. Após deixar que ela retomasse o controle dos sentidos, ele ajudou-a a se levantar. Depois de instrui-la a fica de costas para ele a sua frente, ele abriu sua braguilha e puxou seu pau para fora.

Gabe sentou na beirada do sofá, esticou o braço e pegou Mia pela cintura, trazendo-a na direção do seu pau.

Ela gemeu quando ele penetrou em sua vagina e sua bunda se apoiou no colo dele. Oh sim! Ela estava apertadinha e trêmula em volta dele. Um calor líquido, cercando-o e o tragando cada vez mais fundo.

Após meter nessa posição algumas vezes, ele a empurrou para frente e então se levantou atrás dela, girando-a de modo que sua bunda ficasse arrebitada para cima, de quatro com os joelhos na beirada do sofá.

Sua vagina estava aberta e desnuda à frente dele, a carne rosada brilhando convidativa. Como um néctar no qual ele não conseguia evitar de mergulhar.

Ele penetrou-a, metendo fundo nela molhada. Ele adorava comê-la por trás. Era uma das suas posições prediletas.

Agarrando o quadril dela, os dedos cravados em sua carne, ele a segurou firmemente enquanto metia cada vez com mais força. Seu quadril batia contra o dela, o barulho alto no silêncio do seu escritório.

Ele olhou para baixo, assistindo ao seu pau desaparecer dentro da vagina dela e quando ele retornava, vinha encharcado dos líquidos dela.

– Quero ver você se tocar, baby. Vá até o fim sozinha. Eu não vou conseguir segurar muito tempo – disse ele ofegante.

Era uma declaração e uma ideia que soavam familiares. Ele parecia repeti-la toda vez que eles transavam. Simplesmente não conseguia se controlar com ela. Só tinha uma velocidade quando estava com Mia. Velocidade máxima.

Sua vagina envolvia-o como um punho apertado. Ela era macia e aveludada, e de repente encharcada, dissolvendo-se em volta do pau dele. Isso o enlouquecia. Ele fechou os olhos. Eles quase se reviraram para trás. Ele estava na iminência de gozar, seu esperma percorrendo todo o comprimento do seu pau até ejacular, esparramando-se profundamente dentro dela.

Ela o fazia se sentir bem demais. Gabe nunca se sentiu melhor. Ninguém nunca o fez se sentir tão louco e fora de si, mas de maneira completamente positiva. Ele não conseguia nem começar a explicar.

Era o que ela fazia com ele.

Ela era a sua droga, um vício impossível de largar. Ainda mais porque Gabe não tinha nenhuma intenção de abrir mão disso.

Ele se inclinou sobre ela, permanecendo dentro do aperto caloroso dela por um longo tempo. Quando finalmente sua ereção passou, ele ajudou-a a se levantar e a mandou para o banheiro para se limpar enquanto ele ajeitava a roupa.

Gabe havia tido um dos orgasmos mais incríveis da sua vida e mesmo assim já estava pronto para trabalhar assim que ela retornou do banheiro. Ele suspirou e retornou à mesa, determinado a agir com um pouco de compostura e não se deixar reduzir a um animal sedento por sexo.

Ao olhar o calendário, ele se deu conta que ainda não havia contado a Mia sobre a ida deles a Paris na semana seguinte. Ele queria surpreendê-la e esperava que ela fosse ficar empolgada.

– Vou a Paris a trabalho na semana que vem – disse ele casualmente.

Da sua mesa, Mia virou-se para olhá-lo.

– Ah? Quanto tempo você vai ficar fora?

Ele captou decepção na voz dela ou era só o que ele esperava ouvir?

– Você vem comigo – ele sorriu.

– Verdade? – disse ela, arregalando os olhos.

– Sim. Partimos segunda à tarde. Estou levando em consideração que seu passaporte não está vencido.

– Sim, lógico.

Havia empolgação na voz dela, seu rosto iluminado.

– Vamos passar o fim de semana juntos e vou levá-la para comprar tudo que você precisa para a viagem – disse ele, indulgente.

Ela ficou séria e abaixou os olhos por um instante. Ele não podia perceber se ela se sentia culpada ou se estava meramente evitando encará-lo nos olhos. As sobrancelhas dele se arquearam enquanto continuava a encará-la. Estava esperando sua reação.

– Tenho planos para sexta à noite – disse ela, em um tom culpado. – Havia planejado antes, digo, antes de eu e você...

Estava na ponta da língua de Gabe perguntar *que planos* Mia tinha, e pressioná-la ainda mais. Certamente era seu direito. Mas ela parecia estar tão desconfortável que não quis colocá-la na defensiva, e certamente não queria ela mentindo para ele. E Mia provavelmente mentiria se ele a pressionasse.

– Entendo então que é apenas sexta à noite? – disse ele em um tom baixo.

Ela assentiu.

– Bem, então esteja no meu apartamento sábado pela manhã. Vamos passar o fim de semana juntos e partimos segunda à tarde para Paris.

O alívio de Mia transpareceu em seus olhos e seu sorriso iluminado voltou a estampar os lábios.

– Mal posso esperar – disse ela. – Paris é tão empolgante! Vamos conseguir passear?

Ele sorriu com o entusiasmo dela.

– Provavelmente não, mas vamos ver o que acontece.

O telefone de Gabe tocou novamente e ele checou o relógio. O tempo passava voando por ele e era hora de sua teleconferência. Ele despediu-se de Mia com um aceno e ela voltou à sua tarefa, e ele se acomodou em sua cadeira antes de atender a chamada.

capítulo 25

– Agradeça a Jace por levantar a ficha de Brandon para mim – disse Caroline quando elas seguiam rumo a Vibe. – Foi muito simpático da parte dele. Estou me sentindo horrível por deixar você fazer isso para mim, mas depois de Ted, começo a passar mal só com a ideia de me interessar por alguém, entende?

Mia apertou a mão da amiga.

– Vai dar tudo certo, querida. Ei, pelo que o Jace levantou sobre o Brandon, ele parece ser um rapaz trabalhador e honrado. E o que é mais importante, ele é solteiro e não namora ninguém.

O alívio era evidente na expressão de Caroline, e ela se inquietava à medida que se aproximavam da boate.

– Sim, isso é de muita ajuda. Vamos ver no que dá então.

Mia sorriu e o táxi desacelerou. Eram 21h e ela estava cansada de mais um dia de trabalho. Preferia estar com Gabe no apartamento dele, jantando com calma e aguardando seja lá o que ele planejasse fazer com ela. Ela detestava o fato de ter escondido dele seus planos para a noite. Não que tivesse deliberadamente mentido, mas não havia sido franca com ele. De alguma maneira, contar-lhe que ia sair para dançar deixou-a preocupada com a reação dele. E se ele dissesse *não*?

Não era como se ela não pudesse ir. Sim, eles tinham um acordo contratual – Deus, ela estava cansada dessa palavra, contrato. Estava chegando a um ponto em que detestava até mesmo se lembrar daquele pedaço de papel que havia assinado. Não se arrependia do relacionamento com Gabe, mas pelo que o contrato representava. Ou o que ele *não* representava.

Ela simplesmente queria evitar atritos com Gabe. Não estava caçando homens essa noite. Queria se divertir com as amigas e passar um tempo com elas – e tempo era um bem muito precioso desde que Gabe havia tomado controle sobre sua vida.

Sim, ela podia entender por que Caroline estava tão preocupada. Mia também ficaria preocupada se alguma de suas amigas começasse um relacionamento em que passasse todo seu tempo livre com o cara a ponto de excluir todo mundo de sua vida. E talvez seu relacionamento com Gabe não fosse saudável. Ela podia muito bem perceber que sua dependência emocional por ele não era boa. Estava preparando terreno para uma séria decepção, e quando isso acontecesse, ia precisar de suas amigas mais do que nunca, e era por isso que não podia se desligar delas.

Mas, seja lá qual fosse o nome do que estava rolando entre ela e Gabe, era o que ela queria. Necessitava disso. Não estava em negação quanto às circunstâncias. Tinha uma boa noção do que eventualmente estava por vir. Mas por isso mesmo queria aproveitar cada minuto – se deliciar com cada segundo – até que chegasse a hora de ele liberá-la.

Ela ia sobreviver. Ou talvez essa fosse a parte dela que estivesse em negação. Não tinha como ter certeza absoluta de que ia sobreviver depois que Gabe a deixasse.

– Ei, chegamos – disse Caroline. – Planeta Terra para Mia.

Mia piscou e notou que Caroline já havia saltado do táxi. Mia enfiou a mão na bolsa para pegar o dinheiro para pagar o motorista e então saiu correndo atrás de Caroline. Chessy, Trish e Gina estavam esperando do lado de fora da boate, localizada no Meatpacking District, uma longa fila já formada e se estendendo até a esquina. Elas cercaram Mia, saudando-a e dando-lhe abraços. Mia sorria com o afeto das amigas e um pouco da ansiedade foi aplacada. Ia ser legal. E uma noite longe de Gabe provavelmente era uma boa coisa. Era muito fácil se deixar levar pela realidade paralela criada pelos dois. Mas isso... era real. Essas eram amigas e essa era sua vida.

Era hora de começar a se divertir. Caroline levou as amigas até a entrada VIP e então Mia pôde ver Brandon pela primeira vez. Ele era um cara alto e musculoso. Careca, com um cavanhaque e um brinco de brilhante na orelha esquerda. Assim que viu Caroline, ele perdeu seu ar ameaçador e durão de segurança, parecendo com alguém que acabava de ver um filhote de cachorro a sua frente.

Ele claramente estava apaixonado, e, se Mia tinha algumas reservas com relação ao cara, elas se dissolveram de imediato.

Ele posicionou-se entre a fila e a porta e fez um sinal para Caroline. Mia e as outras garotas seguiram-na e Brandon pegou em seu bolso cinco entradas VIP. Ele inclinou-se para dizer algo a Caroline, mas por conta do barulho da rua, Mia não conseguiu escutar o que disse. Seja lá o que fosse, Caroline se mostrou animada e seus olhos brilharam de empolgação. Ele lançou-lhe um sorriso meigo e então deixou que Caroline e suas amigas entrassem.

– Ele é um gato, Carol! – exclamou Chessy depois que elas entraram.

Gina e Trish concordaram, e em seguida lançaram olhares pela boate lotada. A música pulsava e as paredes vibravam. A pista de dança era enorme – e estava lotada. Havia eletricidade na aparência e no ar do lugar. A maior parte era escura, exceto pela luz negra nas mesas e a iluminação do bar. Lasers cruzavam a pista de dança, atingindo os corpos que se remexiam e giravam.

– Sou a favor de enchermos a cara – disse Trish. – Música boa, dança, uns bons drinques e com sorte alguns gatos.

– Estou dentro – declarou Chessy.

– Eu também – acrescentou Trish, e todas se viraram para Mia.

– Manda ver – disse ela.

Elas comemoraram e então saíram em busca da mesa que Brandon havia reservado para elas.

Caroline pegou Mia pelo braço, deixando que as outras se adiantassem, e então se inclinou sobre a orelha da amiga de modo que só ela pudesse escutar.

– Vou para casa do Brandon mais tarde, tudo bem? Você pode ir para casa sozinha? Ele disse que pode pedir um táxi para você.

– Você tem certeza, Carol? – disse Mia com as sobrancelhas arqueadas.

Carol assentiu.

– Estamos nos falando já há algum tempo. Nem sei se vou dormir lá. Nossos horários são completamente opostos, então não conseguimos ficar juntos até agora.

– Então tá. Apenas tome cuidado, OK?

Caroline sorriu, concordando.

Elas acharam a mesa, pediram drinques e esperaram em pé ao lado da mesa. A batida frenética da música invadia o corpo de Mia e de repente ela estava dançando acompanhando o ritmo. Chessy se juntou a elas e pouco tempo depois elas tinham tomado conta da área em volta da mesa.

Antes que a garçonete chegasse com seus drinques, dois caras se aproximaram, seus sorrisos encantadores, e começaram a puxar papo com Trish e Chessy. De propósito, Mia manteve-se atrás da mesa onde havia um corrimão que dava a volta na pista. De jeito nenhum ela queria parecer disponível, e não queria nenhum tipo de conversa com um desses tipos esquisitões. Em vez disso, abaixou a cabeça e ficou olhando o chão, se movendo junto com a música.

Alguns minutos mais tarde os drinques chegaram e os dois caras sumiram. Cada uma pegou o seu copo e Caroline levantou o seu, propondo um brinde.

– A uma noite incrível! – gritou ela.

Elas bateram os copos e começaram a beber.

Mia bebia lentamente. Não tinha a mesma tolerância ao álcool de suas amigas. Elas iam e vinham da mesa para a pista de dança, e a garçonete encarregada mantinha os copos sempre cheios.

Lá pela meia-noite, Mia começava a sentir os efeitos do álcool, e resolveu pegar mais leve enquanto suas amigas continuavam a todo vapor. Chessy havia arrumado um cara que ficou grudado nela a noite toda. Aonde ela ia, ele ia atrás, sempre se assegurando de que as garotas estivessem sendo bem atendidas.

Brandon chegou um pouco depois para checar se estava tudo bem com elas e conversou com Caroline por alguns minutos em um canto mais reservado. Quando ele saiu, Caroline estava com um sorriso enorme e seus olhos brilhavam. Ela estava radiante – empolgada com o frescor de um novo relacionamento em potencial, quando tudo parece incrível e promissor. Mia estava feliz pela amiga. Carol merecia depois de sua última experiência.

Por volta das duas da manhã, Mia estava pronta para cair fora, e estava um pouco mais bêbada. Já que Caroline ia para casa de Brandon, Mia não via motivo para se demorar mais ali. Ela chamou Caroline em um canto e disse que estava indo embora. Chessy e as outras ainda estavam na pista, mas todas já tinham arrumado seus respectivos pares para a noite e estavam entretidas com eles. Elas não dariam conta da ausência de Mia.

– Deixe-me chamar o Brandon e vamos levá-la até o táxi – disse Caroline por cima da música.

Mia assentiu e esperou Caroline voltar. Poucos instantes depois ela chegou de braços dados com Brandon e Mia os seguiu até o lado de fora da boate. Brandon chamou um dos táxis que estava parado na esquina e abriu a porta para que Mia entrasse.

– Ligo para você amanhã – disse Caroline enquanto Mia entrava pela porta de trás.

– Tome cuidado e se divirta – disse Mia.

Caroline sorriu e fechou a porta.

Mia deu o endereço para o motorista e recostou-se no assento. Ela ainda estava meio bêbada apesar de ter parado de beber havia mais de uma hora. Seu telefone tocou e ela franziu o cenho. Já passava das duas horas. Quem diabos mandaria um torpedo a uma hora dessas?

Ela pegou o telefone do bolso, onde ele havia permanecido quieto a noite toda, e se surpreendeu ao se dar conta de que havia uma dezena de ligações não atendidas. Todas de Gabe. E haviam os torpedos. O último deles recebido há poucos segundos.

Onde diabos está você?

Embora não fosse possível determinar o tom pelo texto, ela podia ver Gabe vermelho de raiva. Havia outras diversas mensagens, todas exigindo saber onde ela estava e como ela iria para casa.

Merda. Ela devia ligar para ele? Era muito tarde – ou muito cedo – mas claramente ele estava acordado e puto da vida ou preocupado com ela – ou os dois.

Ela esperaria até chegar em casa para responder-lhe por torpedo. Pelo menos poderia dizer que já estava em casa.

Chegou em casa muito rápido já que a essa hora da madrugada o trânsito não era um problema. O táxi encostou, ela pagou a corrida e desceu um pouco trôpega ao colocar-se de pé.

O táxi partiu e Mia caminhou em direção à porta do prédio quando ela o viu.

Sentiu um aperto no peito, estava perdendo o fôlego, e seu pulso se acelerou, o álcool em seu estômago deixando-a enjoada.

Gabe estava de pé ao lado da porta do seu prédio, e parecia estar puto. Ele caminhou a passos largos na direção de Mia, a expressão fechada e os olhos perigosamente inflamados.

– Já não era hora – soltou ele. – Onde diabos você esteve? E por que não atendeu as minhas ligações ou respondeu minhas mensagens? Você tem noção do quanto eu fiquei preocupado?

Ela se desequilibrou e ele xingou, agarrando-a pelo braço para impedir que caísse.

– Você encheu a cara – disse ele amargamente.

Ela balançou a cabeça, ainda sem conseguir encontrar sua voz.

–N-não – finalmente conseguiu murmurar.

– Sim – disse ele.

Gabe a arrastou para dentro enquanto o porteiro segurava a porta e eles se dirigiram apressadamente ao elevador. Ele tomou a chave das mãos de Mia e apertou o botão do andar do apartamento dela.

– Você consegue ao menos andar direito? – perguntou ele, seu olhar castigando-a como um chicote.

Ela assentiu, apesar de não ter mais tanta certeza agora. Os joelhos dela tremiam e foi sentindo cada vez mais a necessidade de vomitar. Seu rosto estava pálido e o suor irrompeu de sua testa.

Gabe xingou de novo e as portas do elevador se abriram. Ele agarrou a mão de Mia e puxou-a para junto de si, ajudando-a a se equilibrar enquanto caminhavam em direção ao apartamento dela. Abriu a porta, trouxe-a para dentro, trancou a porta atrás deles e então a levou apressadamente para o banheiro.

Bem a tempo.

Ela se inclinou sobre a privada, o estômago dela se revirou.

Gabe juntava o cabelo dela com as mãos, puxando-os para longe do rosto. Então deslizou uma das mãos por suas costas, acariciando, de modo a acalmá-la. Ele não disse uma só palavra – e ela lhe era grata por isso – enquanto ela vomitava o que tinha no estômago. Quando a ânsia de vômito finalmente cessou, ele a deixou quieta por um momento, enquanto umedecia um pano, e retornou para limpar seu rosto.

– Que diabos você estava pensando?– perguntou ele.

– Você sabe que tenho baixa tolerância a álcool.

Mia desabou sua cabeça no peito de Gabe, fechando os olhos e respirando profundamente. Tudo que ela queria era se deitar ali mesmo. Mesmo depois de vomitar tanto, ainda não estava em boas condições. E ela não tinha certeza do porquê. Não tinha bebido muito. Ou tinha?

A noite inteira era como um borrão para ela. Dançando. Bebendo. Dançando um pouco mais. Ou talvez fosse bebendo um pouco demais.

– Quero escovar meus dentes – murmurou ela.

– Você consegue ficar de pé?

Ela assentiu.

– Vou preparar a sua cama para você poder se deitar.

Gabe saiu do banheiro, raiva ainda acumulada no seu estômago. Entretanto, mais do que raiva, ele tinha medo. Uma sensação que ainda o fisgava em seu ponto fraco.

Se ela não estivesse tão bêbada, ele comeria a bunda dela ali e agora mesmo.

Ele puxou as cobertas, arrumou os travesseiros e então arrumou os lençóis de modo que ele pudesse ir para a cama com ela. Se ela não estivesse tão bêbada, ele a arrastaria para o seu apartamento na hora e ela ficaria presa lá até o momento que embarcassem para Paris.

Gabe voltou ao banheiro, preocupado ao notar o silêncio.

– Mia? – perguntou ao se aproximar da porta.

Ele balançou a cabeça ao vê-la sentada no chão, o braço sobre o assento da privada, a cabeça apoiada sobre o braço, ela completamente apagada.

Com um suspiro, Gabe se abaixou para pegá-la e colocou-a em seus braços. Ele a levou até o quarto e a deitou na cama de modo que pudesse despi-la. Quando ela estava nua, ele tirou a própria roupa, ficando apenas com sua cueca boxer, e então juntou-se a ela na cama, acomodando-a de forma que ela ficasse confortavelmente acolhida junto ao seu corpo, seu braço fazendo às vezes de travesseiro dela.

Eles iam ter uma conversa muito séria de manhã, estivesse ela de ressaca ou não.

capítulo 26

Quando Mia despertou, sentia-se como se alguém tivesse enfiado um furador de gelo em seu globo ocular. Ela resmungou e se virou tentando escapar da luz que entrava pela janela e notou Gabe de pé junto à porta do quarto.

Ele estava de jeans e camiseta, as mãos enfiadas nos bolsos e seu olhar estava direcionado para Mia. Ela se assustou ao vê-lo, sem saber se era por raramente ver Gabe em traje casual ou se era por ele ficar incrivelmente sexy de jeans.

– Está se sentindo um lixo, não?

Mia não se fingiu de desentendida. Ela assentiu, o movimento fazendo sua cabeça doer ainda mais. Ele veio em direção à cama, sentando na beirada junto a ela.

– O carro está nos esperando lá na frente. Vista-se para que possamos ir.

As sobrancelhas dela se arquearam.

– Aonde vamos? – Ela não queria sair dali. Queria pelo menos mais seis horas de sono. Talvez quando ela acordasse sua cabeça não doesse tanto.

– Meu apartamento – disse ele conciso. – Você tem cinco minutos. Não me faça esperar.

Mia resmungou e ele desapareceu do quarto. Se ela só tinha cinco minutos, então não podia esperar que fosse ficar impecável. Ela precisava de um banho quente e de algum tempo para se arrumar.

Diabos, ela ainda não fazia ideia do que tinha dado na cabeça dele ontem à noite. Para começo de conversa, ela mal sabia como tinha ido parar na cama. Tudo o que se lembrava era de escovar os dentes. E então ela acordou.

Gabe passou a noite com ela, mas ele havia dormido?

Ela se empurrou para fora da cama, resmungando ao dirigir-se ao closet. Puxou uma camiseta e uma calça jeans, sem nem vestir sutiã ou calcinha. Não que Gabe fizesse questão de ela usar roupa de baixo.

Rapidamente, ela preparou uma bolsa com algumas peças de roupa junto com o que não teve tempo de pegar – calcinhas e sutiãs – e então foi para o banheiro para pegar seus itens de higiene.

Ao entrar na sala de estar, viu Gabe olhando pela janela. Ele se virou para vê-la.

– Está pronta?

Ela fez que sim. Na verdade ainda não estava preparada para sair, mas dane-se.

Ele se pôs ao lado dela, com a mão em suas costas, os dois saindo do apartamento. Instantes mais tarde, ele abria a porta do carro para ela entrar, acomodando-se ao lado dela em seguida. Assim que o carro partiu, ele chamou-a para junto de si. Lançou os braços em volta dela, e ela suspirou ao sentir o calor do corpo dele junto ao seu. Mia aninhou a cabeça no peito dele e fechou os olhos. Ela esperava que ele fosse dar um sermão nela, ou reclamasse por seja lá o que o tivesse irritado. Mas Gabe surpreendentemente ficou calado o caminho todo, quase como se soubesse o quanto a cabeça dela estava doendo.

Ele roçou a boca contra a cabeça de Mia, e beijou seu cabelo enquanto acariciava algumas mechas com a mão.

– Quando chegarmos ao meu apartamento, posso te dar um remédio para a dor de cabeça – disse baixinho. – Você também precisa comer algo. Vou preparar alguma coisa que não seja pesada para seu estômago.

Uma sensação de empolgação subiu pela barriga de Mia em direção ao seu peito. Era fácil se deixar tomar pela fantasia de estar com Gabe porque ele fazia tudo *parecer* fácil. Ele tomava conta dela. Tomava conta de tudo que ela precisasse. Ele era exigente? Certamente, mas não era egoísta. Ele demandava. Às vezes era cruel em suas exigências. Mas ele lhe retribuía com tanto. Não apenas no aspecto material, mas também emocionalmente, ainda que provavelmente negasse tal coisa.

Ela estava quase adormecendo quando chegaram ao prédio dele. Gabe desceu, e para surpresa dela, ele pegou-a nos braços, carregando-a no colo através da entrada até o elevador.

Mia acomodou a cabeça abaixo do queixo dele, curtindo a força dos braços de Gabe a segurar-lhe. Ele entrou no elevador com ela, pediu que ela inserisse o cartão para dar acesso ao seu andar e então subiram, ela ainda aninhada em seus braços.

Na sala de estar, ele deitou-a no sofá, e então foi pegar travesseiros e um cobertor no quarto. Ajeitou-a e foi para a cozinha por um instante. Voltou com um copo de leite e um comprimido. Ela franziu a testa quando o viu e lançou-lhe um olhar intrigado.

– É para a dor de cabeça – disse ele. – Mas primeiro beba um pouco de leite. Só vai piorar o seu enjoo se você tomar o remédio de estômago vazio.

– O que é isso? – perguntou ela, suspeita.

– Tome, Mia. Eu não te daria nada que pudesse te fazer mal. E como posso lhe assegurar que não faremos nenhum exame de doping no escritório, você pode tomar o remédio sem se preocupar.

Ela sorriu o máximo que sua dor de cabeça lhe permitia e pegou o comprimido. Bebeu meio copo de leite antes de engolir o remédio, e depois bebeu o resto, devolvendo a Gabe o copo vazio.

– Acomode-se. Vou preparar alguma coisa para tomarmos o café da manhã aqui mesmo.

Contente com o fato de ele estar sendo paciente com ela, Mia puxou o cobertor até o queixo e recostou a cabeça na pilha de travesseiros. Ela pensou que precisava fazer isso mais vezes, se era para ser tratada assim toda vez que o tirasse do sério. Ainda que ela nem soubesse o motivo pelo qual ele estava puto da vida com ela.

Mia começava a sentir os efeitos do remédio que ele lhe dera quando Gabe apareceu com a bandeja de café da manhã. A dor havia diminuído e em seu lugar uma euforia tomava conta de suas veias.

– Já está se sentindo melhor? – perguntou ele com a voz baixa ao sentar-se ao lado dela.

– Sim. Obrigada. Você é muito bom comigo, Gabe.

Seus olhares se cruzaram e permaneceram assim por um longo tempo. Então ele começou a falar.

– Você provavelmente vai mudar de opinião depois de ouvir o que tenho a lhe dizer sobre aquela sua cena de ontem à noite.

Ela suspirou.

– O que eu fiz? Não me lembro de muita coisa, só que quando cheguei no meu prédio você estava lá puto da vida. Por quê?

Ele balançou a cabeça.

– Não acredito que você esteja perguntando isso.

Quando ela tentou falar de novo, ele levantou a mão, como que ordenando que permanecesse calada.

– Coma, Mia. Vamos terminar essa discussão depois que você tiver comido e estiver se sentindo melhor.

Ele entregou e ela um prato com um *bagel* tostado com *cream cheese* e uma pequena tigela com salada de frutas.

Em dúvida, ela fitou a comida, sem saber ao certo se seu estômago aguentaria tudo aquilo. Ela provou o *bagel,* acreditando que o pão cairia melhor do que as frutas.

Assim que deu a primeira mordida seu estômago acordou. Ela não havia jantando no dia anterior e todo aquele álcool em sua barriga vazia... Não era de se espantar que tivesse passado tão mal.

– Estou faminta – murmurou ela.

Ele suspirou impaciente.

– Você ao menos comeu antes de sair para beber ontem à noite?

Ela balançou a cabeça em negação, já preparada para a reação dele.

– Que droga, Mia.

Parecia que ele queria falar ainda mais, mas em vez de continuar ele fechou a boca e pôs-se a comer seu próprio café da manhã. Ela demorou saboreando cada mordida, apesar de que com toda sua fome ela poderia comer tudo de uma só vez. Quanto mais tempo demorasse comendo, mais tempo ela teria antes de Gabe descascá-la.

– Você pode demorar o tempo que quiser – disse ele. – Você só está adiando o inevitável, Mia.

Ela resmungou discretamente, e então se inclinou para colocar o prato sobre a mesa de café.

– Acho que não entendo por que você está tão irritado. E daí que bebi um pouco além da conta? Aposto que você já fez o mesmo alguma vez.

Ele colocou seu prato na mesa e então sentou-se de frente para ela para que pudesse encará-la.

– Você acha que é por isso que eu estou puto?

Ela deu de ombros.

– Por isso ou porque eu fui à boate com minhas amigas. De qualquer jeito, sua reação está sendo exagerada.

– Exagerada – Gabe bufou, fervendo de raiva. Ele ajeitou o cabelo e balançou a cabeça. – Você não tem nenhuma pista, certo?

– Me esclareça porque estou perdida aqui.

– Eu sabia aonde você estava indo, Mia. Por que você não pode ser sincera desde o começo comigo é que não consigo entender. Você acha que eu não ia deixar você ir? Eu conheço suas amigas.

– É por isso que você está chateado? Não sei explicar porque fiz isso, Gabe. Talvez eu estivesse preocupada que você não fosse me deixar ir.

– Pode ter certeza de que não é por isso que estou furioso – ele disparou. – Meu motorista me ligou dizendo que não havia sido chamado para pegar você. Você não estava no seu apartamento e então só pude supor que você havia tomado um táxi. Você e suas amigas, em uma boate. Sem proteção. Entrando em um táxi com Deus sabe quem, voltando para casa bêbada, sozinha, às duas da manhã. – Ela ficou completamente surpresa. Não era o que ela estava esperando que ele fosse dizer. – Não sou eu controlando você, ou você tendo que pedir minha permissão para fazer o que quer, Mia. É que você tem que ser cuidadosa. Eu fiquei enlouquecido de preocupação porque não fazia ideia de onde você estava, se você estava bem. Você não respondia às minhas ligações ou mensagens de texto então não pude mandar meu motorista esperar você sair para lhe buscar. Diabos, já que não estava respondendo às minhas ligações ou aos meus torpedos, fiquei pensando que você estivesse morta, jogada em alguma sarjeta por aí!

A culpa bateu forte nela. Droga, ele estava certo. Ela havia ficado solta por aí bebendo e se divertindo enquanto ele se preocupava – realmente se preocupava com ela – que ela estivesse machucada ou coisa pior. *Ugh*.

– Desculpa – disse ela com a voz baixa. – Não pensei nisso. Digo, nem me ocorreu.

Ele franziu o cenho.

– E você voltou para casa sozinha. E se eu não estivesse lá, Mia? Você conseguiria chegar ao seu apartamento ou teria caído e desmaiado na calçada?

– Caroline foi para a casa de um cara – disse ela calmamente. – Ele me deixou no táxi.

– Pelo menos isso – disse Gabe com desgosto. – Você deveria ter ligado para mim, Mia. Eu teria buscado você não importa que hora fosse.

Seu coração foi tomado por uma onda de calor. Havia preocupação verdadeira nos olhos dele, junto com frustração e raiva. Ele havia se preocupado com ela. Mia se inclinou para frente, colocando as mãos no seu rosto. E então o beijou.

– Me desculpa – disse ela novamente. – Foi muito descaso da minha parte.

Ele deslizou as mãos pela nuca de Mia e por seu cabelo, segurando-a a poucos centímetros de sua boca.

– Que isso nunca aconteça novamente. Eu designei um motorista para você por um motivo, Mia. Não é só para levar e buscar você do trabalho quando não estiver comigo, mas também se você precisar ir a algum lugar, qualquer lugar, é só chamá-lo. Entendeu? Se você se meter numa situação dessas de novo, me liga. Se você não conseguir falar comigo, trate de ligar para o seu irmão ou para Ash, entendeu?

Ela assentiu.

– Nós dois precisamos de um cochilo – disse ele, acariciando a face dela. – Você não dormiu bem e eu não dormi nada. Agora quero que você vá para a cama, vou abraçar você e vamos descansar. Quando estiver se sentindo melhor eu vou deixar essa sua bunda bem vermelha por ter me deixado tão preocupado.

capítulo 27

Mia sentou de pernas cruzadas na cama de Gabe, devorando a pizza que haviam pedido. Estava deliciosa, do jeito que ela gostava. Queijo extra, um molho leve e a borda bem grossa.

Ele assistia, divertido, a ela lamber os dedos antes de mergulhar de volta nos travesseiros com um suspiro.

– Estava incrível – disse ela. – Você está me mimando, Gabe. Não existe outra palavra para descrever.

Os olhos dele brilharam maliciosamente.

– Eu esperaria até mais tarde para dizer algo assim.

Seu corpo se retesou na hora, calor tomando conta de suas veias. Ela bem que tentou, não conseguia se assustar nem um pouco com a ameaça dele. Pelo contrário, havia ficado excitada com a expectativa dele dando tapas em sua bunda.

Ela fitou-o e então se acalmou.

– Peço desculpas verdadeiras por ontem à noite. Não fazia ideia de que você estava tão preocupado. Se eu tivesse checado meu telefone eu teria ligado de volta ou mandado um torpedo, Gabe. Eu nunca teria ignorado você.

– Eu sei que não – disse ele quase resmungando. – O lance é que quero que você tenha consciência de que precisa tomar cuidado. Você e suas amigas saindo para beber sozinhas é um convite para problemas. Inúmeras coisas ruins poderiam acontecer a um grupo de garotas sozinhas e tão vulneráveis.

O fato de ele ser tão protetor deu a ela uma imensa satisfação. Ele a via como algo muito além de um mero objeto sexual, sentia outra coisa por ela.

– Agora que você terminou, temos que discutir a sua punição – disse ele com a voz aveludada.

Droga. O olhar dele havia se transformado e agora estava atiçado com o tesão e o desejo. A necessidade dele arrepiou a pele de Mia, ardente e tensa.

Ela empurrou a caixa de pizza e ele a pegou, colocando-a sobre a mesa de cabeceira ao lado da cama.

– Tire a roupa – disse ele, indo direto ao ponto. – Quero você completamente nua. Quando você estiver pronta, fique de quatro, com a bunda na beirada da cama.

Ela se levantou, os joelhos tremendo, e rapidamente retirou a camisa – de Gabe – que vestia, ficando nua sob o olhar dele. Ela virou as costas para ele, de frente para a cama, e então subiu no colchão, equilibrando-se com os joelhos na beirada da cama. Estendeu as palmas das mãos à frente e fechou os olhos, respirando profundamente enquanto o aguardava.

Som de passos ecoaram pelo quarto. O som de uma gaveta se abrindo. Mais passos e barulho de objetos sendo colocados sobre a cômoda.

Ele pressionou os lábios contra uma das nádegas de Mia, e então seus dentes se arrastaram por sobre sua pele, provocando espasmos que tomavam conta das pernas de Mia.

– Não faça barulho algum – disse ele, sua voz envolta de desejo. – Nenhuma palavra. Você vai aceitar sua punição em silêncio. Depois, vou comer esse seu doce traseiro.

Os cotovelos de Mia vacilaram e ela quase perdeu o equilíbrio. Voltou a se levantar, travando os cotovelos novamente.

Gabe deslizou delicadamente o chicote pela bunda de Mia, enganoso em sua maciez. Ele o afastou dela e então lançou o primeiro golpe, sua bunda ardendo como que em chamas.

Os dentes de Mia se afundaram em seus lábios para impedir que qualquer barulho escapasse. Ela não estava preparada para isso. Estava morrendo de tesão. Dessa vez ela manteria o foco, esperando pelo próximo golpe.

Ele nunca atingia o mesmo ponto duas vezes, tampouco se dava por satisfeito com a punição que aplicava. Ele salpicou o traseiro de Mia com uma série de chicotadas que variava em força e precisão. Não havia como saber o que esperar do próximo golpe porque ele mudava o jeito de bater a cada vez. Ela perdeu a conta no dezessete. Todo seu corpo rastejava de desejo. A dor inicial logo diminuía, uma pulsação constante e ardente havia tomado seu lugar. Ela perdeu a noção do que estava ao seu redor, flutuando por um plano de consciência completamente diferente onde a tênue linha entre prazer e dor se misturavam.

A próxima coisa que lhe veio à consciência foi o lubrificante morno espalhado por seu ânus, as mãos de Gabe suaves apalpando suas nádegas.

– Sua bunda é linda – sussurrou Gabe, sua voz aveludada e suave como o mais caro dos chocolates. – Deixei minha marca nela. Você vai carregá-las porque você pertence a mim. E agora vou comer a sua doce bundinha porque ela me pertence e ainda não tive o que é meu por direito.

Ela engoliu em seco e abaixou a cabeça, fechando os olhos enquanto as mãos dele agarravam seus quadris. Então ele deslizou-as por sua bunda, afastando suas nádegas. A cabeça do seu pau tocou-a e então ele empurrou com um pouco mais de força, começando sua penetração.

Gabe se mexia com extrema lentidão, era paciente. Muito mais paciente do que ela era. Ela queria que ele a penetrasse. A espera a matava.

– Relaxa, baby – ele tentou acalmá-la. – Você está muito tensa. Não quero machucar você. Deixe-me entrar em você.

Ela tentou fazer como ele a instruía, mas era difícil quando cada nervo no corpo dela estava tenso e gritando. Instintivamente, Mia se empurrou para trás, na direção dele, mas ele colocou as palmas das mãos sobre a bunda dela, contendo o movimento dela.

– Seja paciente, Mia. Não quero ir muito rápido e machucá-la.

Gabe recuou e tornou a meter, penetrando-a cuidadosamente. Ela sentiu os dedos dele roçando quando ele segurou no próprio pau, direcionando-o, indo mais e mais fundo.

A ardência era quase impossível de suportar. Nem mesmo os plugs que ele colocou nela nos dias anteriores puderam prepará-la para aguentar todo o comprimento dele dentro dela. O pau dele era grosso e extremamente duro. Era como ser empalada por uma barra de ferro.

– Estou quase lá – suspirou ele. – Só um pouquinho mais, Mia. Seja uma boa garota e aguente firme.

Mia forçou cada músculo do corpo a relaxar, e ao fazer isso ele enfiou com ainda mais força até que suas bolas encostassem contra os grandes lábios dela. Ele estava inteiro dentro dela. Ela havia aguentado ele inteiro.

– Meu Deus, você é tão gostosa – disse Gabe, o esgotamento evidente em sua voz. – Quero que você se toque, Mia. Abaixe sua cabeça de modo a encostar a bochecha na cama e use seus dedos enquanto como o seu rabo.

As palavras sujas a provocaram ainda mais.

Mia se inclinou para frente, achando uma posição confortável enquanto ele se mexia com ela, o pau dele firmemente encaixado dentro dela. Ela deslizou os dedos por entre as dobras de sua vagina e começou a mexer o clitóris com delicadeza suficiente para não gozar na hora.

Quando ela encontrou sua melhor posição, Gabe recuou, retirando quase o pau todo antes de tornar a penetrá-la por completo. Seus movimentos eram lentos e metódicos. Suaves. Ele nunca se apressava, nunca perdia o controle. Ele metia e metia, suas bolas pressionando a vagina dela cada vez que ele chegava ao fundo.

– Vou gozar dentro de você, Mia. Quero que você fique bem parada e continue a se tocar.

Ela também estava tão perto do orgasmo que teve que parar de se tocar por alguns instantes, ou iria gozar na hora.

As metidas de Gabe se intensificaram em força e velocidade. Então ela sentiu o primeiro jorro quente explodir dentro dela. Em seguida, ele retirou o pau e mais gozo jorrou sobre a pele dela, fora e dentro do seu ânus. E mais ainda, até deslizar do ânus por dentro da coxa abaixo.

E então ele tornou a penetrá-la, metendo fundo, ainda ereto, forçando seu sêmen mais fundo. Por longos instantes ele ficou metendo, mesmo após ter gozado.

Ela não conseguiu controlar o próprio orgasmo. Assim que tocou seu clitóris, ela gozou, com força e sem controle. Aquilo a atingiu como um maremoto, consumindo-a. Seus joelhos perderam as forças e ela caiu de barriga na cama, esticada. Gabe deslizou para fora momentaneamente, mas pegou no seu pau e voltou a meter nela.

Seu corpo cobria o de Mia. Ele se abaixou sobre as costas dela, seu pau ainda rijo e grosso dentro de Mia. Ele mordiscou o ombro dela e beijou a penugem em sua nuca.

– Você já havia feito isso antes? – sussurrou Gabe na orelha dela.

– Você foi o primeiro – sussurrou ela, mal conseguindo se fazer escutar.

– Que bom.

Havia um tom de satisfação intensa na voz dele. Triunfo.

Gabe permaneceu ali por um longo tempo, seu pau amolecendo gradualmente, diminuindo a tensão e sensação de alargamento em Mia. E então ele se retirou, levantando-se e saindo do quarto. Ela continuou deitada tentando processar tudo que acabara de acontecer. Seus pensamentos estavam confusos. Ela ainda estava eufórica após um orgasmo embriagante. A bunda de Mia ainda ardia por conta das chicotadas e por conta das penetrações profundas. Mas nunca se sentira tão plena quanto agora.

Ele retornou para limpá-la com um pano úmido aquecido. Voltou ao banheiro, e ela pôde ouvir o chuveiro ligar. Instantes depois ele estava de volta e pegou-a nos braços cuidadosamente, removendo-a da cama. Carregou-a até o banheiro e posicionou-a em frente ao chuveiro. Ele entrou primeiro e depois trouxe-a para o boxe. Mia suspirou quando a água quente se esparramou sobre ela. E, por Deus, era quase indecente o modo detalhado como Gabe cuidava dela.

Gabe lavou cada centímetro de Mia, dispensando atenção extra à bunda dela, ainda avermelhada. Quando terminou de lavar o corpo dela, ela estava sem fôlego e com o corpo todo dolorido.

Após enxaguar todo o sabonete da pele dela, ele se limpou e então desligou a água. Saiu primeiro e então estendeu-lhe uma toalha para ela se enxugar. Ele a enrolou por completo e a abraçou contra o seu peito.

– Meu Deus, como você me mima – sussurrou Mia.

Ela levantou a cabeça a tempo de ver o sorriso tomar os lábios dele. Esse homem era um pecado absoluto.

Ele terminou de secar o corpo dela e então permitiu que ela enrolasse a toalha na cabeça.

– Não se preocupe em se vestir – disse ele enquanto ela voltava para o quarto.

Ela sorriu com a promessa na voz dele. Não, ela não precisaria se vestir por um bom tempo, pensou Mia. Afinal, era sábado à noite e eles não iriam a lugar nenhum até segunda pela manhã.

capítulo 28

– Gabe, preciso passar esses documentos para John para que ele possa dar uma olhada antes de partirmos para Paris. Também preciso pegar os planos de marketing com ele. Pensei em comprar algo para almoçarmos aqui mesmo no escritório.

Gabe levantou os olhos e fitou Mia, que estava próxima de sua mesa, interrogação em seu olhar. Ele checou as horas e viu que de fato já passara da hora do almoço. Os dois estiveram trabalhando a manhã inteira preparando a viagem deles para Paris.

Parte dele estava tentada a mantê-la sob cativeiro em seu escritório de modo que ele pudesse vê-la e tocá-la o tempo todo. Que alguma outra pessoa saísse para comprar comida para eles. Era um pensamento que ele precisava controlar forçosamente.

Mesmo após ter passado o fim de semana inteiro transando com ela, ambos exauridos, ele ainda ansiava por mais dela.

– Está bem. Não vá muito longe. A delicatessen na esquina está bom. Você sabe do que eu gosto.

Mia sorriu, os olhos brilhando com a colocação dele. Ela sabia nos mínimos detalhes do que ele gostava. Se ela não saísse agora, ele não ia conseguir se controlar com sua reação.

– Vá – disse ele com a voz grave, carregada de desejo. – Se você não parar de me olhar desse jeito, nunca chegaremos a Paris.

Ela deu uma risada leve que encheu a sala e os ouvidos dele, e se virou para sair. Ele experimentou um momento de pânico quando a porta se fechou atrás dela, deixando-o sozinho no escritório agora vazio.

Era diferente quando ela não estava lá, ocupando o mesmo espaço que ele. Era como ver o céu se cobrir de nuvens em um domingo ensolarado.

Ele manteve a atenção na informação a sua frente, recusando-se a mirar o relógio e esperando o retorno de Mia.

O interfone tocou, interrompendo sua concentração, e ele franziu o cenho.

– O que foi Eleanor?

– Senhor, a Sra. Hamilton está aqui para vê-lo. Uh, Lisa Hamilton.

Gabe bufou e fechou os olhos. Pelo amor de Deus, não! O mundo a sua volta enlouquecera? Seu pai procurando sua mãe e agora Lisa dando as caras de novo. Ele havia deixado claro que não tinha a menor vontade de vê-la novamente na última vez que ela rastejara escritório adentro. E apenas sobre o seu cadáver que eles se reconciliariam.

Talvez ele não tenha sido tão claro quanto pensava.

– Mande-a entrar – resmungou Gabe.

Evidentemente, dessa vez ele teria que explicar seu ponto de maneira que não restasse a menor margem para desentendimento.

Momentos depois, Lisa abriu a porta e entrou, toda arrumada, sem um único fio de cabelo fora do lugar. Mas seu modo de agir e aparência sempre eram perfeitos.

Gabe apertou os olhos quando notou que ela portava alianças de casamento – alianças que ele dera a ela. Dava-lhe nojo ver essas lembranças de quando ela foi dele.

– Gabe, precisamos conversar.

Ela se sentou na cadeira à frente da mesa de Gabe sem esperar que ele se decidisse se a convidaria a sentar-se ou a enxotaria.

– Não há nada para discutirmos – disse ele com calma.

Ela franziu a testa, o primeiro sinal de alguma emoção brilhou nos seus olhos.

– O que preciso fazer, Gabe? O quanto você quer que eu suplique? Diga logo o que devo fazer para que possamos seguir em frente.

Ele controlou sua impaciência e permaneceu sentado um instante para que não tivesse uma reação demasiadamente ríspida. E então deu uma risada diante da ideia de que poderia ter reagido rispidamente. Ela o havia apunhalado pelas costas. Traíra ele. E ainda não havia entendido o que a fizera ressurgir de repente.

– Não há nada que você possa fazer ou dizer que vá me fazer mudar de ideia – disse ele clara e concisamente. – Acabou, Lisa. Essa foi a sua escolha. Você se divorciou de mim. Não o oposto.

Uma expressão de espanto tomou seu rosto e ela enxugou uma lágrima inexistente.

– Eu sei que machuquei você terrivelmente. Peço perdão, Gabe. Eu fui uma idiota. Mas ainda nos amamos. E seria um enorme desperdício para nós dois nem ao menos tentar. Ainda posso fazê-lo feliz. Eu já fiz você feliz. Posso conseguir de novo.

Ele estava próximo de perder a calma, mas escolheu as palavras cuidadosamente.

– Eu não amo você – disse ele secamente.

Ela hesitou, e dessa vez não precisou fingir as lágrimas nos olhos.

– Não acredito em você – disse ela em um tom grave.

Ele suspirou.

– Realmente não me importo com o que você acredita. Não é meu problema. Você e eu somos passado e é onde vamos ficar. Pare de fazer isso consigo mesma, Lisa, e comigo também. Tenho que trabalhar e não posso ser interrompido a todo o momento.

– Que tal um misto-quente? – perguntou Mia entrando na sala, cheia de embalagens de comida para viagem nos braços.

Ela parou subitamente ao ver Lisa, arregalando os olhos.

– Ops, desculpa – disse ela sem jeito.

Rapidamente deu meia-volta e deixou o escritório, embalagens nas mãos. Ele precisou morder o lábio para impedir de chamá-la de volta. Droga, ele queria que Lisa desaparecesse, não Mia.

Quando voltou a fitar Lisa, os olhos dela se estreitaram e revelaram a descoberta.

– É ela, não é? – disse ela com a voz suave.

Havia uma ponta de acusação no olhar. Ela se levantou, punhos cerrados junto ao corpo.

– Sempre foi ela. Eu via o modo como você a observava quando éramos casados. Eu simplesmente ignorei. Ela é a irmã mais nova de

Jace e então acreditei que você olhava para ela com uma dose de afeto normal para alguém da idade dela. Mas por Deus, você queria ficar com ela naquela época, não é, seu filho da mãe? Você está apaixonado por ela?

Gabe levantou-se, sua raiva aguda e explosiva.

– Isso é o suficiente, Lisa. Você não vai abrir seu bico. Mia trabalha para mim. Você está apenas se fazendo passar vergonha.

– Eu nunca tive chance alguma, não é, Gabe? – disse ela em tom zombeteiro. – Mesmo se não tivesse sido eu a cair fora.

– É aí que você está errada – disse ele em um tom seco. – Eu fui fiel a você, Lisa. Sempre fui fiel. Eu estava comprometido com nossa relação. É uma pena que você não sentisse o mesmo.

– Não se faça de bobo, Gabe. Eu vi o modo como você a olhava lá atrás e como olhou agora. Fico pensando se ela tem noção da roubada na qual está se metendo. Talvez você devesse avisá-la.

Gabe contornou a mesa, sem conseguir controlar a raiva que o consumia por dentro.

– Se você se atrever a chegar perto de Mia, eu vou destruir você, Lisa. O dinheiro que ainda recebe de mim? Acabou. E eu não vou hesitar ou sentir um pingo de remorso. Você é uma vadia fria e calculista. Mia vale dez de você. E se você acha que eu só vou ficar na ameaça, pode esperar Jace saber das suas intenções para com Mia. Eu lhe garanto que ele não será solícito e paciente quanto eu estou sendo.

Lisa ficou pensativa, calculando.

– Quanto vale eu não me metendo no caminho dessa sua assistente?

E agora ela chegava ao verdadeiro ponto de todo esse papinho de reconciliação. Ele estava lívido, mas ainda assim conseguiu se esforçar para manter o controle. Por pouco.

– Chantagem não vai funcionar comigo, Lisa. De todas as pessoas, você é a que deveria saber melhor. Eu sei por que você veio fuçar de novo. Você está quebrada e mal consegue fechar as contas com a pensão, e por sinal, é bom saber que já entrei em contato com meu advogado. Vou à justiça para pedir redução do valor. Fui mais que generoso em nosso divórcio. Talvez seja hora de você se mexer e procurar um trabalho, ou achar outro otário para bancar você porque para mim já era.

Ela virou as costas, agarrando-se a sua bolsa.

– Você vai se arrepender disso, Gabe.

Ele permaneceu em silêncio, recusando-se a morder a isca. No que dizia respeito a ele, o assunto estava encerrado.

Ela parou junto à porta, e ele disse:

– Não vou deixar que você entre aqui de novo, Lisa. Então é melhor nem tentar. Você só vai conseguir fazer uma cena, e humilhar a si mesma. Vou alertar os seguranças que você nunca deve ser autorizada a retornar, e vou pedir a Eleanor que os alerte se ela a vir por perto do meu escritório. – Então ele baixou a voz para um volume ainda mais ameaçador: – E Deus é testemunha, se eu a vir por perto de Mia, farei com que se arrependa. Entendeu?

Lisa lançou-lhe um olhar cheio de bile e ódio que provou-lhe que tudo de que suspeitava era verdade. Ela estava quebrada e procurava um jeito de voltar a ter dinheiro.

– Como o poderoso Gabe decaiu – disse ela com a voz baixa. – Apaixonado pela irmãzinha do melhor amigo. Fico pensando se ela vai partir o *seu* coração.

Com isso, ela caiu fora do escritório dele, seu cabelo balançando sobre os ombros. Ele esperava muito que essa fosse a última imagem que veria dela.

Gabe estava prestes a sair em busca de Mia quando ela apontou a cabeça pelo vão da porta. Ele fez sinal para que entrasse e lá veio ela carregando os embrulhos de comida para a própria mesa.

Ela estava em silêncio quando retirou a embalagem contendo o sanduíche. Preparou tudo para ele e então retornou à mesa para poder comer.

Ele a observava enquanto ela comia e lia as dezenas de relatórios que ele havia entregado para que memorizasse para a viagem deles. O apetite dele havia diminuído. As acusações de Lisa reviraram em sua mente, e ele não conseguia tirá-las da cabeça. Não gostava de pensar no que ela apontava, mas não conseguia ignorar as observações dela. E isso o irritava mais ainda.

Gabe passou o voo inteiro de Nova York a Paris compenetrado e calado. Mas ele estivera assim desde o momento em que Lisa havia deixado seu escritório. Mia não tinha certeza do que havia transcorrido entre eles, mas Gabe havia deixado claro a sua equipe e seguranças que a entrada dela no prédio nunca deveria ser permitida de novo.

Ele havia sido curto e grosso enquanto ele e Mia partiam para o aeroporto, suas malas já feitas. Eles percorreram o caminho até lá em silêncio, e Mia estava aliviada que o silêncio tenha permanecido mesmo depois de embarcarem.

Assim que pôde, ela pegou seu iPod e fones de ouvido de sua bolsa e inclinou o seu assento, fechando os olhos e escutando a música. Era um voo longo, e estava exausta por conta do seu fim de semana com Gabe. Se ela não dormisse agora, não estaria pronta para o longo dia seguinte. Eles chegariam em Paris às oito da manhã na hora local, o que queria dizer que teria que esperar mais quatorze horas até conseguir dormir novamente.

Mia não tinha certeza do que estava acontecendo. Gabe ia se encontrar com parceiros em potencial, que ele esperava que fossem os três principais envolvidos no novo projeto de hotel. Se tudo ocorresse conforme os planos, começariam as obras na primavera. Junto com os possíveis parceiros, Gabe também ia se encontrar com um grupo de investidores locais.

Realmente não havia motivo para ela estar ali. Ela certamente não acrescentava em nada. A única coisa que conseguia conceber é que Gabe não queria ficar sem sexo por muito tempo.

Na metade do voo, ela apagou, a música ainda tocando nos seus ouvidos. Os assentos eram maravilhosos, e poder reclinar-se completamente facilitava na hora de conseguir cochilar.

A próxima coisa que notou foi Gabe acordando-a e fazendo sinal para que ela endireitasse seu assento. Ela retirou os fones de ouvido e fitou-o ainda grogue de sono.

– Estamos nos preparando para o pouso.

Será que ele tinha dormido? Ele ainda estava carregando aquela expressão sisuda e sombria de quando deixaram Nova York. Essa viagem ia ser muito chata se o humor dele não melhorasse.

Eles pousaram e taxiaram até o portão. Após uma hora esperando passar pela alfândega e pegar suas bagagens, pegaram um carro e seguiram rumo ao hotel.

Era engraçado para Mia o fato de estarem hospedados no hotel do maior concorrente, mas Gabe explicou-lhe que ele estava gostando do trabalho deles, e o melhor modo de aprender o que faziam era conhecer por dentro as instalações deles.

A suíte era luxuosa e ocupava metade do último andar. A vista panorâmica era absolutamente de tirar o fôlego, com a vista da Torre Eiffel e do Arco do Triunfo a partir da enorme janela.

Mia jogou-se no suntuoso sofá e apagou. Apesar de ter dormido metade do voo, ainda se sentia meio sonolenta. Viajar fazia isso com ela. Precisava de um banho quente e cama, nessa ordem. Mas tinha certeza de que Gabe tinha outros planos.

Gabe ligou seu laptop e ficou digitando incessantemente por meia hora antes de finalmente notar que Mia estava apagada no sofá.

– Você está liberada para descansar se quiser – disse ele. – Não temos nenhuma programação até o fim da tarde. Vamos jantar e então vamos tomar drinques com algumas pessoas aqui na suíte. Mandei um e-mail para você com detalhes sobre cada uma das pessoas, se assegure de ter lido tudo antes de sairmos mais tarde.

O tom dele era ríspido, e ela percebeu que ele ainda não havia superado seja lá o que o incomodasse, então ela se levantou e deixou a área de estar da suíte. Teria se retirado se não houvesse apenas um cômodo, e havia também apenas uma cama. Assim seja.

Mia foi para o chuveiro, e passou trinta minutos debaixo da ducha quente. Quando saiu, todo o frio havia deixado seu corpo e ela estava rosada por conta da água pelando.

Ela ainda tinha algumas horas, e havia se comprometido a decorar cada detalhe que Gabe a havia fornecido sobre as pessoas que eles encontrariam. Ironicamente, dos três que ele esperava que fossem os maiores parceiros para o projeto do novo hotel em Paris, apenas um era francês. Stéphane Bargeron era um rico empreendedor francês que era conhecido em toda a Europa. Os outros dois, Charles Willis e

Tyson "Tex" Cartwright, eram construtores americanos com presença estabelecida na Europa.

Charles era o mais novo, muito atraente. Talvez da idade de Gabe, ou só um pouco mais velho. Ele havia herdado os negócios do seu pai quando este falecera, e estava lutando para construir sua própria reputação. Estava sedento por isso, e Gabe esperava que ele apresentasse uma proposta muito competitiva. Ele precisava muitíssimo desse projeto. Isso melhoraria sua posição e o permitiria conseguir outros negócios muito lucrativos.

Tyson Cartwright era um bilionário texano lá pelos seus 40 anos, que havia estabelecido sua empresa à moda antiga – começando de baixo. Sua trajetória era impressionante. Mia já havia lido muito sobre ele, trabalhando duro por conta própria desde a adolescência. Aos vinte e poucos, já era dono de uma pequena empresa de construção a leste do Texas e a partir dali só fez expandir os negócios. Era um verdadeiro exemplo da história de sucesso nos Estados Unidos. Trabalhe duro. Resolva. Sucesso.

Stéphane Bargeron era de quem ela menos sabia, simplesmente porque havia muitos Bargeron envolvidos nos negócios da família. Ele era o cara mandado para fazer sociais e bajular enquanto seu pai e irmãos faziam todo o trabalho duro. Ele era a cara e os outros eram o cérebro.

Todos os três estariam na suíte de Gabe para drinques após o jantar dessa noite. Ela não estava certa sobre como deveria agir, mas ficar olhando quatro belos homens não podia ser muita dureza, certo?

Ela sabia do que precisava saber, então não ia pegar seu laptop para reler tudo o que já sabia. Não quando uma boa soneca esperava por ela.

capítulo 29

Gabe observava Mia encantar o grupo de homens no jantar. Ela sorria e batia papo com desenvoltura, e havia encantado cada um deles.

A pergunta era: ela havia encantado também Gabe? A pergunta de Lisa ainda ecoava na mente dele: *você está apaixonado por ela?*

Ele não conseguia explicar muito bem a raiva e o desespero que sentia perante essa pergunta. Havia ficado mal-humorado o dia inteiro, variando entre a raiva e a frustração quanto a sua incapacidade de colocar uma distância entre ele e Mia.

Gabe estava enfurecido por não ter sido capaz de refutar de cara a pergunta raivosa de Lisa.

Ele pensou em terminar o contrato deles ali naquela hora, cair fora, e terminar o vínculo empregatício dela com ele. Mas não fora capaz disso, e isso só o fez se sentir ainda mais desesperado. Precisava dela. Deus o ajudasse, ele precisava dela.

Seu olhar vagava pelos possíveis parceiros de negócios – os homens que iriam ao quarto dele mais tarde. Estava claro que eles estavam a fim de Mia – que cara heterossexual não estaria? Isso fazia com que Gabe quisesse ranger os dentes, mas afogou essa vontade e em vez disso aproveitou a oportunidade que tinha em mãos.

Uma chance real de provar a si mesmo que sua obsessão por Mia não era imponderável. Que ele não a amava. Que não necessitava dela.

Tal coisa estava coberta em seu contrato, apesar de ele não ter pensado que precisaria lançar mão dela até esse momento. Só de pensar nisso, raiva e ciúme intensos tomaram conta de sua mente. Estavam tomando conta dele agora. Mas ela já havia expressado curiosidade sobre a ideia. Sabia que ela não se opunha completamente. E certamente era algo que ele já havia feito no passado.

Ele poderia fazer isso.

Ele faria isso.

Ele só esperava que conseguisse sobreviver e não destruísse a si próprio – ou a ela – durante o processo.

O humor de Gabe mudou do mal-humorado e puto da vida para... ele não sabia exatamente qual era seu estado de espírito. Isso a deixava preocupada porque agora ele a fitava, e antes ele simplesmente não a havia observado muito. E esse olhar era algo novo, como se estivesse examinando-a sob uma perspectiva diferente. Como se suas expectativas tivessem mudado radicalmente, só que ela não fazia ideia de quais elas eram agora.

Se antes ela havia ficado aliviada com o silêncio entre eles, não querendo remoer os motivos que o levavam a ficar mal-humorado, agora deixava-a profundamente incomodada. Ela queria algo dele. Algum tipo de garantia, apesar do motivo ainda lhe ser incerto.

Eles retornaram ao hotel, a tensão crescendo até que ela se sentisse quase sufocada. Ela queria perguntar a ele, questionar-lhe, mas algo no olhar de Gabe a deixava temerosa sobre o que iria descobrir.

Assim que chegaram à suíte, Gabe fechou a porta e direcionou seu olhar para Mia. Seus olhos brilhavam com dominância onde antes sempre houve paciência e candura.

– Tire a roupa.

Ela se surpreendeu com o tom dele. Não estava com raiva. Havia algo mais... determinação. O desconforto tomou conta do corpo de Mia e ela hesitou, o que só fez com que os olhos dele se apertassem.

– Achei... – ela engoliu em seco. – Achei que eles estivessem vindo para drinques. Mudança de planos?

Ele assentiu.

– Eles estão vindo.

Oh céus.

– Não me faça ter que dar a ordem de novo, Mia – disse Gabe, sua voz suave e ao mesmo tempo perigosa.

As mãos dela tremiam, ela alcançou a beirada do vestido e puxou-o por cima da cabeça, deixando que ele caísse no chão ao seu lado. Ele chutou seus sapatos para longe, fazendo com que eles deslizassem pelo linóleo.

Havia milhares de coisas que ela queria dizer, perguntas ardendo em sua mente, mas ele parecia estar tão... proibitivo... que ela manteve o bico calado e retirou a calcinha e o sutiã.

– Agora ajoelhe-se no tapete no meio do quarto – disse ele.

Enquanto caminhava lentamente em direção ao tapete, Gabe foi catando as peças de roupa e os sapatos e desapareceu quarto adentro, deixando ela aguardar seu próximo comando. Ela se ajoelhou, sentindo a pele de carneiro felpuda e densa do tapete roçando sua pele.

Quando escutou os passos dele, ela olhou para cima e deixou escapar um suspiro quando notou que ele trazia corda nas mãos. Não era uma corda comum, da que se comprava em loja de ferragens, mas uma corda coberta em cetim, de um lilás profundo. Ela parecia sexy, sua pele tão macia, e ainda assim não havia dúvida de que a intenção de Gabe era amarrá-la.

Ele enrolou-a em volta das mãos, deixando que as pontas pendessem enquanto olhava para Mia. Agachou-se onde Mia estava e sem dizer uma só palavra puxou as mãos dela para trás de seu corpo. Ela fechou os olhos, o coração acelerado no peito, enquanto ele começava a dar voltas com a corda ao redor dos punhos dela, amarrando-os bem juntos. Aumentando ainda mais a surpresa dela, amarrou também os tornozelos, assegurando-se de que ela não podia se mover, nem se levantar, nem fazer nada além de permanecer de joelhos e aceitar fazer seja lá o que ele quisesse.

E essa ideia a deixava excitada. Deixava-a perplexa, esse desejo, essa curiosidade e essa necessidade nervosa que tomava conta do seu corpo. Ela alternava imenso nervosismo, mas também estava tentada pelo que era proibido. Outros homens a tocando, fazendo Deus sabe o quê, sob a supervisão de Gabe. Era o que ele planejava? Certamente isso já havia sido discutido por eles.

Enquanto ele terminava, alguém bateu à porta, e ela deu um sobressalto, seu pulso se acelerando com tanta velocidade que ficou zonza.

– Gabe – sussurrou ela, a incerteza evidente em seu apelo.

Ele terminou de dar o último nó e se levantou, enfiou a mão nos cabelos de Mia, acariciando-a em maneira reconfortante. Aquele pequeno toque a acalmou de um modo como nada mais poderia fazer. Ela se sentiu aliviada enquanto ele partia em direção a porta.

Desde o começo, ela sempre soube dos desejos dele, suas perversões. Ele as havia delineado em detalhes gritantes. E ela assinou seu nome no contrato, concordando em fazer tudo que ele desejasse.

Talvez ela não houvesse pensado que ele levaria até as últimas consequências. Talvez uma parte secreta dela *torcesse* que ele levasse. Seja qual fosse o caso, lá estava ela ajoelhada, mãos e pés amarrados, nua, e outros homens prestes a vê-la.

Gabe abriu a porta e fez com que os três homens com quem jantaram entrassem. Os olhares deles se recaíram sobre ela imediatamente, e o que a deixou mais espantada foi que não houve surpresa. Nenhum choque. Havia apenas desejo e apreciação pelo que refletia nos olhos deles.

Será que eles já sabiam? Gabe havia avisado sobre o que deveriam esperar? Havia contado a eles que ela era a diversão dessa noite?

Gabe não direcionou a atenção para ela de imediato. Ela ficou ali parada calada enquanto ele conversava com os homens e preparava os drinques. Apenas após alguns instantes que eles entraram na área de estar, bebidas nas mãos.

Negócios eram discutidos. Gabe explicou suas ideias sobre o novo hotel e explicou-lhes sobre o suporte que a HCM já contava e de que tipo de ajuda a mais estava precisando para o projeto. Era tudo muito profissional e educado. Exceto talvez pelo fato de que Mia estava exposta como um banquete e não tinha nenhuma peça de roupa a cobrindo.

Ela observava os homens, todos lindos, viris. Ela notou que os olhares deles deslizavam por ela, mesmo em meio às conversas sobre negócios. Eles certamente haviam notado a presença dela, e o ar estava repleto de ansiedade.

Gabe se moveu na direção dela, suas mãos descendo ao zíper de sua braguilha. Ele abriu-a e então levou as mãos aos cabelos dela, envolvendo a cabeça dela e acariciando as suas bochechas. Levou um dedo aos lábios dela e enfiou-o na sua boca, umedecendo-o na língua de Mia.

Os outros homens assistiam a ele, os olhares fixos em Mia, e aguardavam, desejo claramente marcado em seus rostos. Gabe retirou seu pau das calças e então segurou na testa dela, direcionando sua cabeça para trás até certo ângulo.

– Abra a boca – ordenou ele.

Mia enrubesceu de nervoso, mas a excitação também circulava em suas veias. Ela estava estimulada pelo fato de que ele ia meter na boca dela ali na frente de estranhos. Ela sentia tantas emoções conflitantes que era difícil saber exatamente o que sentia sobre a situação.

Mas confiava em Gabe, e aquilo era suficiente para fazê-la relaxar e se entregar aos cuidados dele.

Ela abriu os lábios e ele deslizou boca adentro, metendo fundo, a cabeça do pau dele roçando contra o fundo da garganta dela. As bochechas dela se esvaziaram e então voltaram ao normal enquanto ele retirava o pau, e então voltou a meter com tudo. Ele era surpreendentemente cuidadoso dado seu mau humor. Mia esperava que ele fosse ser mais violento, mais agressivo. Mas ele segurava o rosto dela com cuidado, acariciando a bochecha com os polegares, enquanto metia em um movimento longo e demorado.

– Linda – murmurou ele.

– Sim, ela é – disse um dos homens atrás de Gabe.

Sua voz a deixou tentada, desconcentrando-a. Ela havia sido capaz de esquecer a presença dos outros homens enquanto era possuída por Gabe. Apenas Gabe. Agora estava ciente de que eles estavam ali – assistindo a ela. Desejando-a. Todos querendo ser Gabe, recebendo prazer dela.

– Foque apenas em mim – sussurrou ele enquanto metia de novo, preenchendo a boca de Mia com sua rigidez.

Era uma ordem fácil de obedecer. Ela fechou os olhos e se perdeu sob o domínio de Gabe.

Ele começou a se mover mais rápido e mais forte. Metia e então se segurava bem no fundo, travado contra o fundo da garganta dela. Então a soltava e acariciava o rosto dela enquanto esperava que ela recuperasse o fôlego.

– Ela é gostosa demais – disse Tyson por entre os dentes.

– Quero comê-la – disse Charles, sua voz marcada pelo desejo e pela inveja.

As mãos de Gabe apertaram o rosto dela. Ele meteu de novo e então empurrou rápido e com força. E então ele gozou contra o fundo da garganta dela, sobre sua língua, gotejando pelos lábios dela e então retirou o pau e tornou a meter de novo.

– *Merde* – murmurou o francês.

O barulho de chupada molhada tomou conta da sala, erótico e quase grosseiro contra o silêncio.

– Engula – ordenou Gabe. – Quero ver o meu pau limpo, Mia.

Ele continuou a balançar junto com ela, dando-lhe tempo para que obedecesse à sua ordem. Ela lambia e engolia, até que ele finalmente retirou o pau, que estava brilhando com a umidade da boca de Mia.

Gabe desceu as mãos e soltou os nós das mãos e tornozelos dela. Os braços dela e pernas sentiram o alívio enquanto ela se levantava. Ele permaneceu ali segurando-a por alguns momentos, permitindo que ela recuperasse suas forças. Então levantou-a nos braços e a carregou até sobre a mesa de café em frente aos sofás. Ele a deitou, abrindo suas pernas, e então levantou os braços sobre a cabeça dela, e deslizou a corda em torno de cada punho antes de amarrá-los às pernas da mesinha abaixo da cabeça dela.

Quando se levantou de novo, o olhar dele se direcionou ao homem mais próximo de Mia.

– Você pode tocá-la. Pode dar prazer a ela. Não a machuque de modo *algum*. Não a assuste. É tudo para ela. Mantenha seu pau dentro das calças e não a penetre de maneira nenhuma. Estamos claros?

– Certamente – disse Charles ao se levantar.

capítulo 30

Gabe se retirou de onde Mia estava. Ela era uma visão erótica irresistível, seus longos cabelos negros desajeitados caindo da beirada da mesa, os olhos abertos, lábios molhados por conta da chupada que havia dado.

Charles Willis circundou-a como um abutre, seus olhos famintos deliciando-se com o corpo nu de Mia. Gabe sentiu um aperto no estômago quando os dedos dele foram da barriga até os seios dela, acariciando-a. Charles fez movimentos circulares em volta do mamilo, deixando-os intumescidos.

Stéphane e Tyson se aproximaram, mas mantiveram distância suficiente para que Charles aproveitasse sua vez. Eles esperaram, como predadores observando sua presa, aguardando sua vez para tocá-la.

Isso estava errado. Errado demais. O estômago de Gabe se embrulhava. A mente dele protestava. Ela era *dele*. Ninguém deveria tocá-la a não ser ele, e ainda assim fora ele próprio quem havia armado essa situação. Como um teste? O que ele queria provar a si mesmo?

Ele ficou sério, enquanto Charles continuava a explorar o belo corpo de Mia. Um corpo que pertencia a Gabe. Ele era um cara possessivo – sabia disso – e ainda assim nunca tivera problema com outros homens possuindo mulheres que estavam sob seus cuidados. Ele costumava ser... indiferente quanto a isso. Mas não com Mia.

Ele odiava cada segundo disso. A provocação de Lisa ecoava em seus ouvidos. *Você está apaixonado por ela?*

Ele se virou, incapaz de assistir a Charles pondo as mãos sobre o corpo de Mia. Os suspiros delicados dela tomavam conta do ar. Ele permanecia tenso, mãos enfiadas nos bolsos, do outro lado da sala, sem querer ver ou escutar o resultado de sua teimosia.

Ele era um tolo. E um baita de um filho da mãe. Um idiota covarde. Isso não estava *certo*. Não podia permitir que isso continuasse. Só conseguiu provar a si mesmo que não queria compartilhar Mia com nenhuma outra pessoa, e se amaldiçoava por permitir que outro homem a tocasse. Isso tinha que acabar. Eles teriam que partir.

Ele estava prestes a se virar e ordenar que os homens partissem quando parou, seu sangue virando gelo.

– Não! – gritou Mia. – *Gabe*!

Seu nome havia sido pronunciado em um grito horrorizado.

Ele se virou e notou que Charles estava com a braguilha aberta, sua mão enrolada brutamente no cabelo de Mia, enquanto tentava obrigá-la a chupá-lo.

Gabe explodiu de raiva, como um vulcão em erupção. Ele avançou e, para seu horror, Charles, enfurecido com a negativa de Mia, deu-lhe um tapa com as costas da mão no rosto dela. A cabeça de Mia virou-se para trás, os olhos arregalados em choque. Na mesma hora, sangue pingou do canto de sua boca.

Gabe enlouqueceu.

Ele empurrou Charles para longe de Mia. O homem caiu sobre o sofá e Gabe foi atrás dele. Os outros dois se levantaram e se afastaram, um deles fechando a braguilha apressadamente.

Gabe se debruçou sobre Charles e o atingiu com um soco na boca do estômago, e com o outro punho atingiu o queixo de Charles.

Gabe puxou-o pela gola, fúria assassina pulsando em suas veias.

– Caia fora. Caia fora daqui e é melhor que você nunca mais dê as caras. Eu vou arruinar com você.

Tudo que ele queria era espancar esse homem, mas ele precisava cuidar de Mia. Mia, a quem ele havia traído terrivelmente. Mia, que havia confiado nele. Mia, com quem ele havia agido de modo condenável. Tudo porque ele era um covarde incapaz de encarar o que de fato ela significava para ele.

Os outros dois homens ajudaram Charles a se levantar e o carregaram para fora da suíte, batendo a porta atrás deles.

Gabe correu para acudir Mia, pânico pesando sobre ele com uma força sufocante. Os lábios e queixo dela tremiam e lágrimas brilhavam em seus olhos. Ela parecia amedrontada e constrangida. Vergonha brilhava em seus olhos cheios de lágrimas e isso o deixava com o estômago embrulhado.

E sangue. Por Deus. Havia sangue no local onde aquele desgraçado a atingira.

Ele se ajoelhou e desamarrou as suas mãos, os dedos de Gabe tremendo enquanto desamarrava os nós. Ele pressionou os lábios contra o cabelo dela e beijou-a repetidas vezes em suas têmporas.

– Me perdoa, baby. Me perdoa. Oh Deus, Mia. Não queria que isso tivesse acontecido.

Ela estava calada, e ele não sabia ao certo se era por causa do choque do que acabara de ocorrer ou se ela estava muito puta da vida para lhe dirigir a palavra. Não podia condená-la. Era tudo culpa dele. Havia feito isso com ela. Ele a machucou.

Quando ela ficou livre, Gabe a pegou nos braços, puxando-a da mesa. Ele a carregou até o quarto e a colocou na cama, com ela ainda agarrada junto de si. Ela se virou para ele, enterrando o rosto no pescoço de Gabe. Lágrimas quentes atingiam a pele dele, partindo seu coração ao meio. Deus, ele era um filho da mãe. Um idiota completo. Ele a apertou contra si, desespero subindo por sua espinha e se alojando em sua garganta.

– Me perdoa, Mia. Por Deus, me perdoa.

Era tudo o que ele conseguia dizer. Repetidas vezes. Pânico atravessava-lhe a garganta. E se ela fosse embora? Ele certamente não poderia culpá-la. Droga, ela não devia apenas ir embora, devia sair correndo dali.

– Por favor, baby. Por favor, não chore mais. Me perdoa. Isso nunca vai acontecer de novo. Nunca devia ter deixado que isso acontecesse.

Ele a balançava para frente e para trás em seus braços, com ela grudada junto a ele, o corpo dela ainda trêmulo. Se era medo, decepção ou raiva, ou uma combinação dos três, ele não sabia ao certo. Havia falhado com ela completamente. Ele não a havia protegido. Não havia tomado conta dela como prometido. Tudo porque ele estava tentando distanciar-se dela, tentando provar a si mesmo, por algum motivo estúpido, que não precisava dela.

Era uma baita de uma enganação. Ele precisava dela. Ela era sua obsessão, seu vício, uma dependência que ia até o fundo de sua alma. Gabe nunca havia sentido tamanho sentimento de posse quando outro homem tocava o que ele considerava ser seu. Mas não havia tratado ela de forma especial. Havia tratado como se fosse uma coisa. Um brinquedo, não a mulher com quem se importava.

Ele acariciou as costas de Mia, que tremiam. Ela estava tremendo ainda mais agora, e ele estava desesperado para confortá-la, oferecer-lhe o que não havia proporcionado antes.

Ela empurrou os ombros dele tentando se afastar, mas ele continuava a segurar-lhe com força, sem deixar que houvesse o menor espaço entre eles. Ele precisava tocá-la, senti-la em seus braços. Estava temeroso de que se a soltasse, nunca conseguiria tê-la de volta.

– Quero tomar um banho – soltou Mia. – Por favor, eu preciso disso. Eu quero ficar limpa. Ele... me *tocou.*

Desolação tomou conta de Gabe como uma tempestade de inverno, fria e dura. Claro que ela se sentia violada. Não apenas por Charles, mas por ele também. Ele havia traído a ela da pior maneira possível ao permitir que isso acontecesse. Ele não apenas havia permitido, como havia encorajado. Como diabos ele poderia superar tal coisa? Como ela poderia?

– Deixe-me ligar o chuveiro – disse ele, retirando o cabelo do rosto dela.

As bochechas dela estavam molhadas com as lágrimas, e seus olhos estavam vermelhos, fitando-o. O sangue ainda gotejava do canto da sua boca. Então ela desviou o olhar, incapaz de encará-lo nos olhos, e o estômago dele embrulhou.

– Fique aqui, baby. Vou preparar o banheiro e você poderá tomar o seu banho.

Gabe se afastou da cama, seus instintos gritando para que ela não fosse embora, mesmo no curto espaço de tempo que demorou até abrir a água. Era como se seu peito estivesse vazio, o pânico entalado em sua garganta. Ele nunca havia experimentado tamanha devastação emocional. Isso o deixava desconcertado. Enlouquecia-o. Não se sentira assim nem quando Lisa pediu a separação. Nem mesmo quando ela foi à imprensa, humilhando-o com suas mentiras. Nada chegava perto disso, e o medo o aplacava cruelmente.

Ele se apressou para o banheiro e abriu o chuveiro, testando a água até que ela atingisse a temperatura ideal. Pegou um roupão e uma toalha, a pressa deixando-o desajeitado. Xingou quando a toalha caiu do balcão, e se inclinou para pegá-la, dobrando-a novamente e se assegurando de que ela estivesse ao alcance de dentro do boxe.

Ele retornou ao quarto e encontrou Mia sentada na beira da cama, as pernas dobradas junto ao corpo. Ela abraçava os joelhos contra o queixo, seu rosto virado para baixo, seu cabelo caindo sobre as pernas. Parecia tão vulnerável que Gabe quis morrer na hora. Ele havia feito isso com ela. Não Charles. Nem outro homem. *Ele* havia feito isso. Não havia como fugir disso. Ele tocou seu ombro, e pegou uma mecha de cabelo sedoso dela entre os dedos.

– Mia, baby, o chuveiro está pronto. – Ele hesitou um momento antes de continuar a falar, preocupado que ela fosse rejeitá-lo, sabendo que ele merecia isso. – Você quer que eu a ajude?

Ela levantou o rosto para vê-lo, os olhos ainda assombrados. Mas ela não disse “não”. Ela não disse nada. Apenas assentiu.

Gabe se sentiu aliviado, fraco e abalado por dentro. Ele precisaria de alguns instantes antes de recuperar suas forças. Ela não o havia rejeitado – ainda não.

Ele segurou-a nos braços, levantando-a protetoramente, mantendo-a tão junto de si quanto possível enquanto a carregava para o banheiro. Colcou-a em frente ao chuveiro, despiu-se lentamente antes de abrir a porta do boxe e entrou antes dela. Pegou-a pela mão, guiando-a para dentro do boxe junto com ele.

Por alguns momentos, simplesmente a abraçou, ambos sob a ducha quente. Então, começou a limpá-la, esfregando cada centímetro do corpo com sabonete perfumado. Não deixou nenhuma parte intocada, enxaguando delicadamente qualquer lembrança das mãos do outro homem sobre ela.

Passou xampu no cabelo dela, massageando com cuidado até o couro cabeludo, e então enxaguou cada fio. Abraçou-a protetoramente, segurando-a enquanto permaneciam em silêncio sob o constante fluxo de água, que tinha um efeito tranquilizador.

Finalmente ele desligou o chuveiro e abriu a porta do boxe, alcançando a toalha de modo que ela não sentisse frio algum. Enrolou-a com a toalha, mantendo-a perto de si enquanto secava sua pele e seu cabelo. Não se preocupou em cuidar de si próprio, usando o frio do quarto como penitência. Ela era mais importante. Não ele. Ele só esperava que não tivesse percebido isso tarde demais.

Quando Mia estava completamente seca, ele enrolou a toalha na cabeça dela e ajudou-a a vestir o roupão felpudo e aconchegante. Amarrou a faixa em torno da cintura dela, deixando o corpo inteiro coberto, de modo que ela não se sentisse vulnerável. Ela estava a salvo. Até mesmo dele.

Pegou uma das outras toalhas e apressou-a de volta ao quarto, e só depois de colocá-la na cama que ele começou a se enxugar e vestiu sua cueca boxer. Pegou o telefone, ligou para o serviço de quarto e pediu chocolate quente. Então, sentou-se na beirada da cama e trouxe-a para junto de si de modo que pudesse terminar de secar os cabelos dela. O silêncio entre os dois se alongava enquanto ele esfregava as mechas ainda úmidas. Quando ficou satisfeito que a maior parte da água havia sido enxugada, apanhou a toalha e levou-a de volta ao banheiro, e pegou a escova de Mia. Ele retornou e a encontrou sentada no mesmo lugar onde a havia deixado.

Ele subiu na cama e puxou-a para entre suas pernas, posicionando-a de modo que pudesse escovar o cabelo dela. Sua paciência parecia infinita, escovando fio a fio até que o cabelo de Mia ficou completamente seco, pendendo pelas costas dela. Após colocar a escova na mesa de cabeceira, ele agarrou seus ombros e inclinou sua cabeça para que pudesse beijá-la no pescoço. Ela sentiu um calafrio e estremeceu, enquanto ele continuava a cobri-la de beijos descendo a curva de seu pescoço até o ombro, indo e voltando.

– Me perdoa – sussurrou ele.

Ela se retesou sob os beijos de Gabe e então ouviu-se o barulho distante de alguém batendo a porta. Relutantemente, ele se afastou dela, descendo da cama.

– Volto logo. Fique à vontade. Vou trazer seu chocolate quente.

Ela assentiu enquanto ele se distanciava, e se acomodou em meio aos travesseiros nos quais ele havia se apoiado, e puxou as cobertas até o queixo.

Ele pegou a bandeja que o funcionário do serviço de quarto trouxe e não perdeu tempo em retornar a onde Mia estava deitada. Colocou a bandeja sobre a mesa que ficava contra a parede e então entregou a caneca fumegante para Mia.

Ela segurou-a com ambas as mãos como se buscasse por seu calor, e então a trouxe para juntos dos lábios e assoprou o chocolate quente fumegante antes de provar o primeiro gole. Fez uma careta quando o líquido quente queimou sua boca, e então afastou a caneca de si.

Ele apressou-se em pegá-la, com raiva de si mesmo por não ter pensado nisso. Não havia considerado que o chocolate pudesse estar quente a ponto de queimar os lábios já machucados de Mia.

– Vou pegar gelo – disse Gabe. – Não saia daí, baby.

Ele retornou à sala de estar, pegou o balde de gelo que o serviço de quarto havia deixado e enrolou um pouco de gelo em uma toalha. Quando retornou ao quarto, Mia continuava onde ele a havia deixado, os olhos vagos e distantes.

Precipitando-se, Gabe sentou-se ao lado dela e cuidadosamente pressionou a toalha com gelo contra a sua boca. Ela se mexeu e tentou se afastar, mas ele insistiu, sua voz suave e grave.

– Mia, querida, você precisa de gelo para que não fique com a boca inchada.

Ele pegou a toalha das mãos dele, então deu meio metro de distância entre os dois. Não a condenou nem tentou impedir. Era bem menos do que ele merecia. Ele se levantou da cama e se afastou alguns metros antes de se virar e olhar para ela novamente.

Gabe permaneceu afastado, ansioso e preocupado. Inseguro. Deus, ele não costumava ser uma pessoa insegura e ainda assim, com Mia, se sentia repleto de incertezas. Estava completamente entregue pelo tamanho enorme de sua cagada. Não era um caso para simplesmente pedir desculpas, ela perdoar e esquecer toda a situação. Ele a havia colocado em situação de risco. Havia permitido que outro homem *abusasse* dela enquanto estava sob sua proteção.

Se ele não conseguia perdoar a si mesmo pelo que havia acontecido, como podia esperar que ela o fizesse?

Ele ainda estava imerso em pensamentos quando ela deixou que a toalha deslizasse por seu pescoço. O olhar dela era de cansaço e derrota. Ele sentiu um aperto no peito ao notar que o brilho no belo olhar dela se extinguira.

– Estou cansada – disse ela calmamente.

Mia parecia estar completamente esgotada. A fatiga era uma sombra em seu rosto e entorpecia os seus olhos.

Gabe queria conversar com ela. Queria suplicar perdão a ela. Explicar que isso nunca aconteceria de novo. Mas não queria forçá-la. Não até que estivesse pronta. E era evidente que ela não desejava conversar sobre o assunto essa noite. Talvez ela ainda estivesse digerindo tudo. Ou talvez estivesse reunindo forças para mandá-lo se foder.

Ele assentiu, o desgosto atravessado em sua garganta. Desligou as luzes, deixando apenas o abajur junto à cama aceso.

Então subiu na cama, sem saber ao certo se ela queria que ele a tocasse ou não. Quando estava debaixo das cobertas, ele esticou o braço para desligar o abajur, deixando o quarto na escuridão total. Só o brilho das luzes da cidade iluminando as cortinas. Gabe se virou para ela, automaticamente esticando o braço na direção de Mia. Mas ela se virou para o outro lado, o rosto virado para longe dele. Ela não estava rejeitando o toque dele, mas ao mesmo tempo não queria o seu toque. Ainda assim, ela se encolheu sobre o braço dele, se aninhando junto ao seu peito. Ele queria que ela soubesse que estava ali para ela. E, Deus, mais do que qualquer coisa ele necessitava da confirmação de que ela estava ali de corpo e alma.

Após alguns instantes, ela soltou um leve suspiro e então relaxou nos braços dele. Sua respiração suave tomou conta do quarto, um sinal de que estava adormecida. Ou pelo menos que estava prestes a apagar.

Mas ele não dormiu. Nem ao menos pregou os olhos. Porque toda vez que tentava, tudo que conseguia enxergar era a visão de Mia sendo tocada à força por outro homem.

capítulo 31

Na manhã seguinte, quando Mia despertou, Gabe já não estava mais na cama. Ela sentia sua ausência, mas também estava aliviada porque não sabia ao certo como encará-lo. Tinha muitas coisas a falar, mas não estava inteiramente certa se sabia quais palavras dizer. Talvez isso fizesse dela uma covarde. Mas ela sabia que, quando as dissesse, isso poderia significar o fim de seu relacionamento com Gabe.

Mia ainda permanecia debaixo das cobertas, agarrada ao travesseiro dele, ainda se decidindo se levantaria ou permaneceria deitada quando Gabe entrou porta adentro, uma bandeja de café da manhã nas mãos.

– Você está com fome? – perguntou ele em um tom calmo e sério. – Pedi café da manhã.

Ela se surpreendeu com o quão nervoso ele parecia estar. Havia preocupação genuína em seus olhos, realmente se importava com ela. E o arrependimento estava aparente em seu olhar a cada vez que a fitava. O coração dela estava apertado e ela fechou os olhos para bloquear as imagens da noite anterior.

– Mia?

Ela abriu os olhos e o encontrou de pé à sua frente, ainda segurando a bandeja. Deu um impulso na direção dele, deixando para trás travesseiros e se posicionando de maneira que pudesse comer.

– Obrigada – murmurou ela enquanto ele posicionava os pés da bandeja sobre as pernas dela.

Ele se acomodou sobre a cama ao seu lado e levou um polegar ao lábio machucado dela. Ela deu um pequeno gemido quando ele tocou em algum ponto mais sensível, o olhar dele imediatamente se desculpando.

– Você vai conseguir comer? – perguntou ele em um tom grave.

Ela assentiu e então olhou para baixo e pegou o garfo, sem conseguir permanecer mais tempo olhando-o nos olhos.

– Cancelei todos os nossos encontros de negócios.

Mia lançou um olhar para frente, franzindo a testa. Antes que ela pudesse responder, ele continuou, como se ela não tivesse esboçado reação alguma.

– Também remarquei nosso voo de volta para amanhã de manhã cedo. Mas hoje, vou ter que levar você para ver Paris. A Torre Eiffel, a catedral de Notre Dame, o museu do Louvre e tudo mais que você quiser ver. Tenho de reservar para jantarmos às 19h. Um pouco cedo para o padrão parisiense, mas nos retiraremos cedo para que você possa descansar.

– Parece incrível – disse ela um pouco animada.

A alegria e o alívio ficaram flagrantes nos olhos de Gabe. Ele abriu a boca como se fosse dizer algo mais, mas voltou a fechá-la.

Ela não podia entender por que ele cancelou todos os encontros de negócios. O único motivo de sua viagem eram compromissos profissionais e os planos do futuro hotel. Mas um dia em Paris com Gabe era algo que parecia retirado de uma de suas fantasias amorosas.

Sem negócios. Nenhum estranho. Nada além dos dois se divertindo e aproveitando seu tempo juntos. Parecia o paraíso. E por um breve instante, ela conseguiu ignorar os estresses que rolaram entre eles. Ela podia fingir que a noite anterior não havia acontecido.

Mia não podia ignorar. Aquilo precisava ser discutido. Mas ela aceitaria a oferta proposta, e mais tarde enfrentaria o que precisava ser dito a Gabe. Porque, quando chegasse o momento, poderia significar o fim do relacionamento deles. Enquanto Gabe a assistia, seu olhar a examinando, a preocupação estava evidente em seus olhos, Mia comeu apressadamente, querendo ter o máximo de tempo possível para explorar a cidade. Um dia para ver toda Paris? Impossível. Mas ela tentaria extrair o máximo que pudesse.

Após terminar, ela se vestiu e prendeu seu cabelo atrás com um bico de pato. Ela não se preocupou em se maquiar. Havia trazido seu jeans favorito e ficou contente em lembrar-se de trazê-lo.

– Esta manhã está fria lá fora. Você trouxe algum agasalho? – perguntou Gabe. Ele estava apoiado contra o batente da porta do banheiro, assistindo-a vestir seu jeans. – Podemos comprar algo de que você precise. Não quero você desconfortável.

Ela sorriu.

– Eu trouxe um suéter. E se caminharmos bastante, me manterei aquecida.

Ele pigarreou alto.

– Por Deus, como você fica linda quando sorri.

Surpreendida com o elogio e com o absoluto tom de sinceridade na voz dele, ela abriu ainda mais o sorriso e então abaixou a cabeça um tanto envergonhada.

Gabe estava vestido e pronto para sair, e então eles seguiram até o lobby do hotel onde ele pegou um mapa. E eles passaram alguns instantes conversando com o *concierge*. Depois disso, estavam prontos para partir.

Eles saíram do hotel, e então Mia deu um longo suspiro diante de uma manhã tão linda. Havia um certo refrescamento no ar e isso imediatamente a reanimou. Não podia haver um dia mais perfeito para passear por Paris. O céu era de um azul brilhante e não havia nem uma nuvem para maculá-lo.

Depois do primeiro quarteirão, Mia sentiu um calafrio com a brisa gelada que varria rua abaixo. Gabe franziu o cenho e então saiu correndo em direção a um dos vendedores de rua enfileirados na calçada.

Ele escolheu um cachecol de cores vibrantes, entregou ao homem notas de euro e retornou até onde Mia estava. Ele deu uma volta no pescoço dela com o cachecol, cobrindo os lóbulos das orelhas com o calor do material.

– Melhorou? – perguntou ele.

– Ficou perfeito – disse ela sorrindo.

Ele voltou ao lado dela, segurando-a firmemente contra seu corpo enquanto continuavam a caminhar. Mia respirava profundamente, absorta pela incrível beleza da cidade. Ela parava de vez em quando, olhando as vitrines das lojas ou se demorando com os vendedores de rua. Durante todo o tempo Gabe foi paciente e prestativo. Se Mia ficasse namorando algum objeto que tivesse gostado, Gabe não perdia tempo e o comprava. Como resultado, ele agora carregava diversas bolsas de compras consigo.

A vista da Torre Eiffel era magnífica. Eles ficaram avistando Paris lá embaixo, o vento desajeitando o cabelo de Mia e balançando a ponta do cachecol.

Por impulso, ela subiu nas pontas dos pés e deu-lhe um beijo na boca. Os olhos de Gabe demonstraram surpresa e o que parecia ser uma ponta de alívio.

Quando voltou a colocar os calcanhares no chão ela abriu um sorriso pesaroso.

– Eu sempre sonhei em ser beijada no topo da Torre Eiffel.

– Então vamos fazer isso direito – disse Gabe com uma voz sedutora.

Ele largou as bolsas no chão e puxou-a contra o seu corpo. Segurou-lhe o queixo, levantando levemente a cabeça de Mia de modo que os lábios dela ficassem na direção exata dos seus. Então os lábios deles se encontraram calorosamente, a língua dele roçando de leve, levando-a a abrir a boca e se entregar ao beijo dele.

Ela suspirou na boca dele e então fechou os olhos, deliciando-se com cada segundo da experiência. Aqui, em um dos lugares mais românticos do mundo, ela estava cumprindo seu sonho de adolescente. Que mulher não gostaria de ser beijada no topo da Torre Eiffel?

O resto do dia foi a realização das suas fantasias românticas mais vívidas. Eles viram os pontos turísticos, riram, sorriram e aproveitaram as maravilhas da cidade. Gabe era tão doce, mimando-a sem parar.

Em determinado momento, ele chamou o motorista para levar suas bolsas para o hotel porque havia demais delas para ele carregar.

Ao fim do dia, ele a levou até um restaurante às margens do Sena. O crepúsculo avançava, e as luzes da cidade começaram a piscar e a iluminar o horizonte. Ela estava cansada de tanto caminhar, mas não poderia ter desejado um dia mais perfeito.

Enquanto esperavam pela entrada, Gabe pegou os pés dela debaixo da mesa e posicionou-os em seu colo. Desamarrando os cadarços, ele retirou os sapatos e massageou-lhe os dois pés.

Ela gemia de prazer enquanto ele pressionava a curva dos pés dela e acariciava suas solas.

– Vamos pegar um táxi e voltar para o hotel – disse ele. – Você já caminhou o suficiente para um dia. Acredito que eles estarão doloridos amanhã.

– Eles já estão doendo – disse ela com a voz baixa. – Mas hoje foi o dia mais incrível, Gabe. Não posso agradecê-lo o suficiente.

Ele mudou o tom imediatamente.

– Não precisa me agradecer, Mia. Eu sou capaz de quase tudo para fazê-la sorrir.

O olhar dele estava bastante sério, os olhos intensos. Cada vez que a fitara ao longo do dia, sempre houve uma candura que fazia o coração dela apertar um pouquinho. Como se ele se importasse com ela. Como além de um mero brinquedo sexual.

A comida chegou e Mia caiu de boca, apesar de já terem provado doces, pães e queijos o dia inteiro. Ela diminuiu o ritmo ao fim da refeição, porque por mais maravilhoso que houvesse sido o dia, eles teriam que voltar a tratar daquele assunto que estavam evitando assim que retornassem ao hotel.

Ela não estava com pressa de terminar o dia. Seria uma memória que iria carregar pelo resto da vida. Não importa o que acontecesse no futuro, ela nunca se esqueceria da vez que foi a Paris com Gabe. Quando chegou a hora de partir, Gabe pegou-a pela mão, entrelaçando os dedos nos dela, e eles caminharam pelo terraço junto ao rio. Um navio restaurante cruzou por eles, as luzes brilhando festivamente.

Era uma noite linda. Um pouco fria. Anunciando o inverno que se aproximava.

Acima deles, a lua se levantava, apenas despontando no horizonte. Ela suspirou com a vista, os barcos, os casais caminhando juntos ao caminho paralelo ao rio. Sim, havia sido um dia perfeito, e uma noite perfeita.

Gabe puxou-a contra seu peito, envolvendo-a com seus braços de modo a mantê-la aquecida enquanto assistiam ao movimento no rio. Ele a beijou na têmpora e encaixou a cabeça dela sob seu queixo.

Uma dor que não cessava surgiu no peito dela. Se as coisas entre eles pudessem ser sempre assim, o tempo inteiro. Era uma esperança – um sonho – que ela não conseguia afastar. Ela fechou os olhos e aproveitou o momento. Sentir ele perto de si, a proximidade de ambos.

Gabe parecia tão relutante quanto ela em terminar a noite. Ele pegou a sua mão e a guiou até uma fila de táxis mais à frente no quarteirão. Alguns minutos depois, já estavam no caminho do hotel.

De volta à realidade que esperava por eles.

capítulo 32

Mia sentou-se na cama, vestida em uma das camisetas de Gabe que quase alcançava-lhe os joelhos. Gabe estava no chuveiro e ela esperava nervosa ele vir para a cama. Ela havia demorado a descobrir exatamente as palavras que queria dizer. Não queria se precipitar, verbalizando suas emoções tão conflitantes. Não queria dizer ou fazer algo do qual fosse se arrepender. Isso era importante demais.

Mas agora havia acumulado coragem e estava pronta para confrontá-lo. Não com um ultimato. Mas com a verdade.

A porta se abriu e lá veio ele, toalha presa ao redor da cintura. Seu cabelo estava molhado e o torso brilhava por conta da umidade. Ele era... lindo. Não havia outra palavra para descrevê-lo.

A toalha deslizou quando ele buscava uma cueca em sua mala, e ela teve uma vista privilegiada da bunda dele. Quando ele se virou, seu pau enorme, impressionante mesmo estando mole.

Ela desviou o olhar, sentindo-se culpada por estar comendo-o com os olhos. Não queria distraí-lo.

Quando ele chegou à cama, Mia suspirou e se moveu. Se ela não saísse dali, nunca botaria para fora o que precisava ser dito. Era melhor dizer logo, sem se importar se suas palavras soassem deselegantes.

– Eu *odiei* a noite de ontem – disse ela indo direto ao ponto, com a voz suave e um tanto trêmula.

Ele cerrou os olhos por um instante, pausando ao descer da cama. Apoiou-se na beirada, mantendo uma distância pequena entre os dois.

– Eu sei – disse ele calmamente.

Ela continuou, sabendo que tinha mais a dizer – mais que precisava ser dito.

– *Odiei* ser tocada por aquele homem. Eu sei o que combinamos, Gabe. Eu assinei um contrato. E sei que disse que não me oporia a ideia, ou que ao menos experimentaria. Mas não quero ser tocada por mais ninguém. Me senti violada, suja. E não quero sentir isso jamais em meu relacionamento com você.

– Por Deus, baby, de jeito algum – sussurrou ele.

A expressão dele demonstrava mágoa e ele parecia ferido.

E ainda assim ela continuou, sem deixar que ele falasse ainda.

– Não dou a mínima para o que diz o contrato – disse ela rispidamente. – Eu o odeio agora. O único homem que quero que me olhe é você. Não alguém a quem você decida me emprestar em seus joguinhos.

Ele começou a emitir um gemido, mas ela levantou a mão, determinada a terminar de dizer o que tinha para falar. Deus, não podia deixá-lo interromper agora ou nunca teria a coragem de terminar de dizer o que precisava.

– Eu não vou voltar a fazer isso – disse ela, balançando a cabeça com determinação para demonstrar seu ponto, de maneira que ele percebesse que ela estava falando sério. – Sei que concordei em permitir, mas não quero mais. Eu *nunca quis* isso. E odiei cada segundo disso. Se acontecer de novo *mais uma única vez*, será o fim. Eu vou cair fora e nunca vou voltar.

Como se não pudesse esperar mais um segundo que fosse, ele esticou os braços na direção dela, agarrando-a contra seu peito. Ele a apertou com tanta força que ela mal podia respirar.

– Me perdoa, Mia. Estou muito arrependido. Isso nunca vai voltar a acontecer. Nunca. Ninguém mais vai tocar você. Deus, eu também odiei cada segundo da experiência. Eu ia pedir para que ele parasse quando ouvi você gritar. Escutei o medo em sua voz dizendo não. E havia prometido a você que essa seria a única palavra que você nunca teria de falar para que eu ou qualquer outra pessoa parasse. E aquele filho da puta *bateu* em você antes que eu pudesse chegar a vocês. Pelo amor de Deus, nunca me perdoarei por isso, Mia. *Nunca*. Por esse temor, por aquele filho da mãe fazendo coisas que você não queria.

Ele balançou a cabeça contra a dela. As mãos dele esfregaram as suas costas, agitadas. Afastou a cabeça de Mia, as palmas das mãos sobre a sua face, olhando intensamente dentro de seus olhos.

– Me perdoa, baby. Não sei se jamais poderei me perdoar pelo que fiz. Eu odiei isso. *Odiei*, Mia.

– Então *por que* você me fez *fazer* isso?

Gabe baixou os olhos e desviou o olhar, as mãos deslizando do rosto de Mia. Ele fechou os olhos, o desgosto tomando conta de suas feições.

– Porque eu sou um covarde de merda.

O tom da voz dele era tão grave que ela quase não ouviu o que disse, e para falar a verdade ela não sabia ao certo se havia escutado direito. O que ele queria dizer?

Ela pegou nas mãos dele, apertando-as. Ele levou-as até a sua boca e beijou as palmas das duas mãos de Mia.

– Saiba disso, Mia. Isso nunca vai acontecer de novo. Estou pedindo que você perdoe algo imperdoável. Sim, você assinou o contrato, mas não era isso o que você queria. Não ontem à noite. Não em qualquer noite. E acho que eu sempre soube disso. Sempre soube e ainda assim permiti que aquele filho da mãe a tocasse, e eu me odeio por conta disso. É minha responsabilidade saber os seus desejos e colocá-los acima dos meus. Não foi o que fiz ontem à noite.

Não fazia sentido para ela ouvir qualquer que fosse o motivo pelo qual ele deixara que aquilo acontecesse. Do nada ela percebeu isso. Apesar de terem discutido a *possibilidade*, nunca passou pela cabeça dela que ele deixasse isso de fato acontecer.

Ela precisava pensar no que se passava na mente dele quando ele convidou aqueles homens à suíte. Ele havia estado mal-humorado e sério desde que deixaram Nova York. Será que tinha algo a ver com a decisão dele? Estaria ele tentando provar algum ponto que ela não compreendia? Ou será que não tinha nada a ver com ela?

– Me perdoa, baby – o tom da voz dele ainda mais grave, arrependimento ecoando suas palavras. – Por favor, me perdoa. Por favor, diga que vai ficar e não vai me abandonar. Isso é o que você deveria fazer, certamente. Eu não mereço você. Eu não sou merecedor da sua doçura e da sua compreensão. Mas quero você. Deus me ajude, mas não consigo entender por que não posso viver mais sem ter você.

E foi o mais próximo que ele chegou a admitir de ela significar mais para ele do que sexo.

Ela se inclinou para frente, apoiando-se sobre os joelhos, suas mãos alcançando o rosto dele.

– Você não precisa viver sem mim – ela murmurou. – Estou aqui, Gabe. Não vou a lugar algum. Mas precisa ser apenas nós dois. Você e eu. Nenhum outro homem. – Ela mal podia conter o calafrio que ameaçava percorrer sua espinha.

Os olhos dele se acenderam de alívio. Então ele apertou-a contra si, agarrando-a, abraçando-a bem forte. Beijou-a na testa, na cabeça, por todo o seu cabelo, como se não pudesse fazer outra coisa além de tocá-la de algum modo.

– Apenas nós – sussurrou ele ao pé do ouvido de Mia. – Eu juro.

Então ele a afastou de si, apenas o suficiente para que pudesse encostar a testa na dela.

– Vamos para casa, Mia. Quero que superemos isso juntos. Quero ser capaz de esquecer e apagar tudo isso da sua memória. Sei que te machuquei terrivelmente. E prometo que vou fazer de tudo para compensar.

Ela saboreou a promessa ardente, a qual apegou-se firmemente. Ele falara que tinham um futuro, como se quisesse dela mais do que o sexo estipulado contratualmente. Era ela uma tola por acreditar no que ele dizia?

Lançou os braços ao redor do pescoço dele.

– Faça amor comigo, Gabe. Faça com que nossa última noite em Paris seja especial.

– Ah, baby – disse ele, algo embargando sua voz. – Eu vou amar cada pedaço de você hoje à noite. E então irei segurar sua mão em todo o caminho até em casa, enquanto você cochila no avião.

Mia despertou no meio da noite e piscou para ajustar os olhos à luz, havia um traço de luminosidade vindo do banheiro, apenas o suficiente para marcar as feições de Gabe, que dormia.

Ela estava acomodada ao lado dele, cuja perna estava atravessada entre as suas, mantendo-a presa junto à ele. O braço dele envolvia o seu corpo com segurança. Mesmo dormindo, ele demonstrava ser intensamente possessivo.

O quão possessivo ele realmente era, se estava disposto a deixar que outros homens a tocassem? No entanto, não podiam ser falsos o arrependimento e agonia sinceros estampados no rosto dele nas diversas vezes em que lhe pediu desculpas. Ainda não entendia as razões, mas havia percebido que aquilo havia mexido com ele. Mexido profundamente. Talvez de um modo que nem ele mesmo conseguia entender.

Gabe acabou acordando enquanto Mia tentava se desenroscar dele, os olhos inchados de sono.

– Banheiro – sussurrou ela.

– Volte rápido – murmurou ele, soltando-a para que ela pudesse se levantar.

Ela entrou no banheiro e , depois de fazer xixi, checou sua aparência no espelho. Fez uma cara de desgosto ao notar que o canto da boca ainda estava inchado e o lugar onde havia recebido o tapa, arroxeado. Como ela poderia explicar isso a Jace? Ele enlouqueceria quando a visse desse jeito.

Carol teria que fazer milagres com a maquiagem.

O seu corpo inteiro estava amolecido, mas não pelos motivos normais. Gabe havia sido excessivamente gentil com ela. De modo quase espantoso. Ele sempre parecia tão descontrolado. Louco de tesão por ela, o que por sua vez a deixava louca de tesão por ele. E essa noite?

Ele havia demorado uma eternidade. Excitando-a, provocando-a, de modo suave e tão apaixonado. Seu coração estava leve e sentia um frio na barriga por terem feito amor de um jeito tão dolorosamente lindo. Pela primeira vez, sentia como se eles não tivessem apenas transado.

Sabendo que ele viria buscá-la se o deixasse esperando por muito tempo, ela retornou ao quarto e subiu de volta na cama. Gabe abriu os olhos e a enxergou por entre as pálpebras semicerradas, pesadas de sono. Tentou alcançá-la mas ela não veio para os seus braços. Em vez disso, ela voltou a levantar-se, estudando-o sob a luz baixa.

Ele era tão lindo, e ela havia ansiado por tocá-lo e explorar seu corpo desde o primeiro dia. Mas nunca havia conseguido porque Gabe sempre, *sempre* estava no controle da situação.

Ele franziu o cenho, apoiando-se sobre os cotovelos. O movimento fez com que o lençol deslizasse por seu corpo, parando em volta do quadril, exibindo o torso nu enquanto ele a encarava, a preocupação escrita em sua testa.

– Mia? – Havia incerteza na sua voz, um tênue sinal de medo, o que a surpreendeu. – O que há de errado?

– Nada – disse ela com a voz rouca.

– Então por que você não está aqui na cama? – disse ele, indicando a marca no colchão do lugar onde o corpo dela estava até poucos instantes.

Ela se apoiou nos joelhos e engatinhou para perto, colocou as mãos sobre o seu peito, cuidadosamente medindo a reação dele aos seus movimentos.

O corpo de Gabe era como um imã para as suas mãos. Ela ansiava por tocá-lo e explorar seus músculos delineados e contornos.

– Quero tocar você, Gabe. Posso te tocar? – murmurou ela.

Os olhos dele brilharam sob a luz fraca. Ele inspirou alto e longamente e então seu peito abaixou com a expiração explosiva.

– Com certeza.

Ela avançou, inclinando-se sobre ele, varrendo o corpo de Gabe com seu cabelo, até que seus rostos ficassem um sobre o outro.

– Não quero só tocar, quero mais.

Ele encaixou o rosto dela em sua palma, passando seu polegar delicadamente sobre o machucado no canto da boca.

– Baby, você pode fazer o que quiser comigo, que não vou reclamar.

– Bem, então tudo bem – suspirou ela.

Agora que ele estava exatamente onde Mia queria, ela não sabia ao certo por onde começar. Deixou suas mãos vagarem sobre o peito dele, indo até os ombros, e então descendo pelos braços antes de estacionarem na barriga musculosa. Tracejou cada linha da barriga de tanquinho e então desceu sua cabeça para traçar um caminho similar com sua língua. A mão dele agarrou o seu cabelo com força e apertou, enrolando os dedos firmemente contra o couro cabeludo, segurando-a ali com a boca colada contra sua pele.

Encorajada pela aparente aprovação dele, Mia ganhou mais confiança. Arremessou o lençol para longe, deixando-o completamente descoberto. O pau dele estava semiereto, longo e grosso, elevando-se do meio dos pelos negros entre as pernas.

Ela lambeu os lábios em antecipação e Gabe gemeu alto.

– Pelo amor de Deus, Mia.

Ela lançou uma das pernas sobre as coxas dele para montá-lo, posicionando-se logo diante do pau, que ficava mais duro a cada segundo. Ela chegou mais para frente, como se estivesse tentando alcançar o abdome firme dele. Incapaz de resistir à tentação, ele envolveu o pau grosso com ambas as mãos.

Assim que ela o tocou, ele se remexeu convulsivamente e arqueou os quadris para cima, sedento para tocá-la mais.

Com a ereção dele firmemente espremida entre a barriga dos dois, ela se inclinou mais para alcançar a boca de Gabe. Era como ser marcada por ferro quente, duro de rijo, pulsando contra a sua barriga. Ela deslizou a língua na boca de Gabe, com cuja língua duelava em uma dança provocante.

Testando seus limites, ela puxou as suas mãos, assim como ele já havia feito com ela, e posicionou-as nos dois lados da cabeça dele, as palmas das mãos dela pressionadas contra as dele, impedindo que ele levantasse.

Ele sorriu contra a boca dela.

– A gatinha está se tornando agressiva e está virando uma leoa.

– Pode estar certo disso – disparou ela. – Hoje sou eu quem manda.

– Gosto desse lado da sua personalidade – murmurou Gabe. – É muito excitante, Mia. Você é selvagem. Uma fera.

– Pode apostar – murmurou ela de volta.

E então ela o calou, devorando-lhe os lábios da mesma forma como ele havia feito com ela tantas vezes antes. Ela o beijou até que ele estivesse lutando para respirar. O peito dele se encheu e a cada expiração era sufocante e errática. Ela estava adorando isso.

Ele era selvagem por ela. Cada músculo do corpo de Gabe estava retesado, e ele estremecia sob o corpo dela. Os olhos dele brilhavam agressivos e ainda assim ele não tentava mover as mãos. Mesmo depois de ela já ter retirado as mãos das dele, ele não se deu ao trabalho de retirar as próprias de onde ela as havia deixado.

Gabe estava satisfeito em deixar que ela tomasse conta da situação dessa vez.

Entusiasmada, ela fez uma trilha de beijos até o peito dele, deixando seu cabelo deslizar sobre a pele. Desceu até as pernas até estacionar em seus joelhos. As mãos dela envolveram o pau mais uma vez e por um instante ela parou, simplesmente segurando-o em suas mãos. Olhou para cima e encontrou o olhar fixo nela, desejo e luxúria ardendo nas profundezas de seus olhos.

Ainda agarrando o pau, ela levou o sorriso satisfeito de seus lábios até ele, deslizando a boca sobre a cabeça, permitindo que sua língua bailasse em volta da ponta e deslizasse pela parte de trás do pau, onde uma veia pulsante percorria todo o comprimento de sua ereção.

Um longo suspiro escapou dos lábios dele, e ele se arqueou, buscando mais e mais a boca de Mia.

– Por Deus, Mia.

A voz dele estava tão sussurrada que ela mal podia compreender as palavras que dizia.

O rosto de Mia foi tomado por um sorriso confiante e orgulhoso: ela sabia que, dessa vez, o poder havia mudado de lado e estava em suas mãos. Ele estava exatamente onde ela queria que ele estivesse. Entregue em suas mãos. Ele a queria desesperadamente e parecia satisfeito em deixá-la fazer tudo que desejasse.

Qualquer coisa.

Era como ir a uma loja especializada em chocolates com uma mulher de TPM. Ela chupava Gabe com vontade, levando-o até o fim da garganta. Então chupava-lhe a cabeça, apertando-a e se movimentando em volta dela.

O gemido de Gabe era cada vez mais alto, e então as mãos dele se enrolaram em seu cabelo, e ela sorriu. Ele não demorou em retirar as mãos de onde ela as havia colocado. Mas estava tudo bem porque sentir as mãos dele em seu cabelo era incrível. Ela amava o senso de necessidade com o qual os dedos dele apertavam e puxavam as mechas.

Mas ainda assim, quem ditava a ação era ela. Ele não empurrou a sua cabeça. As mãos apenas permaneceram enroladas no cabelo como se ele precisasse fazer algo com elas para não enlouquecer.

Ela tornou a colocar o pau inteiro dentro da boca, e quando o retirou, deixou um rastro úmido sobre a pele macia e sedosa de Gabe.

– Nossa – Gabe sussurrou. – Droga, Mia. É assim, baby. Me leva até o fundo. Adoro quando você me engole inteiro desse jeito.

Ela o engoliu novamente, até seu nariz encostar na virilha, e então gemeu de prazer, emitindo um som que vibrou ao redor do pau. Ele segurou o cabelo dela ainda mais firme e pela primeira vez se arqueou para cima, o corpo inteiro tão tenso que ela podia sentir seus músculos retesando.

Quando Mia já não conseguia mais segurar a respiração, ela deslizou um pouco para trás no pau, inspirou longamente algumas vezes, suas mãos envolvendo-o , e masturbou-o enquanto olhava nos olhos dele.

O olhar de Gabe ficou enevoado, repleto de calor e desejo e aprovação. Ah, sim, ele estava adorando aquilo. Com um sorriso, ela manteve a atenção dele e então avançou lentamente pelas coxas até aninhar a base do pau no vão entre suas pernas.

Então ela se levantou, posicionando a cabeça do pau em sua vagina, e, sem demorar, deslizou-o para dentro em um único e delicado movimento, envolvendo-o completa e profundamente.

Gabe gemeu, levou as mãos ao quadril de Mia, encravando seus dedos com força enquanto ela se acomodava sobre seu pau.

– Deus, você é linda – disse ele, seu olhar deslizando sobre o corpo dela.

Ele retirou as mãos do quadril dela e levou-as aos seios, encaixando-os em suas palmas de modo que seus polegares pudessem acariciar seus mamilos intumescidos. O importante ali não era mais ela. Não que ela não estivesse aproveitando bastante a situação, mas agora o importante era ele. Tudo para ele.

Ela queria abalar o mundo de Gabe. Queria plantar-se na mente dele de modo que ele nunca mais deixasse que outro homem a tocasse – ninguém mais a tocasse.

Com um suspiro, Mia jogou o cabelo para trás e começou a movimentar-se, balançando para frente e para trás, subindo e descendo. Ela podia sentir a tensão emanando dele. Podia sentir como seu corpo estava retesado. Como sua mandíbula estava cerrada, as marcas de esforço ao redor de sua boca e olhos.

E então ele fechou os olhos.

– Olhos nos olhos – disse ela com a voz rouca, ecoando a ordem que ele dava a ela tantas vezes. – Quero olhar nos seus olhos quando você gozar.

Os olhos dele se abriram, as pupilas dilatadas e suas narinas expandidas, seu queixo ainda retesado. Mas continuava a fitá-la.

– Tudo que você quiser, baby.

Essas palavras a deixaram contente. Feliz de verdade. Um suspiro de alívio escapou dos lábios dela e ela ficou ainda mais molhada, envolvendo o pau dele.

Ela aumentou a velocidade e força dos movimentos, deixando ele cada vez mais excitado e próximo do limite até que a mandíbula dele travou, os olhos brilharam e algo ininteligível escapou dos lábios.

Ela pode ver o momento exato em que ele gozou. Mesmo antes de ejacular, ela podia enxergar nos olhos dele. Uma imensa explosão de chamas, o jeito como seu olhar de repente empalideceu. As mãos dele desceram e agarraram com firmeza a cintura dela, com tanta força que certamente deixaria marcas. Mas então uma das mãos deslizou ainda mais para baixo e um dos dedos acariciou as dobras de sua vagina até chegar ao clitóris, tocando-a enquanto ela continuava a se mover sobre ele.

Quando ela ameaçou fechar os olhos, ele prontamente deu uma ordem, pela primeira vez comandando a ação:

– Olhos nos olhos. Em mim, Mia. Quando você gozar, quero te olhar nos olhos.

Ela manteve o foco nele, seu orgasmo surgindo, arrebatando-lhe com uma intensidade absurda. Ela era um animal incansável montado nele e agora era a vez dele de dominá-la. De esperar com calma. Ele acariciou o corpo dela com a mão enquanto com a outra pressionava delicadamente o clitóris.

Era uma sensação avassaladora. Ela mal conseguia se manter levantada enquanto começava a gozar. Retesou-se e caiu para frente, e ele a abraçou, segurando-a, aninhando-a em seu peito enquanto ela gozava intensamente, uma tempestade súbita e poderosa.

Gabe a apertou contra si, sua mente revisitando a experiência que acabara de presenciar. Estava maravilhado. Reconhecia. Mais do que qualquer coisa, ele se sentia absolutamente *grato*.

Ele não tinha palavras para descrever o que ela acabava de lhe presentear. Ela havia feito amor com ele. O fato de ela ainda confiar nele, mesmo depois de tudo que ele a havia feito passar, contava menos do que a entrega dela, de corpo e alma.

Mia havia sido vencida pelo que ele tinha em seus braços. Um sentimento de posse tão intenso que ele mal podia compreender. Odiava-se pelo que havia feito com ela. E ainda assim ela *não o odiava*. E isso era mais do que ele conseguia lidar.

Ela tocou uma parte dele que ele achava que era inacessível. Uma parte que ele havia mantido secreta por anos. E ela a havia alcançado sem o menor esforço. Ela surgiu na vida e no coração dele como se a ele sempre *pertencesse*.

E o mais impressionante é que ele estava *convencido* disso.

capítulo 33

Por mais que a experiência em Paris tivesse sido traumática para Mia, foi também, de muitas formas, o ponto de mudança crucial na relação dos dois. Gabe se tornou ainda mais protetor com ela e passou a demonstrar uma ternura – uma ternura *emocional* – que até então inexistia.

Isso tocou o coração de Mia. Fazia com que ela ousasse sonhar que eventualmente a situação dos dois pudesse se prolongar para além dos termos contratuais. Ela amava Gabe e se encantava cada vez mais à medida que os dias passavam. O amor lhe dava paciência. Dava-lhe esperança.

A única coisa da qual ela se arrependia era do fato de a relação dos dois ser secreta. Para todo mundo. Especialmente para Jace, que havia percebido certo pesar em Mia quando ela e Gabe retornaram de Paris. Ela odiava ter que mentir para Jace quando ele lhe perguntava o que havia de errado. Ela explicava que era alguma dor de estômago ou cansaço pelo fuso horário. E agradecia aos céus o fato de Caroline ser uma mestra na maquiagem. Ela conseguiu disfarçar as evidências do machucado no lábio de Mia até que ele desaparecesse por completo.

O dia de Ação de Graças se aproximava, e Gabe havia sido convidado para a casa dos pais para a comemoração. Assim como ele havia lamentado a separação dos dois, relutava em aceitar a volta do casal. Enxergava traição ao olhar para o pai, e ainda era muito protetor com a mãe. Culpava o pai por tê-la magoado.

Mia não sabia ao certo quais seriam seus planos para a Ação de Graças. Gabe parecia dividido entre passar o feriado com os pais ou permanecer junto a Mia. Ela insistiu para que ele aceitasse o convite. Era apenas um dia. Provavelmente ela passaria com Jace, uma vez que ele pretendia ficar na cidade. Caso contrário, iria comemorar com Carol e sua família.

Gabe não gostava da ideia de ela passar o feriado longe dele, mas o que podia fazer? A menos que quisesse tornar público o relacionamento – e até o momento ele estava convicto de que não era a coisa certa a se fazer.

– Você já terminou de colocar aquelas propostas na apresentação que vou mostrar na reunião com Jace e Ash? – perguntou Gabe do outro lado da sala.

Mia levantou os olhos e notou que ele a observava, calor e ternura brilhando em seus olhos. Sim, ele certamente havia mudado seus modos com ela. Havia se tornado mais... humano. Alguém que ela podia confiar que lhe devolveria o amor.

– Estou acabando – disse ela. – Estou deixando o espaço para as outras duas propostas, assim que as receber, vou inserir a informação.

Gabe assentiu em aprovação.

– Vamos decidir essa semana. Há uma chance de eu ter que voltar a Paris mais perto do Natal. Você vai querer ir comigo?

Outra coisa também havia mudado em Gabe. Antes, ele nunca perguntaria o que ela queria fazer ou se viajaria com ele para algum lugar. Ele simplesmente dizia aonde ela deveria ir. Mia não tinha a menor escolha. Agora? Agora ele nunca dava ordens. Embora ela pudesse facilmente supor qual era a resposta que ele esperava ouvir, ele não decidia mais por ela.

– Adoraria ir a Paris perto do Natal – disse Mia, a empolgação desafinando a sua voz.

Ele sorriu, o alívio estampado nos olhos.

– Vou fazer nossos preparativos e incluir um dia extra para que possamos ver o que perdemos na primeira vez.

Se ela já se sentia extremamente mimada antes, agora já era absurdo. Ele era um sonho tornado realidade. Tão atencioso a tudo que ela precisava. Qualquer coisa que quisesse ou precisasse, lá estava ele atendendo-a na hora.

Era uma experiência que ela estava aproveitando inteiramente. Deliciava-se com cada toque delicado, cada olhar de preocupação, cada atenção dedicada a cada pequeno detalhe de tudo que envolvesse ela.

O telefone de Gabe tocou, e ele respondeu rapidamente. Ele percebeu logo que era sua mãe. Sua expressão mudou por completo quando começou a falar com ela.

Provavelmente ele iria demorar um pouco. Ele e sua mãe se falavam mais nos últimos dias, enquanto ela navegava as águas tempestuosas da reconciliação com o pai de Gabe. Ela confiava nele para lhe dar apoio emocional. Mia checou o relógio. Já passava da hora do almoço e Gabe esteve ocupado durante a manhã inteira. Duvidava que ele tivesse planejado dar uma pausa para o almoço, e talvez ele trabalhasse até a hora da reunião da tarde.

Decidida, Mia se levantou e pegou sua bolsa. Gabe fitou-a, suas sobrancelhas arquearam em dúvida quando ela avançou em direção à porta.

Almoço, ela articulou com a boca sem emitir som. *Vou trazer algo para você.*

Ele assentiu, concordando, e deslizou o fone para baixo do queixo de modo a liberar a boca.

– Leve um casaco, Mia. Faz frio lá fora. Estava com chance de neve, então tome cuidado com a calçada.

Ela sorriu, tocada pela preocupação dele. Retornou à mesa e pegou o casaco, que mantinha sempre à mão para essas ocasiões. Então, lhe lançou um beijo que fez com que os olhos dele brilhassem.

Quando ela colocou os pés fora do prédio, a excitação subiu por sua espinha. Podia sentir o cheiro de neve no ar. Havia um frio agudo e umidade sob aquele céu tão cinza. Clima perfeito para o feriado.

Ela praticamente dançou durante o caminho, descendo o quarteirão até a *delicatessen* onde Gabe normalmente pedia comida. Adorava essa época do ano. Amava a mudança das estações. E sempre aguardava ansiosamente o Natal. O Dia de Ação de Graças era dali a uma semana, e muitas lojas já estavam tomadas pelas decorações e luzes natalinas em suas janelas e vitrines.

Apertou o casaco contra si ao sentir uma lufada de vento gelado. Entrou na *delicatessen* e fez o seu pedido para viagem.

Cinco minutos depois, pegou seus embrulhos, abriu caminho em meio à loja lotada e retornou à calçada. Uma gota de chuva caiu sobre seu nariz, ela acelerou o passo enquanto começava a chuviscar. Não havia se preocupado em trazer um guarda-chuva. Esperava estar na rua apenas alguns minutos.

Como adivinhar que ia começar a chover logo agora? A chuva não podia esperar cinco minutos a mais até que ela estivesse de volta ao prédio?

Manteve a cabeça abaixada ao contornar a esquina da rua do prédio de Gabe, e acabou esbarrando em alguém. Desculpou-se enquanto se curvava para pegar um dos embrulhos que havia caído no chão. Esperava que ainda estivesse intacto. Ao se levantar, a pessoa em quem havia se esbarrado ainda estava ali.

Seu estômago se embrulhou ao reconhecer o rosto do homem. Charles. O homem que a havia atacado na suíte de Gabe em Paris. Não podia ser mera coincidência ela esbarrar justamente com ele do lado de fora do prédio de Gabe.

Mia deu um passo cauteloso para trás e ele agarrou-lhe o braço, empurrando-a para fora do caminho dos pedestres e contra a parede de pedra do prédio. Ela ainda estava a muitos metros da entrada e imediatamente olhou ao seu redor estudando qual seria o melhor caminho para escapar das garras de Charles.

– Não me toca – disparou ela. – Gabe vai matar você por isso.

O rosto de Charles se contorceu em desprezo.

– Graças a sua reação exagerada, Gabe perdeu o controle. Ele está querendo me cortar fora dos negócios, e isso vai arruinar minhas chances com outras pessoas no trabalho. Eu preciso desse acordo, e você ferrou comigo.

– Eu ferrei com você? – gritou ela. – Seu estúpido filho da puta. Você me atacou! E sou eu quem ferrou com você? Você é um babaca!

– Cala a porra da boca – sussurrou ele, se aproximando dela, apertando ainda mais os seus braços.

– Se afasta – ameaçou ela. – Cai fora do meu caminho.

Ele a apertava com força e crueldade, e ela sabia que iria ficar marcada. Só queria cair fora dali, livrar-se desse idiota e retornar a Gabe. Onde estaria a salvo. Ele nunca deixaria que nada de ruim acontecesse a ela.

A chuva molhava seu rosto, e ela piscou os olhos para limpar sua visão. Estava gelado e sentia cada vez mais frio já que a umidade penetrava por sua roupa e seu cabelo.

– Você e eu temos que conversar – disparou ele. – Quero informação sobre as outras propostas. Eu sei que você tem acesso a elas. Minha única chance é se eu puder fazer uma proposta substancialmente menor que a dos meus concorrentes de modo que a HCM não tenha escolha a não ser me escolher. Posso perder dinheiro com isso, mas me deixa em uma boa posição mais na frente. Eu preciso desse acordo, Mia, e você vai me ajudar a consegui-lo.

– Você está maluco! Não vou lhe contar porra nenhuma. Gabe me mataria e meu irmão também. Não vou traí-los, especialmente por causa de um filho da puta como você. Agora se manda da minha frente ou vou começar a gritar.

– Não faria isso se fosse você – disse ele com a voz baixa.

Ele meteu um celular na frente dela e demorou um instante até que ela conseguisse focalizar o que o aparelho mostrava. Ela soluçou, horrorizada com o que estava na tela. Isso não estava acontecendo. Não podia estar acontecendo!

– Ah, meu Deus! – suspirou ela.

A náusea fez com que seu estômago dobrasse. Ela estava profundamente enjoada com o que havia visto. Era ela, mãos e pernas amarradas, e com o pau de Gabe enfiado em sua boca. As bochechas dela estavam côncavas, enquanto Gabe enfiava todo seu pau.

Charles apertou um botão e a próxima foto era dela amarrada à mesa de café, de olhos fechados, boca firmemente cerrada enquanto Charles estava sobre ela, com a mão sobre sua cabeça, a outra agarrando o pau enquanto tentava fazer com que ela o chupasse. O que significava que um dos outros havia tirado as fotos. Que tipo de pessoa doentia poderia fazer esse tipo de coisa?

Precisou de cada gota de suas forças para não engasgar e vomitar ali mesmo na rua.

– Seu doente, filho da puta – sussurrou ela.

Não fazia sentido perguntar-lhe como ele havia conseguido as fotos. Elas haviam sido tiradas dentro do quarto de hotel em Paris. Pensar que alguém tirara essas fotos, que outras pessoas *tinham visto* as fotos a deixou horrorizada.

– Eis o acordo, Mia – disse Charles. Ele apertou ainda mais a mão de Mia, sabendo o quanto ela queria cair fora dali. – Você vai me passar as informações que eu quero ou divulgo essas fotos. Como você acha que seu irmão vai reagir ao ver fotos da sua irmãzinha espalhadas pela internet? Você vai ficar famosa, mas não do jeito que os dois gostariam.

Os ossos dela gelaram de tal modo que todo o seu corpo havia se tornado um bloco de gelo. Continuou olhando impassível para Charles, sentindo-se devastada por dentro. O filho da mãe sabia bem disso. Ela podia enxergar a determinação e desespero nos olhos dele.

– Seu filho da puta! – disparou ela amargamente. – Você fez aquilo comigo! E agora vai me ameaçar com uma foto que mostra você *me* atacando?

– Pense nisso – disse ele sombriamente. – Espero sua ligação antes do fim de semana. Se você não me ligar, todo mundo verá essas fotos.

Ele soltou o braço dela e foi embora, desaparecendo no mar de guarda-chuvas e pedestres que se apressavam em fugir da chuva.

Ela continuou ali parada mais alguns instantes, ainda em choque por conta das fotos explícitas que ele havia mostrado. A chuva salpicava-lhe o rosto, encharcando sua roupa, mas estava entorpecida demais para sentir frio. Só conseguia sentir o quanto sua situação estava insustentável.

Se traísse Gabe, ela o perderia para sempre. Ele a eliminaria da sua vida sem pensar duas vezes ou se arrepender. Se não o traísse, aquelas fotos seriam mostradas. Jace as veria. O mundo inteiro as veria. Não apenas a amizade de Gabe e Jace terminaria, mas a relação profissional deles também poderia acabar. E a reputação de Gabe novamente seria manchada sob acusações de abuso de outra mulher.

Uma vez ele pode ter escapado, mas duas? Onde há fumaça, há fogo aos olhos do público.

Juntou os embrulhos amassados e caminhou aos tropeços até a entrada do prédio. O pânico a deixava desconcertada. O coração dela batia dolorosamente, tão rápido que nem conseguia processar todos os pensamentos.

Subiu o elevador, o pavor aumentando a cada respiração. O que devia fazer?

Sim, ela tinha acesso às propostas. Seria simples passar as informações para Charles. Ainda assim, isso não a ajudaria em nada, pois mesmo que ele apresentasse uma proposta melhor que a dos outros concorrentes, Gabe *nunca* o escolheria. E então, apesar de ter obedecido ao que Charles havia pedido, ele ficaria puto da vida e provavelmente colocaria as fotos na internet como retaliação do mesmo jeito.

O que devia fazer?

Ao chegar ao escritório, encontrou Gabe de pé, com a expressão preocupada.

– Mia, o que diabos aconteceu? Você está encharcada! Por que não levou um guarda-chuva?

Gabe se apressou na direção dela, xingando enquanto retirava seu casaco ensopado. Ele pegou os embrulhos das suas mãos e colocou-os de lado, sem nem ver o que ela havia trazido.

– Está tudo bem? O que está acontecendo? Parece que você acabou de ver uma assombração.

– S-s-só frio – disse ela gaguejando. – Fui pega de surpresa pela chuva. Não houve nada demais, Gabe, de verdade.

– Você está congelando – murmurou ele. – Venha aqui, vou levá-la para casa para que pegue roupas secas. Você vai acabar adoecendo.

Ela balançou a cabeça, dando um passo para trás, a relutância tão persistente que o assustou.

– Você tem uma reunião agora que não pode perder – disse ela. – Não há razão para você ter que me acompanhar.

– Foda-se a reunião – disse ele sem rodeios. – Você é mais importante.

Ela tornou a balançar a cabeça.

– Peça ao motorista para me levar. Vou tomar uma ducha quente e colocar roupas secas. Eu juro. Estou de volta em uma hora e meia.

Dessa vez foi ele quem balançou a cabeça.

– Não. Não quero que você volte. Vá para casa e se aqueça. Espere por mim lá. Chego em casa assim que a reunião acabar.

Ela assentiu, o frio tomando conta de seu corpo cada vez com mais intensidade. Agora que estava longe da chuva e no calor do escritório, ela começou a tremer descontroladamente. Teve que se esforçar para manter a compostura ou ele notaria que algo terrivelmente errado estava acontecendo.

Abriu um sorriso e apontou para os embrulhos.

– A comida ainda está boa. Você precisa comer, Gabe. Você não comeu o dia inteiro.

Ele tocou o rosto dela, delicadamente acariciando a face antes de se inclinar para beijar-lhe os lábios gélidos.

– Não se preocupe comigo. Leve sua refeição para casa e descanse o resto do dia. Chego em casa para tomar conta de você daqui a pouco.

As palavras dele provocaram um aperto em seu coração, mas não foram suficientes para apagar o horror ou o enorme fardo da decisão que ela deveria encarar. Precisava de tempo para pensar.

O princípio de uma enxaqueca a assombrava. O constante pulsar de suas têmporas, em conjunto com o frio de gelar os ossos, estava começando a tirá-la do sério.

Ele foi até a sua mesa, pegou seu paletó e colocou-o sobre os ombros dela, esfregando os seus braços com as mãos.

– Venha aqui – disse ele em um tom de pesar. – Vou levar você até lá embaixo e colocar você dentro do carro. Me liga se precisar de qualquer coisa, O.K.?

Ela sorriu. De um jeito forçado.

– Vou ficar bem, Gabe.

Ela odiava mentir para ele.

capítulo 34

Gabe adentrou o apartamento e franziu o cenho quando notou que nenhuma das luzes estava acesa. Será que Mia se enganou e acabou indo para o apartamento dela?

Desde que voltaram de Paris, ela havia passado todas as noites com ele, exceto quando Jace a levou para jantar e a deixou no prédio dela. Apenas aquela noite sem Mia fez com que Gabe ficasse irritado e temperamental, e ele foi trabalhar de mau humor na manhã seguinte.

Entrou na sala de estar e sua tensão imediatamente se dissipou quando viu Mia encolhida no sofá, num sono profundo. A lareira estava ligada e ela estava coberta dos pés a cabeça.

Franziu a testa. Algo estava perturbando ela? Olhando em retrospecto, Mia esteve bem até a hora em que saiu para comprar o almoço. Sorridente, radiante, animada. Linda como sempre. Ficava absolutamente espantado com o quão dependente tinha se tornado da presença de Mia no escritório. Como ela havia se tornado parte essencial do seu dia. A maioria das pessoas necessitava de café de manhã, ele precisava apenas de Mia.

Ao se inclinar sobre ela, com a intenção de checar se havia sinais de febre, viu que os olhos dela estavam vermelhos e inchados. Como se ela estivesse... chorando. *Como e por quê?* O que poderia ter acontecido com ela? O que ela estava escondendo dele? Ficou tentado em acordá-la para que ela dissesse o que diabos havia de errado, mas não queria perturbá-la. Ela parecia estar cansada. Com olheiras escuras sob os olhos. Estaria ela cansada da noite anterior? Ele estava sendo muito duro com ela? Muito necessitado? Estaria lhe fazendo mal?

Sentiu o estômago revirar de pânico. Seria esse relacionamento demais para ela? Não podia se comprometer a pegar mais leve, se distanciar. Em vez de esfriar com o passar do tempo, a necessidade dele por ela se tornava maior a cada dia. O tempo apenas intensificava o seu desespero por ela. Não aliviava. Ele havia sido um tolo em cogitar deixar outro homem tocá-la, de modo a provar a si próprio que não era emocionalmente dependente dela. Que isso não o faria mal.

Ainda precisava implorar pelo perdão dela toda vez que a lembrança daquela noite em Paris lhe vinha à cabeça. Ela já o havia perdoado, mas só de lembrar ele se sentia forçado a cair de joelhos.

Não era digno do amor dela. Sabia muito bem disso. Mas não tinha o poder para fazer o que era certo e deixá-la partir. Isso o destruiria.

Checando o relógio, ele se assustou. Havia demorado mais tempo para chegar em casa do que esperava. Já era perto da hora do jantar e se perguntava se ela havia comido o almoço que trouxera. Entrou na cozinha e encontrou a resposta no balcão. O embrulho estava intocado. A caixa dentro ainda estava fechada. Soltou um palavrão baixinho. Ela precisava comer.

Vasculhou os armários atrás de uma lata de sopa. Sua empregada mantinha estoques sempre à mão dele, e ele sempre lhe dava uma lista de compras às sextas-feiras com o que ele quisesse cozinhar no fim de semana. Mas a verdade era que Gabe não passava tempo suficiente em casa para manter um estoque de comida para preparar.

Depois de perceber que não tinha nada que pudesse preparar, pegou o telefone e ligou para o *concierge* para pedir o que precisava. Depois de se assegurar de que teria o que queria imediatamente, Gabe desligou e procurou no armário de remédios um termômetro e remédio para febre.

O único problema é que ele não tinha certeza do que ela tinha. Ou se ao menos estava febril. Podia ser um resfriado. Podia ser alguma dor de barriga. Como adivinharia sem ao menos falar com ela?

Decidido que não podia esperar até que ela acordasse – ele queria que ela descansasse o tempo que fosse necessário –, retornou silenciosamente à sala de estar. O cobertor havia deslizado, descobrindo a metade superior do corpo dela, então ele tornou a cobri-la, prendendo as pontas ao redor. Então a beijou na testa, sem sentir nenhum sinal de febre.

Ela estava quente, mas não tanto. A respiração parecia estar normal. Aproximou-se da lareira, aumentando a chama, e então desapareceu no quarto, trocando a roupa por algo mais confortável enquanto esperava pela sopa de Mia.

Havia bastante trabalho a ser feito – ele havia saído logo após a reunião e ainda tinha que dar uma olhada na papelada financeira antes da reunião no dia seguinte com Ash e Jace. Eles iam discutir as propostas para a construção – mas, em vez de trabalhar, pegou seu tablet e sentou-se no sofá, que ficava na frente de onde Mia estava deitada.

Acomodou-se. Obrigou-se a pensar em algo que não fosse trabalho ou negócios. Gostava de fazer companhia para ela, enquanto fazia algo agradável, como ler um livro em silêncio.

Mia ficara empolgadíssima quando ele a presenteou com um e-reader de última geração, que continha toda coleção digital dos livros preferidos dela. Ela lançou os braços em volta dele e o abraçou e o beijou com tanta exuberância que ele riu. Mas esse não era um episódio isolado, ele costumava fazer isso bastante quando estava em sua companhia – rir.

Havia algo de irresistível nela. Seu charme era contagiante. Ela era para ele como... luz do sol. Ele se contorcia com o quão piegas isso soava. Estava agindo e pensando como um adolescente melodramático. Graças a Deus que ninguém podia enxergar seus pensamentos. Ele nunca teria sido capaz de se impor assim em reuniões de negócios. Homens como ele deveriam ser intimidadores. Frios. Inalcançáveis. Até mesmo temidos. Se alguém cogitasse que uma garota de cabelos negros com um sorriso inestimável era a criptonita dele, ele seria motivo de chacota por toda a cidade.

Recebeu uma mensagem no celular e pegou o aparelho no bolso, vendo que o concierge avisava que já estava subindo com o seu pedido. Gabe se levantou do sofá e recebeu o homem na porta do elevador. As portas se abriram no momento em que ele chegou ao *foyer*. Ele agradeceu ao homem e levou a sopa para a cozinha.

A sopa estava fumegante, então Gabe não precisaria reaquecê-la no micro-ondas. Despejou-a numa tigela e torrou duas fatias de pão. Então, pegou da geladeira o refrigerante preferido de Mia. Cherry Coke. Era algo que ele havia solicitado à sua empregada para comprar aos montes porque Mia era viciada no negócio.

Havia muitas coisas que ele mantinha estocada por conta do gosto de Mia. Ele gravou-as na memória e se assegurava que elas nunca faltassem. Não queria lhe dar nenhum motivo para não querer ficar ali.

Colocou a sopa, as torradas e o refrigerante em uma bandeja, e então a levou para a sala de estar, colocando-a sobre a mesa de centro em frente à ela. Ainda relutava em acordá-la, mas ela precisava comer e ele queria ver como ela estava. Se fosse necessário, chamaria seu médico pessoal para vir checar o estado de saúde de Mia.

– Mia – disse ele com a voz grave. – Mia, acorde, meu bem. Eu trouxe comida para você.

Ela se mexeu, resmungou de sono e virou a cabeça para o outro lado, as pálpebras se mexendo e tornado a se fechar. Ele bufou. Ela detestava ser perturbada enquanto dormia. Tocou o rosto dela, acariciando uma linha imaginária indo da bochecha até seu queixo, deliciado com a pele sedosa sob seus dedos.

– Mia, acorde, baby. Vamos lá. Abra esses olhinhos lindos para mim.

Ela abriu os olhos, demorando a achar o foco em Gabe. Para surpresa dele, havia medo, e alguma outra coisa que não conseguia bem identificar. Preocupação? Ansiedade?

Ela bocejou e esfregou os olhos, evitando fitá-lo enquanto se acomodava. Ajeitou a coberta ao redor de si, um gesto que expressava uma vontade de se preservar.

Ele mordeu os lábios de modo a impedir que ordenasse por respostas ali e agora. Havia algo infinitamente frágil nela naquele momento. Ele não a via desse jeito desde aquela noite em Paris. Sentiu um peso no fundo do estômago só de pensar nisso.

– Ei, dorminhoca – disse ele em um tom jocoso. – Trouxe sopa para você. Vi que você não almoçou.

Ela fez careta.

– Estava frio e eu queria me esquentar. Perdi a fome.

– Você está se sentindo bem? Algo está te fazendo mal? Eu posso chamar um médico para te examinar.

Ela lambeu os lábios e balançou a cabeça negativamente.

– Estou bem. De verdade. Assim que eu me aqueci, fiquei com tanto sono que não consegui me manter de pé. Mas estou bem. Eu juro.

Ele não acreditava nela e não sabia por quê. Algo estava deixando ela desconcertada mesmo que não estivesse se sentindo doente. E tinha o fato de ela aparentar ter chorado. Talvez ele estivesse exagerando. Talvez ela tivesse apenas esfregado os olhos antes de apagar.

– Está com vontade de comer agora? – indagou ele.

Ela olhou a travessa a sua frente sobre a mesa de centro e assentiu.

– Estou faminta.

Quando ela se inclinou para frente para se levantar, ele estendeu a mão para lhe ajudar. Ela entrelaçou os dedos com os dele e se sentou na beirada do sofá.

– Obrigada – disse ela com a voz rouca. – Você é bom demais para mim, Gabe.

Não era a primeira vez que ela dizia isso, mas a cada vez que o fazia, ele era aplacado por um sentimento de culpa. Se tivesse sido tão bom a ela quanto devia, ele nunca teria permitido que ela fosse abusada por outro homem.

Ele ficou vendo-a comer, a necessidade de tocá-la e protegê-la de qualquer coisa que a aborrecesse crescendo a cada segundo. Era uma dependência insaciável sobre a qual ele não tinha o menor controle. A força da sua atração desafiava a lógica. Mas quando ele pensava nela, estava claro que não tinha a menor racionalidade. Nenhuma sanidade. Nenhuma habilidade de manter a distância entre os dois.

Quando ela terminou a refeição, empurrou o cobertor que cobria suas pernas e, para a surpresa dele – e deleite –, subiu no sofá onde ele estava e se enroscou nele. Gabe envolveu-a com um dos braços e com o outro pegou o cobertor que havia caído ao lado. Ele puxou-o por sobre os dois e posicionou-a de modo que ela o cobrisse, seu corpo macio e caloroso contra o dele.

Enterrou o nariz no cabelo dela, satisfeito em tê-la o mais perto possível de si.

– Obrigada pelo jantar – disse ela. – Só quero que você me abrace agora. É tudo que preciso para me sentir melhor.

As palavras dela tocaram fundo no coração de Gabe. Ela as disse com profunda sinceridade. Como ela conseguia fazer com que elas soassem tão simples. Ela nunca pedia nada dele. Não tinha exigências. Não se importava com o dinheiro dele ou com o que ele podia lhe comprar. As únicas coisas que pedia dele eram sempre tão simples. Que ele a abraçasse, a tocasse. Confortasse-a. A ideia de que ele possuía tanto poder sobre ela deveria ser o suficiente para ele. Era tudo que ele queria, não? Controle total. Que ela se dobrasse às vontades dele. Mas em vez disso, ele se sentia muito responsável pelo fato de ter nas mãos o poder de destruí-la.

– Quer ficar em frente ao fogo ou quer ir para a cama? – perguntou Gabe enquanto acariciava o cabelo dela.

– Mmmmmmm – murmurou Mia com a voz sonolenta e contida. – Ficamos um pouquinho aqui, eu acho. Está tão gostoso aqui, diante do fogo. Me pergunto se já está nevando.

Ele deu uma risadinha.

– Se estiver, imagino que sejam apenas uns poucos flocos. Nunca neva muito por aqui nessa época do ano.

– Minha cabeça dói – murmurou ela enquanto se acomodava no espaço entre o ombro e a cabeça de Gabe.

Ele franziu o cenho.

– Por que você não me disse antes? O quanto está doendo?

Ela deu de ombros.

– Bastante. Eu tomei um analgésico quando cheguei. Esperava que quando acordasse a dor tivesse passado.

Ele a empurrou delicadamente para o lado e se desprendeu dela e do cobertor, antes de se levantar do sofá. Rumou à cozinha, chacoalhou um vidrinho de analgésicos prescritos e voltou até Mia.

Ela franziu a testa.

– Esses me deixam tonta.

– Tonta é melhor do que sentindo dor – disse ele pacientemente. – Tome e vou tomar conta de você. Vamos ficar sentados aqui no sofá até você ficar com sono e então vamos para a cama. Se você não estiver se sentindo melhor amanhã pela manhã, vai ficar em casa.

– Sim, senhor – disse ela, uma covinha aparecendo em sua bochecha.

Ele lhe deu um comprimido junto com meia lata de Cherry Coke e a observou engolir o remédio. Então ele voltou a se sentar no sofá, imediatamente puxando-a para seus braços. Ajeitou o cobertor sobre o corpo dela e segurou-a com ambos os braços, envolvendo-a com a segurança do seu abraço.

Ela deu um suspiro contente e acomodou a nuca no pescoço dele.

– Estou feliz de estar com você, Gabe. Não me arrependo nem um segundo.

Mia disse essas palavras com suavidade, e ele quase não as ouviu. E quando se deu conta do que ela acabara de dizer, se sentiu dominado por uma satisfação tão intensa que mal pôde responder de imediato. Mas havia algo de estranho na declaração dela. Como se fosse um prelúdio para um adeus. Ele mal conseguia conceber essa possibilidade. Faria todo o possível para se assegurar de que ela não fosse a nenhum lugar do qual não pudesse retornar para ele.

– Estou feliz aqui também, Mia – complementou ele.

capítulo 35

Mia vestiu uma jaqueta sobre a camisa antes de sair do apartamento de Gabe. Ele não ia ficar nada contente quando ela desse as caras no escritório. De manhã, antes de sair, ele havia deixado instruções estritas de que ela deveria ficar em casa e descansar.

Achava que ela estava adoecendo, e que o dia anterior houvesse sido um sinal de um resfriado ou problema de estômago vindouro.

Ela passara a maior parte do dia entorpecida, em choque e com medo. Estivera com tanto medo que não foi capaz de pensar no melhor caminho até o trabalho. E o tempo dela estava se esgotando. Era sexta-feira e Charles esperava que ela lhe entregasse a informação antes do fim de semana.

Seu estômago estava embrulhado. Estava com os nervos em frangalhos ao caminhar até o carro que a levaria até o escritório de Gabe – o seu escritório.

Pesou cada uma das suas opções e a única saída disponível era ir até Gabe, contar-lhe toda a verdade, e esperar que ele pudesse tomar conta do assunto. Traí-lo não era uma opção. Ela não fazia ideia do tipo de futuro que eles teriam, mas já era mais do que hora de tomarem as rédeas da situação e irem até Jace, efetivamente tirando de Charles o poder que ele acreditava ter.

Na noite anterior, ela havia permanecido com a parte de cima do pijama mesmo depois de ir para a cama com Gabe, sob a desculpa de que estava com frio. Na verdade, não queria que Gabe visse as marcas nos braços, onde Charles a havia agarrado. Gabe certamente teria notado, e ela teria tido que se explicar antes de ter repassado toda a situação em sua cabeça, e encontrar paz de espírito com a sua decisão.

Esfregou o braço por sobre a jaqueta de couro, e mordeu o lábio, pensativa, enquanto o carro ziguezagueava pelo trânsito do fim da manhã.

Ainda havia um nevoeiro no ar. Nada de flocos de neve ou geada. Nem mesmo granizo. Mas estava frio, cinza e nublado, e os céus pareciam a ponto de desabar a qualquer momento.

Quando o motorista encostou o carro em frente ao prédio, Mia saltou apressada e correu até a porta de modo que não ficasse encharcada de novo. Subiu o elevador, a ansiedade aumentando a cada andar que subia.

Eleanor pareceu surpresa ao ver Mia adentrando a área da recepção.

– Mia, o Sr. Hamilton havia dito que você estava doente essa manhã. Já está se sentindo melhor?

Mia lançou um sorriso desconfortável.

– Um pouco, sim. Gabe está no escritório?

Eleanor fez que sim com a cabeça.

– Tome conta para que ninguém nos perturbe até que ele autorize – Mia disse com a voz calma. – Temos coisas importantes a serem discutidas agora pela manhã.

– Claro – respondeu Eleanor. – Depois me diga se vocês querem que eu peça que entreguem comida. Posso providenciar.

Mia ignorou essa última colocação e avançou na direção do escritório de Gabe, seu pavor se intensificando a cada passo. Estava enojada de ter que contar-lhe das fotos que havia visto. De que Charles a havia ameaçado. Ela não queria repassar o que havia lhe acontecido em Paris mais uma vez. Ela e Gabe haviam superado aquilo. Quando abriu a porta de Gabe, ele fitou-a, arqueando as sobrancelhas.

Quando notou que era ela, ele imediatamente se levantou, os lábios se curvando para baixo.

– Mia? O que diabos você está fazendo aqui? Está tudo certo? Você devia estar em casa na cama.

Ele colocou as mãos nos ombros dela e a abraçou, olhando o seu rosto como se examinasse possíveis sinais de doença.

– Tem algo que precisamos conversar, Gabe – disse ela, hesitante. – É sobre ontem... E o que de fato aconteceu.

Ele a afastou para que pudesse enxergar direito o rosto e a expressão dela, e seu pulso se acelerou ao notar o medo e pavor nos olhos dela. Mia estava... terrível. E ela nunca estava mal. Mas essa manhã estava parecendo que não havia pregado o olho durante a noite. Parecia cansada e frágil. Ele se lembrava de ter achado que ela havia chorado na noite anterior. E agora lá estava ela sugerindo que não tinha contado sobre algo – algo importante – que havia acontecido no dia anterior.

– Venha, sente-se – disse ele, com um aperto na garganta.

Ao tentar direcioná-la ao sofá do outro lado da sala, ela balançou a cabeça e soltou-se da mão dele.

– Não posso sentar, Gabe. Estou muito nervosa. Só preciso te dizer isso e rezar para que você não se irrite. Comigo.

Agora ele estava realmente ficando preocupado. Simplesmente não conseguia encaixar as peças. Tudo parecia tão normal no dia anterior. Até o almoço. Quando ela saiu para pegar a comida deles. Quando retornou, estava ensopada, e era como se estivesse em estado de choque. Sua testa franziu ainda mais com ela o fitando, a vulnerabilidade estampada em seus olhos. Ela estava com medo. Isso o deixava nauseado, o fato de Mia estar com medo dele, ou pelo menos da reação que ele teria quando ela contasse o que aconteceu.

Em uma tentativa de aliviá-la do pânico e do desconforto, ele deslizou as mãos pelas mangas da jaqueta e a apertou de leve. Ela puxou um dos braços e moveu-o para longe do toque dele, levando a mão imediatamente ao ponto onde ele havia segurado.

Que diabos estava acontecendo aqui?

– Tire sua jaqueta, Mia – disse ele com a voz firme.

Ela hesitou, bufando pela boca. Lágrimas se acumularam nos cantos dos olhos, espantando ele.

Sem querer aguardar mais um segundo que fosse, ela retirou a jaqueta dos ombros e esticou os braços de modo que ele próprio pudesse deslizar a manga dos braços dela. Ela não encarou o olhar dele em nenhum momento. Assim que Mia retirou a jaqueta, ele viu a parte de cima do braço que ela havia retirado quando ele a tocou.

A respiração de Gabe explodiu em um grande suspiro quando ele viu as marcas roxas na parte superior do braço de Mia. Os dedos dele imediatamente foram tocar a área, mas se conteve, sem querer machucá-la mais.

Ele esticou o braço para pegar-lhe a outra mão e a direcionou até a janela, onde a luz era melhor para que ele pudesse enxergar as marcas.

– O que diabos aconteceu, Mia? – demandou Gabe.

Ele deslizou os dedos com leveza por sobre a pele machucada, sua têmpora começando a pulsar ao notar que as manchas se pareciam muito com marcas de dedos. Como se alguém a houvesse agarrado e apertado. Dedos e mãos grandes. Mãos de homem.

Uma lágrima escorreu pela face de Mia e ela prontamente tentou enxugá-la com a mão livre. O medo o tragou pelo âmago do seu ser. O que havia acontecido com ela? Um nó se alojou na garganta dele e o pânico tomou conta do seu estômago.

– Quem fez isso com você?

O tom de sua voz era grave e ameaçador, e ele mal conseguia manter o controle. Queria encontrar o filho da puta que ousara colocar as mãos em Mia, queria matá-lo.

– Charles Willis – disse ela, com um suspiro quase inaudível.

– O *quê*?

Mia se assustou com a explosão na voz dele. Então ela levantou a mão, encostando no peito dele. Ele estava tremendo de fúria e ela sabia disso. O seu olhar repleto de lágrimas encontrou o dele, havia súplica nos olhos de Mia.

– Ontem quando saí para comprar nosso almoço, ele me parou na rua. No meu caminho de volta, não muito longe da entrada do prédio. Ele disse que queria que eu lhe fornecesse informação sobre as propostas que você recebeu para o projeto de Paris. Disse que a única chance que ele tinha era pedir menos que os outros concorrentes, em uma margem o suficiente para que você fosse forçado a fechar com ele apesar de qualquer inclinação da sua parte em recusar.

Um senso de que algo ruim estava por vir subiu pela espinha de Gabe.

– Você forneceu a ele essa informação? – perguntou ele.

Será que era por isso que ela estava tão aborrecida e convencida de que ele ficaria com raiva dela?

– Não! – disse Mia, com sua veemência inconfundível. Pareceu devastada por ele ter cogitado tal ideia.

– Foi por isso que ele te machucou? – perguntou Gabe. – Eu vou matá-lo por isso.

– Tem mais – disse ela, quase engasgando.

Ela virou-se de costas, os ombros tremendo, e cruzou os braços em torno de si, como que querendo se proteger.

– Ah, Deus, Gabe. Ele me fez ameaças. Ele me mostrou... *fotos*.

– Fotos do quê?

Ela se virou para Gabe, seu rosto a mais clara expressão da angústia.

– De *nós* – disse ela aos soluços. – Naquela noite. Eu amarrada e ajoelhada com você... sendo chupado.

Ela estremeceu da cabeça aos pés. Suas mãos tremiam tanto que parecia a ponto de ter um colapso nervoso.

– E havia uma foto minha sobre a mesa de café, com ele tentando enfiar o pau na minha b-boca!

– Aquele filho da puta!

A resposta de Gabe foi furiosa e explosiva. Ela balançou a cabeça e deu um passo para trás, os braços dela se apertando ainda mais ao próprio corpo.

– E-e-ele disse que se eu não d-d-desse a ele a informação que ele q-queria, iria tornar as fotos públicas. Que contaria a Jace. Que arruinaria você.

Gabe estava em choque. Não conseguia nem pensar em formular uma resposta, embora dezenas de palavras estivessem na ponta da sua língua. Estava tão enfurecido que não conseguia pensar direito. Levou a mão ao cabelo, depois ao rosto, como se estivesse tentando processar a ameaça.

Mia avançou, súplica e ternura em sua expressão.

– Eu precisava te contar, Gabe. Eu precisava lhe trazer isso. Eu nunca pensaria, nunca poderia, te trair. Mas ele tem fotos... Deus, as fotos que ele tem! Ele está com raiva e desesperado. Ele me deu até o fim do dia para ligar para ele e dar a informação que ele quer.

Gabe deixou as mãos caírem enquanto a fitava, totalmente perplexo. Ela não o traíra. Havia vindo até ele, seus olhos suplicando para que ele consertasse tudo isso. Deus, ela confiava nele, mesmo depois de tudo que havia feito a ela em Paris. Estava em falta com ela. Era culpa *dele* que esse babaca tivesse fotos explícitas dela, em uma situação que Gabe nunca deveria tê-la colocado, em primeiro lugar.

O coração dele estava prestes a explodir no peito. Qualquer outra pessoa não teria pensado duas vezes antes de traí-lo. Diabos, ele não poderia culpá-la caso ela tivesse fornecido essa informação a Charles, de modo a se proteger. Mas não fez isso. Mia veio até ele, contou-lhe tudo – com todo o risco que isso representava para ela.

Ele ainda não conseguia conceber toda a história. Ficou ali parado, fitando-a, incapaz de respirar, incapaz de processar a enormidade da decisão dela.

Ela havia escolhido ele. Ele no lugar da desonra, da humilhação. Ela havia escolhido ele no lugar de Jace.

Deus, Mia perdoara o imperdoável, e em vez de se sentir magoada ou furiosa pelas fotos que mostravam, nos mínimos detalhes, a que Gabe a havia submetido, ela optou por não o trair. Em vez disso, veio até ele, confiando nele para cuidar da situação. Confiando a ele a sua proteção!

Tamanha confiança o deixava perplexo. Gabe estava acostumado com pessoas o traindo. Porra, ele esperava isso da maioria das pessoas. Não a teria culpado se tivesse feito o que fosse necessário para se proteger.

Mas não fez as coisas da forma como ele teria imaginado. Em vez disso ela veio até ele. Machucada, assustada, confusa. Ainda assim ela veio até ele, quando ele não merecia nenhuma confiança dela.

Incapaz de permanecer ali com ela o encarando com incerteza e pânico no olhar, ele subitamente a puxou para junto de si, agarrando-a com tanta intensidade que ela mal podia respirar. Enterrou o rosto nos cabelos de Mia e fechou os olhos, inspirando o perfume, absorvendo a sensação de tê-la contra a sua pele.

Ela estava tatuada em cada parte do seu corpo. Mais fundo, em seu coração, no fundo da sua alma. Uma marca permanente que nunca se apagaria.

– Mia, minha doce, minha querida Mia – sussurrou ele. – Eu decepcionei você e ainda assim você continua tendo fé em mim para vir até aqui me contar isso.

Ela afastou-se dele, colocando aquela detestável distância entre eles. Os olhos dela estavam selvagens, com pesar e medo. Não era de se espantar que ela estivesse em choque na véspera. O filho da mãe não apenas a machucara, como também a havia horrorizado e humilhado.

– Não posso te trair, Gabe – disse ela com a voz embargada. – Deus, Gabe, estou em uma situação da qual não posso sair vencedora. Você consegue entender? Se eu desse a Charles o que ele queria, você me arrancaria da sua vida de modo a não deixar nenhum vestígio. Se eu não der a ele o que ele quer, ele vai humilhar a nós dois. Jace vai descobrir, e isso não vai afetar apenas a amizade de vocês dois, como também pode arruinar a parceria de negócios de vocês. Sem mencionar no que iria ser dito sobre você. O jeito como você aparece naquela foto... – Ela desviou o olhar, engasgando com o choro preso na garganta. Engoliu, visivelmente se esforçando para se recompor. – Parece que você está forçando o sexo comigo. Que você está fazendo uma coisa horrível comigo. Essas fotos são tão *incriminadoras*.

A mente de Gabe gritava tentando achar uma solução, rosnando como um trem fora de controle. Mas Mia precisava dele calmo. Ela precisava da segurança dele. Precisava de Gabe.

Ela confiaria nele mais do que qualquer um já havia confiado. Ela lhe dera a fé incondicional. Ele estaria perdido se a decepcionasse logo agora.

– Vou tomar conta disso – disse ele calmamente. – Não quero que você se preocupe. Quero que você afaste isso do seu pensamento.

Alívio inundou os olhos dela. Havia esperança no modo como ela o fitava de volta, traços molhados descendo por seu rosto. Ele levantou a mão e delicadamente enxugou a umidade do seu rosto, e então a tomou nos braços, inclinando a cabeça de modo que seus lábios se encontrassem.

Ele a beijou, inspirando o seu candor, saboreando-o em sua língua. Beijou-a removendo todos os vestígios de lágrimas, pressionando os lábios contra as pálpebras, depois as maçãs do rosto, e retornando a boca de Mia.

Ao se afastar dela, um soluço de choro escapou da garganta de Mia, e ela não conseguiu mais manter a compostura. Lágrimas derramaram dos olhos e os seus ombros tremeram com os soluços. Partia o coração de Gabe vê-la desse jeito, pois era como se fosse ela quem estivesse com o coração partido.

– Mia, minha querida, ah meu docinho, por favor, não chore mais – disse ele, estendendo o braço para ela novamente.

Dessa vez ele não lhe deu a chance de escolher. Ele a puxou para o sofá e colocou-a no seu colo, abraçando-a enquanto ela chorava contra o corpo dele.

Ela o agarrava com força, os braços envolvendo os seus ombros enquanto pressionava o rosto no canto do pescoço de Gabe.

– Estou com tanto medo, Gabe – Mia botou para fora. – Não quero que minhas ações façam com que as pessoas com quem me importo sofram. Você, Jace. Vocês dois podem se ferir por conta disso.

– Shhhh, baby. Não foi sua culpa. Droga. É *minha* culpa. Eu fui estúpido e descuidado e não protegi você quando deveria. Nada disso teria acontecido se eu não tivesse sido tão idiota.

– O que você vai fazer? – perguntou ela, a voz embargada de dor.

O rosto estava marcado e vermelho, os olhos inchados de tanto chorar. Ela estava pálida e parecia doente. Qualquer pessoa que a visse agora acharia que ela havia acabado de passar por uma experiência muito traumática.

Ele segurou a cabeça dela contra si, afagando-lhe o cabelo delicadamente.

– Não quero que você se preocupe com isso – murmurou ele. – Eu *vou* tomar conta do assunto. Você tem a minha palavra.

Ele deslizou a mão pelo braço dela, sobre as marcas roxas que o filho da mãe havia feito. A raiva o enlouquecia. Por duas vezes Charles apavorou e tentou machucar Mia. Ele ia partir o filho da puta ao meio e iria arruiná-lo.

Ele beijou-a no cabelo e em seguida levantou-a cuidadosamente, de modo que pudesse olhá-la nos olhos.

– Me escuta, está bem? Vá ao banheiro jogar uma água no rosto. Demore o tempo que for necessário. Não quero que ninguém a veja nesse estado. Isso levantaria uma série de rumores e não quero que ninguém deixe você desapontada. Assim que estiver pronta, quero que você volte ao meu apartamento e fique lá até eu voltar.

Medo e preocupação passaram pelo olhar dela.

– Aonde você vai?

Ele colocou um dedo sobre os lábios dela, sentindo sua maciez aveludada. Tracejou o arco de sua boca e em seguida deu-lhe um beijo breve.

– Vou me assegurar de que Charles Willis nunca te ameace novamente.

capítulo 36

Gabe desceu do carro na Lexington Avenue, em frente a um pequeno prédio comercial onde Charles Willis tinha seu escritório, e seguiu em direção à entrada, os punhos cerrados.

Ele colocara Mia em um carro e a mandou para casa após ela ter se livrado dos últimos vestígios de sua preocupação, e depois a pediu para descrever em detalhes precisos as fotos que Charles havia mostrado a ela.

O escritório de Charles funcionava no primeiro andar, em um espaço que ele dividia com outra empresa já que ele não passava muito tempo em Nova York. Sua firma de construção tinha muitos escritórios ao redor do mundo, mas Gabe nunca mais faria negócios com ele novamente. Se não fosse pelo fato de a companhia de Charles empregar muita gente – boas pessoas que dependiam dele para bancar suas famílias –, Gabe simplesmente faria com que ele fechasse as portas e caísse fora do mercado para sempre.

De qualquer maneira, ele nunca mais teria qualquer relação pessoal ou profissional com aquele homem novamente.

Gabe passou direto pela recepcionista e abriu a porta da sala de Charles com um estrondo. Charles olhou-o espantado de sua mesa, e Gabe viu o medo brilhar em seus olhos antes que ele se levantasse e escondesse a surpresa.

– Gabe – disse ele em um tom cordial. – O que posso fazer por você?

Gabe bateu a porta atrás de si e fitou-o intensamente enquanto avançava. Ele não desviou o olhar, e Charles estava visivelmente desconfortável com o aspecto de Gabe.

– Você fodeu com tudo dessa vez, Charles – disse Gabe calmamente. – Você tocou no que é meu. Você encostou a mão nela. Você a machucou. Assustou ela. Você a *ameaçou*.

Charles tentou combater o pânico que claramente tomava conta de si, e então deu de ombros, de modo arrogante.

– Ela é só mais uma piranha. O que me importa?

Enfurecido, Gabe partiu para cima do homem, levando seu punho para trás. Ele socou Charles bem na boca, fazendo com que ele caísse sobre os arquivos atrás da sua mesa. Charles levou a mão à boca, e quando a retirou, ela estava manchada de sangue.

– Vou fazer com que você seja preso por agressão! – disse Charles, cheio de raiva. – Você não pode simplesmente entrar aqui e me acertar!

– Seu pedaço de merda. Você tem sorte de eu não te matar com minhas próprias mãos – disparou Gabe. – Se você *respirar* na direção de Mia mais uma vez, eu vou lhe arruinar. E quando eu tiver acabado com você, você não vai ter nada. Zero credibilidade. Nenhum financiamento. Nenhum contrato. Nada, zero.

O pânico sugou toda a cor do rosto de Charles.

– Vou divulgar essas fotos! – ameaçou ele, balbuciando as palavras como se fosse um bêbado incoerente.

Gabe ficou parado, suas narinas dilatadas demonstrando sua raiva.

– Faça isso, Charles. Divulgue essas fotos. Vou fazer com que você seja processado por estupro. É exatamente isso o que você tentou fazer com ela, e essas fotos são a prova. Estou cagando para o que você pode fazer comigo ou com a minha reputação. Mas não vou deixar que Mia seja ferida ou humilhada por você ou por qualquer outra pessoa. Vou arrasar com você e você vai passar o resto dos seus longos dias em uma prisão sendo brinquedo sexual do seu companheiro de cela. Se você não acredita em mim, pode pagar para ver.

A voz dele possuía um tom de ameaça genuína. E convicção. Charles tinha que ser um tolo completo para não acreditar em Gabe. Ele nunca havia falado tão sério em toda a sua vida. Charles empalideceu ao se dar conta disso. Gabe estava sendo absolutamente honesto em sua ameaça e Charles sabia disso.

– Vou gastar cada centavo que tenho para garantir que você perca tudo que tem – prosseguiu Gabe. – E eu tenho muitas conexões. Muitos favores devidos a mim que estou mais que disposto a pedir retribuição agora.

Charles parecia a ponto de desmaiar. Ele tentou se levantar de onde havia caído por sobre os arquivos, mas se desequilibrou e não conseguiu se levantar.

– Desculpa – soltou Charles. – Eu estava desesperado. Eu sabia que você não me escolheria após tudo o que aconteceu. Eu preciso desse acordo, Gabe. Eu tenho que fechá-lo.

Gabe estendeu-lhe a mão para que ele pudesse se levantar. Charles olhou-o desconfiado, mas finalmente aceitou a ajuda de Gabe.

Assim que Charles ficou de pé, Gabe derrubou-o com outro soco. Era provável que tivesse quebrado o nariz de Charles. Sangue se espalhou pelo rosto do homem, que estava estatelado contra os arquivos.

– Esse foi por ter encostado em Mia. Por deixá-la marcada. Se você se aproximar dela mais uma vez, não vai haver buraco nesse mundo no qual você possa se esconder. Eu vou caçá-lo, e vou te destruir. Posso desaparecer com você, Willis, e ninguém nunca vai encontrar o seu corpo.

Percebendo que já havia deixado as coisas bem claro, Gabe se virou e vasculhou o escritório. Charles era um tolo, mas era esperto o suficiente para perceber que Gabe estava falando sério. Se ele resolvesse levar a cabo qualquer parte de sua ameaça a Mia, Gabe acabaria com ele.

Gabe retornou ao seu carro e seguiu para o apartamento. Ansiava por estar de novo com Mia, para que pudesse reassegurá-la de que o assunto estava resolvido.

Ainda o surpreendia, deixando-o aliviado e fazendo com que ele agradecesse aos céus de joelhos, o fato de ela não o ter traído. Que seu primeiro instinto tenha sido vir até ele pedir ajuda. Confiar a solução da questão a ele, quando ela tinha tanto a perder.

Mia havia sido um presente dos céus.

Os pensamentos de Gabe eram todos direcionados a ela enquanto dirigia pela cidade. Havia tanto que ele queria discutir com ela – assuntos sobre os quais ele não sabia qual era a opinião dela. Mas essa situação deixou bastante claro para ele o quão perto de serem descobertos eles estavam. Tal descoberta valia as possíveis consequências?

Antes, ele havia aceitado de coração aberto manter a relação deles escondida de Jace. Mas isso só fazia sentido porque, qualquer que fosse a natureza do relacionamento deles, ela não duraria muito. Se Jace nunca soubesse, não haveria estranheza. Nada de raiva. Eles continuariam como sempre, como se o lance com Mia nunca tivesse acontecido.

Só que agora...

Agora Gabe estava relutando em aceitar que o contrato com Mia estava terminando. Ele não estava certo sobre quando isso o mudara, quando começou a olhar para ela sob uma nova perspectiva. Como alguém que ele não tivesse a menor intenção de deixar partir. Pelo menos não em breve.

Jace precisava saber e então Gabe e Mia teriam de lidar com as consequências. Estava se tornando cada vez mais difícil para Gabe fingir distanciamento dentro do escritório. Fingir que Mia era apenas uma funcionária. Ou que ela era apenas a irmã mais nova de Jace e alguém por quem Gabe tinha apenas um afeto especial.

Ele não tinha certeza sobre como Mia se sentiria sobre eles irem a Jace contar a verdade – ou pelo menos uma versão simplificada da verdade. Ninguém precisava saber do contrato deles. Era algo que agora causava vergonha a Gabe; antes ele vivia com isso na boa, já que nunca queria começar um relacionamento sério com alguém. Mas agora? Parecia ridículo e sem sentido. O resultado dele reagindo de modo exagerado ao que lhe ocorrera no passado.

Mais importante que tudo agora era garantir a Mia que tudo estava resolvido, e que ele desfizesse qualquer preocupação ou medo que ela tivesse quanto às ameaças de Charlie. As mãos dele ansiavam por tocá-la. Ele queria tê-la contra seu corpo, respirando do mesmo ar que ele. Queria provar da sua pele, senti-la roçando contra a sua.

Em silêncio, torcia para que seu motorista fosse mais rápido. Estivera longe de Mia por tempo demais. Ela era o vício dele, e ele já estava sofrendo com a abstinência.

Mia estava preocupada e ansiosa aguardando por Gabe em casa. Ela checava o relógio inúmeras vezes, os minutos passando com uma lentidão excruciante.

O que ele teria feito? Como ele podia resolver esse assunto? Ela havia feito a coisa certa em lhe contar?

Mia estava cansada e a sua cabeça doía profundamente. Já fora até o armário de remédios de Gabe para pegar um analgésico, mas nada parecia aliviar a dor em suas têmporas e na base do pescoço.

Então ouviu passos perto da porta no corredor e se levantou do sofá. Encontrou Gabe entrando na sala de estar.

Ela lançou-se aos braços dele, e ele a agarrou para junto de si. Levantou-a e ela envolveu-lhe com as pernas a sua cintura, e braços engatados por sobre os ombros.

As palmas das mãos dele foram para a bunda dela, segurando-a enquanto a olhava nos olhos.

– Você está bem? – perguntou ele com a voz grave.

Ela assentiu.

– Agora que você chegou, estou. Estava preocupada, Gabe.

Ele a levou até o sofá e sentou-se com ela ainda dependurada. Puxou-a para beijá-la e então retirou o cabelo da testa dela.

– Está tudo bem, quero que você acredite nisso. Charles não vai ser um problema para nós de novo. Isso eu posso prometer.

A preocupação passou pelos olhos de Mia e os seus lábios acompanharam:

– O que você fez com ele?

– Ele e eu meramente chegamos a um acordo – disse Gabe calmamente. – Está acabado, Mia. Ele não vai te perturbar de novo.

Foi então que ela olhou as mãos dele e viu as marcas nos dedos, um leve avermelhado, como se ele tivesse se sujado de sangue e não tivesse limpado as mãos por completo.

Ela olhou de volta nos seus olhos, franzindo as sobrancelhas.

– O que você fez, Gabe?

– Ele encostou em você – disse Gabe sem rodeios. – Duas vezes ele usou da força contra você com a intenção de machucar.

– Se ele prestar queixa, você pode ser preso – disse ela triste. – Então tudo daria errado. Ele não vale a pena isso tudo.

Um grunhido grave escapou da garganta dele.

– Por você *tudo* vale a pena. Eu morreria por você, e pode estar certa que eu enfrentaria a prisão para impedir que um idiota machuque você.

Chocada com a veemência das palavras de Gabe, ela não conseguiu fazer outra coisa senão permanecer fitando-o, encantada. Esperança era um sentimento agudo e arrebatador, incrustado no fundo do seu coração e enchendo as veias com um calor apaziguante. Lágrimas encheram-lhe os olhos, ameaçando se despejar sobre suas maçãs do rosto.

Ela levou a mão dele à boca e beijou onde estava ferido.

O olhar dele se tornou mais doce e ele acariciou o rosto dela, passando o dedo de leve em seu queixo.

– Há algo mais que quero discutir com você, Mia.

Ela podia sentir a diferença no tom da sua voz. Ele estava um pouco menos convicto, ainda assim suas palavras saíam firmes, cheias de determinação.

– O quê?

– Acho que devemos contar a Jace sobre nós.

Os olhos dela se arregalaram de espanto.

– Ele não precisa saber dos detalhes. Mas nós estamos correndo o risco de sermos desmascarados o tempo todo. Estou cansado de fingir que não me importo com você. Você vive com medo de que ele nos descubra e do que isso significaria para a nossa amizade e a sua relação com ele. Se afastarmos esse medo, então ele não terá mais nenhum poder sobre nós. Ele pode ficar chateado conosco no começo, mas há de superar.

Mia bufou impacientemente. Isso era... Bem, isso era um grande passo. Gabe queria tornar público o relacionamento deles? Ela não ousava tentar adivinhar o que isso queria dizer. Não conseguia fazer nenhuma leitura disso, além de interpretar como o fim de um estresse considerável que eles enfrentavam ao tentar manter o relacionamento em segredo.

– Mia, você concorda?

Ela piscou os olhos e voltou a focalizar o olhar em Gabe. Via a determinação estampada em sua face. Então, lentamente, assentiu.

– Quando? – sussurrou ela.

– Quando ele estiver de volta à cidade. Acho que retorna segunda ou terça. Vou dizer a ele que tenho algo importante para falar.

– OK – concordou Mia, seu pulso acelerado.

– Agora, isso é que eu quero que a gente faça agora que retiramos todos os problemas do nosso caminho, e a questão de Charles foi resolvida – disse Gabe. Ele tocou a face de Mia, e então enroscou a mãos no cabelo dela, mexendo com delicadeza. – Quero que passemos o fim de semana juntos sem nos preocupar com nada além de se divertir. Vou pedir para trazerem comida, e vamos jantar junto à lareira e ver a chuva se tornar neve e granizo.

Ela suspirou e se inclinou para frente, envolvendo-o com os braços em volta do pescoço em um abraço apertado.

– Parece mágico, Gabe. Um fim de semana perfeito.

capítulo 37

Gabe manteve todos os olhares sobre Mia ao longo do fim de semana. Ela ainda demonstrava sinais de preocupação e ansiedade, que ele fazia todo o esforço para afastar quando ficava claro que ela estava emburrada com a situação com Charles. Ele não tinha dúvidas de que resolvera toda a situação com aquele homem e que ele já não representava mais uma ameaça a Mia.

Ainda assim, só para garantir, ele fez algumas ligações discretas de modo que as ações de Charles fossem monitoradas. Mas manteve isso em segredo de Mia, para não dar motivo de ela duvidar da garantia que ele havia feito de que Charles era coisa do passado.

Domingo, ele a levou para comer fora no fim da tarde, e eles se sentaram em um restaurante que já estava decorado para o Natal desde antes da Ação de Graças, que ainda seria dali a alguns dias. Sabia que ela amava o Natal e tudo relacionado a ele. O rosto de Mia se iluminou quando eles entraram no salão festivamente decorado do restaurante.

Não estava certo do que fazer no feriado de Ação de Graças. Muita coisa dependia da reação de Jace ao relacionamento dele com Mia, quando eles lhe contassem na semana seguinte. Os pais dele o haviam convidado para passar o feriado com eles, e, apesar de estar contente que eles estivessem se resolvendo, ainda se sentia um pouco estranho perto deles. Além do mais, não queria ficar longe de Mia. E nem deixá-la sozinha caso Jace tivesse planos de passar o feriado fora da cidade.

Ao saírem do restaurante, já estava escuro do lado de fora, e as calçadas molhadas refletiam a iluminação das ruas e as luzes do tráfego.

Mia virou-se para ele e riu de satisfação quando um floco de neve caiu no seu nariz.

Ela era uma figura encantadora com seu gorro de crochê e casaco longo. Deu uma volta, braços esticados enquanto outros flocos de neve dançavam em sua trajetória espiral embriagada rumo ao chão.

Ele estava profundamente cativado por ela. Para eternizar o momento, pegou seu telefone e tirou uma foto dela, para fazer companhia à outra foto de Mia que ele observava com frequência. Ela nem notou, tão absorta que estava em tentar pegar os flocos de neve que caíam.

– Está congelando aqui fora! – exclamou Mia.

Ela correu e se aninhou no sobretudo de Gabe, os braços envolvendo a cintura dele enquanto ela tremia da cabeça aos pés. Ele a segurou contra seu corpo, sorrindo com a exuberância dela.

– Deixe-me te aquecer então – disse ele, direcionando-a até o carro que os esperava.

Eles entraram no banco de trás, o couro já previamente aquecido. Mia acomodou-se, suspirando deliciada enquanto afundava no assento.

– Eu adoro as conveniências da vida moderna – disse ela.

Ele deu uma risada.

– Fico mais que contente em te manter aquecida.

– Mmmmmm. Quando chegarmos ao apartamento, vou ficar mais que contente em te agradecer.

Ele deslizou a mão por sobre a perna dela até a curva do joelho.

– Eu tenho planos para quando voltarmos, pode ter certeza.

Ela arqueou a sobrancelha demonstrando interesse, os olhos ardendo de tentação.

– Ah, é?

Ele sorriu.

– Você vai descobrir quando chegarmos lá.

Ela fez cara de emburrada, fingindo estar contrariada. Ele apenas sorriu.

Ah, sim, ele tinha planos. Estava um pouco nervoso com o que havia planejado, mas era importante para ele substituir as últimas impressões dela sobre bondage por algo sensual. Excitante. Apaixonante. Algo bem-vindo em vez de uma experiência desagradável.

Gabe sempre soube que poderia proporcionar a ela uma experiência incrível, mas não queria forçá-la a fazer nada que ela não quisesse. Ele a observaria com cuidado, e se ela sentisse medo ou desconforto, pararia de imediato. Já havia causado muitos traumas a ela. Não queria lhe dar qualquer motivo para duvidar dele de novo.

Ao chegarem ao apartamento dele, ele a ajudou a descer do carro e segurou-lhe a mão enquanto subiam no elevador. Uma vez dentro do apartamento, ele retirou o casaco dela, o cachecol e o gorro, e esfregou os braços dela antes de Mia avançar rumo à sala de estar.

Ele havia deixado a lareira acesa enquanto eles estavam fora, de modo que a sala de estar estivesse aquecida quando chegassem. Depois de retirar o próprio casaco, seguiu Mia para a sala de estar e a encontrou sentada diante do fogo.

– Levante-se aí mesmo e tire a roupa – disse ele, com a voz rouca repleta de desejo.

Ela fitou-o e ele procurou por algum sinal de relutância. Mas tudo que enxergou foi a confiança brilhando nos olhos dela.

– Tenho que buscar algumas coisas no quarto. Fique perto do fogo para se manter aquecida. Volto logo.

Gabe seguiu para o quarto, onde pegou uma corda, um plug anal e um vibrador do armário. Quando retornou, viu a silhueta dela contornada pelas chamas, a pele refletindo à luz do fogo.

Ela era tão linda que ele quase perdeu a respiração.

Quando ela notou os itens que ele tinha em mãos, arregalou os olhos e fitou-o, a pergunta estampada nos olhos.

Ele nunca havia precisado parar para se explicar para uma mulher. Delas, ele esperava que lhe obedecessem cegamente. Elas haviam concordado em fazer toda e qualquer coisa que ele quisesse quando assinaram o contrato.

Mas Mia era diferente. Ele queria que ela entendesse. Queria que soubesse o que ele estava pensando. A última coisa que queria era assustá-la ou fazê-la desistir e ir embora.

– Quero mostrar-lhe o quão prazeroso isso pode ser – disse ele com a voz grave. – Eu errei em Paris, quis fazer pelos motivos errados. Naquela ocasião, não fiz por você, não importa o que eu tenha dito. Era para mim, pelos meus motivos – meus motivos *estúpidos*. Me dê mais uma chance, Mia. Quero mostrar-lhe como uma mulher em bondage pode ser linda. E o quão prazerosa a experiência pode ser para você. Confie em mim e vou fazer que tudo ocorra perfeitamente para você.

O olhar dela se tornou mais brando.

– Eu confio em você, Gabe. Apenas em você. Em ninguém mais. Nunca questionei você. Sempre questionei os *outros* homens. Contanto que seja apenas você a me tocar, então não tenho medo.

Como ela era doce! Nunca ninguém havia depositado tanta fé nele. Nem sua ex-mulher. Nem outra mulher com a qual ele tenha ficado. Elas nunca haviam enxergado para além das coisas materiais que ele as dava. Nunca olharam para além da riqueza e do status do homem por trás disso tudo. E elas nunca realmente se entregaram de braços abertos a esse homem.

Mia, sim. Ela o havia aceitado. Ela o queria tanto quanto ele a queria. E ela era imune à riqueza e ao poder dele. Conhecia o Gabe Hamilton *real* e queria *aquele* homem.

Lentamente, ele estava aprendendo que estava tudo bem em abaixar suas defesas perto dela, permitindo que ela visse uma parte dele que ninguém mais conhecia. Assim como ela havia confiado nele, ele também confiava a Mia seu bem mais precioso.

Seu coração.

Ele a moveu em direção à otomana de couro, e a posicionou de quatro. Então começou a amarrar o corpo de Mia com cuidado meticuloso. Sob e por cima dos seios, chamando a atenção para seu busto tentador. Então, deu um nó nas costas dela e prendeu as mãos na parte inferior das costas, enquanto a instruía para que apoiasse a bochecha contra a superfície de couro do móvel.

Após amarrar as mãos de Mia, ele esticou a corda para baixo e abriu as coxas dela antes de dar uma volta em torno de cada tornozelo, de modo que ficassem aproximados dos punhos. Ela estava completamente entregue e vulnerável a seja lá o que ele quisesse fazer. E havia um bocado de coisas que ele queria fazer.

O pau dele já estava duro como pedra, apertado contra sua calça, mas ele estava determinado a se demorar. Queria que ela o acompanhasse em toda sua aventura. Queria priorizar Mia e o prazer dela, como não havia feito antes.

Ele deslizou as mãos pela curvatura da bunda dela até chegar às dobras sedosas de sua vagina. Passou os dedos de modo provocador por entre seus grandes lábios e meteu um dedo, sentindo a vagina dela agarrá-lo, sugando-o para dentro.

Ele retirou a mão, e então deu a volta de modo que ficasse de frente à cabeça dela. Ofereceu o dedo para que ela chupasse.

– Prove – murmurou ele. – Prove o quão doce você é, Mia. E imagine que é o meu pau que você está chupando.

Hesitando, ela abriu os lábios e ele deslizou o dedo para dentro, por sobre a textura da língua dela. Ela cerrou os lábios sobre o dedo dele e chupou com delicadeza enquanto ele retirava o dedo.

Ao afastar a mão, ele alcançou o plug e o vibrador. Os olhos dela se arregalaram ao ver ambos, e ele sorriu.

Ele passou lubrificante no plug e no ânus dela, e então com os dedos espalhou do gel ao redor e dentro da entrada. Então, pressionou o plug contra o pequeno orifício e o empurrou, sem pressa, permitindo que o corpo dela se acostumasse com a sensação invasiva.

Ver como ela se esticava para acomodar o plug o fascinava, e ele gemeu ao se imaginar metendo o pau pulsante dentro dela, esticando o ânus dela ao seu redor. Ela respirava forçosamente por conta do esforço, enquanto ele avançava mais e mais. E então Gabe meteu o resto para dentro, fazendo com que ela soltasse um longo suspiro, com seu corpo desabando sobre a otomana.

– Esse foi apenas o começo – disse ele sorrindo.

– Talvez eu não sobreviva – disse ela quase sem fôlego.

Em seguida, ele pegou o vibrador e ligou na velocidade máxima. Assim que tocou a ponta do clitóris dela, ela se moveu para frente, o corpo estremecido em reação. Amarrada do jeito que estava, ela não tinha escolha a não ser aceitar as sensações de prazer intensas que ele causava ao pressionar a ponta do aparelho contra ela novamente, dessa vez deslizando para baixo por sobre a pele sensível dos grandes lábios dela.

Ele empurrou o aparelho alguns meros centímetros e então imitou os movimentos de uma foda com movimentos ligeiros e superficiais.

Mia gemeu de leve, e a tensão ficou estampada nas linhas do rosto dela. Gabe deslizou o vibrador mais fundo, fazendo com que ela resfolegasse com a profundidade da penetração. Ela estava completamente preenchida, o ânus e a vagina, primeiro com o plug e agora aquele vibrador grande e grosso.

Ela começou a tremer dos pés a cabeça e a empinar a bunda a cada metida. Contorcia-se e gemia até que ele pensou que ela fosse desabar da otomana.

– Gabe, por favor! – suplicou ela.

– Você quer gozar?

Ela grunhiu.

– Você sabe o que eu quero.

Ele deu uma risadinha de leve, e retirou o vibrador, e em seguida se posicionou de joelhos atrás dela, e a percorreu com a língua do clitóris até a entrada da vagina dela.

– Meu Deus! – exclamou Mia.

Ele pressionou o rosto contra a maciez da pele dela e chupou o clitóris delicadamente. Quando ele a sentiu retesar de novo e subitamente se molhar contra a sua língua enquanto ele lambia mais embaixo, ele percebeu que ela estava muito próxima de gozar.

Levantou-se, abriu a braguilha e retirou o pau ereto. Posicionou-se atrás dela, guiou o pau para dentro da vagina e meteu fundo.

Ela gritou. O nome dele escapou dos lábios dela em um longo e violento sussurro. Gabe agarrou as mãos amarradas dela, usando-as como um apoio e começou a comê-la, metendo fundo e com força.

Mia se dissolvia ao redor dele, o líquido doce e quente correndo, molhando-o até as bolas. Ele precisou de todo o seu autocontrole para não liberar ali naquela hora dentro dela todo o desejo retido. Mas havia prometido que dessa vez o foco era ela, então ele esperaria. Pretendia dar prazer a ela muito mais vezes ao longo dessa noite antes de se dar por satisfeito.

Ela se contorcia em volta dele, e cada músculo do corpo dela se retesava de modo que ficava completamente rígida. Ela deixou escapar um grito sufocado e então ficou completamente mole, enquanto ele metia fundo dentro dela mais uma vez.

Gabe permaneceu parado, esperando que ela se recuperasse de seu orgasmo agudo. Então, ele cuidadosamente retirou o pau, recolocando-o de volta dentro da calça.

Enquanto dava a ela a chance de recuperar o fôlego, ele retirou um dos chicotes do armário.

Quando retornou, os olhos dela estavam fechados e o rosto recostado na otomana.

Ele tocou com o chicote na bunda dela e desenhou uma linha sobre a curvatura das suas nádegas. Os olhos dela se abriram na hora, e ela inspirou longamente preparando-se para o golpe.

– Você gosta quando bato em você, Mia?

– Sim – sussurrou ela.

– Não é gostoso? Sentir essa dor aguda e intensa que se equilibra no tênue limiar do prazer?

– Sim! – disse ela mais alto.

– Hoje à noite eu não vou bater em você por punição. Vou deixar sua linda bundinha marcada apenas para nos dar um grande prazer. E quando eu terminar de deixar seu rabo vermelho, vou comer essa sua bunda.

Ela gemeu, e era um som que avivava os sentidos dele. Um som de apreciação feminina, resfolegante e doce.

Gabe se inclinou para cuidadosamente remover o plug, e ela se retesou, deixando escapar outro barulho de prazer enquanto ele a libertava. Após afastar o plug, ele mais uma vez desenhou sobre a bunda dela com o chicote antes de voltar a golpear-lhe.

Ele era deliberadamente delicado, controlando a sua força pois não queria machucar-lhe. Queria deixar lindas marcas vermelhas, de modo que a bunda dela ficasse listrada. Se ele começasse a dar golpes muito fortes, ela rapidamente não aguentaria mais, e ele queria que ela implorasse por mais, implorasse para ele não parar.

Quão linda ela era, mãos e pés amarrados, espalhada à frente dele, o cabelo derramado por sobre seu corpo e a otomana com a cor do céu noturno.

A vermelhidão aparecia a cada golpe, permanecendo por longos instantes antes de desaparecer, apenas para reaparecer após ele aplicar um novo golpe.

Ela se mexia sem parar, fazendo força contra as amarras, enquanto empinava sua bunda como que procurando e pedindo mais.

Quando chegou à décima quinta chicotada, ele aumentou a força dos golpes e a vermelhidão permaneceu por mais tempo até que toda a bunda dela estava incandescente pela vermelhidão ardente.

Apenas mais alguns golpes e então ele penetraria na bunda dela, se perdendo dentro da beleza da sua submissão.

Ao soar do próximo golpe, outro som explodiu dentro da sala.

– Que *porra* é essa que vocês estão fazendo? – rugiu Jace.

A cabeça de Gabe se virou, todo o encanto ao seu redor se dissipando ao ver Jace e Ash parados no corredor, a porta do elevador se fechando atrás deles. Gabe estava tão imerso na ação com Mia que não escutou o elevador chegar. Não percebeu que Jace e Ash estavam ali.

O terror no rosto de Mia era como um soco na boca do estômago de Gabe.

– Ai meu Deus, Gabe. O que você *fez*? – disse Ash, horrorizado, enquanto Jace disparava na direção de Gabe, acertando um soco no queixo do amigo.

capítulo 38

Gabe saiu voando enquanto Mia gritava. Quando atingiu o chão, Jace surgiu sobre ele. Jace estava tomado por uma expressão assassina. Fúria inflamava os seus olhos e ele socou Gabe mais uma vez.

O nariz de Gabe explodia de dor, e então ele rolou para o lado, mas não revidou os golpes. Ele *não podia*.

Ash se inclinou sobre Mia, a expressão preocupada enquanto tentava desesperadamente desamarrá-la. Gabe a teria desamarrado, teria ajudado, assim talvez pudesse se explicar, mas não era possível com Jace sobre ele, suas mãos agarrando a sua camisa, puxando-o de modo a aproximar seu rosto enquanto o encarava.

– Como você pode fazer isso? – rugiu Jace. – Eu *sabia*! Seu filho da *puta*. Não consigo *acreditar* que você fez isso com ela.

– Jace, pelo amor de Deus – soltou Gabe. – Deixe-me explicar.

– Cala a boca. Apenas cala a porra da boca! Que merda tem aí para ser explicado? Jesus Cristo! Como você pôde fazer isso, Gabe? É assim que você quer que ela ache que funciona um relacionamento? Você quer que ela pense que todas as suas perversões sexuais são normais? E quando você se cansar dela como você sempre se cansa de todas as suas mulheres? E aí, como vai ser? Você quer que ela procure por aí outro homem que faça a mesma coisa com ela, quer um filho da mãe abusando dela?

A culpa dominou Gabe e ele não conseguia encarar Jace nos olhos. Cada palavra, cada acusação era como um dardo mirando a alma dele. O cansaço tomou-o de assalto porque muito do que Jace dizia era verdade. Ele havia se aproveitado de Mia. Ele a havia forçado. Tomara conta da sua vida e fora responsável por causar nela dor e humilhação inimagináveis. Sem mencionar no desgaste emocional de manter em segredo algo desse tamanho da única família que conhecia.

Deus, ele não merecia Mia. Ele não merecia a sua doçura. Não merecia se banhar do brilho dela e ter seu mundo inteiro iluminado por seu precioso sorriso.

No que tangia a ela, ele havia feito tudo de errado desde o princípio. Aquele maldito contrato. O segredo. O modo como ele a tratava. E agora ele era responsável por um grande atrito entre ela e Jace, e entre Jace e ele próprio. Um atrito do qual ele não sabia se teria como se recuperar.

Era de se surpreender a reação intempestiva de Jace? Ele se imaginou no lugar de Jace e Ash por um breve momento, e tentou pensar na imagem que eles viram ao entrar. Pensou como deve ter parecido a eles. A irmãzinha de Jace imobilizada e amarrada, totalmente entregue enquanto Gabe a chicoteava na bunda. Havia marcas vermelhas por toda sua superfície.

Ele estava agoniado porque não havia forma de fazê-los entender o que havia acontecido. Ele reconhecia estar amaldiçoado aos olhos dos amigos. Nem tinha como culpá-los. E estava envergonhado por ter posto Mia numa posição em que podiam pensar que ela estava sendo abusada e maltratada. Ela merecia muito mais. Merecia alguém que a tratasse como uma princesa, como o tesouro que ela era. Não um filho da mãe pervertido, maluco e tão cheio de si quanto ele.

– Como você pode se aproveitar dela desse jeito? – perguntou Jace enfurecido. – Você oferece a ela um emprego e a coloca em uma situação em que ela acha que tem que aceitar tudo só porque você está em uma posição de poder sobre ela? Eu poderia matá-lo por isso. Por você não ter mais respeito a ela, respeito a nossa amizade. Esse não é o homem que eu conheci, Gabe.

Gabe fechou os olhos, sentindo-se mal, no fundo da sua alma. Jace havia enfiado uma faca e agora a retorcia, e o inferno dessa situação era que tudo que ele dizia era compatível com o que Gabe já havia vivido. Ele sabia que Jace estava certo. Não tinha defesa.

Não havia nenhuma defesa.

Gabe sabia que não tratara Mia do jeito certo. Não dera-lhe o respeito que merecia. Deus, e se ela se sentisse obrigada a concordar com tudo porque trabalhava para ele, porque a sua obsessão por ela era tão pesada e intensa que ele lhe dava poucas opções? Ele tinha tomado conta da vida dela, do seu corpo. Ele a consumira por inteiro, até não restar mais nada.

As coisas que ele mais temia – ele a sugando até que não restasse mais nada, e mudando os aspectos dela que mais lhe davam prazer – estavam acontecendo.

Ela havia se sentido profundamente magoada e traumatizada pelo ocorrido em Paris. E tudo havia sido culpa dele. E ela havia concordado com tudo em vez de dizer "basta" porque tinha assinado aquele maldito contrato cedendo-lhe todos os seus direitos.

Ela se sentira impelida a fazê-lo. Não enxergava como se houvesse escolha. Sim, ele havia dito a ela que ela podia dizer não, mas a que custo?

O que mais ele havia forçado sobre ela?

– Juro por Deus, nunca vou te perdoar por isso – disse Jace agressivamente. – Vou cair fora daqui e você fique longe dela. Não tente entrar em contato com ela *nunca* mais. Esqueça que ela existe.

Ash acabou de desamarrar Mia, e então ele a recolheu em seus braços antes que ela pudesse fazer ou dizer qualquer coisa. Ele a levou apressado ao quarto onde a enrolou em um dos lençóis de Gabe.

Ele vasculhou o banheiro até que encontrou um roupão e a vestiu com ele, envolvendo-a firmemente e prendendo a faixa com um nó duplo.

– Jesus, Mia, você está bem? – perguntou Ash.

Não, ela não estava bem. Era uma pergunta estúpida a se fazer. Ela estava chocada e humilhada por Ash e seu irmão adentrarem o apartamento de Gabe sem avisar, flagrando-a nua e amarrada. Parecia um dos seus piores pesadelos. Para tornar a situação ainda pior, Jace estava surrando Gabe, que não fazia nada para reagir. Nada para se defender.

Ela se forçou a sentar ali e respirou fundo, para recuperar a compostura, pois tudo o que queria era correr em direção a Gabe e explicar tudo a Jace. Como eles haviam planejado fazer quando Jace retornasse da viagem de negócios. Apenas mais um dia, era tudo de que eles precisavam.

Ela estava atordoada e em choque. Tão atordoada que não conseguia processar as mais simples das informações. Tudo que sabia era que precisava chegar a Gabe. Precisava terminar com isso. Precisava *consertar* essa situação! Deus, precisava dar um jeito de endireitar tudo. Todos os seus temores se materializaram e agora os dois, que haviam sido melhores amigos por quase toda a sua vida estavam envolvidos em uma luta terrível.

Lágrimas quentes inundaram os seus olhos e ela engoliu o choro, forçosamente determinada a manter a calma, mas estava tremendo violentamente. A última coisa que queria era ver Ash e Jace desapontados e pensando que tudo era culpa do que Gabe havia feito com ela.

– Ash, estou bem – disse ela, com a voz embargada. – Prefiro que você se assegure de que eles não estão se matando na sala.

A expressão de Ash se fechou.

– Não vou segurar Jace se ele quiser destroçar com o Gabe. O filho da mãe merece por tudo que ele fez. Jesus, mia, você está *chorando*? Ele machucou você? Ele te obrigou a fazer algo que não queria? Você está bem? Precisa ir ao hospital?

Mia apressadamente enxugou o rosto, horrorizada pela direção apontada pelas perguntas de Ash. Jace e ele realmente achavam que o que estava acontecendo não era consensual? Ela supôs que podia parecer assim, mas certamente eles estavam familiarizados o suficiente com as preferências sexuais de Gabe para saber que ele se envolvia nessas situações com certa regularidade.

Ou talvez fosse porque ela era a irmãzinha mais nova e tudo que eles conseguiam enxergar era ela amarrada e nua sobre a otomana, sendo chicoteada.

Ela ficou agoniada pelo que a cena deve ter lhes apresentado. Podia compreender por que Jace havia perdido as estribeiras. Quem não teria caso tivesse visto a cena que acabaram de testemunhar?

Mas ela precisava fazer com que eles entendessem.

Ela se levantou, determinada a voltar para a sala de estar, quando Jace avançou quarto adentro, os olhos em chamas. Ele imediatamente veio na direção dela e a envolveu em seus braços.

– Você está bem? – perguntou ele.

Havia um nervosismo em sua voz que a dizia o quanto ele estava abalado e enfurecido. A situação estava rapidamente fora de controle e ela não fazia ideia de como fazê-la parar. Como fazê-los entender. Emoções estavam à flor da pele. Não havia jeito de eles enxergarem a situação racionalmente.

– Jace, eu estou bem – disse ela, forçando a voz a manter um tom que não piorasse ainda mais a situação. – O que você fez com Gabe?

– Nada que ele não tenha merecido – disse Jace sombriamente. – Vamos. Vou tirar você deste lugar.

Ele pegou na mão dela e a arrastou em direção à porta do quarto. Ela não tinha escolha senão acompanhá-lo. E, tudo bem, pois tudo que ela queria era ir até Gabe.

Assim que entraram na sala de estar, Mia viu Gabe sentando na ponta do sofá, a cabeça enterrada entre as mãos. A preocupação tomou conta do seu ser e ela começou a seguir na direção dele, mas Jace a puxou de volta.

– Estamos partindo, Mia.

Ela franziu a testa e puxou a mão.

– Eu não vou a lugar algum.

Gabe levantou o olhar, seus olhos estavam distantes e vazios. Cuidadosamente envoltos em gelo ao olharem para ela.

Mia caminhou apressada até Gabe e se ajoelhou na frente do sofá onde ele estava sentado. Ela esticou a mão, tentando tocar o braço dele, mas ele a afastou.

– Você está bem? – perguntou ela delicadamente, o pavor preenchendo seu peito enquanto soltava sua respiração para que as palavras saíssem.

– Estou bem – disse ele com a voz firme, em um tom formal.

– Fale com eles – sussurrou ela. – *Explique*. Eu não vou te deixar, Gabe. Nós podemos convencê-los. Não pode deixar que eles pensem dessa maneira. Conserte isso. De qualquer maneira, já íamos contar a Jace. Faça com que ele *entenda*.

Ela estava suplicando a ele, mas o que mais poderia fazer? O medo a estava deixando desesperada. Irracional. E por Gabe ela engolia seu orgulho. Por ele tudo valia a pena.

Gabe levantou-se friamente, colocando uma distância entre ele e Mia. Ela se levantou, confusa com o temperamento arredio dele. Pânico se alojou na garganta dela. Ela não gostava da forma como ele a olhava. A resignação no rosto dele. Aceitação. Aceitando o quê? O que Jace acabara de lhe dizer? O que Gabe disse a Jace?

Então quando Gabe falou, o sangue dela virou gelo. Ela congelou, espantada demais para fazer algo além de ficar de queixo caído.

– Você deve ir – disse ele curto e grosso. – É melhor desse jeito. Você estava se tornando emocionalmente apegada. Eu não quero te machucar. Vai ser ainda pior se esperarmos. Um rompimento abrupto agora vai ser bem mais fácil e menos... confuso... mais tarde.

– Que porra é essa? – perguntou Mia, o palavrão explodindo com o silêncio contido do ambiente.

– Mia, vamos, meu bem – disse Ash com a voz suave.

Ela podia sentir a piedade no seu tom de voz, sabia que ele sentia pena dela e que pensava que ela estava fazendo papel de idiota. Era apenas mais uma mulher da vida de Gabe sendo rejeitada, rompendo os laços com ele. Chutada para escanteio de modo que ele pudesse ir para a próxima.

Ao inferno com isso. Ela não ia embora sem uma explicação. Não sem tentar alcançar o homem por trás daquela máscara de gelo imponente. Ela conhecia o Gabe real. Havia sentido seu candor e sua doçura. Sabia que ele se importava com ela não importa a insanidade que estivesse ocorrendo nessa sala agora.

Ela balançou a cabeça, relutando em sua recusa.

– Não vou a lugar nenhum até que Gabe me diga que diabos é toda essa baboseira que ele acabou de dizer.

Gabe olhou através dela, a expressão em seu olhar a mais clara representação da indiferença. Frio e inalcançável. Ela tinha certeza que esse era o olhar que muitas mulheres receberam dele quando era hora de se separar. Era um olhar que dizia "Não quero mais você, poupe-se da humilhação".

Foda-se. Ela já havia sacrificado o seu orgulho por esse homem. Não havia nada mais embaraçoso do que ver o seu irmão surgir enquanto você está transando com bondage. Não havia maneira pior de se constranger.

– Gabe? – murmurou ela, sua voz embargada como se estivesse com um nó na garganta.

Ela odiava o tom de súplica na sua voz. Odiava como não podia fazer nada para preservar o seu orgulho quando o assunto era Gabe. Ela estava perto de implorar, e não se importava.

– Acabou, Mia. Você sabia que era uma questão de tempo. Eu disse no começo para que você não se apaixonasse por mim. Eu não queria te magoar. Eu já devia ter terminado com isso. Você estava se envolvendo demais e isso só faz tudo piorar a longo prazo. Vá com Jace e me esqueça. Você merece coisa melhor.

– Papo furado – disparou Mia, espantando os três homens com a veemência da sua assertiva. – Você é um covarde, Gabe. *Você* é quem estava com medo de se envolver demais, e você é um desgraçado de um mentiroso por não admitir isso.

– Mia – disse Jace em um tom suave.

Ela o ignorou, focando toda a sua raiva em Gabe.

– Eu arrisquei *tudo que tinha* por você. Deixei o meu na reta. Era uma vergonha você não estar disposto a fazer o mesmo por mim. Um dia você vai se levantar e perceber que eu fui a melhor coisa que jamais te ocorreu e que você cometeu o maior erro da sua *vida*. E adivinha só, Gabe? Vai ser tarde demais. Eu não vou estar por perto.

O braço de Jace a envolveu, segurando e apertando-a, tentando apressá-la para fora dali. Ela mal conseguia enxergar por entre as lágrimas. Estava tão enfurecida e decepcionada que tremia. Jace murmurou algo no ouvido dela e então Ash aproximou-se pelo outro lado, ajudando a guiá-la até o elevador.

No meio do caminho ela virou-se, e notou que Gabe olhava para ela, com aquela expressão vazia e distante no rosto, e isso só a deixou ainda mais puta da vida.

Ela enxugou as lágrimas que escorriam por sua face e levantou o queixo, determinada a não derramar mais uma única lágrima por ele. Ela tinha pensado que ele fazia tudo valer a pena. O orgulho dela. Tudo. Ela estava errada.

– Se um dia você enxergar a luz e perceber que me quer de volta. Você terá que *rastejar*.

Dessa vez, ela virou e se livrou dos braços de Jace e Ash. Caminhou com as próprias pernas e entrou no elevador, sem olhar para trás ao menos uma vez antes de as portas se fecharem atrás dela.

Olhou para o chão, horrorizada ao notar que estava vestida apenas com o roupão que Ash havia arranjado para ela.

– Não se preocupe, Mia – disse Jace, tentando tranquilizá-la. – O carro vai parar aqui na frente, Ash e eu vamos ficar um de cada lado e você entra no carro rápido. Vou levá-la para a minha casa.

Ela balançou a cabeça.

– Quero ir para *minha casa*. Para o meu apartamento.

Ash e Jace trocaram rapidamente um olhar preocupado.

Quando o elevador se abriu, Jace saiu disparado, deixando Ash e Mia vindo atrás mais lentamente. Ao chegarem à saída, Jace já havia retornado, e como prometido, Ash e ele flanquearam-na de modo que era difícil notar quem era ela ou o que vestia.

Eles fizeram uma barreira para que ela entrasse no carro e assim que todos entraram a porta se fechou. Para o alívio de Mia, Jace havia informado ao motorista o endereço dela.

– Há quanto tempo isso estava rolando? – perguntou Jace.

– Não te interessa – disse Mia sem rodeios.

A expressão de Jace se fechou.

– O diabo que não. Aquele filho da puta se aproveitou e abusou de você.

– Ah, vai à merda. Ele não fez nada disso. Era um relacionamento completamente consensual, Jace. Desce desse seu altar de "tudo-que--há-de-mais-sagrado" só por um minuto. Ele não fez nada comigo que eu não quisesse. Ele foi bem sincero em explicar no que eu estava me metendo quando começamos essa relação. Toda essa baboseira que você cuspiu é uma idiotice. Queira você ou não, sou uma adulta que sabe exatamente o que quer, e eu quero o *Gabe*.

– Não acredito no que você está dizendo. Não acredito que ele fez você pensar que o que ele queria era normal. E que tal quando você parte para outra e procura justamente o mesmo tipo de bosta? E se você se envolver com um perdedor que te maltrata e abusa de você?

Mia revirou os olhos, irritação tomando conta dela.

– Vocês dois são uns baitas de uns hipócritas.

Ash piscou os olhos de surpresa ao ser incluído no insulto.

– Vocês querem que suas mulheres achem normal trepar com dois caras ao mesmo tempo, ou acham normal sempre dividirem a mesma mulher? E as expectativas delas? O que acontece quando elas partem para um novo relacionamento? Elas devem achar normal que dois caras queiram transar com ela ao mesmo tempo?

– Jesus Cristo, Mia. De onde você tirou isso? – perguntou Ash.

Ela deu de ombros.

– É de conhecimento público no escritório. Depois da noite que jantamos juntos e aquela morena apareceu do nada, ficou bem evidente para mim.

– Não estamos falando sobre eu e Ash – resmungou Jace. – Estamos falando sobre você e Gabe. Ele é 14 anos mais velho que você, Mia. Ele faz com que todas as suas mulheres assinem uma porcaria de um contrato. É esse o tipo de relacionamento que você procura? Você não acha que merece coisa melhor?

– Pode estar certo disso – disse ela calmamente, mágoa e sentimento de traição inundando-a a ponto de quase sufocá-la. Cada respiração doía. A cada respiração parecia que ia morrer. Nunca sentiu uma dor assim. Era como ser despedaçada. Ela se sentia como se estivesse sendo despedaçada em pequenos pedacinhos.

Mia apertou o roupão contra si e seus lábios começaram a tremer enquanto fitava seu irmão e Ash.

– Eu *mereço* um homem que vai enfrentar a tudo e a todos por mim, um homem que sempre vai me apoiar. Gabe não fez nenhuma dessas duas coisas. Estávamos planejando contar-lhe sobre nossa relação quando você voltasse no começo da semana. Irônico, não? Me pergunto o quanto as coisas teriam sido diferentes caso tivéssemos conseguido contar a você nos *nossos* termos em vez de você surgindo no apartamento daquele jeito. Acho que nunca vou saber.

Ash parecia se sentir constrangido, e apenas sorriu amarelo. Jace parecia genuinamente puto da vida. Ela deu uma risada amargurada.

– Acho que vou ter que procurar outro emprego agora. Uma pena, porque eu realmente estava gostando do meu emprego.

– Você pode trabalhar para mim – disse Jace de imediato. – Era onde você deveria ter começado.

Ela balançou a cabeça veementemente.

– Ah, de jeito e maneira alguma. Não coloco mais meus pés na HCM. Não vou me torturar diariamente tendo que ver a cara do Gabe.

– O que você vai fazer então? – perguntou Ash com delicadeza.

Ela mordeu os lábios e um amargor tomou conta do seu peito.

– Não faço ideia agora. Acho que tenho bastante tempo para pensar.

capítulo 39

Quando Mia entrou no seu apartamento, vestindo apenas o roupão e com Jace e Ash dando-lhe cobertura, Caroline avançou correndo, uma expressão preocupada no rosto.

– Mia? O que aconteceu? Você está bem?

Mia abraçou a amiga e para seu horror lágrimas saltaram dos olhos, sem conseguir continuar mantendo a compostura.

Caroline a abraçou forte e então olhou para Ash e Jace, como que pedindo para saber o que havia acontecido com a amiga.

– Apenas faça com que eles vão embora, Carol – disse Mia com a voz embargada. – Eu estou bem agora que estou com você.

Caroline levou Mia até o sofá e a ajudou a se sentar, e então levantou-se novamente fitando Jace e Ash.

– Vocês a escutaram. Podem cair fora. Estou no controle agora.

Jace demonstrou irritação e então veio até o sofá onde Mia se encontrava. Ficou olhando para ela por alguns instantes e então suspirou ao tomá-la em seus braços.

– Lamento muito, minha querida. Eu sei que você está magoada. E juro por Deus que não pretendia nada. Não tínhamos ideia de que você e Gabe estivessem juntos. Quando ele me mandou uma mensagem de texto dizendo que precisava discutir algo importante comigo assim que cheguei. Por isso eu fui até o apartamento dele e me permiti entrar sem avisar. Ash e eu temos cartões de acesso ao andar dele. Diabos, a gente achava que era para falar de negócios. Ele fez parecer tão urgente, que partimos para lá assim que chegamos à cidade.

Mia abraçou seu irmão mais velho e deixou as lágrimas escorrerem. Como ela havia feito tantas vezes quando era mais nova.

– Não estou puta com você – sussurrou ela. – Estou furiosa *com ele*. Se ele não tem coragem para enfrentar você e Ash por mim, então não o quero. Eu mereço mais.

Jace afagou o cabelo dela.

– Você merece o melhor, minha irmãzinha. Gabe é, ou será, meu amigo, mas não quero ouvir nenhuma desculpa dele. Ele faz o que bem entende com relação às mulheres dele, e ou é do jeito dele ou não tem jogo.

– E vocês, são muito diferentes? – Mia perguntou em um tom acusatório, se afastando do irmão.

Jace suspirou e olhou para Ash, que parecia estar desconfortável.

– Não quero tocar nesse assunto com você – disse Jace com suavidade. – Não tem a mínima relação com o que aconteceu hoje.

Mia revirou os olhos. Típico comportamento masculino de se esquivar de um assunto. Se eles tivessem encontrado Gabe com qualquer outra mulher que não ela, eles teriam ido embora discretamente, ou, quem sabe, talvez até tivessem ficado e assistido. Eles não teriam ligado a mínima para a mulher, e é bem provável que até aprovassem o ato de Gabe.

Mas não era uma mulher qualquer. Era ela. A irmãzinha de Jace, e para todos os efeitos, também irmã de Ash. O que queria dizer era que as regras eram mutáveis.

– Você e Ash vão embora, por favor – disse ela com calma. – Carol está aqui e eu vou ficar bem.

Jace lançou um olhar duvidoso para as duas.

– Não quero te deixar só, Mia.

– Ela não está sozinha – disse Caroline se exasperando. – Vocês realmente acham que eu iria abandoná-la logo agora?

– Você precisa ir trabalhar – disse Ash franzindo a testa.

Mia balançou a cabeça.

– Pelo amor de Deus. Vocês acham que eu vou cortar os pulsos ou algo assim? Estou puta da vida e decepcionada, mas não sou uma tonta ou suicida.

– Vou passar aqui e checar você amanhã – disse Jace. – E você vai passar a Ação de Graças comigo e com o Ash. Entendido? Não vá voltar a se meter com Gabe.

Mia suspirou.

– Tanto faz. Apenas vá. Quero chorar sozinha e não quero dois homens plantados por perto. Isso já é constrangedor o suficiente. Fui humilhada essa noite o suficiente para uma vida inteira.

Ash fez cara de contrariado.

– OK, entendido.

Relutante, Jace se levantou do sofá e foi em direção à porta. No meio do caminho ele parou e deu meia-volta.

– Vou passar aqui amanhã. Vamos jantar. Ash e eu vamos planejar algo para o dia de Ação de Graças, e vamos avisá-la.

Mia assentiu cansada, querendo apenas que eles fossem embora para que ela pudesse ficar a sós com Caroline e se afogar na sua mágoa.

Assim que eles foram embora, Caroline sentou-se junto a Mia no braço do sofá e puxou-a para junto dos seus braços.

Que droga Mia ter ficado toda chorosa mais uma vez.

– O que aconteceu? – perguntou Caroline enquanto embalava Mia para frente e para trás em seus braços. – Devo ligar para as garotas?

Mia assuou e limpou o nariz, afastando-se um pouco de Caroline. Diabos, ela ainda estava nua embaixo daquele roupão – o roupão de Gabe – e de repente tudo que ela queria era se livrar dele.

– Me deixe tomar uma ducha – disse ela. – Então vou te contar toda a história. Preciso de uma roupa, de preferência alguma que não seja do Gabe.

– Vou preparar um chocolate quente para nós – disse Caroline, o rosto marcado pela pena e preocupação.

– Seria ótimo – disse Mia, fazendo força para sorrir. – Obrigada, Carol. Você é a melhor.

Mia entrou no banheiro e se despiu do roupão. Após um instante de hesitação, ela o enfiou no closet em vez de jogá-lo no lixo. Ela provavelmente acabaria fazendo algo tolo como andar pelo apartamento vestindo ele por ser do Gabe. Não conseguia se forçar a jogá-lo fora. Pelo menos não ainda.

Após um banho pelando, ela vestiu um pijama e enrolou uma toalha nos cabelos, sem se preocupar se eles se embaraçariam.

Caroline estava esperando por ela na sala de estar com duas canecas de chocolate quente, e Mia desabou sobre a poltrona mais próxima. Caroline lhe entregou uma das canecas e Mia a agarrou agradecida, envolvendo suas mãos geladas em torno da caneca quente.

– Como estão as coisas entre você e Brandon? – perguntou Mia.

Ela se sentia terrivelmente culpada porque nos últimos tempos ela havia passado o tempo todo com Gabe. Cada minuto. Cada hora. Ela não falava com Caroline fazia *uma semana*.

Caroline sorriu.

– Vai tudo bem. Ainda estamos saindo juntos. É difícil por conta dos nossos horários, mas estamos nos arranjando.

– Estou contente.

– O que aconteceu, Mia? – perguntou Caroline com delicadeza. – Está claro que ele te magoou bastante. Como foi que Jace e Ash acabaram se envolvendo e por que diabos você voltou para casa vestindo apenas um roupão?

Mia deu um suspiro.

– É uma longa história. Eu não fui completamente sincera com você sobre o meu relacionamento com Gabe. É mais complicado do que aquilo.

Caroline arqueou ambas as sobrancelhas.

– Estou escutando.

Mia contou toda a história, sem esconder nenhum detalhe. Quando chegaram ao episódio dessa noite, os olhos de Caroline estavam arregalados e então se apertaram em condenação.

– Não acredito que ele tenha te deixado na mão desse jeito. Vocês já estavam planejando contar tudo a Jace.

Mia assentiu lentamente.

– Ele ficou ali parado e mentiu para mim, Carol. Eu sei o que ele sente por mim. E ele ficou ali e veio com aquele papinho de como eu estava ficando muito envolvida emocionalmente, blá, blá. Eu queria estrangulá-lo.

– Que merda – interrompeu Caroline rudemente. – Você merece coisa melhor do que isso, Mia. Você merece alguém que te assuma e que esteja disposto a arriscar tudo para ficar ao seu lado.

– Concordo – disse Mia. – Eu disse a ele que se por acaso ele cair em si do erro que cometeu, ele vai precisar voltar rastejando para mim.

Caroline riu.

– Essa é a minha garota. E ele deveria vir rastejando com a cara no chão.

– Com certeza.

A expressão de Caroline se tornou mais séria.

– Então, o que você acha que vai acontecer com Jace e Gabe? Além de amigos, eles são parceiros de negócios. Jace parece estar bem puto.

– Eu não sei – disse Mia honestamente. – Por isso quis que Jace nunca descobrisse. Talvez eu estivesse sendo ingênua, ou talvez não esperasse que Gabe e eu fossemos nos envolver tanto. Eu acho que o mais simples seria manter isso longe do Jace. Acho que acreditei que Gabe fosse me querer algumas vezes por semana e que no resto do tempo eu poderia continuar com a minha vida como sempre. É também por isso que nós queríamos contar a Jace sobre nós, para que não tivéssemos que nos esconder por mais tempo.

Uma nova raiva efervesceu no sangue de Mia, e ela teve que botar para fora.

– Droga. Você consegue acreditar que íamos contar para o Jace amanhã? Só precisávamos de mais um dia. Se Jace tivesse ligado para Gabe para avisar que já havia chegado, já teríamos contado tudo para ele e tudo estaria bem. Gabe estava apaixonado por mim, Carol. Ele estava apaixonado e isso o assustava. E então Jace surgiu no apartamento dele, dizendo todas aquelas coisas horríveis. Eu pude ver a culpa estampada no rosto do Gabe. Especialmente por conta do que aconteceu em Paris.

Caroline franziu o rosto, solidária.

– Eu lamento muito, Mia. É uma droga. Mas você merece coisa melhor que Gabe Hamilton.

– Ah sim, certamente – disse Mia com a voz baixa. – Mas eu o queria tanto. Eu o amo, Carol. E não há nada que eu possa fazer quanto a isso.

capítulo 40

Mia deixou La Pâtisserie, seu coração pesado com a tristeza que tomava conta de todo o seu ser. Ela devia estar feliz. Afinal, havia conseguido o emprego antigo dela de volta. Louisa e Greg ficaram empolgados em vê-la e ofereceram a ela horários flexíveis. A verdade é que queria trabalhar tanto quanto fosse possível de modo que não sobrasse tempo para pensar. De modo que não tivesse que passar todos os minutos do seu dia revivendo cada momento que ela passara com Gabe.

E La Pâtisserie era apenas um emprego temporário dessa vez. Ela deixou claro para Greg e Louisa que estava procurando outros empregos. Ela trabalharia no café enquanto explorava novas possibilidades e então daria um passo a frente, deixando de se esconder do seu futuro. Um futuro sem Gabe Hamilton.

Estava frio e úmido, e ela sentiu um calafrio. O tempo estava cinza, nublado, um dia horrível que combinava perfeitamente com o seu humor. Ela não havia pregado o olho na noite anterior – como poderia? Caroline permanecera acordada com ela até começar a bocejar e então Mia a mandou para a cama. E então ela própria foi para a cama, onde ficou deitada encarando o teto, relembrando de cada instante do seu relacionamento com Gabe.

Checando o relógio, ela percebeu que precisaria pegar um táxi, quando tinha planejado voltar a pé. Jace chegaria ao apartamento dela logo, e ela não queria que ele se irritasse com ela novamente. Apertando o casaco contra si, ela vagava por entre os transeuntes em direção à esquina para que pudesse pegar um táxi.

A maior luta dela era retornar a uma rotina que ela havia achado cômoda e reconfortante. Nunca tinha se aventurado antes. Nunca tinha se arriscado. Estar com Gabe certamente a havia retirado da sua zona de conforto, e ela havia começado a de fato viver. A experimentar o mundo a sua volta. A aceitar novos desafios.

Não, a maior luta não seria se reajustar a sua antiga rotina. O maior desafio era viver sem Gabe.

Ela aprendera a aproveitar cada instante ao lado dele. Eles tiveram bons momentos juntos. Ele estava mentindo se pensasse que não estava tão emocionalmente comprometido quanto ela. Ela o conhecia bem demais. Sabia que ele estava desenvolvendo sentimentos por ela. E talvez esse tenha sido o maior deslize de todos.

Ter feito com que ele se apaixonasse por ela.

Se ele não tivesse desenvolvido sentimentos mais fortes por ela, era provável que eles ainda estivessem juntos.

Depois de três táxis passarem direto, o quarto encostou e ela subiu, grata por conseguir escapar do frio. Depois de dar o endereço ao motorista, ela se encostou no assento, olhando pela janela a cidade que passava.

O que Gabe estaria fazendo agora? Ele teria ido trabalhar hoje? Ele havia superado, como se ela nunca tivesse feito parte da vida dele? Ou ele estava se sentindo tão miserável quanto ela? Ela torcia por isso. Se houvesse algum senso de justiça nesse mundo, ele deveria estar sofrendo tanto quanto ela.

Quando o carro encostou diante do prédio dela, ela viu o carro de Jace estacionado na frente. Ash estava de pé ao lado da porta aberta, e quando Mia desceu do táxi ele acenou para ela.

– Jace subiu para te buscar – disse Ash. – Deixe-me ligar para ele para avisar que você está aqui.

Enquanto Ash pegava o telefone, ele sinalizou para que ela entrasse no banco de trás do carro, e em seguida fechou a porta. Um instante depois ele se sentou no banco da frente.

– Tudo bem com você, querida?

– Estou bem – mentiu Mia.

Jace se sentou no banco do motorista e olhou para Mia pelo retrovisor.

– Onde você esteve, irmãzinha?

– Conseguindo um emprego.

Jace e Ash franziram as testas.

– Não acho que seja uma boa ideia você voltar a trabalhar tão rápido – disse Jace. – Você devia descansar por uns tempos. Você sabe que pode contar com a minha ajuda.

– Só começo depois do feriado – respondeu ela.

Ash virou para trás em seu assento enquanto Jace dirigia.

– Onde você vai trabalhar?

– Meu antigo emprego na La Pâtisserie. Louisa e Greg são muito bons comigo e gosto de trabalhar para eles.

Jace suspirou.

– Você pode muito mais do que trabalhar em uma confeitaria, Mia.

– Cuidado, Jace – disse ela. – Esse tipo de ideia foi que me fez começar a trabalhar com Gabe, não se lembra?

Ash fez uma expressão de contrariado, e Jace murmurou um palavrão.

– Além do mais, é apenas temporário – disse ela com calma. – Vou procurar outras oportunidades de trabalho. Mas por enquanto só preciso trabalhar. Preciso de algo para me manter ocupada. Greg e Louisa sabem que quando eu encontrar um emprego melhor eu vou partir. Eles estão tranquilos com essa ideia.

Ela quase perguntou por Gabe, mas mordeu a língua, recusando-se a ceder à tentação. Não queria soar desesperada, mesmo que estivesse se sentindo assim.

Como se lesse a mente dela, Ash se virou novamente.

– Se isso faz você se sentir melhor, Gabe parecia um lixo hoje. Ele não parece estar nem um pouco melhor do que você.

Foi difícil não reagir às palavras de Ash. Ela precisou juntar todas as suas forças para parecer indiferente, como se ela não se importasse. Mia queria gritar para alguém – qualquer pessoa – que não tinha que ser daquele jeito. Tudo que Gabe precisava fazer era abrir a boca. Dar-lhe qualquer sinal de que a queria de volta. Ela nunca o teria abandonado. Voltaria para ele agora mesmo, se ele desse o menor sinal de que era isso o que queria.

Mas, em vez disso, ele lançou aquele papo furado sobre como era melhor que as coisas terminassem desse jeito. Melhor para quem? Porque certamente não era o melhor para ela. E também não parecia ser o melhor para ele.

– Não quero falar sobre ele – disse ela com a voz baixa. – Não quero nem ouvir o nome dele.

Jace assentiu concordando e lançou um olhar como se o mandasse se calar. Ash deu de ombros.

– Apenas achei que você fosse querer saber.

Ela queria. Claro que ela queria. Mas nunca admitiria isso. Também tinha orgulho, mesmo que estivesse ferido por Gabe.

– Vamos viajar no dia de Ação de Graças – disse Jace, olhando novamente pelo retrovisor. Partiremos na quarta-feira e retornamos domingo.

Ela arqueou a sobrancelha.

– Para onde estamos indo?

– Para o Caribe. Algum lugar bonito e quente. Muita luz do sol e praias. Isso vai te animar.

Ela duvidava disso, mas não queria ser estraga prazeres. Os olhos de Jace estavam cheios de esperança. Ele estava se esforçando para juntar os cacos dela. Ele nunca aguentava vê-la desapontada por qualquer que fosse o motivo, e sempre deixou de fazer seja lá o que fosse para fazê-la se sentir melhor.

– Ei, você vai poder me ver de sunga – disse Ash, com um sorriso malicioso. – Isso vai valer pelo seu ano inteiro.

Ela revirou os olhos, tentando esconder o sorriso que insistia em se formar nos cantos da boca. Mas acabou suspirando porque Ash não passava os dias de Ação de Graça com a família. Ele jamais passava. Sempre passava o feriado sozinho ou com Jace, ou com Gabe. O coração dela se apertava pois, exceto por Jace, Gabe e ela, Ash era um cara solitário, e ela sabia bem como era isso. Era uma droga.

– Assim está melhor – disse Jace, aprovação e alívio iluminando seu olhar. – Quero ver a minha menina sorrindo de novo.

O sorriso se congelou nos seus lábios. Era bem difícil sorrir quando seu coração está arrebentado e em mil pedaços. Talvez fosse uma imagem dramática, mas era bem apropriada.

– Você precisa fazer compras para a viagem? – perguntou Ash com a voz sedutora. – Jace e eu estamos de folga o resto da semana. Podemos levar você para fazer compras amanhã se você precisar de roupa de banho.

Ambos estavam tentando ao máximo facilitar as coisas para ela. Então ela sorriu e assentiu.

– Parece uma ótima ideia.

O alívio no olhar de Jace lhe dizia que ela havia dado a resposta certa. A última coisa que ela queria era lhe dar preocupação – e ele *certamente* estava preocupado.

Ele e Ash mantiveram-na ocupada ao longo de todo o feriado. E na segunda-feira seguinte lá estava ela de volta a sua antiga rotina. Trabalhando na La Pâtisserie. Morando com Caroline em seu apartamento. Tentando esquecer por alguns instantes que ela havia sido tudo para Gabe Hamilton. Ou que ele significava tudo para ela.

capítulo 41

Gabe estava pensativo em seu escritório, a cabeça doendo e pesada, e o coração ainda mais pesado. Ainda era cedo – ele havia sido o primeiro a chegar ao escritório após o feriado – e não pregava o olho desde que Mia fora embora do seu apartamento, com mágoa e confiança traída estampadas no olhar dela.

Olhava as duas fotos dela que tinha no telefone, uma das quais havia mandado imprimir e emoldurado. Ele a deixava dentro de uma gaveta sob sua mesa. Com frequência, abria a gaveta para poder ver o sorriso dela.

A Mia naquela foto era a Mia que ele havia se esforçado em destruir. Havia retirado toda a alegria daquele olhar, e ele bem sabia que também tinha sumido com aquele sorriso.

Deslizou um dedo sobre a imagem dela na neve, as mãos estendidas deleitando-se enquanto caçava por flocos de neve. Ela era tão linda que o deixava sem fôlego.

Ele havia passado o dia de Ação de Graças com os pais, a felicidade e crescente satisfação deles quase insuportável para ele. Era difícil vê-los felizes em sua reconciliação quando a vida amorosa dele próprio estava em frangalhos.

E ele só podia culpar a si mesmo.

Depois de deixar a casa dos pais, ele retornou ao seu apartamento, encontrando-o vazio e sem vida. E então fez algo que raramente fazia. Embebedou-se, tentando afogar suas mágoas no fundo de uma garrafa – ou melhor, três.

Tomara remédios por conta própria durante todo o fim de semana, irritadiço e impaciente por saber que Jace e Ash haviam levado Mia para o Caribe no feriado. Ela estava fora de alcance, não apenas fisicamente, mas também emocionalmente.

Ele a havia machucado, e prometido que nunca mais faria mal a ela. Traíra sua confiança. Tinha dado as costas a Mia por se sentir soterrado pela culpa e ódio a si próprio pelo modo como a havia tratado. Como se ela fosse algum segredo sujo do qual ele se envergonhava.

Foda-se aquilo. Queria que o mundo soubesse que ela era dele. Não se importava com o que Jace pensaria. Estava cagando para a aprovação dele. Tudo que importava para Gabe era fazer Mia feliz. Fazê-la sorrir e iluminá-la da mesma forma que ela fazia com ele.

Mas ele apagou aquela luz completamente ao dizer a ela que estava tudo terminado. Como se tivesse se cansado dela, e estivesse pronto para a próxima.

Ele nunca superaria Mia. Sabia disso, sem hesitação ou dúvida. Ele a amava. Tão profundamente quanto era possível amar alguém. E, Deus, ele queria estar com ela. Todo dia. Por toda sua vida. Queria que ela fosse parte da vida dele, assim como ele seria parte da vida dela.

Sem regras, sem condições. Foda-se a porra do contrato.

De quantas formas um homem pode arruinar a melhor coisa que lhe aconteceu?

Mia tinha razão. Ele percebeu isso quando as palavras duras dela atingiram-no em cheio no estômago. Ela havia sido a melhor coisa que acontecera a ele. E ele não precisava de tempo ou espaço para se dar conta disso.

Nunca deveria tê-la deixado partir com Jace e Ash naquela noite. Quando ela se ajoelhou diante dele, implorando que ele explicasse para Jace, ele deveria ter aberto a boca. Mia tinha razão, ele não havia *lutado* por ela. Estava entorpecido, consumido por uma culpa excessiva de ter deixado tudo aquilo acontecer com ela.

O medo apertava-lhe o peito. Era uma sensação nova, estranha e avassaladora. E se Mia não o perdoasse? E se ela não o aceitasse de volta?

Ele precisava fazer que ela compreendesse que não era apenas uma relação baseada em sexo, sem maiores significados. Ele a queria para *todo o sempre*.

O que ele precisava fazer para reconquistá-la? Ele já havia falhado em um casamento. Era consideravelmente mais velho que ela. Na idade dela, ela deveria estar se divertindo, conquistando o mundo, e não presa a um cara exigente e carente como ele.

Havia uma dezena de motivos pelos quais ele deveria deixá-la sozinha para seguir sua própria vida. Mas ele não era uma pessoa altruísta o suficiente para deixá-la partir. Ela era a única mulher que podia fazê-lo feliz. Que o fazia se sentir pleno. E ele não podia deixá-la escapar da sua vida. Não sem lutar.

Ele checou o seu relógio, querendo que o tempo passasse. E então o interfone tocou, e a voz de Eleanor preencheu o seu escritório.

– Sr. Hamilton, Sr. Crestwell está aqui.

Gabe não respondeu. Ele havia pedido a Eleanor que o avisasse quando Jace chegasse ao escritório. Eles não se falavam desde aquela noite. Evitaram-se no dia seguinte no escritório. E os dois não trabalharam o resto da semana. Gabe tentou ao máximo evitar esse confronto imediatamente após aquela noite em seu apartamento. Emoções estavam muito afloradas.

Mas ele não podia aguardar por mais nem um segundo. Jace e ele precisavam colocar tudo em pratos limpos, e Gabe precisava deixar claro para Jace que ele não iria desistir. Fosse com a benção de Jace ou sem sua aprovação, ele não deixaria Mia escapar. Se isso significasse o fim da relação entre os dois, a amizade e a profissão, que assim fosse. Mia valia a pena.

Ele seguiu pelo corredor, sabendo que sua aparência estava péssima. Não se importava. Precisava pôr isso para fora do peito. Ele abriu a porta da sala de Jace sem bater. Jace olhou-o e sua expressão se congelou. Seu olhar se endureceu ao encarar Gabe.

– Precisamos conversar – disse Gabe, tensão transparecendo em sua voz.

– Não tenho *nada* para discutir com você – disparou Jace.

Gabe fechou a porta atrás de si e a trancou.

– Uma pena, porque eu tenho muito a lhe dizer.

Gabe espalmou as mãos sobre a mesa de Jace, inclinando-se de modo que seus olhos ficassem na mesma altura do olhar do amigo.

– Estou apaixonado por Mia – disse ele sem rodeios.

Surpresa se espelhou nos olhos de Jace, que se recostou no seu assento, o olhar ainda mais duro sobre Gabe.

– Você tem um modo bem peculiar de demonstrar esse seu amor – disse Jace, com desgosto.

– Eu ferrei com tudo. Mas não vou deixá-la escapar. Você e eu precisamos chegar a um comum acordo porque eu não quero machucá-la mais depois de toda essa situação. Quero que Mia seja feliz e ela não pode ficar feliz se estivermos entalados um na garganta do outro.

– Você não levou em consideração a nossa amizade quando levou a minha irmã para a cama – disse Jace friamente. – Você *sabia* o quão puto eu ia ficar. Porra, eu te avisei desde o primeiro instante, Gabe, e você *mentiu* deliberadamente para mim.

– Mia não queria que você soubesse – disse Gabe. – Ela não queria te magoar, e não queria que você ficasse fora do sério. Eu concordei porque eu queria ficar com ela, e não me importava o que seria necessário para tê-la ao meu lado.

– O que ela significa para você, Gabe? Diversão? Um desafio por ela ser intocável? Ela não é para o seu bico, e você sabe muito bem disso.

Gabe bateu com o punho fechado contra a mesa, assustando Jace.

– Eu quero me casar com ela.

Jace arqueou uma sobrancelha.

– Você prometeu que nunca mais se casaria novamente depois de Lisa.

Gabe empurrou a mesa, dando impulso e se virando, caminhando em frente à mesa de Jace.

– Eu disse uma porção de coisas. E nenhuma outra mulher me fez mudar de ideia. Mas Mia... Ela é diferente. Não posso viver sem ela, Jace. Com ou sem o seu consentimento, eu vou atrás dela. Não posso ser feliz sem ela. Quero ela na minha vida. Todo santo dia. Quero tomar conta dela, me assegurar de que ela nunca tenha que se preocupar com nada que eu possa lhe dar. Porra, eu até consigo imaginar nossos filhos. Na minha idade. Tudo que consigo pensar é em filhas que sejam a cara dela. Eu a vejo com a barriga enorme, grávida de mim, e é o sentimento mais alucinante do mundo. Tudo que jurei que não faria na minha vida, Mia me fez reconsiderar. Porque é ela. *Tudo* é ela. Nunca me senti dessa forma com outra mulher. E nunca vou me sentir.

– Uau – Jace suspirou. – Sente-se. Você está me enlouquecendo andando aí de um lado para o outro.

Gabe pausou e então finalmente acomodou-se na cadeira em frente à mesa de Jace, mas ele estava enlouquecendo preso nesse espaço confinado. Não queria estar ali. Queria estar com Mia. Queria ir até aonde ela estava e se jogar aos pés dela, suplicando. Ela havia dito que ele precisaria rastejar. Droga, ele estava disposto a rastejar.

– Vejo que você está falando sério quanto a ela – disse Jace, descrença evidente em sua voz. – Você está apaixonado por ela. Não é apenas uma diversão que você vai aproveitar para depois descartar.

– Agora você está me irritando – resmungou Gabe.

Jace balançou a cabeça.

– Merda, eu nunca achei que fosse ver esse dia. Como isso foi acontecer? Como fui idiota de não perceber isso acontecendo debaixo do meu nariz?

– É melhor a gente não levar a nossa conversa para esse rumo, pois isso só vai te deixar mais irritado, OK? – disse Gabe. – Não importa por quanto tempo. O que importa é que eu a amo, e espero por Deus que ela ainda me ame e seja capaz de me perdoar.

Jace mostrou-se contrariado.

– Não sei, cara. Ela está bastante puta com você. Você a magoou. Bastante. Você nunca precisou se esforçar para ter a mulher que quisesse. Elas sempre caíram no seu colo. Mia... Ela é diferente. Ela colocou na cabeça dela que merece um homem que vá lutar por ela e defendê-la não importa o que aconteça. E você não fez nenhuma dessas duas coisas, e ela não vai se esquecer disso tão facilmente.

– Você não acha que já sei disso? – disse Gabe, frustrado. – Droga, eu não a culpo se ela não quiser nunca mais falar comigo. Mas preciso tentar. Não posso apenas deixá-la escapar.

Jace levou a mão à nuca.

– Jesus, cara, você nunca gosta do jeito fácil, né? Eu sou um completo idiota por não estar quebrando a sua cara e enxotando você para fora da minha sala. Não consigo acreditar que estou sentindo pena de você.

Um pouco da tensão no peito de Gabe se aliviou. Ele fitou Jace nos olhos.

– Me desculpa, cara. Eu lidei com isso tudo da maneira errada. Você precisa saber que eu nunca faria nada deliberadamente que fosse macular a nossa amizade. E eu estou certo de que nunca faria nada que pudesse magoar a Mia. Não novamente. Nunca mais. Eu já a machuquei muitas vezes. Se ela puder me perdoar, vou passar o resto das nossas vidas me assegurando de que nunca a farei chorar novamente.

– Era isso o que eu queria ouvir – disse Jace calmamente. – Quero que ela seja feliz. Se você puder fazer isso com ela, então eu e você estamos numa boa.

– Pode ter certeza de que eu vou tentar – disse Gabe, determinação tomando conta do seu espírito.

– Boa sorte – disse Jace. – Algo me diz que você vai precisar.

capítulo 42

Mia apertou o casaco contra si enquanto caminhava o último quarteirão em direção ao seu prédio. Era difícil ir trabalhar com esse frio agudo depois de ter passado os últimos dias em uma praia no Caribe.

Jace e Ash deram duro para animá-la, garantindo que curtisse um tempo legal, e ela tinha que admitir que tinha se divertido. Fazia um bom tempo desde que ela e Jace passaram férias juntos e com Ash as coisas eram ainda mais engraçadas e felizes.

Isso não queria dizer que ela não havia gasto boa parte do tempo lamentando por Gabe, mas ainda assim ela conseguiu curtir. Se alguém tivesse lhe dito que ela estaria se divertindo tão pouco tempo após o término com Gabe, ela não teria acreditado.

Ainda assim, ir para La Pâtisserie em vez do prédio da HCM pela manhã havia sido uma dureza. Era como levar um tapa na cara e acordar para a realidade da traição de Gabe. Ela gostava do trabalho com ele. Sim, era um trabalho burocrático para encobrir o caso sexual dos dois, mas à medida que o tempo passava, ela passou a ter mais responsabilidades e a deixar a sua marca no trabalho. Havia provado para si mesma que poderia aceitar o desafio e ter sucesso.

Agora lá estava ela de volta vendendo tortas e enchendo as xícaras de café dos clientes. E, se por um lado isso não a irritava, agora ela estava inquieta e querendo mais. Maiores desafios. Era hora de parar de ter medo e construir ela própria o seu futuro. Ninguém mais faria isso por ela. Já estava avaliando novas opções de carreira. Procurando empregos que correspondessem à sua área de formação, nível de instrução e experiência – não que ela tivesse muito dessa última.

Talvez ela devesse falar com Jace. Nada de trabalhar com ele. De jeito nenhum ela iria voltar a trabalhar na HCM e ter o risco de encarar Gabe diariamente. Ou pior ainda, encontrar a mulher que a tivesse substituído. Era pedir demais dela.

Mas Jace talvez tivesse ideia ou até mesmo os contatos de pessoas a quem procurar. Eles possuíam mais de uma dúzia de hotéis só nos Estados Unidos, sem mencionar nos resorts em outros cantos do mundo. Ela poderia trabalhar em algum deles sem nunca ter que se preocupar em ver o Gabe novamente.

Isso ia necessitar que ela se mudasse, e estaria ela pronta para tal? Ela estava acostumada a morar na cidade grande. Estar perto de Jace. Mas nunca havia conseguido caminhar com as próprias pernas até então. Jace havia comprado o apartamento para ela. Quando ela se tornaria independente?

Talvez fosse hora de cair fora e viver por conta própria, tomando conta do próprio nariz. Dar certo ou não, mas que fosse nos seus próprios termos.

Tão satisfatória quanto a ideia era na teoria, deixava-a triste por pensar no que ela deixaria para trás. Caroline. Jace. Ash. O apartamento. A vida dela.

Não. Ela não ia deixar que Gabe a direcionasse para longe da sua cidade. Ela podia muito bem arrumar um bom emprego aqui, e ia superá-lo e esquecer o idiota.

Isso também soava bem melhor na teoria do que na prática.

Quando ela chegou à porta do edifício, viu o reflexo de Gabe descendo do carro encostado no recuo. E ele caminhava na direção dela.

Ah, não podia ser.

Sem olhar para trás – não importa o quão tentadora fosse a vontade de se deliciar com a visão dele – ela empurrou a porta e seguiu em direção ao elevador. Ao abrir, ela saltou para dentro, apertando o botão "fechar porta". Ao olhar para fora, ela viu Gabe passando direto pelo porteiro, que reclamava da intrusão, e o olhar determinado no rosto dele.

Fecha, fecha, fecha, torcia Mia consigo própria.

As portas começaram a se fechar e Gabe se inclinou para frente, mas era tarde demais. Graças a Deus. O que diabos ele estava fazendo ali?

Quando ela desceu do elevador e abriu a porta do apartamento, silêncio imperava no ambiente, e ela deixou a bolsa junto à porta. Caroline só chegaria mais tarde e era provável que ela fosse à Vibe para encontrar com Brandon.

Ela sobressaltou ao ouvir uma batida forte na porta. Então deu um suspiro. Ela havia visto o olhar na cara de Gabe e sabia que ele não desistiria por conta de uma mera porta de elevador fechada. Que diabos ele queria?

Ela se aproximou da porta para destrancá-la, abriu-a e viu Gabe parado no corredor. Seus olhos espelharam o alívio que sentiu e ele avançou, mas ela impediu que ele entrasse com a porta.

– O que você quer? – perguntou Mia secamente.

– Preciso conversar com você, Mia. – respondeu ele.

Ela balançou a cabeça.

– Não temos nada o que conversar.

– Você está errada. Droga, deixe-me entrar.

Gabe colocou a cabeça para fora da porta, de modo que ele pudesse ver o quanto ela estava falando sério.

– Deixe que eu me explique então.

– Eu não tenho nada para dizer a *você* – disse ela com o tom de voz sério. – Nada mais. Eu disse tudo o que queria dizer no seu apartamento. Foi sua a decisão de me deixar ir embora. Diabos, você me *enxotou* dali. Eu mereço mais do que aquilo, Gabe. E tenho certeza absoluta de que não vou me contentar com menos.

Mia bateu a porta e tornou a trancá-la. Sem querer ouvi-lo bater a porta, ela se trancou no quarto. Estava exausta e tudo que ela queria era um banho quente, para esquentá-la.

Mas temia que nada mais pudesse aquecê-la dos calafrios que a ausência de Gabe lhe causavam. Nada a não ser ele.

* * *

Na manhã seguinte, Mia estava servindo um frequentador do café com o seu café favorito quando Gabe entrou e sentou-se na mesma mesa que havia ocupado semanas antes. Ela não podia *acreditar* nele. Como poderia trabalhar com ele no ambiente de trabalho dela?

Ela cerrou a mandíbula, andou na direção dele, com o olhar gelado.

– O que você está fazendo aqui?

Ele examinou-a com o olhar, sua expressão se abrandando ao notar todas as suas características. Ele podia notar o quão cansada ela estava? O quão miserável? Estava escrito na testa dela, em cores berrantes, o quanto ela sentia falta dele?

– Eu também não consigo dormir, Mia – disse ele calmamente. – Eu cometi um grande erro. Eu estraguei com tudo. Me dê uma chance para consertar tudo.

Ela fechou os olhos, os punhos cerrados.

– Não vá ferrar tudo dessa vez, Gabe. Por favor. Eu preciso ter um emprego. Até que eu decida o que quero fazer, preciso trabalhar e não posso deixar que você me distraia.

Ele alcançou um dos punhos cerrados, e soltou os dedos um a um. Então ele levou a mão a boca e beijou a palma aberta.

– Você tem um emprego, Mia. Está lá esperando por você. Ele não vai a lugar algum.

Ela puxou a mão de volta como se tivesse sido queimada.

– Vá embora, Gabe. Por favor. Não posso fazer isso. Você vai fazer com que eu seja demitida. Se você quer fazer isso do jeito *certo*, então vá embora e fique longe.

Mia estava prestes a desabar. As emoções dela eram tão instáveis. Por que ela não podia ser forte? Por que deixava transparecer o quanto estava em frangalhos?

Ela se virou, sem se importar se parecia que estava maltratando um cliente. Ela tinha vários outros a quem atender.

Mas ele continuou ali esperando, observando-a, o olhar fixo enquanto ela atendia as mesas dos outros clientes na loja. Eles iam e vinham e ele permanecia ali, até que ela se sentiu ameaçada. Perseguida.

Finalmente ela foi até os fundos da loja, onde pediu uma pausa para Louisa. Ela ajudaria Greg com os pedidos enquanto Louisa trabalharia na parte da frente. Uma hora mais tarde, quando ela retornou à parte da frente da loja, Gabe havia ido embora.

Mia não sabia se se sentia aliviada ou desapontada. Tudo que sabia é que havia um buraco no coração dela que ela achava que nunca se curaria. Quando retornou para casa naquela noite, encontrou um enorme buquê de flores na sua porta. Suspirando, pegou o cartão, escrito à mão por Gabe.

Me perdoa. Por favor, me dê uma chance de me explicar

– Gabe

Teve que controlar o ímpeto infantil de jogar as flores no lixo. Elas eram lindas, ela e Caroline certamente gostariam delas decorando o apartamento. Ela poderia fingir que outra pessoa havia dado para ela.

Mia as posicionou na bancada e se perguntou por que Gabe estava se esforçando tanto. Por que ele estava fazendo isso? Havia sido ele quem decidira que era melhor terminar ali. Por que prolongar isso se ele não tinha intenção de transformar a relação deles em algo duradouro? Ele esperava que ela fosse passar por tudo isso de novo até que ele estivesse cansado dela de vez?

Conversar abertamente com Jace e Ash sobre Gabe e seus relacionamentos havia sido esclarecedor. Ela já tinha uma boa ideia de como ele funcionava. Mas durante a estadia deles no Caribe, os dois se abriram e contaram detalhes que ela ainda não conhecia.

Gabe sempre mantinha um contrato com as mulheres com quem saía. Isso ela já sabia. O que ela não sabia era a frequência dessas mulheres e a curta duração dos seus casos com elas.

Isso a fez perceber que ela havia conseguido conquistar o tempo dele.

Estava deitada de bruços na cama quando Caroline entrou no seu quarto.

– Oi, Mia, quem te mandou flores?

– Gabe – murmurou ela.

Caroline saltou em cima da cama, a expressão dela uma mistura de *que porra é essa* com irritação.

– Por que ele está te mandando flores, pelo amor de Deus?

Mia rolou para as costas.

– Ah, isso é só parte da história. Ele esteve aqui ontem à noite. E deu as caras na La Pâtisserie hoje.

– Que diabos? Por quê?

– Não faço a menor ideia – disse Mia com a voz cansada. – Para me enlouquecer? Quem sabe? Fechei a porta na cara dele ontem à noite. Hoje eu o ignorei.

– Bom para você – Caroline disse com a língua ferina. – Quer que eu vá lá dar uma surra nele?

Mia deu uma risada e se inclinou para abraçar a amiga.

– Eu amo você, Carol. Sou muito contente em ter você.

Caroline retribuiu o abraço.

– É para isso que existem os amigos. Ei, e se você decidir matá-lo, você sabe que pode contar com a minha ajuda para despachar o corpo.

Mia começou a gargalhar novamente, sentindo o coração mais leve que momentos atrás.

– Ei, o que você quer comer hoje à noite? Estava pensando em pedir comida, mas se você quiser podemos descer a rua até o *pub* e ficar por lá.

Caroline estudou Mia intensamente.

– Você tem certeza? Não me importo em cozinhar para nós se você quiser ficar por aqui.

Mia balançou a cabeça.

– Não, vamos sair. Não posso ficar aqui dentro e lamentando por Gabe para sempre.

Mia se levantou da cama e Caroline ficou calada por alguns instantes, então se virou e lhe lançou um olhar sério.

– Talvez ele queira você de volta, Mia. Você já considerou essa possibilidade? Você não deveria ao menos escutá-lo?

Os lábios de Mia se contorceram em desdém.

– Eu disse a ele que se ele me quisesse de volta, teria que rastejar. Ele ainda não rastejou e o inferno vai congelar antes de eu facilitar para ele.

capítulo 43

No fim da semana, Mia estava completamente perdida quanto a Gabe. Ele ia todo dia à La Pâtisserie e pedia café e croissant e ele nunca estava lá no mesmo horário, então era impossível evitá-lo pedindo para trabalhar nos fundos.

A presença constante dele estava minando com os nervos de Mia. E com sua resistência.

E se não fosse o suficiente, ele a bombardeava com flores e presentes. No trabalho. Em casa. No dia anterior um entregador trouxera um enorme arranjo de flores até a La Pâtisserie e a deixou constrangida na frente de todo mundo ao ler em voz alta a nota que Gabe escrevera.

Me perdoa. Não posso viver sem você

– Gabe

Hoje, outro entregador havia trazido uma caixa com um par de luvas de pele, e no cartão estava escrito:

Para manter suas mãos aquecidas no caminho até em casa

– Gabe

Louisa e Greg estavam encantados – graças a Deus eles não estavam irritados – e havia se tornado uma piada interna entre os frequentadores tentar adivinhar o que viria em seguida.

O tempo melhorou, mas o frio permanecia. O céu estava azul brilhante, sem nenhuma nuvem à vista, e o vento estava gélido, como uma faca atravessando o casaco dela. Estava grata pelas luvas ao percorrer as calçadas de volta ao apartamento. O crepúsculo chegava, cada dia mais curto que a véspera.

Ao dobrar a esquina do último quarteirão antes do prédio dela, um painel eletrônico lhe chamou a atenção. Como não chamaria?

Em letras grandes em néon, brilhando na tela estava escrito:

EU TE AMO, MIA. VOLTE PARA CASA.
GABE

Os olhos dela se encheram de lágrimas. O que ela devia fazer? Ele nunca havia dito que a amava. Era manipulação emocional mostrar ao mundo inteiro o que ele estava sentindo? Colocando um display eletrônico em frente ao apartamento dela, onde ela não poderia se enganar? Venha para casa. Não o apartamento dela. Mas o dele.

Ela estava enlouquecendo. *Ele* a estava enlouquecendo. E ainda assim ele não havia tentado confrontá-la diretamente de novo. Não desde a última vez em que ela havia dito para que ele a deixasse em paz. Mas ele ainda estava ali. Na cara dela. Sempre a lembrando da sua presença.

Ela estava completamente perplexa com esse lado de Gabe. Era um lado que ele nunca havia exposto a ela – exposto a *ninguém*.

Entrou no apartamento, exausta e se sentindo miserável. Estava convencida de que estava adoecendo, mas não sabia se era uma doença verdadeira ou um mero produto das muitas noites sem dormir e seu estado emocional devastado.

Na manhã seguinte, não tinha como negar que estava realmente adoecida. Foi trabalhar e realizou suas tarefas mecanicamente. De tarde, Louisa e Greg estavam preocupados com o estado dela, e então quando ela derrubou uma jarra de café no chão, Louisa a chamou para os fundos.

Ela pegou o braço de Mia e colocou a mão na sua testa.

– Meu Deus, Mia, você está ardendo de febre. Por que você não falou? Você não pode trabalhar assim. Vá para casa e fique de cama.

Mia nem tinha como argumentar. Graças a Deus era sexta-feira e ela não havia sido escalada para trabalhar durante o fim de semana. O fim de semana inteiro na cama soava como um sonho. E ela não estaria sujeita a seja lá qual fosse a entrega de Gabe daquele dia. Poderia se esconder dele e do mundo e tentar descobrir uma saída para toda essa confusão.

Não aguentava mais. Era um peso gigantesco que a esmagava.

Pretendia pegar um táxi para ir para casa, incapaz de andar em seu estado atual. Mas, ao checar o relógio, ela resmungou. Pegar um táxi essa hora era virtualmente impossível. Todos estavam tirando sua hora de descanso. Suspirando em resignação, ela começou a longa caminhada para casa, o frio se alojando em seus ossos. Estava tremendo, batendo os dentes, e a calçada era apenas um borrão em sua visão.

Ela demorou o dobro do tempo normal, e quando finalmente dobrou a esquina e conseguiu enxergar o maldito display, suspirou de alívio pois já estava chegando.

Alguém esbarrou nela e ela perdeu o equilíbrio. Quase conseguiu se manter de pé, mas outra pessoa esbarrou nela do outro lado, então caiu de joelhos, lágrimas se acumulando. Ela não tinha nem mais forças para se levantar, mesmo tão perto do seu apartamento.

Enfiou o rosto nas mãos e deixou as lágrimas rolarem.

– Mia? Que diabos? Você está bem?

Gabe. Deus, era Gabe. O braço dele a envolveu, ajudando-a a se levantar.

– Por Deus, baby, o que aconteceu? – perguntou ele. – Por que você está chorando? Alguém te machucou?

– Estou doente – ela soltou entre uma explosão de choro e outra.

A cabeça dela doía, a garganta estava em chamas, e ela estava com tanto frio e cansada que mal conseguia dar mais um passo.

Gabe soltou um palavrão e então a levantou em seus braços, carregando-a apressadamente para o apartamento dela.

– Não quero ouvir mais nenhuma palavra, entendido? Você está doente e precisa que alguém tome conta de você. Jesus, e se eu não estivesse por aqui? Se você desmaiasse na calçada e ninguém estivesse por perto para te ajudar?

Mia não disse mais nada, apenas enfiou o rosto contra o ombro dele, inspirando seu perfume. O calor dele aquecia a pele dela, aliviando todas as dores. Deus, fazia tanto tempo. Ela não se sentia aquecida desde que ele a deixou. Ou ela o deixou. Não importava, porque o resultado final é que ela estava sozinha.

Gabe a levou até o apartamento dela, carregando-a até o quarto. Então ele vasculhou as gavetas e achou um pijama bem quente.

– Aqui – disse ele. – Troque de roupa para se sentir mais confortável. Vou preparar uma sopa e pegar um remédio para você. Você está ardendo em febre.

Ela precisou usar todas as energias que lhe restavam para trocar a roupa e vestir o pijama. Então desabou no canto da cama, desejando apenas correr para debaixo das cobertas.

Alguns instantes depois, Gabe retornava e prontamente atendia as preces dela. Colocou-a na cama, com várias cobertas ao redor dela. Ele a beijou na testa e ela fechou os olhos, deliciando-se com esse breve contato. Mas não durou muito. Ele ajeitou os travesseiros de modo que ela pudesse comer, e então desapareceu de novo.

Quando ele retornou, trazia uma caneca com sopa e dois vidrinhos de remédios. Ele despejou os comprimidos na mão depois de colocar a sopa na mesa de cabeceira, e então abriu uma garrafinha de xarope, e derramou o remédio na tampa dosadora.

Depois de fazer com que ela engolisse o xarope e os comprimidos, Gabe entregou a caneca de sopa nas mãos dela.

– Há quanto tempo você está doente? – perguntou Gabe sério.

Pela primeira vez ela olhou para ele. Realmente prestou atenção nele. E ela estava chocada com o que via. Ele parecia tão mal quanto ela. Enormes olheiras. Havia novas linhas em sua testa e nas suas têmporas. Ele parecia... cansado. Exausto. Emocionalmente esgotado. Ela havia feito isso com ele?

– Desde ontem – ela resmungou. – Não sei ao certo o que aconteceu. Eu estava apenas cansada. A semana inteira. Acho que foi demais.

Uma sombra cruzou o rosto dele, culpa se assomando em seus olhos.

– Tome a sopa. Quando terminar, os remédios já estarão fazendo efeito, e então vai ser melhor que você descanse.

– Não vá – sussurrou ela enquanto ele se levantava da cama. – Por favor. Não hoje à noite. Não vá.

Ele se virou, profundo arrependimento nos olhos.

– Eu não vou te deixar, Mia. Não dessa vez.

Após terminar a sopa, Gabe pegou a caneca da mão dela e voltou à cozinha. Ela se escondeu ainda mais debaixo das cobertas, sentindo calafrios. Mesmo a sopa não fora capaz de aquecê-la.

As pálpebras dela pesavam, e ela lutava para mantê-las abertas. Alguns instantes depois, a cama se inclinou, para surpresa dela. Era Gabe quem deitava ao lado dela, os braços envolvendo-a, apertando-a junto a ele.

– Descanse agora, Mia – sussurrou ele. – Vou estar aqui se você precisar de algo. Só quero que você melhore.

Pensando em mais nada além do fato de estar nos braços dele, Mia se aninhou tão junto a ele quanto possível, e então relaxou, deixando que o calor aquecesse suas veias. Gabe era melhor do que qualquer droga, qualquer remédio para a doença dela. Com um suspiro, ela fechou os olhos, e cedeu à doce tentação que ele oferecia.

Na manhã seguinte, quando Mia acordou, estava sozinha na cama e ficou pensando se a noite anterior havia sido apenas um sonho louco causado pela febre. Talvez ela tivesse imaginado tudo. Mas ao se virar, acomodando a bochecha no travesseiro que Gabe havia usado, ela encontrou um bilhete entre o colchão e o travesseiro.

Tome seu remédio. Jace virá checar se você está bem mais tarde. Descanse o resto do fim de semana e melhore.

Com amor, Gabe

Ao lado do bilhete havia diversos comprimidos de analgésico, e na mesa de cabeceira, uma dose certa do xarope antigripal já estava colocada na tampa medidora.

Ela se sentou, bocejando. Não esperava que Gabe fosse partir. Ele havia sido tão... persistente.

Um calafrio tomou conta dela e ela alcançou o remédio, tomando o comprimido com água que ele havia deixado para ela. Mia se inclinou para trás, apoiando a cabeça no travesseiro onde Gabe havia deitado.

Fechou os olhos. Ainda podia sentir o seu cheiro. Ainda podia sentir o calor dele circundando-a. Deus, como ela sentira sua falta. O seu orgulho valia tanto assim? Valia a pena se sentir tão miserável? Será que ele a amava de verdade e queria mais uma chance para os dois? Todos os sinais estavam ali, mas ela estava com medo demais para confiar nele. Temerosa de dar a Gabe mais uma chance depois de ter se magoado tanto, por ele não ter lutado por ela desde o começo.

Gabe chamou Jace da portaria do prédio deste, e esperou o amigo atender. Após alguns instantes, Jace atendeu e Gabe não deu tempo para que o amigo levantasse qualquer questão.

– Jace, sou eu, Gabe. Preciso falar com você. É sobre Mia.

Em seguida, Gabe pegou o elevador para a cobertura de Jace. Jace o recebeu quando o elevador abriu a porta, uma pequena ruga de preocupação na testa.

– O que houve?

Gabe entrou no apartamento, sem se preocupar em tirar seu sobretudo. Ele não ia demorar. Havia muito o que fazer antes de o fim de semana terminar.

– Mia está doente – disse ele sem rodeios. – Eu a encontrei na rua ontem quando ela estava voltando para casa do trabalho. Estava ardendo em febre e algum imbecil esbarrou nela. Ela mal tinha forças para chegar ao prédio.

– Que merda! Ela está bem?

Gabe levantou a mão.

– Fiquei com ela a noite toda. Mediquei e deixei remédios para ela tomar agora de manhã. Deixei um bilhete dizendo que você passaria lá mais tarde.

Jace franziu o cenho ainda mais.

– Você deixou ela sozinha? Poxa, Gabe, você está tentando de todo modo voltar para ela e quando finalmente tem uma chance na qual ela não enxota você de cara, você a deixa sozinha?

Gabe suspirou.

– Eu exagerei. Parte do motivo de ela estar doente e esgotada sou eu. Não quero cansá-la ainda mais. Não vai ser assim que vou tê-la de volta. Preciso dar espaço a ela, deixar as coisas acontecerem no tempo dela. Quero que você caia fora daqui e vá tomar conta dela esse fim de semana. Preciso que ela esteja bem segunda à noite, porque será quando eu vou rastejar de volta para ela.

Jace arqueou as sobrancelhas, surpreso.

– O quê?

Gabe passou a mão no cabelo.

– Tenho esse fim de semana para comprar uma aliança, e para organizar outros preparativos. Tudo que você tem a fazer é levá-la ao Rockfeller Center segunda à noite para ver a árvore de Natal. Não vá ferrar com isso, Jace. Não me importo se você vai ter que arrastá-la. Apenas garanta que ela vai estar lá.

capítulo 44

Mia passou o fim de semana com Jace – ou melhor, ele passou o fim de semana com ela. Ash ia e voltava, trazendo comida, excessivamente prestativo para qualquer coisa que ela precisasse. Os dois trouxeram filmes e se plantaram no sofá assistindo televisão enquanto Mia vagava pelo universo do sono febril.

Segunda ela já se sentia melhor, mas não bem o suficiente para conseguir trabalhar, então ligou para Louisa e Greg para avisar que não iria.

Jace e Ash partiram para o escritório mas disseram a ela que voltariam, porque tinham planos especiais para a noite.

Durante todo o fim de semana ela não ouviu falar de Gabe. Ele não mandou flores, nenhum presente. Nada. Isso a deixava insegura, questionando cada decisão que ela havia tomado sobre ele.

Não teve coragem para dizer a Jace que ela não estava a fim de acompanhar ele e Ash no que haviam planejado. Os dois foram tão incríveis com ela no fim de semana, cobrindo-a de cuidados e dando duro para animá-la.

Seja lá qual fosse o plano deles, ela tinha que estar preparada, e aceitaria com o sorriso aberto. Jace disse para que ela se vestisse com roupa de frio, então ela imaginou que fossem fazer algo a céu aberto.

Graças a Deus ela não estava mais com febre, pois a ideia de estar ao relento estando doente a tiraria do sério. Tomou um banho durante a tarde e tentou arrumar o cabelo da melhor maneira possível, se maquiando de modo que não parecesse tão mal como alguém que acabava de se recuperar de estar doente. Mas mesmo a maquiagem tinha lá suas limitações...

Às seis, Jace e Ash chegaram, os olhos deles brilhando com malícia. Ela resmungou, percebendo que eles estavam tramando alguma coisa, e, como estava envolvida, ela seria a vítima. Jace estava com o motorista, o que era estranho já que ele normalmente gostava de dirigir quando estavam apenas os três. Eles entraram no carro, não sem antes garantir que ela havia tomado os remédios para o caso de a febre retornar.

– Aonde vamos? – perguntou ela exasperada.

– Isso só a gente sabe, e você vai descobrir logo, logo – disse Jace efusivamente.

Jace e Ash se olharam como duas crianças no Natal, os olhos deles brilhando como se estivessem escondendo algo dela.

Mia se acomodou no seu assento e disse a si mesma para aproveitar seja lá o que a noite lhe reservava. Mesmo com o coração ainda doendo pelo fato de Gabe ter desaparecido depois de passar a noite de sexta com ela. Nenhum sinal dele. Será que ele tinha desistido de vez?

Eles encostaram em frente à Saks da Fifth Avenue, bem em frente ao Rockfeller Center, e ela suspirou de emoção ao ver a enorme árvore de Natal atrás do rinque de patinação. Ela era tão linda, aflorando memórias de quando Jace a trazia aqui quando ela era criança. Eles nunca perderam o dia em que ela acendia pela primeira vez no ano. A bem da verdade, nunca até esse ano.

– Oh, Jace – sussurrou ela enquanto ele a ajudava a sair do carro.

– Linda como sempre.

Jace sorriu-lhe, e então ele e Ash ficaram um de cada lado, guiando ela em direção à multidão aglomerada ao redor da árvore.

A árvore os iluminava de cima, acesa com milhares de luzes coloridas. Música natalina preenchia o ar. E então o som melodioso de um homem cantando "The Christmas Song".

– Vai ter um concerto?– perguntou Mia empolgada, virando-se para Jace.

Ele sorriu e assentiu, e então apressou ela em frente. Surpreendentemente, ninguém reclamava por eles estarem abrindo caminho em meio às pessoas. De fato, um pequeno grupo abriu espaço para eles bem à frente do palco.

– Que perfeito! – exclamou Mia.

Ash e Jace deram uma risadinha e então a atenção de Mia se voltou para o cantor.

Ah, as memórias dela com Jace. Ela pegou a mão do irmão e a apertou com força, o coração repleto de amor por ele. Jace havia sido seu pilar de sustentação por longos anos, e ainda era. Ela nunca conseguiria superar a separação com Gabe se não fosse por Jace e Ash.

– Obrigada – disse ela sussurrando ao ouvido dele. – Eu amo você.

Jace sorriu.

– Amo você também, irmãzinha. Quero que essa noite seja especial para você.

Havia um quê de tristeza no olhar dele, e antes que ela pudesse perguntar o que ele queria dizer com suas palavras enigmáticas, a canção terminou e o cantor começou a conversar com o público. Ela demorou alguns instantes para perceber que ele havia dito o nome dela.

Mia piscou de surpresa, e então um foco de luz se direcionou para ela, que ficou parada no mesmo lugar, iluminada no meio da multidão. Ela olhou para Jace perplexa, e ele deu um passo para trás com Ash, deixando-a sozinha sob o foco de luz.

– Um feliz Natal e boas festas para a Srta. Mia Crestwell – disse o homem. – Gabe Hamilton quer que você saiba que ele a ama, e o quanto ele quer passar as festas de fim de ano ao seu lado. Mas minhas palavras não bastam. Aqui está o homem em pessoa.

O queixo dela caiu quando Gabe apareceu na outra ponta do espaço acarpetado que levava até os degraus onde o cantor se apresentava. O olhar dele estava fixo nela, e ele carregava nas mãos uma pequena caixa enrolada em papel brilhante com um grande laço em cima.

A multidão aplaudia enquanto Gabe se aproximava, e então ele se ajoelhou diante dela, com a caixinha ainda na mão.

– Feliz Natal, Mia – disse ele com a voz rouca. – Me desculpa por ter sido um idiota. Eu nunca deveria ter deixado você partir. Você está certa, você merece alguém que vá lutar sempre por você, e eu quero ser esse homem, se você me der mais uma chance.

Ela não fazia ideia do que dizer, como responder. Lágrimas quentes encheram seus olhos, ameaçando desabar.

– Eu te amo – disse ele com firmeza. – Eu amo você tanto que me dói quando você não está por perto. Não quero nunca mais ficar longe de você. Quero você na minha vida para sempre. Você entende, baby? Quero que você se case comigo. Quero ficar para sempre com você.

Ele esticou a mão com a caixa na direção dela, e Mia a pegou com os dedos trêmulos. Desajeitadamente, ela tentava desfazer o laço. Era uma caixa de joias aveludada. Ela quase a deixou cair ao retirá-la do papel que a embrulhava.

Ao seu redor, flashes pipocavam. Pessoas filmavam o momento com seus celulares. Muito barulho de aplausos e gritos empolgados. Mas ela mantinha toda a atenção direcionada ao homem a sua frente. Nada mais importava.

Ela abriu a caixa e viu uma linda aliança com um solitário, que brilhava sob a intensa luz e ofuscava sua visão molhada pelas lágrimas. Então ela olhou para o homem de joelhos diante dela. Ele estava suplicando a ela com o olhar.

Deus, ele estava rastejando.

– Oh, Gabe.

Ela se ajoelhou em frente a ele, de modo que ficassem na mesma altura. Lançou os braços por sobre os ombros dele, ainda segurando a caixinha com o anel.

– Eu te amo – suspirou ela. – Eu te amo tanto. Não quero ficar sem você.

Gabe agarrou os ombros dela e a puxou contra si, os olhos repletos de amor e sentimento de posse. Então ele enfiou a mão no casaco e retirou o que parecia ser um grande documento. Oh Deus, era o contrato deles. Então ele o partiu em dois, sem nunca tirar os olhos dela.

– De agora em diante, nosso relacionamento não tem regras – disse ele com a voz enrouquecida. – Apenas o que quisermos fazer. O que quisermos que seja. Sem restrições. Nada além do amor. A única assinatura que quero de você é na certidão de casamento.

Ele pegou a caixa das mãos de Mia e retirou o anel. Então pegou a mão esquerda dela e deslizou a aliança no dedo anelar.

A multidão explodiu em aplausos ao redor deles, então Gabe a tomou nos braços e a beijou, sua boca firme e sedenta por ela. Mia permaneceu agarrada a ele, absorvendo o momento, gravando-o na memória. Era algo que ela nunca esqueceria, até o fim da sua vida.

Quando ela e Gabe estivessem velhinhos, ela se recordaria dessa noite, revivendo-a repetidas vezes. Seria uma história para contar aos filhos deles.

E então Mia se deu conta de que não fazia ideia se ele queria ter filhos.

– Eu quero ter bebês – ela deixou escapar.

Então ela enrubesceu ao notar que havia dito isso alto suficiente para que todos ao redor deles escutassem. Houve risadas e alguém gritou "Atende ela, cara!"

Gabe sorriu, sua expressão tão terna que derretia o coração de Mia, aquecendo-a tão intensamente que ela nem ligava mais para o frio que fazia.

– Quero ter bebês também – disse ele com a voz rouca. – Filhas tão lindas quanto você.

Ela abriu um sorriso tão amplo que ele achou que os lábios dela fossem rachar.

– Eu te amo, Mia – disse ele, a voz embargada e incerta. Ele parecia tão vulnerável ali de joelhos diante dela. – Vou amar você para sempre. Espero ser bom o suficiente para você. Fiz muita coisa errada desde que você surgiu na minha vida, mas prometo que vou passar o resto da minha vida tentando estar à altura do que você merece. Ninguém vai te amar tanto quanto eu.

Lágrimas desciam pelas maçãs do rosto de Mia, enquanto ela fitava o homem que havia se ajoelhado na frente dela e diante de metade de Nova York.

– Eu te amo também, Gabe. Sempre vou te amar – devolveu ela com ternura. – Esperei toda a minha vida por você.

Lentamente, ele se levantou, estendendo a mão para ajudá-la a se levantar. Então ele a beijou, abraçando-a enquanto a música voltava a tocar em volta deles.

– Esperei muito tempo para ter você, Mia. Talvez nem sempre tenha sabido o que me faltava, mas era você. Sempre foi você.

Ele se virou para encarar Jace e Ash. Mia havia esquecido deles, e então se deu conta de que eles estavam envolvidos nessa também. Só então ela percebeu a *enormidade* do que isso significava.

Alegria tomou conta do seu coração, e ela se lançou para cima de Jace, quase o derrubando ao abraçá-lo.

– Obrigada – sussurrou ela ao ouvido dele. – Obrigada por estar sempre ao meu lado e por aprovar nosso amor, Jace. Você não sabe o quanto isso é importante para mim.

Ele retribuiu o abraço, a voz embargada pela emoção:

– Eu te amo, irmãzinha. Só quero que você seja feliz. Gabe me convenceu de que ele é o cara. Isso é tudo o que um irmão mais velho pode querer.

Ela se virou e abraçou Ash, beijando-o no rosto.

– Eu também te amo, amigão. E obrigada por sua ajuda nessas últimas semanas.

Ash abriu um sorriso e a beijou antes de soltá-la de volta para Gabe, e acariciou-lhe o cabelo afetuosamente.

– Tudo por você, baby. Só quero que você seja feliz. Ah, bem, e também quero ser o padrinho do bebê.

Jace ficou contrariado.

– Ah, não. Essa é a minha função. Eu sou o tio dessa criança.

Mia revirou os olhos e abraçou Gabe com força, enquanto Ash e Jace discutiam. Gabe deu uma risada e então apertou os braços em volta da cintura dela. Ele sorriu para ela, seu amor brilhando mais que a estrela no topo da árvore de Natal.

– Que tal irmos para casa praticar fazer o bebê que eles vão disputar?

Este livro foi composto
em Sabon MT para a Leya e
impresso em abril de 2013